acabus

Markus Walther

BEATRICE

Rückkehr ins Buchland

acabus

Walther, Markus: Beatrice. Rückkehr ins Buchland, Hamburg, acabus Verlag 2017

2. Auflage
ISBN: 978-3-86282-373-4

Lektorat: ds, acabus Verlag
Umschlaggestaltung: © Petra Rudolf

Dieses Buch ist auch als Hardcover und E-Book im Handel erhältlich.
Hardcover: ISBN 978-3-86282-401-4
PDF-E-Book: ISBN 978-3-86282-374-1
Epub-E-Book: ISBN 978-3-86282-375-8

Bibliografische Information der Deutschen Nationalbibliothek:
Die Deutsche Nationalbibliothek verzeichnet diese Publikation in der Deutschen Nationalbibliografie; detaillierte bibliografische Daten sind im Internet über http://dnb.d-nb.de abrufbar.

Der acabus Verlag ist ein Imprint der Diplomica Verlag GmbH,
Hermannstal 119k, 22119 Hamburg.

---

1. Auflage 2016, acabus Verlag Hamburg

http://www.acabus-verlag.de
Printed in Europe

Für Horst †

Dann aber kamen drei Punkte ...

Gedanken aus Papier

Die Welt legte wieder ihr Gewand aus Buchstaben an. Schwarze Lettern, die auf weißem Papier die Geschicke der Menschen formten. Nicht greifbar und doch fühlbar sangen die Worte im Konzert der Gefühle, entfalteten ihre spezielle, lautlose Magie.

Und schon ließ Beatrice ihre Realität hinter sich zurück, vergaß das kleine Zimmer, die staubigen Möbel und das Bett, auf dem sie lag. Sie folgte den Zeilen, ließ sich führen und verführen, trieb selbstverloren in den fast vergessenen Gedanken einer Träumerin, die einst zu Stift und Papier gegriffen hatte.

Es war, als würde sie nach Hause kommen, denn sie kannte den Text, hatte ihn wieder und wieder gelesen, ihn in sich aufgenommen, bis ins letzte Detail zu begreifen versucht. Ja, versucht. Aber nie hatte sie es geschafft.

Auf dem Cover stand *Buchland.* Einen treffenderen Titel hätte es nicht haben können, denn diese Geschichte, die zwischen dem Einband gefangen war, handelte von einem Land voller Bücher. Aber genauso gut hätte das Buch auch *Beatrice* heißen können, denn diese Geschichte, die manchmal aus dem hellbraunen Einband entfliehen wollte, handelte ebenso von Bea. Das war schwer zu begreifen. Insbesondere, weil sie selbst jene Träumerin gewesen war, die das Buch nach einer wahren Begebenheit geschrieben hatte. Eine wahre Begebenheit, die erst durch dieses Buch wahr geworden war.

Darüber nachzugrübeln war, als ob man sich das eigene Hirn verknotete. Es kam ihr vor wie diese Bilder, in denen die Perspektive dem Betrachter einen Streich spielte: eine Treppe, die rechteckig verlief und nicht an Höhe gewann, weil sie in sich geschlossen war. Vielleicht war es aber auch nur eine Schlange, die sich selbst in den Schwanz biss.

Auf dem Nachttisch lag ein Brief. Der Briefkopf war schlicht gehalten: Adressat, Absender, Betreff. Darunter ein paar freundliche, auffordernde Zeilen der Verlegerin. Nach zwei Jahren dürfe man doch endlich mit der erhofften Fortsetzung rechnen.

Nein, durfte man nicht. Beatrice war sich sicher, dass sie keine Fortsetzung von *Buchland* schreiben wollte. Diese Geschichte war abgeschlossen. Es war alles erzählt. Und nur des bisschen Geldes wegen, würde sie sich nichts aus den Fingern saugen. Außerdem …

Außerdem fiel ihr diesbezüglich auch gar nichts ein.

Also schrieb sie keine neuen Kapitel in das *Buchland*. Sie schlug nur die alten wieder und immer wieder auf, ließ auf diese Weise abermals die vergangenen Geschehnisse Revue passieren. Sie durchwanderte nochmals die endlosen Gänge zwischen den Bücherregalen, ritt auf Pegasos, parlierte mit Goethe und besuchte die Kammer der ungeschriebenen Bücher.

Manche dieser gedruckten Erinnerungen lasteten schwer. Sie drückten auf ihren Brustkorb, schnürten ihr die Luft ab. Es war, als würde ein Gewicht …

„Bea", flüsterte jemand, „Bea. Du bist schon wieder beim Lesen eingeschlafen."

Benommen blinzelte Beatrice, strampelte und zappelte dabei ein wenig. Mit einem leisen Rascheln und einem anschließenden plumpsenden Geräusch fiel das Buch von ihrem Oberkörper. „Was'n?" Ach ja, sie lag im Bett.

Die Matratze knarzte etwas, als sie sich schlaftrunken aufrichtete. Traumwelt, Buchwelt und das wirkliche Leben reichten einander gerade die Hände, grüßten sich höflich, nur um nach ein paar Minuten wieder getrennte Wege zu gehen.

Beatrice stand auf, ging die zwei Schritte zum Fenster, öffnete es weit und sog die kühle Luft des Morgens ein. Auf der dunklen Innenseite ihrer geschlossenen Augenlider tanzten bunte Flecken im Takt der Sonnenstrahlen.

Ingo stand auch auf, kam ihr nach, schmiegte sich an sie und hauchte ihr sachte einen Kuss hinter das Ohr. „Träumerle, Morpheus Arme haben dich noch nicht richtig losgelassen, was?"

Sie ließ die Augen für ein paar weitere kostbare Sekunden geschlossen und reckte ihr Gesicht dem Tag entgegen. „Ich habe bis heute nicht begriffen, warum man mit dem Träumen aufhören soll, wenn man wach geworden ist."

„Du hast wieder die halbe Nacht gelesen", stellte Ingo fest. Es lag ein winziger Vorwurf darin. „Kennst du die Story nicht langsam in- und auswendig? Findest du es nicht ein wenig eitel, ständig im eigenen Werk zu schmökern?"

„Ich lese ja auch noch anderes", rechtfertigte sich Bea. Was hatte es mit Eitelkeit zu tun, wenn man die rätselhaftesten Ereignisse des eigenen Lebens zu ergründen versuchte? Sie löste sich aus Ingos Umarmung, um das Buch aufzuheben und sorgsam, fast liebevoll, zuzuschlagen. „Ich habe in der letzten Woche fünf Bücher gelesen."

Ingo brummte daraufhin etwas. Es war nicht eindeutig zu verstehen, ob es Worte waren oder nur ein unartikuliertes Grunzen. Als sich Bea nicht die Mühe machte nachzufragen, sagte er leise aber deutlich: „Suchtverhalten. Das ist Suchtverhalten. Du bist ein Bücherjunkie." Das war nicht scherzhaft gemeint. Über das Thema Sucht würde Ingo niemals auch nur eine lustige Bemerkung über die Lippen kommen.

„Halb so wild", sagte Bea. „Wäre ich Floristin, hätte ich jeden Tag mit Blumen zu tun. In der Vase auf unserem Esstisch stünde trotzdem ein Strauß. Ich bin nun halt eine Buchhändlerin in einem Antiquariat. Da gehört das Lesen einfach zum Beruf."

„Wie du meinst." Ingo strich sich mit leidlichem Erfolg über die struppigen Haare. „Ich geh' unter die Dusche. Wird Zeit, dass wir in die Puschen kommen. Heut' ist noch viel zu tun."

Viel zu tun. Ja, das stimmte. Sie wollten sich endlich dazu aufraffen, ihren Keller auszumisten, um einen Schlussstrich unter die Vergangenheit zu setzen.

„Fangen wir direkt nach dem Frühstück an?" Bea fragte so emotionslos, wie es ihr nur möglich war. Trotzdem hatte sie dieses leichte Zittern in der Stimme. „Oder fangen wir damit heut' Nachmittag nach der Arbeit an? Wir haben eh nur noch zwei Stunden, bis wir los müssen. Wir könnten stattdessen etwas gemütlicher Kaffee trinken."

Ingo stand schon im Bad, drehte sich langsam zu ihr um. Seine Augen verrieten diese Traurigkeit, die Bea so sehr fürchtete. Es war jene Art der Traurigkeit, die einem das Herz zerspringen lassen wollte; jene Art der Traurigkeit, die alles wie ein Malstrom mitreißen konnte. „Sollen wir's noch länger aufschieben? Du siehst nicht so aus, als würde dir das gut tun."

„Mir?"

„Dir. Ja. Dir und mir … Uns." Ingo zog etwas verlegen den Mundwinkel hoch. „Wir haben endlich alles im Griff. Du weißt, was ich meine. Ich bin nicht mehr krank, steh' in Lohn und Brot. Und du hast die Arbeit, die du schon immer wolltest. Du hast Erfolg mit deinem Laden und auch mit diesem Buch. Nur unser Keller … Er ist wie ein blinder Fleck. Wir müssen endlich mit der Vergangenheit abschließen."

Selbstverständlich hatte Ingo recht, Bea wusste das. Es war ganz leicht zu erkennen, denn sie beide sprachen nur von dem Wort „Keller". Aber was da im Keller war, blieb unaussprechlich.

Bea ging zu Ingo, griff nach seinen Händen, umfasste sie ganz zart. Dabei vermied sie es, in seine Augen zu schauen. „Also, nach der Arbeit, ja? … Bitte."

Ingo gab ihr einen Kuss auf die Stirn. „Es ist nur eine Galgenfrist. Wir müssen das irgendwie hinter uns bringen."

Bea nickte. „Eine Galgenfrist", wiederholte sie, kämpfte dabei tapfer gegen ihre Tränen an und versuchte verzweifelt, diesen Kloß im Hals herunterzuschlucken.

Bea erreichte das Antiquariat pünktlich um neun Uhr. Es war ein wundervoller Morgen. Die Sonne schien durch die Blätter der neu gepflanzten Bäume, Vögel zwitscherten verliebt und auf der Straße flanierten Leute aller Couleur. Die Szenerie verlangte mit aller Macht nach der Bezeichnung „idyllisch". Hier, rund um Beas Laden, zeigte sich ein Stückchen heile Welt. Nicht nur für Bea. Alle, die hier lebten und arbeiteten, spürten es in gewisser Weise: Diesem Ort wohnte ein besonderer Zauber inne. In jeder Hinsicht. Außerdem waren die Geschäfte zu einer Art Touristenattraktion geworden. Nirgendwo sonst gab es so viel Kunst und Kunsthandwerk auf einem Fleck. Hier fand man Geigenbauer, Glasbläser und Porzellanmaler neben Korbflechtern und Goldschmieden. Straßenmusiker und Pantomime unterhielten die Passanten und in der Galerie rechts vom Antiquariat standen manchmal die Leute Schlange bis hinaus auf die Straße, nur um die Werke junger, bis dato unbekannter Künstler zu entdecken. Auch all die anderen Geschäfte, sei es Friseur, Florist, der Spielzeughändler mit selbstgemachten Teddys oder der Töpfer mit seinen extravaganten Vasen, konnten sich vor Kunden kaum retten.

Sogar das neue kleine Kino hatte sich zu einem Publikumsmagneten gemausert, obwohl dort nur selten aktuelle Filme gezeigt wurden. Die Besucher schätzten das nostalgische Flair mit Vorhang und Barockdekor.

Das Lichtspieltheater war schräg gegenüber vom Antiquariat, und als Bea die Markise vor dem Schaufenster herauskurbelte, winkte ihr **Arno Davids**, der Eigentümer, freundlich zu.

„Guten Morgen, Arno“, rief Bea. „So früh schon bei der Arbeit?“

„Natürlich! Es ist Donnerstag. Ich häng’ die neuen Plakate in die Kästen.“

Der Begriff „neu“ war in Bezug auf die Plakate eine herzliche Übertreibung, stellte Bea amüsiert fest, als sie beobachtete, dass er die Plakate von **Charlie Chaplin** sorgsam einrollte und gegen Werbung für Schwarzeneggers *Last Action Hero* austauschte. Um das zu bewerkstelligen, musste Arno mehrmals auf einer zweistufigen Trittleiter auf und ab klettern, denn der ältere Mann mit dem grauen Haarkranz kam wegen seiner geringen Statur nicht mal ansatzweise an den oberen Rand des Rahmens.

Bea hing die Kurbel ab und lehnte sie an die Ladentür. Dann eilte sie über die Straße zu Arno. Kurzentschlossen nahm sie ihm die Stecknadeln aus der Hand und befestigte das letzte Plakat für ihn. „Denken Sie, dass sich das noch jemand anschauen will? Der Streifen lief doch bereits zig Mal im Fernsehen.“

„Ach, ich glaub’ schon, dass er sein Publikum finden wird. Ich habe eine Schwäche für diesen Film. Es ist lustig, wenn Klischees so schön durch den Kakao gezogen werden, nicht wahr? Die besten Geschichten sind doch immer noch die, die sich selbst nicht zu ernst nehmen, nicht wahr?“ Arno klappte den Schaukasten zu und schloss ihn sorgsam ab. „Charlie war letzte Woche auch ausverkauft. Ich präsentiere nur Filme, die ich mag. Und was ich mag, scheint auch anderen zu gefallen, nicht wahr? Manchmal habe ich das Gefühl, dass ich hier aufführen kann, was ich will: Die Leute mögen es … es ist eine Art Magie.“

„Wollen Sie in nächster Zeit *Highlander* zeigen?“

Arno zog erstaunt eine seiner grauen, buschigen Augenbrauen hoch. „Woher wissen Sie?“

Bea lachte. „Ach, nur so eine Ahnung.“

Ein Blick über die Schulter verriet Bea, dass die ersten Kunden das Antiquariat betraten. Also verabschiedete sie sich von Arno und eilte dahin, wo sie für den Augenblick hingehörte: hinter die Verkaufstheke. Der Morgen verlief im Großen und Ganzen ereignislos. Es wurden einige Bestellungen abgeholt und einige Bestellungen aufgegeben. Es waren keine besonders anspruchsvollen Titel. Nichts davon musste aufwendig recherchiert werden. Da blieb mehr Gelegenheit für die Nachmittagsvorbereitungen.

Seit kurzem veranstaltete sie einmal die Woche einen Lesenachmittag für Kinder und Jugendliche. Meistens kamen bis zu zehn junge Zuhörer, die es sich auf weichen Sitzkissen auf dem Boden hinter dem Schaufenster bequem machten.

„In welche Geschichte wollen wir denn heute tauchen?“, fragte Bea in den Raum, nachdem ihr Besuch gegen drei Uhr nach und nach eingetrudelt war. Dabei strich sie sanft mit den Fingerspitzen über die Buchrücken, die sich in überfüllten Regalen aneinander drängten. Einer stand etwas hervor und Bea nahm dies zum Anlass, ihn herauszuziehen. Sie las den Titel und nickte zufrieden, als habe sie eine Abmachung mit jemandem getroffen, den nur sie sehen konnte. Die Kinder kannten jenes spezielle Gehabe ihrer Gastgeberin. Trotzdem stupsten sie einander unauffällig an, tuschelten ein wenig und unterdrückten ein Kichern.

„Was haltet ihr davon, wenn wir mal in *Die Geschichte von Peter Hase* reinlesen? Das wurde von Beatrix Potter geschrieben.“

„Von dir, Bea!“ Das war die jüngste in der Runde: Anne. Sie lächelte wissend und drückte stolz ihren schmächtigen Oberkörper vor.

„Nein“, lachte Bea. „Ich heiße zwar auch Beatrice, aber mein Name schreibt sich anders. Außerdem lautet mein Nachname *Liber*. Frau Potter hat dieses Büchlein hier schon vor langer, langer Zeit geschrieben.“

„Potter? Ist das die mit den Hexen und Zauberern?“ Diese Frage stammte von Ronald, dem zwei Jahre älteren Bruder von Anne.

Kevin, einer der Älteren, stöhnte entnervt und knuffte Ronald in die Seite. „Mann, Ron. Wo bist du die letzten Jahre gewesen? Frag mal deine Eltern, wie sie auf deinen Namen gekommen sind. Dann stellst du auch nicht mehr so dumme Fragen.“

Ronald verstand zwar nicht, was Kevin meinte, trotzdem konterte er trotzig auf die einzig richtige Weise: „Ich kann mir denken, wie *deine* Eltern auf *deinen* Namen gekommen sind. Sie mussten dafür nich’ lange überlegen und waren dabei allein zu Haus.“

Es war das übliche Geplänkel von Kindern, die sich gegenseitig zeigen wollten, wer der Reifere oder Klügere war. Bea kannte dieses Vorspiel zu Genüge und meisterte es für gewöhnlich, indem sie nicht darauf ein- sondern lieber in **medias res** ging. Sie schlug vorsichtig das sehr alte, dünne, braune Büchlein auf und las laut vor. Obwohl es eigentlich kaum den Geschmack der Älteren traf – immerhin war die Geschichte für Kinder im Vorschulalter gedacht –, bekam Bea ziemlich schnell auch deren volle Aufmerksamkeit.

Als sie fertig gelesen hatte, saßen die Großen noch immer andächtig auf ihren Kissen, während Anne und Georgina sich irgendwann auf Beas Schoß platziert hatten, um besser die liebevoll gestalteten Bilder betrachten zu können.

„Lesen wir jetzt noch im *Kompass* weiter?“, schlug Philip, ein hochgeschossener, blonder Teenager mit Streberbrille vor. *Der Goldene Kompass* war sein absolutes Lieblingsbuch. Obwohl er es inzwischen, nach eigenen Angaben, schon vier Mal gelesen hatte, mochte er es ganz besonders, wenn Bea ihm daraus einzelne Szenen vorlas.

„Na, wie gut, dass ich das Buch eben schon bereitgelegt habe“, sagte Bea. Ohne aufzustehen, ohne sich auch nur umzudrehen, griff sie blind in das Regal hinter sich.

„Wow“, entfuhr es Kevin, der kurz den Eindruck hatte, dass sich die Bücher im Regal bewegten. Die Buchrücken schienen kurz zu flimmern und im nächsten Moment hatte Bea den *Kompass* zwischen den Fingern. „Habt ihr das gesehen?“

„Was?“, fragte Bea scheinheilig, zwinkerte ihm aber verschwörerisch zu.

Kevin schluckte atemlos. Seine Antwort blieb aber aus, da die Türglocke lautstark bimmelte und die Tür heftig aufschwang. Ein Luftzug fuhr durch den Raum, wirbelte an den Regalen vorbei, um ihnen dann in die Gesichter zu blasen. Instinktiv kniffen die Kinder die Augen zu.

Gleißendes Tageslicht umspülte eine schwarze Silhouette, die breitbeinig wie ein Italowestern-Cowboy im Türrahmen stand. Allerdings passten weder das nachtschwarze Kapuzenshirt noch die durchhängende Bluejeans zum Look eines einsamen Rächers. Den gerade noch vornüber gebeugten Kopf hebend, schlug der Fremde die Kapuze zurück. Fast gleichzeitig schob sich draußen eine Wolke vor die Sonne und der theatralisch eingeleitete Auftritt endete in der Erscheinung eines etwa vierzig Jahre alten Mannes, der in die Kleidung eines Rappers reingeschossen worden war. Die Augen wurden von den dunklen Gläsern einer Ray Ban verdeckt. Doch die blasse, beinahe weiße Haut und ebenso die wasserstoffblonden Haare des Mannes, ließen darauf schließen, dass die Iris der versteckten Augen leicht weißlich oder sogar rötlich sein musste.

Er schaute sich kurz im Raum um. Dass Kinder und eine erwachsene Frau auf dem Boden hockten, schien ihn nicht zu überraschen. Beim Anblick der überfüllten Regale des Verkaufsraums entfuhr ihm allerdings ein überraschtes „Oh, Bücher.“ Damit war in einem Buchantiquariat für ihn vermutlich nicht zu rechnen gewesen.

Bea schob die beiden Kinder sanft zur Seite, entfaltete ihre Beine aus dem Schneidersitz und erhob sich, um den Neuankömmling zu begrüßen. „Guten Tag. Kann ich Ihnen helfen?“

Ein nicht unsympathisches Lächeln erleuchtete das Gesicht des Mannes, der nun Bea die Hand entgegenstreckte, um sich vorzustellen. „***Quirinus***. Mein Name ist Quirinus.“

Bea ergriff die Hand. Sie war außergewöhnlich kalt, doch seine Finger drückten angenehm fest zu. „Guten Tag, Herr Quirinus. Ich bin …“

„Oh! Nein. Quirinus ist mein Vorname. Ich halte mich nie mit meinem Nachnamen auf. Eine persönliche Basis ist immer ein guter Anfang für eine gute Nachbarschaft.“ Mit einer unbestimmten Geste winkte er in Richtung der Straße. „Ich habe am Ende der Straße jetzt auch einen Laden.“

„Ich wusste gar nicht, dass noch ein Geschäft leer gestanden hatte“, sagte Bea leicht erstaunt.

Quirinus lachte herzlich. Weshalb, konnte Bea nicht so recht ausmachen. Etwas umständlich kramte Quirinus in seiner Hosentasche. Bei diesem Manöver verschwand fast sein ganzer Unterarm darin. Es klimperte und raschelte dabei. Die Geräusche ließen darauf schließen, dass allerhand Zeugs an seinen Hosenbeinen mitreiste, obwohl man dies von außen nicht sehen konnte. Kurz darauf zog er eine Visitenkarte hervor und überreichte sie ihr mit den Worten: „Quirinus' Kuriosum. Der Laden, in dem Sie alles finden, was Sie nicht zu suchen glaubten.“

„Ein ungewöhnlicher Name für einen …“

„… Mann“, unterbrach Quirinus gut gelaunt. „Aber ein besseres Aushängezeichen als Nachnamen wie Schmitz und Meier.“

„Eigentlich meinte ich Ihren Laden.“

„Der Laden, der ja auch meinen Namen trägt.“

Bea verzichtete darauf, die Augen zu verdrehen. Dass ihre Kundschaft manchmal etwas speziell sein konnte, war sie inzwischen gewohnt. Bibliophile und Sammler hatten mitunter recht anstrengende Eigenheiten. „Was kann ich für Sie tun?“

„Oh, was Sie für mich tun können? Streng genommen erst mal gar nichts. Aber allgemein betrachtet schon sehr viel. Wie man es nimmt.“ Quirinus plapperte einfach drauf los, während er förmlich durch den Raum zu tanzen schien. Bea erinnerte dieses Gehabe an eine Figur aus ihren Büchern, ohne, dass sie genau festmachen konnte, an welche. Erst sehr viel später würde ihr bewusst werden, welche Saite ihres Unterbewusstseins hier zum Schwingen gebracht worden war. „Zunächst einmal möchte ich nur vorstellig werden. Da wir ja hier im Viertel das gleiche Klientel bedienen, ist es doch sicher angenehm für Sie zu wissen, mit wem Sie es hier zu tun bekommen. Um es vorwegzunehmen: Ich werde Ihnen keine Konkurrenz machen. Sie dürfen weiter unbelästigt Ihre Bücher verkaufen und ich verkaufe die Meinen. Dabei werde ich sorgsam darauf achten, dass es nicht zu viele werden, die ich an den Mann oder die Frau bringe. Oder den geneigten Leser, wie man zu sagen pflegt." Die Formulierung, dass Bea seiner Meinung nach weiterhin Bücher verkaufen *darf*, war vielleicht nur halb so herablassend gemeint, wie sie klang, aber trotzdem blieb es eine ziemliche Unverschämtheit. Sich dessen vollkommen bewusst, schaltete Quirinus umgehend wieder auf sympathisch um. „Ich verkaufe eigentlich kaum Bücher. Aber allerhand Raritäten gibt es bei mir. Schallplatten, die man rückwärts abspielen muss, Chronomaten und Zeitstopper. Pendelbatterien und eine Internettaschenmaschine mit Multichrom-Monitor. Sie sollten mal bei mir reinschauen. Ich bin mir sicher, dass ich auch das Richtige für Sie finden werde." Nun machte er einen Satz in die Mitte der Kinder, wuschelte verspielt durch Annes Haare, nur um danach sogleich den Kreis wieder zu verlassen. „Aber wo ich schon mal hier bin, sollte ich mir vielleicht ein Buch aussuchen. Ich sollte mir eins kaufen. Ja! Das wäre eine tolle Idee." Er beugte sich hinter Kevin herunter, raunte in sein Ohr, als würden sie sich gemeinsam gegen Bea verschwören: „Das wäre voll krass!"

Dann ließ er seinen Blick über die Auslage schweifen. Auf einem Büchertisch, an höchster Stelle, fischte er nach einem braunen Paperback. Mit salopper Geste tat er plötzlich so, als würde er in einer nichtvorhandenen Brusttasche nach einem Monokel greifen und es sich vor sein Auge klemmen. „Hmm. Tja. Das hier kenne ich schon. War nicht so meins. Buchgeschichten! Ich bevorzuge in diesem Fall doch lieber einen Jasper Fforde oder – wenn es sprachlich etwas hochtrabender sein soll – einen Zafón. Außerdem: Man kann ein dickes Buch über den Tod lesen oder schreiben und trotzdem weiß man nichts vom Leben. Nicht wahr?" Mit dem Finger tippte Quirinus auf den Namen ganz oben. „Beatrice Liber! Ich schätze mal, dass dieser Name ein Pseudonym ist. Vielleicht hat diese Story sogar ein Mann verfasst. Wer weiß? Aber der Zuname Liber … Das ist zu offensichtlich. Liber heißt unter anderem *Buch*. Das hier wäre somit ein Buch über Bücher, das von einem Buch geschrieben worden ist. Wie absurd."

„Ich wusste gar nicht, dass ich das Buch hier im Laden stehen habe", warf Bea ein. Inzwischen machte sich ein Gefühl der Unruhe in ihrer Bauchgegend breit. Diese hyperaktive Gestalt hatte etwas Unbestimmbares, etwas Unechtes an sich. Und wieso war ihr Buch hier im Antiquariat? Sie hatte sich doch ganz bewusst dazu entschieden, ihr eigenes Werk nicht selbst zu verkaufen. Es wäre ihr vorgekommen, als würde sie versuchen, Sauerbier unter die Leute zu bringen. Solche Autoren, die zu jeder passenden oder unpassenden Gelegenheit darauf hinwiesen, dass sie ein Buch anzubieten hätten, gab es genug. Sie wollte keinesfalls dazu zählen.

Quirinus überging ihren Einwurf gänzlich. Dennoch hielt er kurz inne, legte den Kopf schief, als ob er lauschen würde. „Manchmal, wenn ich in Räumen mit so viel Literatur stehe, kommt es mir vor, als ob die Bücher wispern würden." In einem verschwörerischen Tonfall wandte er sich an Anne und ihre Sitznachbarin: „Hört ihr das auch?"

Bea kniff misstrauisch die Augen zusammen. Wispernde Bücher. Was für ein Spiel wurde hier gespielt? „Sind Sie ein Auktoral?", entfuhr es Bea.

„Was?" Quirinus war mit zwei langen Schritten bei ihr. „Was haben Sie gesagt? Auktoral? Nein, das bin ich nicht. Ich bin Quirinus. Hab' mich doch eben vorgestellt … Wie war nochmal Ihr werter Name?"

„Beatrice", sagte Bea. Ihr Hals wurde plötzlich ganz trocken. Sie krächzte fast, als sie ihren Namen ganz aussprach. „Beatrice Liber."

„Ja ups! Da habe ich ja ein kleines Fettnäpfchen erwischt." Quirinus warf noch einen kurzen Blick auf das Buch in seiner Hand, gluckste vergnügt und legte es dann auf eine englische Originalausgabe von ***Peter und Wendy***.

Der Tanz durch das Antiquariat endete jäh. Der ungewöhnliche Besucher schien sich seines Outfits zu erinnern. Die Körperhaltung ähnelte unvermittelt einem Fragezeichen und die eben noch wild gestikulierenden Hände verschwanden in der Bauchtasche des Kapuzenshirts. „Leserunde mit Kindern, was?"

„Ja. Einmal die Woche immer um die gleiche Zeit", erklärte Bea mechanisch. Sie hatte plötzlich den unbestimmten Drang, ihn möglichst schnell loszuwerden. „Aber ich vermute, dass Sie nicht in diese Altersgruppe passen werden."

„Ich?" Quirinus lachte erneut. „Nein. Beileibe nicht. Andererseits … Vielleicht darf ich meine … ähm …" Egal, wen er gerade anmelden wollte: Er war sich über seine verwandtschaftlichen Beziehungen dazu nicht sicher. Hier improvisierte jemand ganz eindeutig, mehr schlecht als recht, seine Rolle in einer billigen Komödie. „„… ähm … meine … meine Cousine bei Ihnen unterbringen?"

„Cousine", wiederholte Bea und zog unmissverständlich eine Augenbraue hoch. „Sie sind also hier, um Ihre Cousine für die Leserunde bei mir anzumelden. Wollten Sie sich nicht eben erst nur als neuer Nachbar vorstellen?"

„Scharfsinnig beobachtet! Die Idee mit meiner … Cousine kam mir gerade. Vielleicht darf ich sie Ihnen kurz vorstellen?"

Beas Augenbraue wanderte wieder nach unten, weil sie die Stirn krauszog. „Sie haben Ihre Cousine mit dabei?"

In Quirinus' Körper zeigte sich erneut Leben. Allerdings ohne die für andere unhörbare Musik in den Knochen. Er schlurfte zur Tür, ließ den Hals dabei nach vorne wippen und parodierte auf diese Weise perfekt eine Comicfigur. ‚Goofy geht nach Entenhausen', durchfuhr es Bea bei diesem Anblick.

Die Ladentür öffnete sich. Die Ladentür schloss sich. Dann war Bea mit den Kindern wieder allein.

„Was war das denn für ein Affe?", fragte Kevin.

„Affe?" Anne reckte ihren Hals, um den Fremden durch das Schaufenster zu beobachten. „Mir kam er mehr wie eine Ziege vor. Er springt und hüpft die ganze Zeit über."

Ronald schüttelte den Kopf. „Er hat doch nicht gemeckert."

„Hab' ich ja auch nicht behauptet." Anne knuffte Ronald in den Oberarm. „Aber er bewegt sich so."

„Wo ist er hin?", fragte Kevin. Er war inzwischen aufgestanden und blickte über die Auslage hinweg auf die Straße. Weder zur einen noch zur anderen Seite konnte er Quirinus entdecken. „Wie vom Erdboden verschluckt", stellte der Junge verblüfft fest. Jedoch just in dem Augenblick, als er sich zu Bea umwandte, öffnete sich die Tür und Quirinus war wieder da.

Neben ihm stand unscheinbar ein Menschlein. Anders hätte es auf den ersten Blick niemand bezeichnen können. Bei genauerer Betrachtung erkannte man, dass es sich um ein kleines, unproportioniertes Mädchen handelte. Die winzig kleinen Füße steckten in schwarzen Ballerinas. Darüber streckten sich spindeldürre Beinchen in die Höhe. Doch sie endeten viel zu früh in einem knabenhaften Leib, der von einem schlichten, an einen grauen Sack erinnerndes Kleidchen bedeckt wurde. Der etwas zu große Kopf, getragen von einem dünnen, kurzen Hals, war bewachsen von schwarzem Gestrüpp, das mehr einem Reisighaufen ähnelte als Haaren. Riesige Augen, so blau wie der Himmel, schauten in einer beinahe ausdruckslosen Melancholie aus dem Gesicht. Nur die überaus süße Stupsnase verdiente irgendwie das Wort *hübsch*.

Da niemand ein Wort sprach, entstand eine peinliche Stille. Bea beschloss, dass sie diese Lücke schließen musste. Sie ging behutsam in die Hocke und fragte das Kleine: „Na, wie heißt du denn?"

Das Mädchen antwortete nicht, wich aber einen Schritt zurück. Bea fiel allerdings sofort auf, dass das Mädchen keinen Schutz hinter Quirinus suchte. Ganz im Gegenteil: Es hielt reichlich Abstand.

„Fremdelt ein wenig", erläuterte Quirinus fröhlich und zog das Kind zu sich heran. Väterlich legte er die Hand auf dessen Schulter. Diese Geste wirkte ziemlich aufgesetzt. Ohne Gegenwehr, aber auch ohne jegliche Emotion, ließ sich das Kleine an sein Bein heranziehen, schmiegte nun sogar seinen Kopf an Quirinus' Oberschenkel. „Aber vermutlich wird sie nach der ersten Lesestunde auftauen." Quirinus strich etwas unbeholfen über ihre Haare. Dann, fast wie zufällig, schaute er auf seine Armbanduhr und rief: „Ach, schon so spät? Ich muss doch ins Geschäft. Ich erwarte eine wichtige Lieferung. **Hermeias** – äh – Herr Meier bringt mir heute einige Kisten Rucksackgrammophone. Sehr nützlich! Sie sollten sich unbedingt auch eins zulegen, Frau Liber! Immerhin kann man damit, egal wo man gerade ist, die eigene Musiksammlung anhören. Jedem Käufer spendiere ich gratis ein paar weiße Lautsprecher dazu. Ein Angebot, das man kaum ausschlagen kann. Schauen Sie mal vorbei."

Während er sprach, hatte er bereits den Rückwärtsgang eingelegt. Mit dem letzten Wort hatte er die Tür erreicht und mit dem Punkt am Ende des Satzes war er schon auf die Straße entschwunden. Einsam zurückgelassen stand einzig noch das Mädchen.

„Herr Quirinus! Die Leserunde ist doch …", rief Bea ihm nach. Als ihr bewusst wurde, dass der Mann schon außer Hörweite war, brachte sie ihre Rede leiser zu einem Ende: „… fast vorbei."

Es blieb nur eine Viertelstunde, die sie gemeinsam mit Lyra und Pantalaimon im Oxford einer fremden Welt verbrachten. Während Bea vorlas, schaute sie manchmal verstohlen über den Rand der aufgeschlagenen Seiten. Das Kind, das Quirinus bei ihr buchstäblich geparkt hatte, saß still und stumm zwischen den anderen im Schneidersitz. Vollkommen reglos, die Hände im Schoß gebettet, ließ sie sich von der Geschichte berieseln.

Sie schafften ein Kapitel, dann kamen die Eltern, um ihre Kinder abzuholen. Dabei schwatzten sie ein oder zwei Sätze mit Bea und kauften sogar ein paar Bücher. Das geschah mehr aus Höflichkeit, denn Bea nahm nichts fürs Vorlesen. Es war so eine Art indirekte Bezahlung für ihre Mühen.

Schließlich blieben nur das Mädchen und Bea zurück. „Tja, Liebes. Jetzt wüsste ich schon gerne, wann dein … Cousin …" Mann, was hörte sich das falsch an! „… vorhat, dich abzuholen. Ich weiß nicht mal, wie du heißt."

Rachel, durchfuhr es Bea. Rachel wäre jetzt ungefähr im Alter von diesem Kind. Wie kam sie denn jetzt da drauf? Dieser Gedanke war wie eingepflanzt. Ein fremdes, namenloses Mädchen würde sie bestimmt nicht automatisch wie ihre verstorbene Tochter nennen. „Wie heißt du?“

Eine Antwort blieb das Mädchen schuldig. Es schaute an Bea vorbei in den benachbarten Raum.

„Das ist das Arbeitszimmer“, erklärte Bea.

Das Mädchen ging nach nebenan, ohne um Erlaubnis zu fragen, und Bea blieb keine andere Wahl, als ihr zu folgen. „Das ist das Arbeitszimmer“, sagte Bea noch einmal. Sie kam sich etwas hilflos vor. Was sollte sie mit einem Kind reden, das ihr nicht antworten wollte?

Das Arbeitszimmer war das Herzstück des Antiquariats und Beas Allerheiligstes. Nie ließ sie Kundschaft in diesen Raum kommen. Na ja, eigentlich auch sonst niemanden. Der Einzige, der hier vielleicht hineingedurft hätte, wäre Ingo gewesen. Doch ihr Mann mied das Antiquariat. Er überquerte nicht mal die Türschwelle des Ladens. Irgendwie konnte sie es ihm nicht verübeln. Denn die vergangenen Ereignisse in diesen Räumen waren für ihn in einen Nebel des Unbegreiflichen gehüllt. Was damals mit ihm, mit ihr, mit Herrn Plana und dem Buchland geschehen war, war für ihn vermutlich am leichtesten zu ertragen, indem er es ignorierte oder sogar vergaß. Fakt war, dass sie nun wieder mit beiden Beinen fest auf dem Boden standen. Fakt war allerdings auch, dass sie dies diesem besonderen Antiquariat zu verdanken hatten.

Seit Herrn Planas Tod war hier fast alles unverändert geblieben. Links von Bea stand der Ohrensessel. Geradeaus von ihr war eine Tür, die zum Keller führte, daneben die Tür, die die Stiege ins Obergeschoss verbarg. Überdies gab es einen Sekretär, dazu einen Bürostuhl und ansonsten nur Bücher. Übervolle Regale verbargen alle Wände und erhoben sich bis unter die Decke. Und zwischen den beiden Türen befand sich ein großer runder Drehschalter, der verblüffende Ähnlichkeit mit einem Schiffstelegraphen aufwies.

Das Mädchen ging zu diesem Apparat und legte sachte die Hand auf den Hebel.

„Es wäre mir lieber, wenn du nicht damit rumspielst“, sagte Bea nervös. Warum war sie nur so angespannt? „Das ist nichts für Kinder.“

Als es plötzlich klingelte, schrak Bea gehörig zusammen. Sie fuhr herum und eilte zum Sekretär, auf dem das uralte Telefon lautstark ein akustisches Inferno anzettelte. Sie hob den Hörer von der Gabel, während ihr das Herz bis in den Hals hämmerte. „Buchantiquariat Liber, guten Tag."

Ein Klackern am anderen Ende des Raumes erklang.

„Hallo Frau Sechtig", sagte Bea freundlich.

Eine Mechanik wurde ratternd in Gang gesetzt.

„Das freut mich", erwiderte Bea ziemlich gehetzt. Sie spürte, dass hinter ihrem Rücken etwas geschah, das nach ihrer Beachtung verlangte.

„Ja, das mag sein. Aber ich habe doch schon in meinem Schreiben darauf aufmerksam gemacht, dass …"

Ein dumpfes „Klonk" ertönte. In einer Apparatur rasteten Zahnräder ein.

„Nein, wie ich bereits sagte: Eine Fortsetzung des Buches hatte ich nie geplant. Fantasy muss doch nicht immer in Serie produziert werden. Ich finde Fortsetzungen blöd."

Die nachfolgende Stille war alles andere als beruhigend.

„Nein, über dieses Setting gibt es nichts mehr zu berichten."

Bea drehte sich, während sie sprach, langsam um.

„Sobald ich wieder etwas schreiben sollte, werde ich es Ihnen mitteilen."

Der Hebel des Maschinentelegraphen stand ganz vorne. Die Tür zum Keller war offen. Das Mädchen war verschwunden.

„Nein, in die Buchland-Story werde ich bestimmt nicht nochmal eintauchen", stöhnte Bea, verabschiedete sich eilig, warf den Hörer scheppernd auf die Gabel und rannte dann, so schnell sie konnte, die Treppe hinunter.

Kuriose Ereignisse

Der Keller empfing Bea mit muffiger Dunkelheit. Es roch nach trockenem, sehr altem Papier. Sie sog das eigenwillige Parfum des Buchlandes tief in sich ein. Es war jedes Mal wie Heimkommen. Sie war ein Teil hiervon, untrennbar verbunden mit diesen Regalen, Gedanken, Ideen, Phantasien. Hier gab es Literatur, die sich bis in die Unendlichkeit erstreckte und Gefühle, die sich selbst über diese Unendlichkeit hinwegsetzten.

Sie drehte den Lichtschalter und die Glühbirnen traten alsdann leidlich ihren Dienst an. „Mädchen? Wo bist du?“ Bea bekam keine Antwort. Ihr Echo wurde von Holz, Leder und Kartonagen verschluckt. Im Labyrinth der unzähligen Gänge hatte Bea kaum eine Chance die Ausreißerin zu finden. „Mädchen?“ Ihr Ruf verhallte.

Bea hatte vor einiger Zeit einen altmodischen Kleiderständer neben dem Treppenaufgang platziert. An dessen Haken hingen ein olivgrüner Armeerucksack, eine graue Strickjacke und ein Jutebeutel. Aus diesem fischte sie eine besonders dicke Garnrolle und eine Taschenlampe, die so groß und leuchtstark war, dass man damit den Weihnachtsmann im Landeanflug hätte einlotsen können – und zwar im dichtesten Nebel ohne Rudolph im Gespann.

Routiniert verknotete Bea nun ein Garnende mit dem Kleiderständer, warf sich den Jutebeutel über die Schulter und machte sich aufs Geratewohl auf ins vorerst Ungewisse.

„Habt ihr eine Ahnung, wo die Kleine steckt?“ Ein unbedarfter Beobachter hätte sich gefragt, warum Bea anscheinend mit sich selbst sprach. Allerdings hätte dieser unbedarfte Beobachter auch nicht gesehen, dass am vorausliegenden Kopfende des ersten Ganges auf der rechten Seite ein Oktav-Band aus seiner Reihe hervorstand. Im Vorbeigehen drückte Bea ihn wieder zurück an seinen Platz und bog dann rechts ab. Dabei achtete sie sorgsam darauf, dass sich das Garn in ihrer Hand weiter entrollte. „Wo will das Kind nur hin?“, fragte sie in die Stille hinein. Kurz danach hörte sie ein dumpfes Pochen. Im Strahl der Taschenlampe, die sie eben eingeschaltet hatte, erkannte sie ein Buch, das in einiger Entfernung auf dem Boden lag. Als sie bei ihm ankam, las sie die blasse Überschrift: „*Mors porta vitae*“. Beas Knie wurden weich und in ihrem Magen befanden sich plötzlich Steine, denn sie wusste nun, wohin sie zu gehen hatte.

In die Wand eingelassen, am Ende einer der vielen Gänge, war eine eiserne Tür. Ornamente zogen sich am Rand entlang und kunstvolle Symbole füllten die Fläche dazwischen. Darüber prangten wuchtig die mittelalterlichen Zeichen „Vita“ und „Mors“.

Das Mädchen stand vor der Tür, legte den Kopf weit in den Nacken, um den oberen Bogen zu betrachten. Dann machte es aus seiner kleinen Hand eine Faust und klopfte so fest es konnte an. Dabei entstand kein hörbares Geräusch. Das Metall war zu alt, zu stumpf, zu schwer und zu anders, als dass es von dieser unschuldigen Kinderhand zum Klingen gebracht werden konnte.

Dennoch vergingen kaum fünf Sekunden und ein Türflügel öffnete sich. Es war nur ein kleiner Spalt. Den Kopf im Dunkel einer schwarzen Kapuze verborgen, beugte sich jemand heraus und schaute kurz in alle Richtungen. Dann, als die Gestalt das kleine Mädchen sah, kniete sie sich hin.

Sie fragte: „Es?“

Das Mädchen antwortete: „Ich.“

„Du?“

Das Mädchen nickte.

Eine Knochenhand tauchte unter der Kutte hervor. Darin befand sich ein in Leder gebundenes Buch. Wortlos nahm das Mädchen es entgegen.

„Du“, sagte die Gestalt. Das klang sehr, sehr nachdenklich.

Auf dem Boden lag ein halbes Dutzend dicker, schwerer Bücher wild verstreut. Das unterste Brett des angrenzenden Regals war leer. In diese Leere hatte sich das Mädchen hineingequetscht und wartete im Halbdunkel auf das Licht, das unstet hin und her raste und sich dabei rasch näherte. Als der Strahl der Taschenlampe das Mädchen fand, heftete er sich auf sie, bis Bea völlig außer Atem ankam. „Verdammt, was tust du mir an? Du kannst doch nicht einfach allein in den Keller gehen. Hier unten kannst du dich verlaufen."

Bea ließ den Lichtkegel zum Tor gleiten. Verschlossen. „Puh", machte sie erleichtert. „Und ich dachte schon, dass …" Sie unterbrach sich, brachte ein mühsames Lächeln zustande. „Da hätte ich deinem Cousin ganz schön was zu erklären gehabt."

Zaghaft hauchte das Mädchen: „Er ist nicht mein Cousin."

Bea riss verblüfft die Augen auf. „Du kannst ja doch sprechen."

Auf diese Feststellung bekam sie allerdings keine Antwort. „Vielleicht magst du mir verraten, wie du heißt, kleine Prinzessin."

Das Mädchen schüttelte den Kopf.

Bea stemmte kurz die Hände in die Hüften, seufzte theatralisch, griff dann dem Kind unter die Arme und zog es aus dem Regal. Wie eine Spielzeugpuppe ließ die Kleine es geschehen. Die Arme und Beine baumelten dabei, als ob sie keine Knochen hätten. Erst als die Füßchen den Boden berührten, straffte sich der Körper wieder.

„Was hältst du davon, wenn ich uns auf den Schrecken ein Eis spendiere? Und dann bringe ich dich zum Kuriositätenladen. Du kannst ja nicht den ganzen Tag bei mir bleiben. Als Gegenleistung fände ich es ziemlich toll, wenn unser Ausflug nach hier unten unser kleines Geheimnis bliebe."

Bea hatte es nicht anders erwartet: Der Rückweg ins Antiquariat verlief schweigend. Das namenlose kleine Etwas hatte ihr die Hand gereicht und folgte ihr widerstandslos durch das Wirrwarr der Gänge; immer entlang der Garnschnur. Dabei machte sich Bea nicht die Mühe die Schnur wieder aufzurollen. Sie hatte insgeheim beschlossen, zu einem späteren Zeitpunkt nochmals zur Pforte zurückzukehren. Dem Buchhalter, den sie dahinter antreffen könnte, wollte sie zwar – wenn es sich vermeiden ließ – nicht begegnen, aber es konnte nicht schaden, sich dort umzuschauen. Manchmal verraten Bücher Geheimnisse, die man gar nicht zu ergründen versucht.

Dann kam die Treppe und schließlich das Antiquariat. Im Vorbeigehen griff Bea nach ihrer Jacke und schon schlenderten sie und das Mädchen Richtung Eisdiele, nachdem das Schildchen „vorübergehend geschlossen“ in der Tür platziert worden war.

„Was magst du? Schokolade? Erdbeere? Vanille?“ Es gab nur ein unbestimmtes Schulterzucken von dem Mädchen. Also bestellte Bea einfach zwei Mal alle drei Sorten, drückte dem Kind das eine Hörnchen in die Hand und widmete sich dem anderen. Der freundliche Eisverkäufer bekam zu seinem Geld auch ein freundliches Lächeln. Dieser hätte vermutlich genauso herzlich zurückgelächelt, wäre er nicht so sehr damit beschäftigt gewesen, das Kind anzustarren. Irritiert folgte Bea seinem Blick.

„Lutschen“, erklärte Bea, „meinetwegen auch lecken. Aber nimm bitte die Finger raus.“

„Stimmt was nicht mit Ihrer Tochter?“, fragte der Eisverkäufer. Etwas Mitleidiges lag in seiner Stimme.

„Oh“, machte Bea, „das ist nicht meine Tochter. Sie ist nur zu Gast.“ Sie hatte es kaum ausgesprochen, da fühlte sie sich leicht verlegen. Selbst in ihren Ohren hörte es sich abwiegelnd und entschuldigend an. Leider machten ihre nächsten Worte die Situation nicht besser. „Aber wir verstehen uns gut. Fast so wie dicke Freunde, obwohl ich nicht mal weiß, wie sie heißt.“ Das angefügte „Hi, hi“ wurde dann erst recht peinlich. Deshalb zog sie es vor, das Kind rasch weiterzuschieben. Der Eisverkäufer schüttelte verständnislos den Kopf.

„Chaya“, sagte das Mädchen unvermittelt. Danach tastete sie vorsichtig mit der Zungenspitze das oberste, rosafarbene Eisbällchen ab.

Bea wäre beinahe ihr Hörnchen aus der Hand gefallen. „Was hast du gesagt?“

„Chaya.“ Erdbeergeschmack zauberte einen überraschten Gesichtsausdruck in das ansonsten so leblose Gesicht des Mädchens.

„Schaia?“, fragte Bea nach. Langsam dämmerte es ihr.

„Dann brauchst du mich nicht mehr *Das* zu nennen. Chaya bedeutet unter anderem *lebendig*.“ Chaya fand ganz offensichtlich Gefallen an dieser speziellen Bedeutung. Sie nickte sich selbst zu, als sie ihr Spiegelbild in einem Schaufenster erkannte. „Chaya!“ Es klang geradezu wie ein Schlachtruf. In einem Anflug von Übermut nahm sie daraufhin das gesamte Erdbeereisbällchen mit einem Happen in den Mund. Die nächste Reaktion war ein schmerzerfülltes Zusammenzucken, weil sie feststellte, dass das Schlucken zu großer Mengen kalter Lebensmittel recht unangenehm sein kann.

„Mädchen, hast du noch nie Eis gegessen?“, fragte Bea erstaunt.

„Chaya“, wiederholte Chaya keuchend, „das Mädchen heißt Chaya.“

Als sie den Kuriositätenladen am unteren Ende der Straße erreichten, versuchte Bea mit einem Taschentuch und mäßigem Erfolg, das Gesicht der Kleinen vom Eis zu befreien. „Chaya, ich denke, dass das mit dem Eis vielleicht keine so gute Idee gewesen ist. Dein … Quirinus … wird nicht begeistert sein, dich so verklebt zu sehen.“

Etwas bang betrachtete sie das Geschäft, mit der rot-weiß gestreiften Markise. In dem eigenwillig dekorierten Schaufenster fanden sich Baseballkarten, Blechspielzeuge und Dampfmaschinen neben einer alten Wurlitzer und einigen vergilbten Briefmarkenalben, in deren aufgeschlagenen Seiten ebenso vergilbte Briefmarken eingesteckt waren. Zylinder und Zauberstäbe, ein Strauß mit ziemlich lädierten Strohblumen und Uhren. Unzählige Uhren! Taschenuhren, Armbanduhren, Wecker, Tischuhren und, und, und.

Das Innere des Ladens präsentierte sich wie erwartet: Muffig und schlecht beleuchtet. Bea fragte sich, wie es möglich war, dass bereits über allen Exponaten eine dünne Staubschicht lag, obwohl die Sachen erst seit zwei Tagen in den Regalen liegen konnten.

„Kann ich Ihnen weiterhelfen?“ Ein Verkäufer – nicht Quirinus – trat ihnen entgegen. Seine Erscheinung passte nicht ganz in das Gesamtbild. Er war jung, freundlich und gut gekleidet. Bea hätte als Einstellungsbedingung eigentlich das absolute Gegenteil erwartet. Zwischen ausgestopften Eberköpfen, etwas, das nach einem ausrangierten Blasebalg für eine gigantische Mundharmonika aussah, einem Hochrad und zahlreichen anderen Exponaten wirkte der Mann so deplatziert wie Kaviar auf Sauerkraut mit Schokoladensoße. „Schauen Sie nach etwas Speziellem oder stöbern Sie nur? Ich könnte Ihnen ein paar Raritäten aus dem Ersten Weltkrieg zeigen. Oder lieber Antiquitäten aus der Renaissance?"

„Chaya", sagte Bea etwas überrumpelt.

Der Verkäufer blinzelte verwirrt. „Wie bitte?"

Bea schob das Mädchen sachte vor sich. „Ich bringe Chaya heim. Herr Quirinus hat vergessen, sie bei mir abzuholen."

Der Verkäufer nickte wie ein Butler, warf die Hände hinter den Rücken und eilte durch eine Seitentür davon. Irgendwo rumpelte es laut, stampften schwere Schritte eine Metalltreppe hinab. Um einiges leichtfüßiger erstiegen Schritte wieder jene Treppe zurück nach oben. Kurz darauf öffnete sich die Tür und Quirinus stand vor ihnen.

Nein, er stand nicht wirklich. Er tänzelte auf der Stelle. Irgendwie war immer mindestens ein Bein oder ein Fuß in Bewegung. Sein Körper vibrierte förmlich zu den Melodien einer unhörbaren Musik. Es wirkte auf groteske Art elegant und verspielt zugleich. Doch schließlich pendelte das Bewegungsmoment in ihm aus und sein Körper kam zur Ruhe.

„Cousinchen!", rief er und breitete dann wie ein schlechter Theaterdarsteller die Arme aus um eine andere Schauspielerin, die er vermutlich nur von der Bühne her kannte, gespielt herzlich in die Arme zu nehmen.

„Chaya hat noch ein Eis mit mir gegessen", sagte Bea.

„Chaya?"

„Chaya."

„Ach. Chaya!" Er legte den Kopf schief und betrachtete das Kind eingehend von oben bis unten. „Ein schöner Name, nicht wahr? Es ist ein indischer Name, oder?"

Für Beas Geschmack waren in den letzten Aussagen ihres Gegenübers eindeutig zu viele Fragezeichen. Ihr Misstrauen bezüglich dieses seltsamen Kauzes wuchs von Minute zu Minute. Vielleicht würde es nicht schaden, mal die tatsächliche Bedeutung des Namens Chaya zu recherchieren.

Quirinus schien in ihren Augen zu lesen und beschloss daraufhin eilig das Thema zu wechseln. „Wo Sie gerade hier sind: Möchten Sie sich mal in meinem Reich umsehen? Es gibt hier bestimmt einige spezielle Schaustücke, die auch Ihr Interesse wecken könnten.“

Bea bedachte den ausgestopften Eberkopf mit ungeschminkter Geringschätzung. Ihre Ironie konnte sie auch kaum verbergen. „Ich bin schon ganz neugierig. Aber …“ Sie schob demonstrativ den Ärmel hoch und deutete auf ihre Armbanduhr. „Ich muss zurück in meinen Laden.“

„Ach, kommen Sie!“ Quirinus drückte Chaya zur Seite und packte Bea bei der Hand. Wie ein Verliebter, der mit seiner Angebeteten in den Siebten Himmel flüchten wollte, zog er sie durch eine Tür in einen angrenzenden Raum. „Photos“, rief er. Bea hatte keine Ahnung, wie er es schaffte, dass man das „Ph“ so deutlich hören konnte. Doch der Unterschied zum folgenden Satz war eindeutig. „Und Fotos gibt es hier auch. Zusätzlich gibt es hier auch noch Fotografien.“ Er lachte.

Das Licht war um ein Vielfaches trüber. Die Luft selbst atmete einen Hauch von Sepia. Aber Quirinus hatte nicht übertrieben: Beas Interesse war geweckt. Dieser Raum präsentierte sich als eine Hommage an die Ikonographie. Die Regale, die sich wie in ihrem Bücher-Antiquariat bis unter die Decke hoben, waren überfüllt mit Rahmen und kartonierten Bildern. Alben und Kartons drängten sich dazwischen. Außerdem gab es allerhand Tische, auf denen Kameras, Projektoren und Entwickler mehr oder minder dekorativ angeordnet waren. Die Geräte stammten aus allen möglichen und unmöglichen Epochen. Ein Fotoapparat schien Herrn Feuerstein gestohlen worden zu sein.

„Ich finde, dass Fotos etwas ganz Besonderes sind. Diese alten Papierzeugen sind ebenso kostbar wie Ihre alten Bücher. Sie sind nicht zu vergleichen mit der digitalen Welt, die heutzutage von jedem Billighandy abgelichtet wird.“

Bea bewies sich als gehorsamer Stichwortgeber. „Warum?“

Quirinus lächelte. „Schauen Sie sich dieses alte Foto an. Es ist ungefähr 100 Jahre alt. Schwarz und weiß. Von dieser Familie mit dem gestrengen Patriarchen gibt es nur noch diese eine Abbildung. Ich möchte wetten: Jeder Angehörige der Sippe hat weit mehr als nur einmal einen Blick darauf geworfen. Unzählige Male hat es sich in die Gedächtnisse eingebrannt. Es ist zu einem Stück Familiengeschichte geworden. Wenn heute jemand ein entsprechendes Foto macht und es im Internet teilt, wird es für den Augenblick vielleicht tausendfach wahrgenommen. Aber in einer Stunde haben es bereits alle wieder vergessen. Was ist schon ein Foto, wenn jeder Depp täglich zwanzig Bilder macht? Mancher teilt sogar seine Portion Pommes mit Majo im Web."

„Sie erinnern mich an einen alten Herrn, den ich mal kannte", merkte Bea an. „Er hatte eine sehr ähnliche Meinung. Jedoch in Bezug auf Bücher."

Quirinus lächelte hinterlistig. Wie dieser Ausdruck zu deuten war, verriet er allerdings nicht. Stattdessen dozierte er weiter. „Bücher! Ja. Ich habe auch einen Verkaufsraum für Bücher." Er stellte das Foto halbwegs sorgsam zurück an seinen Platz im Regal. „Kommen Sie!" Er führte Bea in den benachbarten Raum. Der war ebenso groß, ebenso angeordnet und ebenso chaotisch bestückt. Doch die Thematik der Ausstellungsstücke hatte nichts mehr mit Fotografie zu tun. Es waren ausnahmslos …

„… Bücher!", rief Quirinus. „Ich habe zwar *noch* lange kein lückenloses Sortiment, so wie Sie. Aber das gedruckte Wort wird bestimmt irgendwann zu einem Kuriosum. *Dann* gehört es gänzlich in meine Lokalität. Alles, was mit Kultur zu tun hat, erlebt in diesen Tagen eine wahre Inflation, denke ich." Eine kurze Pause folgte. „Wie hieß denn der weise Mann, den Sie vorhin erwähnten?"

„Das war Herr Plana."

„Herr Plana?" Quirinus kicherte spitzbübisch. „Ich kannte ihn. Nicht gerade ein Sympathieträger, der Gute. Aber ich mochte ihn trotzdem. Er war ein bisschen wie ich. Aber alles in allem war er mir zu – wie sagt man? – *moralin*. Philosophie ist was für Leute, die zu viel Zeit haben. Ich habe nie Zeit."

„Sie kannten ihn? Sie meinen bestimmt, Sie kennen ihn aus meinem Buch, oder?"

„Aus Ihrem *Buchland*?" Quirinus begann wieder damit, auf der Stelle zu tänzeln. Irgendetwas erheiterte ihn auf das Heftigste.

„Ja", sagte Bea ungeduldig, „ich bin die Schriftstellerin."

„Oh, Sie dürfen sich schon Schriftstellerin nennen? Oder sind Sie vielmehr noch eine Autorin? Ein Buch allein macht per Definition doch noch keinen Schöngeist."

Beinahe hätte Bea ein unartikuliertes „Häh?" von sich gegeben. Es geriet zu einem unterdrückten Schnauben.

Quirinus kratzte sich am Hinterkopf. „Wie soll ich es erklären? Vielleicht so: Sie atmen. Das kommt von ganz allein. Sie müssen es zwar tun, aber Sie denken für gewöhnlich nicht darüber nach. Eine unbewusste Handlung Ihres Körpers.

Eines Tages – und ich will nicht behaupten, dass dies ein Glückstag für Sie sein wird – werden Sie genau so unbewusst Literatur im Kopf haben. Alles, was um Sie herum passiert, werden Sie dann im Geiste mit Worten ausformulieren. Sie werden bei jedem Gespräch, das Sie führen, überlegen, wie diese Szene Ihres Lebens in einem Buch lauten würde. Dann beschreiben Sie wortgewandt, was Ihr Gegenüber tut, wie es aussieht, obwohl Sie es direkt vor sich stehen sehen. Und jedem Moment, jeder Situation, der Sie sich stellen, begegnen Sie mit der Frage: Was wäre wenn?

Das wird geschehen. Nicht, weil Sie es so wollen. Nicht, weil Sie es können. Nicht, weil Sie es müssen. Sie werden es einfach tun. Genauso wie Sie gerade atmen, ohne einen Gedanken daran zu verschwenden.

Wenn es so weit ist, dann kennen Sie den Unterschied zwischen einem Autor und einem Schriftsteller."

Beatrice zuckte mit den Schultern. Aus Prinzip wollte sie auf diese kleine polemische Rede nicht eingehen. Bei Herrn Plana hätte sie diese Belehrung vielleicht ernst genommen. Doch dieser Typ hier vor ihr … Nein, das war ihr zu aufgesetzt. Mit aller zur Verfügung stehenden Ignoranz ging sie an Quirinus vorbei, griff nach einem zerfledderten Buch auf einem Tisch und blätterte demonstrativ lustlos darin herum. Als sie es wieder zuschlug, ohne tatsächlich ein Wort gelesen zu haben, blieb ihr Blick auf dem Titel kleben. Überrascht las sie den angeblichen Autor.

Vorsichtig, als könne der Einband plötzlich explodieren, legte sie *Romeo und Julia* von Edward de Vere zurück an seinen Platz. Daneben entdeckte sie Sir Francis Bacons *Don Quichote*.

„Sind das Scherzartikel?“

Quirinus hüpfte an ihre Seite und lachte. Dann erkämpfte er sich ein ernstes Gesicht und sagte mit dunkler Stimme: „Sehe ich aus wie ein Komödiant?“

„Aber *Romeo und Julia* wurde von William Shakespeare geschrieben!“

„Wirklich?“ Quirinus legte den Zeigefinger auf den eingeprägten Namensschriftzug. „Aber hier steht doch deutlich ein anderer Name gedruckt. Wie könnte Gedrucktes lügen?“

„Was ist denn das für eine Begründung? In meinem Antiquariat gibt es unzählige Ausgaben von *Romeo und Julia*, wo Shakespeare als Urheber verzeichnet ist.“

„Tja, die Sache mit der Wahrheit. Mit Herrn Plana hätte man da stundenlang drüber diskutieren können. Vorausgesetzt er ließe eine Meinung neben der eigenen zu.“ Quirinus ging einige Schritte tiefer in den Raum. „Möchten Sie sich nicht noch etwas mehr umschauen? Vielleicht finden Sie ein paar gut erhaltene Stücke für den Weiterverkauf in Ihrem Hause.“

Widerstrebend wagte sich Bea zum nächsten Tisch. Dort fiel ihr ein blaues Buch in die Hände. Das Cover zeigte eine Hand mit emporgerecktem Daumen. „Gesichtsbuch?“

„Das ist so eine Art anonymes Poesie-Album. Man stellt sich damit auf die Straße und bittet Passanten, sich darin einzutragen. Man kann auch Fotos einkleben oder lustige Sprüche reinschreiben. Gefällt mir, diese nette Idee. Sie konnte sich leider nicht durchsetzen.“

Bea sparte sich einen Kommentar und schaute schon nach dem nächsten Stapel mit Büchern. „Anonymus?“

„Ein begnadeter Schriftsteller“, behauptete Quirinus, „hat schon in den verschiedensten Genres etwas geschrieben. Ich bin ihm mal persönlich begegnet und hab’ mir einige seiner Werke signieren lassen.“

Mit wachsendem Erstaunen nahm Bea ein weiteres Taschenbuch. Es war gelb und in schwarzer, fetter Druckschrift stand dort: „Was-willst-Du-denn-Verlag?“

„Dieses Haus hat Sachbücher produziert“, erläuterte Quirinus süffisant, „konnte sich aber auf dem Markt nicht behaupten.“

„Warum?“

„Schauen Sie sich die Überschrift genauer an.“

Bea las laut: *„Rechtschreibung for Anfängers“*

„Das passiert, wenn man das Outsourcing zu weit treibt. Im Impressum steht irgendwo klein *printed in Korea*.“ Quirinus tippte sich seitlich an die Nase. „Ich habe fast die komplette Auflage aufgekauft. In einem Kuriositätenladen geht so was ganz gut. Dafür habe ich einen Riecher.“

„Das sind nicht unbedingt Bücher, die es in meinem Antiquariat gibt“, stellte Bea fest. Ein Schmunzeln konnte sie sich nun doch nicht verkneifen. Da sich ihre Laune sichtlich verbessert hatte, änderte auch Quirinus sein Gehabe. Er wurde ruhiger, weniger überdreht und seine Gesichtszüge bekamen einen Schuss mehr Ernsthaftigkeit.

„Och, ich kann mir schon vorstellen, dass es diese Werke tief vergraben in Ihrem Fundus gibt. Was ich hier anbiete, ist doch nur ein winziger Ausschnitt aus dem großen Land der Bücher.“ Während Bea sich fragte, ob der Kuriositätenhändler vielleicht mehr über sie und ihren Keller wusste, als er preisgab, fasste er sie sanft unter dem Arm und führte sie in die hinterste Ecke des Raumes. Erst jetzt fiel ihr auf, dass der Raum eine ungewöhnliche Form hatte: Es gab nicht nur vier, sondern fünf Wände. Sie bewegten sich durch eine architektonische Wabe. Jede gemauerte Wand hatte mittig eine Tür. Instinktiv ahnte Bea, dass dahinter eine weitere Wabe zu finden war. „Das Haus sah von außen gar nicht so groß aus.“

„Meinen Sie?“ Quirinus machte einen winzigen Hupfer, den man auch als kurzes Stolpern deuten konnte. Im nächsten Augenblick hatte Bea ein beklemmendes Gefühl. Es kam ihr vor, als würde sich die Perspektive verändern. Alles rückte auf sie zu, ohne dass da wirklich Bewegung war. Die Distanzen blieben gleich und verkürzten sich gleichzeitig. Ein Meter ist ein Meter, bleibt ein Meter, redete sich Bea innerlich ein. Und doch …

„Ist Ihnen nicht gut? Sie wirken etwas bleich.“

„Ich glaube, es wird Zeit, dass ich gehe.“

„Einen klitzekleinen Moment noch! Verraten Sie mir, was Sie hier sehen?“ Mit ausgestrecktem Arm deutete Quirinus in eine Nische zwischen zwei Regalen. Dort war ganz eindeutig …

„Nichts“, antwortete Bea wahrheitsgemäß.

„Genau! Das sollte aber eigentlich nicht so sein. Mir fehlt hier ein ganz wichtiges Exponat, das ich mir beschaffen möchte. Ich bin mir sicher, es zu einem guten Preis weiterverkaufen zu können.“

„Ja?“ Bea stöhnte. Warum wurde ihr so schwindelig? Mit klaustrophobischen Anwandlungen hatte sie doch noch nie zu tun gehabt.

Quirinus packte sie fester. Vielleicht stützte er sie. Vielleicht verhinderte er aber auch nur, dass sie flüchtete. „Es ist ein ganz besonderes Werk. Einfach göttlich! Könnten Sie es mir besorgen?“

„Welche ISBN-Nummer hat es?“ Ihre Stimme hörte sich so fern an.

„Oh, nein. Das gute Stück hat keine ISBN-Nummer. Es stammt aus Zeiten weit vor dem Buchdruck.“

„Interessant“, keuchte Bea. Irgendwie schaffte sie es, sich aus dem Griff des Kuriositätenhändlers zu winden, wankte zurück, fort von ihm, zur Tür, durch die sie gekommen war. Um ein Haar wäre sie gefallen. Ihren Tunnelblick richtete sie mühsam und gegen eine Ohnmacht ankämpfend auf das Schaufenster. Tageslicht! Sie musste raus.

Frische Luft.

Offener Himmel.

Asphalt.

Ein Auto hupte. Jemand schimpfte lautstark. Eine Stoßstange hatte sich unangenehm nahe vor ihrer Stirn platziert. Bea schöpfte tief Atem und stellte fest, dass sie auf dem Mittelstreifen der Straße kniete. Sie richtete sich auf und torkelte benommen auf den Bürgersteig. Auf der gegenüberliegenden Seite sah sie den Kuriositätenladen. Durch das Fenster erkannte sie Quirinus und seinen Gehilfen. Irgendwo dahinter stand Chaya, die man nur noch als Schatten erahnen konnte.

Die Drei schauten Bea nach, als sie ihren Weg Richtung Antiquariat fortsetzte.

Wenn sie nicht gestorben sind

Auf dem Brett vor dem Schaufenster des Antiquariats saß Ingo. Die Beine weit ausgestreckt und mit dem Kinn auf der Brust vermittelte er den Eindruck eines Passanten, der ein Päuschen für ein Nickerchen eingelegt hatte.

Bea kannte diese Pose besser. Ihr Mann dachte nach.

Und außerdem war er sauer. Stinksauer.

„Hi“, sagte Bea leise, als sie zu ihm herantrat.

Ingo blieb regungslos. „Kannst du mir bitte verraten, wo du gewesen bist? Ein Zettel in der Ladentür ist ja wohl nicht die richtige Methode, um mal eben früher Feierabend zu machen. Ich wollte dich eigentlich abholen, damit wir zeitig loslegen können. Ich habe hier zwei Stunden auf dich gewartet.“

„Loslegen?“ Bea war mit den Gedanken noch halb in Quirinus’ Laden. Zwei Stunden hatte dies doch gar nicht gedauert … Ihr Puls raste zwar nicht mehr so, aber dafür hatte sich ein unangenehmer Kopfschmerz hinter den Schläfen breitgemacht.

„Wir wollten in den Keller“, erinnerte Ingo sie genervt.

„Du wolltest mit mir ins Buchland?“, fragte Bea endgültig perplex. Sie fühlte sich vollkommen ausgepowert.

„Nein“, sagte Ingo gedehnt. „Ich meine den Keller unserer Wohnung. Wir wollten heute ausmisten.“ Endlich hob er den Kopf und schaute sie an. „Du bist ja total durch den Wind. Was ist passiert?“ Das klang jetzt ehrlich besorgt.

„Ich wollte nur Chaya noch schnell ein Eis spendieren und dann nach Hause bringen. Quirinus hat sie nicht abgeholt.“

„Wer ist Chaya? Und wer ist Quirinus?“ Ingo stand auf, um Bea sanft zu umarmen. „Du bist ja nassgeschwitzt!“

„Ich hatte eben so was, was man wohl einen Anfall nennt. Platzangst oder so."

„Du zitterst."

„Jetzt, wo du es sagst, fällt es mir auch …" Ihre Beine gaben nach und wäre Ingo nicht da gewesen, um sie aufzufangen, hätte sie gleich ein zweites Mal Bekanntschaft mit dem Asphalt gemacht.

Ingo hatte Bea nach Hause gebracht und sie irgendwie die Treppe hoch geschafft. Sie lag nun auf der alten Couch im Wohnzimmer und schlürfte einen Beruhigungstee, den ihr Mann ihr gemacht hatte.

Sie fühlte sich immer noch leicht fiebrig, doch langsam aber sicher kam das Leben zurück in ihre Glieder.

„Tja", sagte Ingo zögerlich. Er hatte sich ans Fußende gesetzt und massierte ihr die Waden. „Wie es aussieht, müssen wir unsere Aufräumaktion noch um einen Tag verschieben."

„Prokrastinieren", murmelte Bea.

„Pro kastrieren? Was redest du?"

Bea brachte ein dünnes Grinsen zustande. „Prokrastinieren. Das sagt man, wenn man unangenehme Dinge aufschiebt."

„Ich sag's ja: Du liest zu viel. Auf solche Worte kommt man nur, wenn der Sprachschatz aus der Truhe hüpft."

„Bist du mir böse?"

„Wegen des Kastrierens?"

Bea schüttelte den Kopf. „Dummerchen. Wenn wir das Aufräumen verschieben, bist du mir dann böse?"

„Nur, wenn du mir erzählst, was denn eigentlich passiert ist. Es scheint für dich ein ereignisreicher Tag gewesen zu sein."

Der Abend kam schnell, die Nacht folgte rasch. Während die Sterne am Himmel hochkrochen, erzählte Bea Ingo alles der Reihe nach, überging aber weitestgehend ihren Ausflug in den Keller. Sie wusste, dass sie ihn damit nur verstören würde. Ingo hörte aufmerksam zu, nickte hin und wieder, blieb aber schweigsam bis zum Schluss. Schließlich endete ihre Erzählung.

„Hört sich an, als ob die Buchland-Geschichte doch noch weitergeht“, sagte Ingo. Er klang auf eine unbestimmte Art traurig. „Bist du dir sicher, dass du nicht schreibst?“

Ein Hauch von Empörung lag in Beas Stimme: „Was? Ja!“ Als ob sie ihm so was nicht erzählt hätte.

Ingo rieb sich nachdenklich den Nacken. „Ich weiß nicht. Ich kann mich an damals kaum noch erinnern. Unsere Zeit im Buchland, weißt du? Für mich verschwimmt das alles in einem Nebel. Mir kommt es manchmal vor, als wäre es nicht wirklich passiert.“

„Vielleicht ist es nicht wirklich passiert“, sagte Bea, die sich diesbezüglich selbst nie vollkommen sicher war. Das war auch der Grund, warum sie ihr eigenes Buch immer und immer wieder las. „Ich bin die Protagonistin in meiner eigenen Geschichte gewesen. Das geht doch nicht.“

„Irgendwie muss es ja passiert sein. Sonst würde uns jetzt nicht Planas Antiquariat gehören.“ Ingo zögerte. Doch da er sonst immer das Thema mied, wartete Bea ab, ob er noch mehr sagen wollte. Ein Seufzen leitete seinen nächsten Satz ein: „Das, was du geschrieben hast, wurde zur Realität. Deine Phantasie … Ähm. Nein …“ Er lächelte hilflos. Entweder konnte er es nicht in Worte fassen oder er wagte es nicht. „Bevor ich mich mit der Fortsetzung deines Romans auseinandersetze, sollte ich mich eventuell mit dem Original noch mal ins stille Kämmerlein begeben.“

„Du willst mein Buch lesen?“

„Wie sollen wir sonst vernünftig darüber reden?“

„Gar nicht. Nicht, wenn es dir um eine Fortsetzung geht. Ich werde keine Fortsetzung schreiben. Fortsetzungen sind meistens kacke. Nur weil *Buchland* ein Fantasyroman geworden ist, muss das Teil ja nicht gleich in Serie gehen. Nicht jeder Mist muss eine Trilogie werden.“

„Und was ist, wenn dir das Buchland gerade mitzuteilen versucht, dass du um das Schreiben der Geschichte nicht herumkommst?“

„Schon klar. Ich mache einen simplen Abklatsch vom ersten Teil. Aber halt! Geht ja nicht. Herr Plana ist ja aus dem Reigen der Figuren ausgeschieden.“

„Dafür hast du jetzt diesen Quirinus. Der könnte das Klugscheißen übernehmen.“

„Sorry, dem fehlt es eindeutig an Klasse.“

„Wenn es nicht um eine Fortsetzung geht, worum dann?“

„Es wird einfach Zufall sein. Mir ist bestimmt nur der Kreislauf abgesackt, nachdem ich im Kuriosum etwas zu viel nachgedacht habe. Neue Abenteuer brauche ich nicht. Mir reicht es, Bücher zu verkaufen.“

„Reicht das auch deinem Buchland? Und reicht es deinem Herrn Plana? Und reicht es dir *wirklich*? Ich nehme dir nicht ab, dass du nur Bücher verkaufen willst. Ich kenne dich dafür zu gut. Was willst du wirklich?“

Bea verstand zunächst nicht, worauf Ingo hinauswollte, doch dann fiel der Groschen. „Herr Plana hätte gewollt, dass ich seinen Platz einnehme.“

„Als Auktoral?“

„Als Auktoral.“

„Die eigentliche Frage war, was du willst.“

„Ich weiß nicht. Kennst du das Gefühl, dass man etwas mit aller Macht haben oder machen will, aber man weiß nicht, was es ist?“

Ingo blickte zum Kühlschrank, in dem früher allerhand Flaschen gestanden hatten. Er trank nicht mehr. – Nicht, weil er es nicht wollte, sondern weil er es nicht durfte. Doch das Verlangen nagte stetig an ihm. Manchmal zerfraß es ihn sogar. Er wusste also ganz genau, wonach es still in ihm schrie. Noch hatte er es im Griff, trotzdem war es da. Immer. „Ich kenne das Gefühl. So ungefähr.“

Bea bezweifelte es. Wie sollte sie das, was ihr unbewusst seit Monaten durch den Kopf ging, in Worte fassen? Sie konnte es ja nicht mal für sich selbst benennen. „Ich kann dir nicht sagen, was fehlt. Etwas fehlt. Etwas, was man vermisst, obwohl man es nicht zwingend braucht. So wie draußen am Himmel gerade der Regenbogen fehlt.“

„Es ist finsterste Nacht“, stellte Ingo irritiert fest.

„Ja.“

„Da kann gar kein Regenbogen sein.“

Bea verdrehte die Augen. Wenn sie nicht in der Horizontalen gewesen wäre, hätte sie vermutlich sogar trotzig aufgestampft. „Ich hab doch auch keine Ahnung, wie ich es anders beschreiben soll. Vergiss es! Vielleicht ist es, weil … weil … Manchmal kommt es mir halt vor, als würde die Tapete an der Wand die Buchstaben der Welt verdecken. Die Realität versteckt nur die Phantasie."

„Und du denkst, du könntest diese Wirklichkeit mit der Schreibmaschine einfangen und verändern. Ist es nicht so? In deinem Roman hast du es damals so gemacht. Du könntest uns jetzt, wenn du dich an die Schreibmaschine setzen würdest, einen Porsche vor die Tür schreiben. Oder ein paar Millionen aufs Konto." Ingo schien dieser Gedanke tatsächlich zu gefallen.

Ein Hauch von Ärger streifte Beas Züge. „Ich glaube nicht, dass das so funktionieren würde. Was ich schreibe, ist kein gewollter, bewusster Vorgang. Ich konstruiere nicht … Zuerst ist die Geschichte da. Erst dann kommen die Worte, die ihr die Gestalt geben. Herr Plana würde sagen, dass man nicht schreiben soll, weil man es will. Man soll schreiben, wenn man es muss." Quirinus hat es auch so formuliert, durchfuhr es Bea.

„Würde Herr Plana das?" Ingo zog skeptisch eine Augenbraue hoch. Doch dann wanderte auch ein Mundwinkel in die Höhe und nahm dem Ganzen die Schärfe.

„Zieh mich jetzt bloß nicht damit auf!", warnte Bea. Aber auch ihr ging der Ernst verloren. Mit einem Lachen sollte man solche Gespräche immer beenden. Sie taten es.

So wurde dies eine jener Nächte, in denen Bea die Realität mit ihren Träumen zudeckte und in den Schlaf schickte. Ihre Begegnung mit **Morpheus** und den **Oneiroi** blieb ihr nicht im Gedächtnis haften. Als sie jedoch am folgenden Morgen erwachte, fühlte sie sich nicht mehr so ausgelaugt und leer.

Sie lag noch immer auf dem Sofa. Ingo hatte sie gestern offenbar noch unter die alte Steppdecke gepackt und war dann selbst leise ins Schlafzimmer gegangen.

Jetzt stieg Bea der aromatische Duft eines guten Kaffees in die Nase. Auf dem Wohnzimmertisch stand ein Becher, aus dem eine dünne Dampffahne emporwehte. Auf der Tischplatte lag einer dieser kleinen gelben Klebezettel. Darauf geschrieben waren drei Buchstaben: „HDL". Außerdem platzierte sich ein Semikolon mit einer Klammer dahinter. Viele Worte machte Ingo in den wichtigen Dingen des Lebens wirklich nicht.

Nachdem sie sich aufgerichtet hatte und während ihr Körper innerlich seine Checkliste abspulte, nippte sie an der kostbaren Ambrosia.

„Wie geht es dir?" Ingo trat zur Wohnungstür herein. In der Hand hielt er eine Papiertüte vom Bäcker. Bea wusste nicht, wann er zum letzten Mal frische Brötchen für sie gekauft hatte.

„Besser."

„Das ist schön. Du hast auch wieder ein bisschen Farbe im Gesicht. Trotzdem solltest du es heute langsam angehen lassen."

„Und was ist dann mit dem Keller?"

Ingo grinste schief. „Den können wir kastrieren."

Der Tag meinte es gut mit Bea. Das Wetter zeigte sich von seiner sommerlichen Seite und das Gemüt der Kunden im Antiquariat erwies sich ebenfalls als sonnig. Natürlich gab es auch die *Speziellen*, die mitunter anstrengend, meistens aber amüsant waren. Da war zum Beispiel der Herr im Nadelstreifenanzug, der unbedingt dieses eine, bestimmte Buch für sein Kind haben wollte.

„Wie heißt es denn?", fragte Bea freundlich.

„Wozu brauchen Sie denn den Namen meiner Tochter?"

„Nein", erklärte Bea geduldig, „den Namen Ihrer Tochter möchte ich nicht wissen. Aber wie das Buch heißt, müssen Sie mir schon verraten."

„Pfft", machte der Herr. „Keine Ahnung. Es ist blau."

Solche Gespräche brachten die besondere Würze in den Arbeitstag. Und zwischendurch blieb Bea immer genug Zeit, um selbst in einem Buch zu schmökern.

Gegen Abend flatterte eine Abwechslung anderer Art mit dem Wind herein. Schmal, klein, unproportioniert erschien Chaya in der Tür. Gekleidet in eine grau gestreifte Strumpfhose, ein schwarzes Röckchen und ein ebenso schwarzes Shirt, ging sie mit geneigtem Kopf auf Bea zu. Die Haare umwehten sie dabei, gaben ihr eine finstere Aura, während ihre Augen Bea auf unheimliche Art und Weise fixierten. Es hätte Bea vermutlich nicht gewundert, wenn die Pupillen plötzlich rot aufgeblitzt hätten. Instinktiv wich sie hinter den Verkaufstresen zurück, obwohl das Mädchen ihr gerade mal bis zum Gürtel reichte. „Was zum …"

Chaya blieb vor der Kasse stehen und legte die vermeintliche Boshaftigkeit wie einen alten, schweren Mantel ab. Die Schatten aus ihren Zügen verschwanden. „Hallo Frau Liber."

„Hallo … Chaya." Bea schluckte. „Kann ich was für dich tun?"

„Lesen", antwortete Chaya. Ihre Körperhaltung änderte sich subtil. Leicht x-beinig drückte sie die Knie zusammen, ein Fuß drehte sich so weit, dass nur noch die Schuhspitze den Boden berührte. Eine Schulter hob sich um ein paar Millimeter, die andere senkte sich ebenso. „Wenn es Ihnen nichts ausmacht. Sie können so schön vorlesen", erklärte sie mit schüchternem Augenaufschlag.

„Ähm. Weiß denn dein Cous- dein … Quirinus, dass du hier bist?"

„Er hat mich hergeschickt."

Na, dachte Bea, der macht es sich ja einfach. „Ich weiß nicht, ob ich Zeit dafür habe." Chaya deutete auf das Buch, in dem Bea gerade noch gelesen hatte und was jetzt neben der alten Anker-Kasse stand. Ertappt! „Was möchtest du denn vorgelesen bekommen?"

Das Mädchen setzte sich im Schneidersitz auf den Boden. Genau dort und genau so, wie die Kinder es gestern bei der Leserunde getan hatten. „Suchen Sie etwas aus."

„Okay", sagte Bea und ging zu den Kinderbüchern. Sie streckte wieder mal einen Arm aus, ließ wieder die Hand an den Buchrücken vorbeistreifen. Zumindest wollte sie es so tun. Doch sie griff zunächst ins Leere. Es war, als wären alle Bücher kollektiv einen Schritt zurückgetreten. Allerdings konnten Bücher eigentlich keine Schritte gehen, weder vor noch zurück. Verblüfft schaute Bea genauer hin. Vor den Büchern war ein Zentimeter mehr Platz als sonst. Sie konnte deutlich einen kleinen staubfreien Bereich vor ihnen erkennen. Nur ganz links stand noch ein mutiges Buch auf seinem angestammten Platz. Astrid Lindgren? Ja, warum nicht?

„Was hältst du von einem Ausflug mit Pippilotta Viktualia Rollgardina Pfefferminz Efraimstochter Langstrumpf ins Taka-Tuka-Land? Wir könnten den Neg- äh- Südseekönig besuchen. Das ist ein Buch, das ein Kind in deinem Alter einfach kennen muss. Ich würde dir gerne daraus vorlesen."

Chayas Miene blieb unverändert ruhig.

„Du musst nicht gleich eine Laola-Welle starten. Aber etwas mehr Begeisterung hätte ich schon erwartet. Soll ich was anderes vorlesen?"

Chaya drückte den Rücken durch und saß nun stocksteif und aufrecht wie eine Yoga-Schülerin. „Taka-Tuka Langstrumpf wäre toll. Ich freue mich darauf." Eine Tonbandansage klang enthusiastischer.

„Nicht so überschwänglich", sagte Bea ein wenig argwöhnisch, schnappte für sich und das Kind jeweils ein Sitzkissen und hockte sich neben sie auf den Boden. Das angenehme Knistern und Rascheln erfüllte leise und doch unüberhörbar den Raum, als sie das Buch aufschlug und die ersten Seiten umblätterte. Dann begann sie gefühlvoll von der Villa Kunterbunt, der kleinen, kleinen Stadt mit ihren hübschen und gemütlichen Straßen, den niedrigen Häusern und den Gärten mit den Blumenbeeten zu erzählen.

Um sie herum setzte sanftes Wispern ein. Es war kaum hörbar, klang beschwörend und machtvoll, zugleich aber auch kindlich und aufgeregt. Die Bücher, es waren die Bücher! Sie flüsterten wieder. Ja, sie flüsterten wieder. Erst dadurch fiel Bea auf, dass sie irgendwann vorher offenbar verstummt sein mussten.

Bis Feierabend blieben sie ungestört und schafften es, drei der kurzen Kapitel zu lesen. Als Ingo eintraf, um sie abzuholen, sprang Chaya wie eine aufgezogene Feder auf. Sie lachte, hüpfte, tanzte. Nicht wie Quirinus, nein, es war die fröhliche, kindliche Art, wie man es bei Grundschülern sieht, die zuvor etwas zu lange still bleiben mussten. Chaya warf singend ihren Kopf hin und her. Das diffuse Licht der Abenddämmerung zauberte dabei einen rötlichen Schimmer in ihre fliegenden Haare. Vielleicht waren die Haare auch tatsächlich leicht rot; Bea vermochte es nicht recht zu erkennen. „Darf ich mir das Buch bis morgen ausleihen?", fragte Chaya, nahm es Bea aber schon aus der Hand, ohne die Antwort abzuwarten.

„Klar“, sagte Bea perplex und fragte sich insgeheim, wer die Kleine ausgewechselt hatte. Wie ein Wirbelwind stürmte Chaya nach draußen, an Ingo vorbei, der ihr ebenso erstaunt wie Bea hinterherblickte.

Er steckte den Kopf zur Tür herein, ohne jedoch seinen Füßen zu gestatten, ins Antiquariat zu schreiten. „War das diese Chaya?“, fragte er.

„Ja.“

„Hast du mir nicht erzählt, dass sie sehr passiv und vielleicht ein bisschen gaga ist?“

Bea schnappte sich ihre Jacke und den Ladenschlüssel. „Von *gaga* war nie die Rede“, sagte sie und schloss beim Hinausgehen sorgsam die Ladentür hinter sich ab. „Sie ist etwas … merkwürdig.“

„Ja, so hast du mir sie gestern beschrieben. Merkwürdig.“ Ingo gab ihr herausfordernd einen leichten Klaps auf den Po. „Das heißt mit anderen Worten *gaga*.“

„Für *gaga* bist du der Spezialist.“

„Oh, dieses Kompliment gebe ich gerne an dich zurück. Wie war es heute auf der Arbeit?“ Ingo reichte Bea den Arm und sie hakte sich bei ihm unter.

„Nichts Besonderes“, antwortete sie, „nur dass ich eine kleine Lesesession für Chaya gemacht habe. Sie scheint die Geschichte regelrecht aufzufressen. Ich kenne nur einen, der mir so konzentriert zugehört hat.“

„Lass mich raten.“ Ingos Stimmung wurde eine Nuance schlechter. „Herr Plana?“

„Warum sagst du das so komisch?“

Ingo seufzte. „Keine Ahnung. Vielleicht, weil Plana dir immer noch auf eine Art und Weise nahe ist, die ich nicht …“

Bea wartete kurz, ob Ingo den Satz beenden würde. Er tat es nicht. Offenbar war es ihm unangenehm. „Bist du eifersüchtig auf den alten Mann?“

„Nein“, beeilte sich Ingo zu sagen, „wie könnte ich eifersüchtig auf einen Toten sein?“

„Ja“, sagte Bea nachdenklich, „das frage ich mich gerade auch.“

„Was hältst du davon“, fragte Ingo, um möglichst schnell das Thema zu wechseln, „wenn wir uns das Kuriosum mal gemeinsam anschauen? Ich bin neugierig, was das für ein Laden ist. Als ich eben daran vorbeigekommen bin, war der Laden noch offen. Diesem Quirinus möchte ich gerne mal auf den Zahn fühlen.“

Bea blickte nach vorn. Chaya war schon außer Sicht. Ob sie Quirinus mit einer Umarmung begrüßen würde, um ihm dann voller Enthusiasmus von Pippi Langstrumpfs Abenteuern zu berichten? Wie würde Quirinus darauf reagieren? Bea stellte fest, dass sie das wirklich brennend interessierte. Vor allem, weil sie sich eine entsprechende Szenerie so überhaupt nicht ausmalen konnte. „Quirinus auf den Zahn fühlen? Das ist eine gute Idee.“

„Ich habe nur gute Ideen!“ Ingo schnalzte mit der Zunge und ließ die Augenbrauen bedeutungsvoll wippen. Dann ging er im Stechschritt los und zog Bea neben sich her.

Das letzte Licht des Tages mogelte sich an den Streifen der Markise vorbei ins Schaufenster. Die Auslage hatte sich innerhalb eines Tages komplett gewandelt. Auf rotem Samt standen nun unzählige Telefone. Die meisten davon waren uralt, hatten Wählscheiben, Kurbeln oder sogar beides. Der Apparat aus dem Antiquariat hätte sich hier problemlos einreihen können. Auch ein scheinbar prähistorisches Handy, groß wie ein Koffer und mit einer langen, langen Antenne lag dort. Um dem Anblick etwas Abwechslung zu verleihen, waren im Hintergrund einige Computer, Lochstreifen-Apparaturen und Magnetband-Lesegeräte installiert. Ganz in der Mitte, auf einem mit Samt ausgelegten Podest, stand ein modernes E-Book-Lesegerät. Ein kleines Verkaufsschild wies es als *iRead* aus. Der angegebene Preis war exorbitant.

Vor dem Laden gab es ebenfalls eine Neuerung: Eine weiße Parkbank war vor dem Fensterbrett platziert worden. Darauf saß, in äußerst männlicher Pose, Quirinus. Mit gespreizten, weit ausgestreckten Beinen, nach links und rechts über die Rückenlehne gelegten Armen, schaute er Bea und Ingo durch eine schwarze Ray Ban Sonnenbrille entgegen. Breit grinsend rief er: „Wie herrlich, dass so kurz vor Ladenschluss noch so zwei liebreizende Kunden den Weg zu mir finden. Je später der Abend, umso schöner die Gäste! Da ist was Wahres dran. Ich sehe Ihnen an, lieber Ingo, dass Sie heute ein grandioses Geschäft bei mir tätigen werden. Treten Sie nur heran. Mein fachkundiges Personal wird Ihnen Dinge zeigen, von denen Sie gar nicht wussten, dass Sie sie brauchen.“ Auch wenn die Worte mit Quirinus’ Mund gesprochen wurden; sie klangen nicht, als wären sie seine eigenen. Aufgesetzt und gespielt kam es rüber, als ob ein Prolet die Sprache feiner Herrschaften verwenden wollte.

„Woher weiß er meinen Vornamen?“, fragte Ingo leise, doch bevor Bea auch nur mit den Schultern zucken konnte, öffnete sich die Tür und der Verkäufer eilte auf die Straße. „Ah!“, machte dieser, löste Ingo aus Beas Arm, um ihn dann eilends in den Laden zu führen. „Ich vermute, ich habe genau das Richtige für Sie.“ Das Manöver geschah so schnell, dass an Gegenwehr nicht mal im Ansatz zu denken war.

„Setzen Sie sich an meine grüne Seite, Frau Liber. Genießen wir die Sonne, solange sie für uns noch scheint.“ Quirinus reckte den Hals, damit das letzte Sonnenlicht des Tages die Gelegenheit bekam, möglichst viel von seiner Person zu erwischen. Da er nicht gewillt war, etwas zur Seite zu rutschen und auch die Arme auf der Rückenlehne beließ, platzierte sich Bea soweit es ging nach außen. Deshalb saß sie recht unbequem auf einer Pobacke und stützte sich mit einem Bein ab.

„Kommen Sie ruhig etwas näher. Ich beiße nicht“, sagte Quirinus. Widerwillig gehorchte Bea den Gesetzen der Höflichkeit. Doch da der Kuriositätenhändler immer noch keine Anstalten machte, seinen Komfortbereich zu verkleinern, hatte Bea nun seine Hand fast im eigenen Nacken, was ihr äußerst unangenehm war.

Nachdem sie ein Weilchen schweigend dagesessen hatten, nahm Quirinus endlich die Hand fort und deutete vergnügt auf die andere Seite der Straße. Dort lag eine leere, rote Getränkedose. „Gesehen?“, fragte er lakonisch.

„Ja.“

„Ein Kuriosum, so eine Dose.“ Quirinus nahm die Hand runter und legte sie auf seinen Bauch, den er beiläufig zu streicheln begann. „Es hat lange gebraucht, bis erkannt wurde, dass es nichts Dämlicheres als diese Art der Verpackung gibt. Aluminium ist ein Umweltsünder hoch drei. Der Abbau ist eine Vergewaltigung der Natur. Und obwohl man das Metall wunderbar wiederverwenden könnte, ist es viele, viele Jahre in der Müllverbrennung gelandet. Ein Kuriosum. Weißblech ist übrigens kaum besser."

„Ich wusste gar nicht, dass es Cola in Dosen noch zu kaufen gibt", warf Bea ein.

„Vom Markt sind sie nicht. Auch ich habe immer ein paar Paletten im Sortiment", merkte Quirinus an. „Direkt neben den Einwegplastikflaschen."

„Die sind doch nicht selten", stellte Bea verblüfft fest.

Quirinus grunzte belustigt. „Aber sie sind ein Kuriosum. – Ein Kuriosum, wenn man den gleichen Maßstab wie bei der Dose ansetzt. Wussten Sie, dass die Einwegflasche die Glaspfandflasche fast vollständig aus den Läden verdrängt hat? So knapp kann das Erdöl dann wohl nicht sein. Plastik hier. Plastik da."

Ein Teenager näherte sich der Dose. „Jetzt kommt der spaßige Teil des Tages", kommentierte Quirinus. Er beugte sich interessiert vor. „Eine Dose auf dem Bürgersteig plus ein Halbstarker auf dem Weg nach Hause. Was glauben Sie, Frau Liber, wird passieren?"

Bea verstand, was Quirinus meinte. Bevor sie antworten konnte, holte der junge Mann mit dem rechten Bein weit aus, um der Dose einen kräftigen Tritt zu versetzen.

„Das wird guuuut", freute sich Quirinus.

Als der Fuß die Dose traf, hätte es eigentlich ein lautes Scheppern geben sollen. Es machte allerdings nur stumpf „Klack". Das Behältnis, offensichtlich gar nicht so leer und so leicht, wie es äußerlich den Anschein erweckte, kullerte knirschend knapp einen Meter weit. Der junge Mann brach mit schmerzverzerrtem Gesicht zusammen. Mit beiden Händen umklammerte er den Fuß und wälzte sich wie ein Mittelfeldspieler nach einem groben Foulspiel über den Boden.

„Blei", erklärte Quirinus lakonisch. „Ich hatte noch etwas übrig. Hab gestern die Dose damit ausgegossen. … es gibt Geschichten, die folgen zwangsläufig unsichtbaren Regeln. Man kann sie prima ins reale Leben übertragen. Die Ich-trete-eine-Dose-Story ist der allerbeste Beweis. Ein herrliches Klischee, das durch meine winzige Abwandlung sogar eine Pointe bekommt.

Wir sollten hineingehen, bevor der Hauptdarsteller dieser kleinen Anekdote nachfragen kann, von wem die Dose stammt. Ich bin außerdem neugierig, ob Ihr Mann in meinem Fundus fündig geworden ist."

Das Innere des Kuriositätenladens hatte sich auch geändert. Zwar waren die Wände, die sich um das Schaufenster bogen, noch immer voller Regale. Doch die Exponate waren komplett ausgetauscht worden. Da waren Spieluhren, Plastikroboter und Handys, Schneidebrettchen mit Brotmesser, Tablet-PCs und leere Konservendosen, die mit einer Schnur verbunden waren. Neben der Tür, die zum Bücherraum führte, stand nun eine englische Telefonzelle. Auf unterschiedlich hohen Podesten in der Mitte des Raumes hatte jemand verschiedenste Schreibutensilien platziert. Gänsefedern, Kugelschreiber, Füllfederhalter und Stempel in allen Größen.

„Na, mein Lieber", sprach Quirinus Ingo gönnerhaft an, „haben Sie etwas in meinen Schätzen gefunden?"

Überrascht stellte Bea fest, dass ihr Mann tatsächlich einen kleinen Drahtkorb in der Hand hielt. Der Verkäufer legte gerade einen in Leder eingebunden E-Book-Reader hinein. Dabei strahlte er, als hätte er den Rockefellers einen Trabanten zum Preis eines Lamborghinis aufgeschwatzt.

„Das ist doch jetzt nicht dein Ernst", entfuhr es Bea.

Ingo lächelte verlegen. „Wenn man ihn zuklappt, sieht er aus wie eines deiner Bücher."

„Wenn man ihn aufklappt", sagte Bea mit aller ihr zur Verfügung stehenden Ironie, „kannst du sogar darin lesen."

„Ja, aber es passen 3500 Titel drauf. Ist doch nett."

„Wie viele Bücher hast du in diesem Jahr gelesen?"

„Äh. Vier." Ingos Blick huschte hilfesuchend zum Verkäufer. Der nickte ihm auffordernd zu. „Ich kann sogar die Schrifthöhe variieren."

„Siehst du schlecht?"

Ingo suchte die Flucht im Angriff: „Was hast du bloß gegen E-Books?"

„Herr Plana hätte gesagt …", begann Bea.

„Du bist nicht Herr Plana“, unterbrach Ingo. Es klang grober, als es gemeint war.

Eine besonders scharfe Antwort lag Bea bereits auf der Zunge, doch Quirinus, der sich offenbar gerade köstlich amüsierte, sagte: „Ah! E-Book-Lesegeräte. Die Cola-Dosen unserer Zeit. Hier sieht man Blech, Kunststoff, Aluminium, ein Sondermüll-Akku und etwas Silikon. Auf der anderen Seite zeigt sich ein Produkt aus nachwachsenden Rohstoffen, das biologisch abbaubar ist.“ Er drehte sich zu Bea: „Man soll sich dem Neuen nicht verschließen, sage ich immer.“ Jetzt wandte er sich Ingo zu. „Aber man darf es hoffentlich hinterfragen, ohne dass jemand böse wird.“

„Sie mögen auch keine E-Books?“, fragte Ingo irritiert.

„Doch! Doch!“ Quirinus legte einen Arm um Ingos Schulter und führte ihn in Richtung Kasse. „Ich bin der Inhaber eines Ladens voller Kuriositäten. Ich bestreite meinen Unterhalt mit so was.“ Ohne Punkt und Komma plapperte Quirinus einfach weiter, während er mit rascher Feder eine Quittung vorbereitete. „Sie haben eine gute Wahl getroffen! Egal, aus welchen Tiefen des Antiquariats Ihre Frau ein Buch hervorholt, Sie werden es sich schon vorher – vielleicht sogar kostenlos – aus dem Internet besorgen können. Irgendwann ist das Internet die wahre babylonische Bibliothek. Fitzek, Flemming oder Follett sind nur einen Klick entfernt. Ich kenne da ein paar Plattformen, auf denen Sie ganz umsonst … Ach, das kriegen Sie noch raus. Aber selbst wenn Sie Ihre Bücher kaufen möchten, sind Sie billiger dran. Buchhändler! Wer braucht die schon?“ Das alles klang nicht so, als würde er sich über Ingo lustig machen. Nein. Es hörte sich wie eine halbwegs sachliche Beschreibung der gegebenen Tatsachen an … wenn sie von einem fleißigen Versicherungsvertreter vorgetragen wurden. „Alles in allem – wenn Sie drei Jahre lang so richtig, richtig viel lesen – sieht die Umweltbilanz auch viel besser aus; besser als die beim althergebrachten Buch.“ Nun, zum Schluss seiner Ausführungen zwinkerte Quirinus Beatrice zu. Verschwörerisch. Hinterlistig. Teuflisch. „Im Allgemeinen habe ich natürlich nichts gegen Buchhändler.“

Blindbuch

Da Ingo ziemlich verschnupft auf Beas Reaktion reagiert hatte, sprachen sie den Rest des Abends nur noch das Allernötigste miteinander. Die Aufräumaktion im Keller wurde nicht mal in Erwägung gezogen. Ingo fläzte sich auf das Sofa im Wohnzimmer und probierte demonstrativ die diversen Funktionen des Lesegerätes aus. Immerhin gab es auch zahlreiche „Apps", die über das reine Lesevergnügen hinausgingen. Das Wort „Kuriosum" durchfuhr Beatrice. Nachdem Ingo sich über eine Stunde mit dem ergänzenden Computerprogramm für seinen PC und den dazugehörigen Updates beschäftigt hatte, widmete er sich eine weitere Stunde einigen Minispielen. Schließlich blieb er bei einem ***Enhanced E-Book*** hängen. Ob er es tatsächlich las, konnte Bea nicht feststellen. Der mitgelieferte Soundtrack quäkte allerdings blechern und lautstark aus einer kleinen Öffnung an der Unterseite des Geräts und passte sich seinem angeblichen Lesefortschritt an. Mal blieb die Musik leise und unauffällig, mal schwang sie sich zu epischen Höhen auf.

Da sie sich nicht wirklich gestritten hatten, bemühte sich Bea in keinster Weise um eine Versöhnung. Sollte ihr Mann noch ein bisschen im eigenen Saft schmoren und mit dem Teil glücklich werden. Ausgerechnet ein E-Book-Reader! Sie kam sich verraten vor. Und seine Aussage, dass sie nicht Herr Plana sei, machte sie tatsächlich wütend. Als ob sie es nicht wüsste. Sie war kein Auktoral. Das hatte sie auch nie von sich behauptet.

Andererseits … Plana war der Protagonist ihrer Geschichte. Durch diese Geschichte war das Buchland erst möglich geworden. Und das Buchland war nun real. Herr Plana war auch real gewesen. Seine Gedanken waren irgendwie aus ihrem Kopf gekommen und hatten seine Person erschaffen. Oder hatte sie alles falsch verstanden? Wieder stand sie auf dieser Treppe, die sich spiralförmig in den Himmel streckte und beim Beschreiten doch nicht nach oben führte.

Dem Tag war endgültig die Farbe vergangen. Das bläuliche Schwarz der Nacht kroch durch die Straßen. Ingo war auf dem Sofa eingeschlafen. Der Reader lag noch eingeschaltet in seiner erschlafften Hand.

Beatrice nahm das Gerät und suchte nach der kleinen Taste, die einen nach oben offenen Kreis mit einem senkrechten Strich zeigte. Sie fand stattdessen einen winzigen Hebel an der Seite. Darin eingraviert, so klein, dass es kaum lesbar war, standen die Worte: „Hiermit sollest du den Apparath ausschaltigen."

Natürlich: Wenn man sich ein solches Gerät in einem Kuriosum zulegte, musste man mit Überraschungen dieser Art rechnen. Also tat Beatrice wie ihr geheißen und sortierte alsdann den Reader im Bücherbord zwischen den Werken von Bruce Sterling und H.G. Wells ein.

Aus dem Schlafzimmer holte sie Ingos Plumeau und deckte ihn damit vorsichtig zu. Ein zaghafter Kuss auf die Stirn (die er sofort angestrengt zusammenzog), ein leises „Ich liebe dich". Danach ging sie zur Garderobe, zog sich eine Jacke über und machte sich auf, um ein paar Gedanken zu sortieren, denn an Schlaf war für sie gerade nicht zu denken.

Die Straße war menschenleer, das Schaufenster des Antiquariats dunkel wie ein Loch in der Zeit. Auch die anderen Läden waren unbeleuchtet. Warum ihre Füße sie gerade hierhin getragen hatten, wusste Beatrice nicht. Schon hatte sie den Schlüssel in der Hand, schloss auf und stand im nächsten Augenblick zwischen den geliebten Büchern.

Sie wisperten wieder!

Aufgeregt.

Fordernd.

Wissend.

„Was wollt ihr mir sagen?" Beas Stimme war nur ein Hauchen. Sie wagte es nicht, laut zu sprechen, weil sie Angst hatte, ihre Freunde mit ihren Worten zu verschrecken. Die Antwort, die sie erhielt, war so vielstimmig, dass sie nichts verstand.

Was blieb, war das Gefühl, dass etwas Neues und Wichtiges sich ankündigte. Doch bevor sie nachfragen konnte, was genau das sein könnte, läutete hinter ihr die Ladentür. „Wir haben geschlossen“, sagte Bea mechanisch, noch ehe sie sich überhaupt darüber wundern konnte, dass um diese nachtschlafende Zeit jemand das Antiquariat betrat. Sie drehte sich um und sah …

„Chaya, was machst du denn hier?“

Da Beatrice das Licht nicht eingeschaltet hatte, blieben die Gesichtszüge des Mädchens im Halbdunkel verborgen. Dennoch hatte sich das Kind auf subtile Art verändert. Irgendwie wirkte sie nicht mehr so zerbrechlich. Der Kopf hatte sich den restlichen Proportionen des Körpers ein klein wenig angepasst. Er schien nicht mehr viel zu groß im Vergleich zum dünnen Hals. War das möglich? Oder spielte Beatrice' Wahrnehmung ihr einen Streich?

„Ich wollte das Buch zurückbringen.“ Aus einer kleinen Umhängetasche zog sie *Pippi Langstrumpf* heraus. „Ich habe es leer gelesen.“

Leer gelesen? Beatrice hatte natürlich schon öfters diese Formulierung zu hören bekommen. Die Leute sagten so was. „Ausgelesen“, „zu Ende gelesen“ oder eben „leer gelesen“. Doch aus Chayas Mund klang es, als würde sie es nicht im übertragenen Sinne meinen. Als sie einen Schritt nach vorne tat und das hereinfallende Mondlicht ihre Wangen streichelte, sah Bea diesen Gesichtsausdruck, der ehrliches Bedauern und eine unausgesprochene Bitte um Entschuldigung widerspiegelte.

Bea nahm das Buch entgegen. Selbst für ein Kinderbuch lag Pippi ungewöhnlich leicht in der Hand. Es erinnerte an ein Stück Pappmaché in Form eines Buches, wie es in Möbelhäusern verwendet wurde, damit die ausgestellten Schränke nicht so leer aussahen.

Eigentlich hätte Bea fragen können, warum Chaya gerade mitten in der Nacht das Buch zurückbringen wollte oder woher sie wusste, dass Bea hier war. Stattdessen fragte sie: „Was hast du mit dem Buch gemacht?“

Denn als sie das Buch aufschlug und die Blätter zwischen ihren Fingern hindurchgleiten ließ, … rieselte zarter Papierstaub auf den Boden. Die Seiten waren grau und ungewöhnlich dünn. Sie erinnerten an ein Gebetsbuch. Die Schwärze der gedruckten Buchstaben zeigte haarfeine

Risse. „Was hast du mit dem Buch gemacht?“ Beatrice wiederholte die Frage. Es gelang ihr kaum, den Blick von Pippi zu lösen.

Chaya war einen Schritt zurückgewichen. Eine Antwort war ihr jedoch nicht über die Lippen gekommen. Verstört und ängstlich schaute sie zu Beatrice auf. Aber sie sagte nichts.

Als Beatrice ungeschickterweise ihre Frage ein drittes Mal wiederholte, flog die Ladentür auf und Chaya verlor sich auf der Straße wie ein Schatten in der Dunkelheit.

„Hier geht's nicht mit rechten Dingen zu“, flüsterte Bea verwundert und benutzte damit eine Floskel, die auf abertausenden Klappentexten ein Zuhause hatte. „Das hätte Herrn Plana irgendwie gefallen.“ Es hätte ihm sogar ein Schmunzeln ins Gesicht gezaubert.

Der brüchige Einband zerfaserte zusehends zwischen Beatrice Fingern. In wenigen Minuten würde das Buch wahrscheinlich endgültig aus dem Leim fallen. Nie hatte sie ein Buch als so leblos empfunden. Vielleicht war es Zeit für etwas Buchland-Zauber. Eine Nacht inmitten der Artgenossen würde der gedruckten Version von *Pippi Langstrumpf* bestimmt gut tun. Beatrice schob das Buch zurück an seinen ursprünglichen Platz im Regal und beschloss, herzhaft gähnend, diesen merkwürdigen Tag enden zu lassen. Morgen würde wieder alles beim Alten sein.

Beatrice stellte fest, dass nichts wieder beim Alten war. Während die ersten Kunden im Laden stöberten und die üppig beladenen Auslagen betrachteten, klebte Beas Blick immer wieder entgeistert an dem schwarzen Strich fest, der durch die Lücke in den ansonsten geschlossenen Reihen im Bücherregal entstanden war. Dort, wo sie gestern das Kinderbuch eingeschoben hatte, lag ein klägliches Häuflein Staub. Wie konnte das sein? Wie konnte ein Buch innerhalb so kurzer Zeit zerfallen? Das hatte Beatrice noch nie erlebt. Schon gar nicht hier im Antiquariat. Hier starben keine Bücher! Hier lebten sie auf. Egal, was es zu bedeuten hatte: Es konnte nichts Gutes sein. Aber wenn sie Antworten finden wollte, gab es nur einen Ort, an dem sie danach suchen konnte. Während der Zeiger langsam über das Zifferblatt ihrer Armbanduhr kroch, überkam sie mehr und mehr ein Gefühl der Unruhe. Die Angst, dass etwas ihre Bücher bedrohte, machte sich schmerzhaft spürbar in ihren Knochen breit. Da war noch immer das Wispern um sie herum. Doch entgegen aller Erfahrungen, die sie bislang zwischen den Büchern gemacht hatte, klang es nun kläglich, geradezu krank.

Kurz vor Mittag entschied sie kurzerhand, den Laden zu schließen. Wenn in ihrem Antiquariat Bücher verschwanden, duldete es keinen Aufschub. Dass sie einer ihrer besten Kundinnen, Frau Richter, dabei die Tür quasi vor der Nase zusperrte, nahm sie in Kauf.

Sie eilte zum Maschinentelegraphen, ließ den Hebel an der richtigen Stelle einrasten und riss die Tür zur Kellertreppe auf. Sie war schon die ersten Stufen hinuntergerannt, bis sie abrupt stehen blieb.

„Was zum …“

Die in Stein geschlagenen Stufen wanden sich wie ehedem hinab. Die Finsternis wurde von den Glühbirnen in die Fugen zwischen den Steinen verbannt, doch ihr Licht wurde feucht glitzernd zurückgeworfen. Von der halbrunden Decke hingen kleine, schleimig grüne Stalaktiten herab. In der Luft schwebte ein unangenehmer Geruch, der an faulende Eier erinnerte.

„Es wäre schön, wenn ich jetzt meinen Herrn Plana an meiner Seite hätte“, flüsterte Bea in die Kälte, die ihren Atem in weiße Dunstschwaden verwandelte. „Ein Auktoral wüsste, was das zu bedeuten hat.“

Weitaus langsamer setzte sie ihren Weg hinunter fort. Dabei musste sie aufpassen, dass sie nicht ausglitt, denn mit jedem Schritt wurden die Stufen glitschiger. Moos, Schimmel und Schwamm hatten sich ausgebreitet, machten den Abstieg zu einem gefährlichen Unterfangen.

Unten angekommen nahm sie sich die Taschenlampe. Die Beleuchtung reichte zwar bis in die Abteilung mit den aktuellen Kinderbüchern, aber ihr Instinkt sagte ihr, dass etwas zusätzliches Licht nicht schaden konnte. Die Regale mit den Grüffelos und Elfen waren nicht weit entfernt und im Vergleich zu den restlichen Themengebieten relativ überschaubar. In einer Viertelstunde konnte sie da sein, sich ein neues Exemplar von Pippi nehmen und schleunigst wieder …

Entsetzt hinderte sie sich daran, den Gedanken zu Ende zu spinnen. Sie liebte das Buchland! Es war doch kein Ort, von dem sie fliehen wollte. Beatrice hob die Schultern, reckte das Kinn vor und wagte endlich, ihren Weg mutig fortzusetzen. Immerhin war hier unten alles in Ordnung. Was auch immer da im Treppenabgang passierte: Es passierte nur dort.

Alles in Ordnung!

Irgendwo knackte es.

Etwas Anderes trippelte über den steinernen Boden.

Kicherte da etwas? Oder jemand?

Bea drehte sich langsam um. Der Gang hinter ihr war genauso leer wie der Gang voraus. „Buh!“ Nein, das hatte niemand gesagt. Es lag nur unausgesprochen in der Luft.

Beatrice schluckte trocken. Der Kloß im Hals blieb davon unbeeindruckt. Er ließ ein zaghaftes „Hallo?“ der Kehle entweichen. Ein Echo, das unnatürlich laut zurückhallte, kam einer Antwort gleich. „Hallo!“

„Ist da jemand?“

Das Echo zerhackte ihren Satz. Aus allen Richtungen drangen ihre Worte zu ihr zurück. „Ist da jemand … da jemand … jemand … ist … da … jemand … da ist jemand.“

Herr Plana, dachte Bea, hätte jetzt gesagt: „Das Echo, welches Bücher erzeugen, ist nicht akustischer Natur.“ Nein, hier unten konnte es nicht so einen Widerhall geben. Sie hielt sich doch nicht in einer Schlucht aus Kalk und Granit auf. Hier gab es nur Holz und Papier.

Das Licht über ihr flackerte. Noch bevor sie nach oben blicken konnte, machte es über ihr leise „patsch“. Dann rieselten kleine Glasscherben herunter. Schützend hob sie die Arme über ihren Kopf, spürte, wie warme Splitter von ihr abprallten und mit leisem Klirren auf dem Boden aufschlugen. „Patsch, patsch, patsch.“ Überall um sie herum wiederholte sich das Geschehen und ließ sie schließlich in absoluter Finsternis zurück.

Vorsichtig ließ Beatrice die Arme sinken, schüttelte sich, um das Glas vom Körper zu bekommen. Ein paar kleine Schnitte brannten in der Haut, doch alles in allem war sie wohl unverletzt. Sie erlaubte sich, wieder zu atmen, und rang die aufkommende Panik nieder. Das Zittern ihrer Finger bekam sie auch in den Griff. Sie schaffte es, die Taschenlampe einzuschalten.

Wahrscheinlich wäre es nun das Vernünftigste gewesen, so schnell wie möglich den Rückweg anzutreten. Aber Beatrice spürte in sich eine ungekannte Art von Trotz, die allerdings nicht mit Mut zu verwechseln war. „Hey Pippi Langstrumpf. Trallali“, flüsterte sie. Das entsprechende Regal war ja nicht mehr weit.

Als sie es erreichte, entfuhr ihr ein erstauntes Pfeifen. Ein imposanter Anblick. Sie schätzte das Gesamtwerk Astrid Lindgrens auf knapp 100 Titel. Dazu kamen zig Spezialeditionen, Neuauflagen, illustrierte Fassungen und allerhand Drehbücher, bei denen Frau Lindgren als Co-Autorin mitgewirkt hatte. Darüber türmten sich die unzähligen Übersetzungen in die Höhe. Das spärliche Licht in ihrer Hand erlaubte Beatrice nur eine begrenzte Sicht. Von hier unten sah das Regal deshalb aus, als würde es sich bis unter das ferne Deckengewölbe recken. Oder weiter. „Das wird ein Weilchen dauern.“

Sie zog eine Leiter auf Rollen vom Nachbarregal heran und machte sich forsch an den Aufstieg. Die Taschenlampe klemmte sie dabei zwischen die Zähne, um mit beiden Händen sicheren Halt zu haben.

Etwa drei Meter über dem Boden fand sie das Brett mit den deutschsprachigen Titeln. Da standen sie: *Pippi Langstrumpf*, *Pippi geht an Bord* und dann … eine Lücke, die, gefüllt mit leuchtend blauem Nebel, den Umriss eines Buches formte. Vorsichtig griff Beatrice in die Lücke. Das Gefühl eines Déjà-vu stellte sich ein. Sie tastete nach dem Dunst, der aber körperlos ihrem Griff entfloh. Stattdessen spürte sie ein Stück Karton, das am angrenzenden Buch lehnte. Sie zog es hervor.

„Eine Postkarte“, entfuhr es ihr erstaunt. Dann las sie: „Vergriffen. Regalplatz 09081979. Die Geschichte eines mutigen Mädchens auf einer Südseeinsel. Lesen Sie die Abenteuer der kleinen Pippi und ihrer treuen Freunde. Tauchen Sie ein in eine anarchische Erzählung für Kinder. ISBN 978-3789116322. Weitergehende Informationen erhalten Sie in der Buchbinderei.“

Ein alter Bekannter

Beatrice hätte nie gedacht, dass sie das Schicksal nochmal so tief ins Buchland führen würde. Seitdem sie das Antiquariat geerbt hatte, hatte sie sich nicht mehr so weit in die Gänge hineingewagt. Sie wusste um das mächtige Eigenleben des geschriebenen Wortes, wusste um die Magie, die die Realität um die Fiktion krümmte wie das Weltall den Raum um die Masse. Es gab hier Gänge, die sich verschoben, Bücher, die sich bewegten, und Wesen, denen sie nie wieder begegnen wollte. Ja, sie liebte das Buchland. Aber sie hatte auch einen höllischen Respekt vor dem, was im Buchland zu finden war.

Jetzt, nur bewaffnet mit einer Taschenlampe, konnte niemand von ihr erwarten, dass sie sich zum Blinden Buchmacher aufmachen würde. „Nein, meine Lieben", flüsterte sie den Büchern zu, „das Spiel mache ich nicht mit. Ich bin nicht eure Marionette."

Entschlossen schob sie die Karte zurück an ihren Platz, stieg die Sprossen hinab und …

Die Taschenlampe flackerte. Ihr Licht färbte sich von hellem Gelb zu schwachem Orange. Just als Beas Füße den sicheren Boden berührten, erlosch das kleine Birnchen hinter der Scheibe gänzlich.

„Scheiße", stellte Bea aus tiefstem Herzen fest. Dabei drehte sie sich zwei oder drei Mal um die eigene Achse, um zu sehen, ob es vielleicht irgendwo ein Funken Helligkeit in ihrer Nähe gab. Ein fataler Fehler! Jetzt hatte sie endgültig ihre Orientierung verloren.

Sie streckte vorsichtig die Arme in beide Richtungen aus. Die Leiter musste ja noch neben ihr stehen. Die Leiter lehnte doch am Regal, das vorhin, als sie gekommen war, rechter Hand gewesen war. Wenn sie die Leiter fände, diese dann links zurücklassen würde, musste der Gang sie zurück zum Ausgang führen. Soweit die Theorie …

Fast gleichzeitig fanden ihre Fingerspitzen den Holm einer Leiter; auf beiden Seiten des Ganges, sich genau gegenüberstehend. „Das ist ein ziemlich schlechter Scherz", beschwerte sich Bea beim Schicksal.

Das war es nicht. Nach Lachen war ihr eigentlich auch gar nicht mehr zumute, denn sie hatte nun keine Ahnung, wie sie wieder herausfinden sollte. Und zu ihrem Verdruss musste sie feststellen, dass sie einen der elementarsten Patzer gemacht hatte, die man hier unten machen konnte: Sie war aufs Geratewohl in die Gänge gelaufen. Weil sie den Weg zu den Kinderbüchern auswendig kannte, hatte sie auf die Kordel verzichtet.

„Ruhig bleiben", befahl sie sich. Das Zittern in ihrer Stimme trug nicht dazu bei. Sie atmete tief durch, schloss die Augen (was in Sachen Sicht keinen Unterschied machte) und lauschte. Jetzt, wo sie sich darauf konzentrierte, konnte sie die Bücher wieder hören. Ihr Flüstern war kaum wahrnehmbar. Es war mehr ein Tuscheln. „So", sagte Bea etwas aufgeräumter, „jetzt seid ihr dran. Ein bisschen Hilfe könnte nicht schaden. Wie komme ich hier wieder raus?" Im nächsten Augenblick gesellte sich zu der absoluten Schwärze auch noch eine absolute Stille.

„Was soll das?" Bea wollte wütend klingen. Sie tat es nicht.

Ein hohes Fiepen, irgendwo in einem entfernten Gang, entlockte ihr ein verzweifeltes Stöhnen. Von all den Wesen, die ihr in der Vergangenheit hier im Buchland begegnet waren, fürchtete sie am meisten die Ratten.

Doch anstelle des leisen Trippelns kleiner Füßchen vernahm Beatrice kurz darauf das schwere Pochen, das festes Schuhwerk auf Steinboden erzeugte. Sie war nicht allein!

„Wer … Wer ist da?"

Obwohl das Klangmuster auf einen langsamen, gemächlichen Schritt schließen ließ, näherte sich die Geräuschquelle rasch.

Abstruse Gedanken blitzten in Bea auf: Mors. Vitae. Wie weit war sie von der Tür zu den Großen Büchern entfernt? Hatte sie sich geöffnet? Würde sie gleich dem Buchhalter gegenüberstehen?

Ihre Beine hatten – ohne ihren Kopf – eine längst überfällige Entscheidung getroffen: Sie rannten blindlings drauflos. Die Arme nach vorne gestreckt wie ein Zombie, der in aller Dringlichkeit eine Toilette suchte, stolperte und strauchelte sie durch die Finsternis. Sie kam keine zwanzig Meter weit. Ein Bibliothekswagen stand aus unerfindlichen Gründen mitten im Weg.

„Das hat weh getan“, stellte jemand fest. „Darf ich dir aufhelfen?“

Eine Hand griff unter Beas Achseln, zog sie sanft nach oben.

„Wer ist da?“, fragte sie etwas lahm, während sie sich den schmerzenden Ellenboden rieb.

Der Fremde richtete den Wagen auf und schob ihn an den Rand des Ganges. Dann hörte Bea, wie er wieder zu ihr zurückkam. „Noch alles heil?“

„Wer sind Sie?“

„Du kennst mich“, sagte die Stimme.

Ja, sie kannte die Person. Aber für den Moment ließ sich für Beatrice die Stimme nicht einordnen. Doch ihr Unterbewusstsein schaufelte nach und nach einige Assoziationen nach oben. Eine Holzhütte, eine Werkbank, Bucheckenzangen, Zwingen, Falzbeine, Winkel und Schienen. Das ganze Zeugs, das man brauchte, als ein …

„… Buchbinder“, sagte Beatrice überrascht.

„Wenn der Berg nicht zum Propheten kommt, muss der Prophet zum Berg kommen.“ Ein leiser Vorwurf lag in den amüsiert vorgetragenen Worten. „Eigentlich hatte ich gehofft, dass du den Weg zu mir finden würdest. Aber so ist es auch gut.“

„Ich finde gerade gar nichts“, gab Bea kleinlaut zu.

„Warum?“

„Es ist stockfinster.“

„Ach, halb so wild. Das ist es für mich hier unten immer. Ich habe nur eine ungefähre Ahnung von der Gegend um uns herum. Den Rest malt mein Kopf.“ Stimmt, dachte Beatrice. Die hervorstechendste Eigenschaft, wenn man in diesem Fall von Eigenschaft sprechen konnte, war die Blindheit des Buchbinders. Ein ganzes Kapitel hatte Beatrice ihm in ihrem Buch gewidmet. „Der Blinde Buchbinder“, entfleuchten die Gedanken ihrem Munde.

„Nenn mich **Markus**“, sagte der Buchbinder in aller Vertraulichkeit.

„Markus“, wiederholte Beatrice. Sie schien diesen Namen abzuschmecken, seinen Klang mit der Person in Verbindung zu bringen, an die sie sich noch erinnerte. Schlank, eine ziemlich hohe Stirn, im besten Alter und in seiner süffisanten Art ebenso arrogant wie Herr Plana. Ja, so hatte sie ihn einst beschrieben. Trotzdem fiel es ihr schwer, ihn sich richtig ins Gedächtnis zu rufen, denn ihre Begegnung mit ihm in seiner Hütte war jetzt ungefähr zwei Jahre her. „Markus?“ Irgendwie passte der Namen nicht.

„Hört sich nur halb so geheimnisvoll an wie der Blinde Buchbinder. Ich weiß. Aber eine kleine Plauderei ist doch bei Weitem angenehmer, wenn man sich freundschaftlich ansprechen kann“, erklärte der Buchbinder. „Sollen wir uns nicht setzen?“

„Eigentlich möchte ich bloß so schnell wie möglich hier raus“, sagte Bea ehrlich. Ihr schlug das Herz immer noch bis zum Hals. Und auch wenn sie die Tatsache tröstete, dass sie nun nicht mehr allein war, so war die gesamte Situation, in der sie sich befand, doch extrem verstörend.

„Angst vor der Dunkelheit?“ Markus schmunzelte. „Habe ich mir abgewöhnt.“ Dann wurde seine Stimme eine Spur ernsthafter. „Aber ich kann dich verstehen. Das Ambiente ist leicht unheimlich geworden. Die Freunde deines Herrn Plana sind im Moment auch nicht mehr so freundlich zu dir, wie sie es einst ihm gegenüber gewesen sind. Was glaubst du, woran das liegt?“

Beatrice zuckte mit den Schultern und wurde sich erst dann der Tatsache bewusst, dass Markus es nicht sehen konnte. „Keinen Schimmer. Ich habe nach einem Buch gesucht, das verschwunden ist, habe aber nur einen Vermerk vorgefunden. Wissen Sie etwas über …“

„… Pippi?“ Markus seufzte schwer. „Ja. Ich weiß, dass ein Buch von ihr fehlt.“

„Wie kann das sein? In diesem Keller gibt es *alle* Bücher.“

Markus Stimme kam nun von unten. Er hatte sich offensichtlich auf den Boden gesetzt. „Erinnerst du dich noch, was dein Herr Plana über die Seelen der Bücher erklärt hat? Es steckt Seele in ihnen. Die Seelen der Figuren und auch sehr viel Seele von den Autoren. Plana hat sich in gewisser Weise davon genährt. Sie haben ihm Substanz verliehen."

„Ja. Deshalb musste ich ihm immer vorlesen, ich erinnere mich. Aber was hat das mit dem verschwundenen Buch zu tun?" Beatrice ließ sich im Schneidersitz neben Markus nieder.

„Hmm. Da musst du selbst drauf kommen", sagte er bedächtig. „Eine Geschichte verrät nie ihre Geheimnisse zu Beginn. Oder wie Carlyle gesagt hat: *Kein gutes Buch oder irgendetwas Gutes zeigt seine gute Seite zuerst.*" Eine kleine Pause folgte, dann wechselte er scheinbar das Thema. „Es wäre ein herber Verlust, wenn ein bedeutsames Buch aus dem Buchland einfach so verschwinden würde. Ein Auktoral würde alle Hebel in Bewegung setzen, um die Lücke zu schließen."

„Ich bin kein Auktoral", erwiderte Bea leise. Irgendwie wurde sie schon wieder zu diesem Punkt gelenkt. „Ich habe nur das *Buchland*-Buch geschrieben. … wie es von mir verlangt wurde."

Markus schnaubte. „Verlangt? Ich glaube, du hättest es so oder so geschrieben. Aber da kann ich mich irren."

„Du bist der Buchbinder! Warum machst du nicht einfach ein neues Pippi-Buch?"

„Wie sollte ich? Denkst du, ich kenne alle Manuskripte auswendig? Nein. Bücher hierher bringen, das können nur die Autoren."

„Tja, dann weiß ich auch nicht, wie ich helfen soll."

„Hmm. Vielleicht solltest du, wenn du oben an Herrn Planas Sekretär sitzt, nochmals darüber nachdenken. Vielleicht fällt dir dann ein, wie du helfen kannst. Vielleicht beweist du so, ob du irgendwann mal das Zeug zum Auktoral hast."

Beatrice verdrehte die Augen und ärgerte sich sofort, dass ihre Geste des Unmuts abermals unbemerkt blieb. „Ich will doch gar nicht Auktoral werden."

„Genauso wie du keine Schriftstellerin werden wolltest", stellte Markus fest. Die Worte trieften vor Ironie.

„Ich soll mich also gleich an den Sekretär setzen? Toller Tipp." Beatrice hatte inzwischen einen ihrer jähen Stimmungswechsel vollbracht. Ihre Stimme klang nicht mehr ängstlich oder verunsichert. Sie klang schnippisch. „Ich mache mich gleich mal auf den Weg. Wo geht es lang?“

„Zur Treppe geht es da lang“, sagte Markus. Offensichtlich deutete er mit dem Zeigefinger in eine Richtung.

Beatrice vergaß ihren Kloß im Hals. Sie wurde jetzt richtig sauer. „Am lustigen Stein gelutscht, oder was?“

Die Geräusche neben Beatrice ließen darauf schließen, dass sich der Buchbinder erhob. Kurz danach griff er ihr zielsicher unter den Arm und zog sie auf die Beine.

„Pssst! Sei ganz leise.“

Bea war ganz leise.

„Hör genau hin!“

Sie hörte genau hin.

„Da ist etwas.“

Da war etwas.

„Vor dir.“ Zwei bernsteinfarbene Punkte glommen in undefinierbarer Ferne auf. Kaum zu sehen. Aber sie waren eindeutig da. „Da kennt sich jemand besser aus als du“, sagte Markus. „Lauf einfach hinterher. Die Treppe wartet auf dich.“

Die Treppe! Beatrice dachte an das Horror-Outfit, dass sich die Stufen und die Wände angelegt hatten. „Wissen Sie, was mit der Treppe passiert ist?“

„Ja.“

Beatrice starrte weiter in die Richtung, in der sie die blassen Lichter sah. Sie wollte sie nicht aus den Augen verlieren. Erwartungsvolle Stille. Dann: „Und … was ist mit der Treppe passiert?“

„Das, was mit allem hier unten geschieht.“ Der Blinde Buchbinder flüsterte. Seine Lippen berührten fast Beas Ohr. „Das Buchland verändert sich. Es passt sich an. So wie ein Buch sich seinem Leser anpasst, passt sich das Buchland seinen Besuchern an. Jeder bringt was Anderes mit herein. Deshalb nimmt auch jeder etwas Anderes mit heraus.“

„Warum passt sich das Buchland an?“

„Es ist ein Konstrukt der Phantasie. Jeder Mensch begegnet einer Geschichte anders. Eine Geschichte ist das, was man in sie hineindenkt. Nicht der Schreiber vollendet die Geschichte. Der Leser gibt ihr die endgültige Gestalt. Seine Erfahrungen, Sehnsüchte, Erwartungen färben, formen, kneten erst das geschriebene Wort des Schreibenden." Markus holte tief Luft. „Mit Plana an deiner Seite war das Buchland geheimnisvoll und gleichzeitig faszinierend. Als der Buchhalter es durchschritt, war es kalt und bedrohlich für dich. Als du mich besuchtest, war es wandelbar und kreativ. Erinnerst du dich? Für Plana gab es Treppen. Für mich gab es eine Rutsche. Und der Buchhalter benötigte weder das eine noch brauchte er das andere.

Da Plana ein Teil von dir war, siehst du das Buchland heute noch immer so, wie es sich damals auf ihn eingestellt hatte. Aber nun ändert sich etwas. Du spürst es, oder?"

Der Atem des Buchbinders streifte kalt ihren Nacken. Eine Gänsehaut ließ sie schaudern. „Alles wird angsteinflößend und gefährlich." Ja, alles. Sogar dieser Mann hinter ihr.

„Das ist ein eindeutiges Zeichen, dass ein neuer Besucher das Buchland durchstreift." Markus' leise Stimme wurde langsam zu einem Zischen.

Beatrice kniff die Augen zusammen. Die beiden Punkte, die ihr den Weg zum Ausgang versprachen, verschwammen zusehends mit dem undurchdringlichen Schwarz. „Wer?"

„Eine Macht, die beinahe so groß ist wie der Tod. Sie ist so alt wie die erste Geschichte, die einst in einer Höhle erzählt worden ist. Sie ist allgegenwärtig."

„Scheint kein angenehmer Mensch zu sein", sagte Beatrice unsicher.

Markus' Stimme bewegte sich fort. „Habe ich von einem Menschen gesprochen?"

„Wovon", stieß Beatrice hervor, „sprechen Sie denn sonst?" Keine Antwort. „Theatralischer Auftritt. Theatralischer Abgang. Wie passend."

Beatrice ging ein paar Schritte. Die leuchtenden Punkte, die sie immer noch anvisierte, verschwanden kurz, nur um dann etwas weiter entfernt wieder aufzutauchen. Dabei konnte Beatrice das leise Schwingen von Flügeln vernehmen.

Beatrice verfolgte, so schnell es eben in dieser Finsternis möglich war, die Punkte, die mal hier, mal da vor ihr aufleuchteten, um dabei von Zeit zu Zeit regungslos wartend zu verharren, mal ungeduldig auf und ab zu wippen. „Nicht so schnell", keuchte Bea manchmal. Die Punkte schienen sie dann zu verstehen, verlangsamten ihr Tempo. Doch wenn die Bibliothekarin zu nahekam, gab es ein kraftvolles Flattern, gefolgt von einem Rauschen und ein gutes Stück weiter vorne leuchteten jäh wieder braune Flämmchen, die geduldig warteten.

„Was bist du?", fragte Bea.

Die Erwiderung war unverständlich, aber überaus aussagekräftig: „Schuhuhu."

Irgendwann empfing sie das matte Licht der Treppe. Die Büchereule setzte sich auf das Bord der aktuellen Charts. Dort begann sie damit, sich ausgiebig zu putzen. Ein paar beigefarbene Federn schwebten sanft zu Boden.

Beatrice ging vorsichtig zu ihr hin, strich sachte mit dem Daumen über den Rücken. „Danke." Die Bernsteinaugen, umrahmt von kreisrunden kleinen Tellern, begegneten Beas Blick, zwinkerten weise und ruckten dann wieder hin und her.

„Ohne dich wäre ich echt aufgeschmissen gewesen. Kann ich dir etwas Gutes tun? So als Bezahlung für deine Mühen?"

Der große Eulenkopf nickte eifrig. Ein Satz mit angelegten Flügeln beförderte sie an den Anfang des Regalbretts. Dort griffen die Vogelkrallen sich Platz eins und Platz zwei der Belletristik-Hitparade.

„Die willst du haben?"

Kopf hoch. Kopf runter.

„Nur zu."

Die Schwingen des Nachtvogels breiteten sich aus, schlugen in ihrer ganzen imposanten Spannbreite majestätisch ein paar Mal und dann … war Bea wieder allein.

Brief und Bild

Bea klappte die Arbeitsfläche des Sekretärs auf. Schubladen, Ablagen und Sortierfächer zeigten sich nun. Im mittleren Teil war eine Aussparung für ein Tintenfässchen und eine Feder. Darin ruhten – wie überraschend – ein Tintenfässchen und eine Feder.

Nichts von dem hatte im Entferntesten mit Pippi Langstrumpf zu tun, abgesehen davon, dass dies alles zum Schriftstellern verwendet werden konnte. Aber der Buchbinder konnte doch nicht erwarten, dass sie, Beatrice, das Kinderbuch nacherzählte. Also, wie sollte ihr der Sekretär ermöglichen, das verlorene Buch zurückzubeschaffen?

Etwas ratlos hob Beatrice den Pultdeckel. Fein säuberlich sortiert warteten im Fach darunter das gute Briefpapier, Umschläge und das Siegelwachs samt dem Prägestempel. Einst hatte Herr Plana damit einen Brief geschrieben und damit einen der größten Dichter und Denker deutscher Nation eingeladen. Es brauchte einige Zeit, bis sich die daran geknüpfte Erkenntnis in Beas Kopf verfestigte …

Der Gedanke war zu abwegig. Das würde nicht klappen! So was konnte doch bestimmt nur ein Auktoral. „Nein", hörte Bea sich sagen, „Briefe schreiben darf jeder." Einen Versuch war es allemal wert. Sie nahm einen Bogen Papier. Dann tauchte sie die Spitze der Schreibfeder etwas ungelenk in die Tinte. Und sie schrieb. Als Kalligraphie würde ihr Gekleckse wohl nicht durchgehen, doch der Text war einigermaßen lesbar. Eine innere Stimme sagte ihr, dass es nur so funktionieren konnte, denn ein Kugelschreiber hätte nicht mal halb so viel Zauber wie dieses Schreibwerkzeug. Mit der Löschwiege trocknete sie die Tinte. Alsdann faltete sie das Papier sorgsam zusammen, steckte es in einen der Umschläge und … klebte *keine* Briefmarke darauf. Den Adressaten notierte sie nur mit dem Vor- und Zunamen. Keine Straße, keinen Ort oder gar eine Nation führte sie an. „Es ist Zeit für ein bisschen Magie.“ In einer Schublade ganz oben wartete eine Schale voller Münzen. Sie griff blind hinein und beförderte Taler und Kreuzer hervor. Gelbgold glänzten sie auf ihrer Handfläche.

Draußen auf der Straße spielten ein paar Kinder. Der Älteste von ihnen war ein Knabe mit kurzen Lederhosen, einem schmutzigen Hemd und einer altmodischen Schirmmütze. Breite Hosenträger rundeten den Gesamteindruck ab. Beatrice winkte ihn zu sich heran, drückte ihm den Brief mit einigen der Münzen als Lohn in die Hand. Ohne weitere Worte flitzte der Junge los, um die Botschaft abzuliefern.

Obwohl Beatrice sich nicht sicher war, wartete sie im Ohrensessel des Arbeitszimmers. Wenn die Sache mit der Einladung funktionieren würde, dann … Ja, was dann? Was bezweckte sie eigentlich? Sie war sich selbst nicht so recht darüber im Klaren. Jetzt kam ihr die ganze Aktion doch ziemlich albern vor.

Die Ladentür stieß gegen das kleine Glöckchen und kündigte auf diese Weise lautstark das Kommen eines Gastes an. Um ein Haar hätte sich Beatrice nicht in den Verkaufsraum gewagt. Sie hatte tatsächlich ein wenig Angst davor, dass der Plan gelingen könnte.

„Guten Abend, Frau Liber.“ Da war sie. Alt, leicht gebeugt stand sie da. Die Frisur erinnerte aufdringlich an ein Vogelnest. Der große Kopf darunter präsentierte ein faltenzerfurchtes Gesicht mit wachen Augen. Der dünne, beinahe ausgemergelte Körper schien alle Mühe zu haben, sich aufrecht zu halten. Trotzdem strahlte diese Person eine ungeheure Lebensfreude aus. Weisheit gepaart mit Humor wogten Beatrice in einem herzlichen Lächeln entgegen.

„Es ist mir eine Ehre“, stammelte Beatrice, „Frau Lindgren.“

„Schön, dass Sie kommen konnten. Darf ich Ihnen einen Tee anbieten?“ Beatrice führte ihren außergewöhnlichen Gast zum Ohrensessel.

„Tee ist ein feines Getränk. Wenn wir also förmlich bleiben möchten, ist das eine gute Wahl.“ Der schwedische Akzent hatte etwas sehr Entspanntes an sich. Für Bea war die Stimme der Dame das eigentliche Wunder: Es klang, als würde sie mit ihrer Oma einen kleinen Plausch halten.

„Möchten Sie lieber etwas anderes trinken?"

„Ein Kaffee wäre schön. Den mag ich gern."

Beatrice lächelte verlegen. „Ich auch", gab sie zu. Gott sei Dank musste sie nicht die uralten Teebeutel aus der Schublade kramen. Wie kam sie darauf, dass Astrid Lindgren Tee trank? Während sie Kaffee in den Filter löffelte und den Schnellkocher einschaltete, streckte ihre Besucherin die Beine aus. Die Hände auf dem Schoß gefaltet, ließ sie ihre Blicke über die ansehnliche – aber leicht chaotische – Ansammlung von Büchern schweifen. „Gemütlich haben Sie es hier", kommentierte sie.

Verlegen schob Beatrice einige Bücher zur Seite und legte dadurch etwas Fläche auf dem Beistelltisch neben ihrem Gast frei. „Ich müsste wohl mal wieder aufräumen. Für gewöhnlich bin ich hier hinten immer allein."

„Allein?" Die Kinderbuchautorin zog eine Augenbraue hoch. „Das ist nicht gut, mein Kind. In Ihrem Alter sollte man viel unter Menschen sein."

Schon kam sich Bea wie ein Schulkind vor. Innerlich gehörte sie plötzlich zu hundert Prozent zum Bullerbü-Zielpublikum. War das die Buchland-Magie oder nur der spezielle Zauber einer Astrid Lindgren? „Ich bin nicht so der Typ, der unter Menschen geht", gab sie zu. Einen Freundeskreis pflegte sie tatsächlich nicht, stellte sie bedauernd fest. „Ich bin da etwas zu zurückhaltend."

„Ihnen fehlt der Mut?"

„Ich bin halt keine mutige Astrid Lindgren. Sie sollen ja sogar noch mit achtzig auf Bäume …"

Bea schlug ein rasselndes Lachen entgegen. „Um auf Bäume zu klettern, mit achtzig Jahren, brauche ich weit weniger Mut, als Sie denken. Ich verstehe nicht, warum man darum so ein Getue macht. Wenn das Alter nur in den Knochen steckt, kann der Kopf ja jung bleiben!"

Dann war der Kaffee fertig.

Beatrice schaffte es irgendwie, nicht zu aufgeregt, nicht zu enthusiastisch zu sein ob ihres prominenten Besuchs. Frau Lindgren machte es ihr leicht. So konnten sie miteinander auf Augenhöhe reden. Sie sprachen natürlich über Bücher. Sie sprachen auch über das Schreiben, das Lesen und das Vorlesen. Schließlich sprachen sie über Kinder.

Natürlich spülte das Beas Kummer wieder frei, denn sie musste an den Keller in ihrem Haus denken. Den Keller, den sie mit Ingo ausräumen musste. Den Keller, in dem die Babysachen unter Folien und Tüchern warteten.

„Rachel wäre jetzt im richtigen Alter. Sie wäre bestimmt ein großer Fan von Kalle, Pippi, Karlson und den anderen", sagte Bea gequält.

Frau Lindgren legte den Kopf schief. „Sie haben Ihr Kind verloren?"

Bea nickte. Plötzlich hatte sie die Sprache verloren.

„Hmm, das ist das Traurigste, was einer liebenden Mutter passieren kann." Frau Lindgren erhob sich und ging leicht humpelnd hinüber zu Beatrice, die mit der Tasse in der Hand am Sekretär lehnte. Verblüfft fand sich Bea im nächsten Augenblick in einer Umarmung wieder.

Kurz darauf löste sich die Autorin von Beatrice, tat einen Schritt rückwärts und musterte sie. „Es ist gut, dass Sie hier in diesem Antiquariat arbeiten und auf die Bücher Acht geben. Schön, dass Sie sich auch die Zeit für Kinder nehmen. Lesen ist ja für Kinder so wichtig." Ein kleines Büchlein lag nun in ihrer Hand. Beatrice hatte keine Ahnung, woher es plötzlich gekommen war. Aber sie erkannte es auf Anhieb: *Pippi in Taka-Tuka-Land*.

„Ein Buch wie dieses kann vielleicht eine düstere Kindheit erhellen. Es sollte nicht verloren gehen."

Nachdem ihr Besuch gegangen war, hatte Beatrice kurz darüber nachgedacht, das Buch im Keller einzusortieren. Doch sie entschied sich schließlich dagegen. Sie war sich sicher: Wenn sie die Lücke hier oben im Antiquariat füllte, würde sich auch unten die Lücke schließen. So funktionierte das hier. Also nahm sie Pippi und schob sie an ihren Platz.

Die Türglocke bimmelte. „Guten Abend, Frau Liber." Es war Quirinus. Er schlug die Kapuze seines Shirts zurück. Sein weißes Haar und die rötlichen Augen leuchteten beinahe. „Entschuldigen Sie, wenn ich Sie erschreckt habe.“

Beatrice klappte den Mund zu, sog Luft in die Lunge, während sie überrascht feststellte, dass sie das plötzliche Auftauchen des Kuriositätenhändlers wirklich hatte zusammenzucken lassen. „Nicht so schlimm. Ich war wohl im Gedanken.“

„Kein Problem. So spät rechnet man ja auch nicht mehr mit Kundschaft. Haben Sie Ihren Feierabend verpasst?“

Ein schneller Blick auf die Wanduhr. Verdammt! Es war tatsächlich schon spät geworden. „Ich hatte vorhin Besuch.“

„Ich mag Astrid Lindgrens Bücher nicht“, stellte Quirinus fest.

„Was …“, woher konnte er wissen, wen Beatrice eingeladen hatte? „Wie …“

Quirinus deutete auf das Regal, vor dem Beatrice immer noch stand. Ihre Hand ruhte verräterisch vor dem gerade eingeschobenen Buch. „Astrid Lindgren. Das sind doch ihre Bücher, oder?“

„Oh“, stöhnte Bea erleichtert, „das meinen Sie. Ja. Das sind Lindgrens Bücher. Warum mögen Sie sie nicht?“

Quirinus zuckte mit den Schultern. „Zu langweilig. Kein Evil Overlord. Kein richtiger Bösewicht. Da fehlte mir schon immer der richtige Pepp.“

Beatrice rang sich ein unaufgeregtes „Aha“ ab.

„Allerdings mag ich das Fitzelchen Anarchie in den Geschichten. Danke auch, dass Sie Chaya eines der Bücher geliehen haben. Sie hat es regelrecht gefressen.“ Quirinus grinste. „Bin ich Ihnen dafür was schuldig?“

Beatrice war für einen Moment unschlüssig, was sie antworten sollte. Das Gefühl, dass ein Spiel mit ihr gespielt wurde, manifestierte sich in ihrem Kopf. Schließlich gab sie ihrem Misstrauen nach. Sie blieb betont gleichgültig, entschlossen nach eigenen Regeln zu handeln. „Nein, Ihre Cousine hat das Buch ja zurückgebracht. Eine Leihgabe kostet bei mir nichts.“

Mit Genugtuung stellte Beatrice fest, dass Quirinus eine andere Reaktion von ihr erwartet hatte. Sein Strahlemann-Gesicht zerbröselte ein wenig. „Also war alles in Ordnung?“

„Was sollte denn nicht in Ordnung gewesen sein?“

„Ach, die Kleine geht manchmal mit Geliehenem nicht sorgsam um.“

„Das Buch ist wie neu“, behauptete Beatrice. Mit dem Daumen deutete sie hinter sich. „Da steht es, wo es hingehört.“

„Ich sehe es“, sagte Quirinus. Aber ich glaube es nicht, schien er zu denken. Plötzlich verschränkte er die Arme ineinander und legte den Kopf in den Nacken. Es klang wie eine Herausforderung, als er meinte: „Dann spricht ja nichts dagegen, wenn ich Chaya für heute Abend noch ein weiteres Buch mitnehme.“

Beatrice hörte das empörte Flüstern der Bücher. Es erklang wieder vollkommen unverständlich. Aber die Emotionen der unzähligen Stimmen lagen darin überdeutlich: Angst, Empörung, Verzweiflung.

„Welches Buch darf es denn sein?“ Jetzt schrien die Bücher. Beatrice konnte den Kuriositätenhändler kaum verstehen.

„*Die kleine Hexe*.“

Die Bücher schwiegen plötzlich. Nur ein Wimmern drang von oben zu Beatrice. Es kam vom obersten Brett des Kinderbuchregals. Es verklang.

„Sie sind auf einmal wieder so blass“, stellte Quirinus fest. „Ist Ihnen nicht gut?“

„Mir ist gerade etwas übel“, gab Beatrice zu. Tatsächlich musste sie sich anstrengen, sich nicht jetzt und hier zu erbrechen.

„Das scheint Ihnen öfters zu passieren. Sie sollten damit mal zum Arzt gehen“, riet Quirinus.

Die Hexe landete in einer kleinen Papiertüte. Die kleine Papiertüte landete in Quirinus’ Hand. Quirinus’ Hand ging mit Quirinus, der kleinen Papiertüte und der Hexe zur Tür hinaus.

Zurück blieb eine Antiquarin, die sich ziemlich sicher war, einen großen Fehler begangen zu haben. Chaya würde nun auch Preußlers Buch bekommen. Für Beatrice stand so gut wie fest, dass das Mädchen es ebenso leer lesen würde.

Sie spürte das Entsetzen, mit dem sie gerade beobachtet wurde. Regungslos und schweigsam bedachten die Bücher sie mit ihren Vorwürfen. Beatrice spürte es mit jeder Faser ihres Körpers. „Was hätte ich denn tun sollen?“, platzte es aus ihr heraus, als sie es nicht mehr aushielt. „Das hier ist ein Bücherladen. Da werden Bücher schon mal mitgenommen.“ Allerdings starben Bücher für gewöhnlich nicht durch das Lesen. „Was soll ich denn tun?“ Es konnte ja niemand von ihr verlangen, dass sie das Buch zurückholte. „Ich bin kein Auktoral.“ Nur eine Buchverkäuferin. „Nur eine Buchverkäuferin.“ Die mit sich selber sprach.

Vor einigen Wochen hatte Beatrice im Gang mit den Büchern von **Mrs. P. L. Travers** einen großen schwarzen Regenschirm gefunden. Da er dort so herrenlos herumgelegen hatte, hatte sie ihn mitgenommen. Das kam ihr jetzt zugute, denn ein leichter Nieselregen hing in der Luft, als sie auf die Straße trat. Sie war sich selbst noch nicht ganz im Klaren darüber, was sie tun wollte. „Ich kann das Buch ja nicht klauen“, sagte sie durch den Türspalt, bevor sie abschloss. Leider befürchtete sie, dass ihre Schützlinge genau das von ihr erwarteten.

„Hallo Beatrice!“ Arno Davids winkte ihr aus dem Foyer des Kinos zu. „Sie sind spät.“

„Ich weiß“, rief Beatrice über die Straße. „Aber ich muss noch schnell zu unserem neuen Nachbarn.“ Mit der Schirmspitze deutete sie in Richtung des Kuriosums.

„Ah“, machte Arno, „Quirinus. Eine seltsame Type, nicht wahr? Aber er hat Geschmack. Er hat mir den Tipp gegeben, dass ich mal *Es* aufführen soll. Ich liebe diesen Film. Schön gruselig, nicht wahr?“

„Dann haben Sie das Buch nicht gelesen“, stellte Beatrice fest. Ein Kommentar, den sie eigentlich ihrem ehemaligen Chef zugetraut hätte. Doch der Kinovorführer nahm ihr die kleine Belehrung nicht übel. Er winkte ihr fröhlich nach, als sie sich auf ihren Weg machte.

Die Straße vor dem Kuriositätenladen war menschenleer, das Schaufenster dunkel. „Der Laden hat schon zu“, flüsterte Beatrice erleichtert. Sie konnte sich die Peinlichkeit sparen, Quirinus darum zu bitten, das Buch wieder zurückzugeben. Was hätte sie auch sagen sollen? „Ich befürchte

Ihre Cousine, die keine ist, macht Bücher kaputt, weil sie ihnen die Seele raubt." Nein, das konnte sie nicht sagen. Wie kam sie überhaupt gerade darauf? Waren das ihre eigenen Gedanken? Oder wollten da die Bücher durch sie sprechen?

„Ich bin kein Auktoral. Ich will auch gar keiner sein", sagte Beatrice. Sauer war sie. Sie wusste nur nicht so recht auf wen.

Schon fand sie sich unter der Markise wieder, sah, wie sie die Hand auf den Knauf legte. Das war unbedenklich, denn die Tür war bestimmt sorgsam abgeschlossen. Gleich würde sie sich auf den Heimweg machen. Ingo würde sie zu Hause mit einem Ich-hab-mir-Sorgen-um-dich-gemacht begrüßen, sie in den Arm nehmen und küssen. Sie freute sich auf die Rückkehr in die Normalität.

Die Tür ins Kuriosum öffnete sich lautlos.

„Hallo?" Beatrice spähte vorsichtig hinein. „Niemand da?"

Niemand antwortete nicht. Deshalb wagte sich Beatrice drei Schritte vor und stellte die Frage sicherheitshalber nochmal anders. „Jemand da?"

Die Tür hinter ihr schloss sich. Das leise „Klack" hörte sich fast so an, als hätte sich auch ein Schlüssel im Zylinder gedreht. Absurd.

„Quirinus?" Beatrice bellte den Namen in die Stille.

„Warum schreien Sie denn so?" In einer Ecke stand ein offener Kleiderschrank. Ein paar Pelzmäntel wackelten darin. Dann kam der Kuriositätenhändler zwischen ihnen zum Vorschein. Er wischte sich beiläufig ein paar Schneeflocken von der Schulter und schaltete dann die Stablampe in seiner Hand aus. „Ich bin doch nicht schwerhörig."

„Was machen Sie denn im Kleiderschrank?"

„Ich hab mir ein Bier kaltgestellt."

„Ein Bier?"

Quirinus gab sich verlegen. „Muss ja auch mal sein. Selbst Dr. Moriarty und Jack the Ripper haben abends mal die Füße hochgelegt. Da sei es auch einem armen, harmlosen Händler wie mir gestattet, den Feierabend gebührend einzuleiten."

„Wenn Sie Feierabend machen, sollten Sie vielleicht zuerst damit anfangen, die Ladentür abzuschließen", riet Beatrice.

„Hm“, Quirinus ging zur Tür und rüttelte daran, „abgesperrt. Sehen Sie?“

„Aber ich …“

Quirinus wollte das Gespräch dahingehend offensichtlich nicht vertiefen.

„Was führt Sie zu mir? Wir haben uns doch gerade erst voneinander trennen können.“

„Ich …“ Beatrice war vollkommen aus dem Konzept. Den Blick auf die abgeschlossene Tür – durch die sie ja eben noch gekommen war – versuchte sie, zu ihren ursprünglichen Absichten zurückzufinden. „Ich wollte Sie nach dem Buch fragen.“

„*Die kleine Hexe*?“

„Ja, genau.“

„Was ist damit? Haben Sie mir versehentlich ein seltenes Sammlerexemplar mitgegeben?“ Quirinus legte einen Arm hinter den Kopf. Die Geste hatte etwas Selbstzufriedenes. Dass Beatrice ihm nachgegangen war, um das Kinderbuch zu holen, verschaffte ihm, aus welchem Grund auch immer, Genugtuung.

Noch besser war für ihn allerdings Beatrice schal klingende Wiederholung. „Ja, genau.“ Er hatte ihr eine Ausrede wie einen abgenagten Knochen angeboten. Sie hatte die Ausrede angenommen wie ein verzweifelter Hund.

„Ich weiß gerade gar nicht, wo ich es hingelegt habe. Ich glaube, es ist in meiner Werkstatt. Wenn Chaya es sich nicht schon dort weggenommen hat, müsste es dort noch zu finden sein. Kommen Sie mit.“

Der Nachbarraum war ein Arbeitszimmer, wie Bea es im Antiquariat hatte. Die Ähnlichkeiten waren verblüffend. Die Unterschiede ebenso markant. Statt unzähliger Bücher an den Wänden, fanden sich hier Aktenordner aller Größen und Farben. Die Regale, die sie trugen, übten einen ungepflegten 60er Jahre Chic aus und hoben sich bis unter die Zimmerdecke. Der Nierentisch in der Mitte des Raumes unterstrich das staubige Flair. Statt des Ohrensessels fand Beatrice einen Sitzpuff, statt des Sekretärs ein Lehrerpult samt dem dazugehörigen Holzstuhl.

Selbst der Maschinentelegraph hatte ein äquivalentes Gegenstück: ein metallener Hebel, mindestens stolze fünfzig Zentimeter lang, mit einer roten Kugel als Kopfstück, ragte aus der Wand heraus.

„Willkommen in meinem kleinen Reich.“ Mit forschen Schritten durchmaß Quirinus den Raum, drückte den Hebel kraftvoll herunter. Es zeigte sich, dass selbst der Boden ähnliche Beschaffenheiten vorzuweisen hatte. Das Parkett in der Mitte des Raumes erzitterte, sank etwa drei Zentimeter tief herab und klappte dann in einem rechten Winkel fort. Nun hoben sich reichverzierte Gitter empor, richteten sich in kompliziert anmutenden Bewegungen zueinander aus. Es war ein mechanischer Tanz. Die knarrende und scheppernde Choreografie endete, als die letzte Verstrebung lautstark einrastete und sich als Geländer einer gerade entstandenen Treppe herausstellte.

„Ah“, machte Quirinus glücklich, „es klappt beim ersten Mal. Manchmal muss ich mit einem Vorschlaghammer ein wenig nachhelfen. Die Mechanik klemmt gelegentlich.“

Hier wurde endgültig eine Grenze überschritten. Das konnten keine Zufälle mehr sein. „Was zum …“

„Nettes Gimmick.“ Der Kuriositätenhändler machte sich bereits auf den Weg nach unten. „Folgen Sie mir. Keine Angst. In solchem Tempel kann nichts Böses wohnen. Denn hätt das Böse solche schöne Wohnung, dann würd das Gute bei ihm leben wollen.“

Nach kurzem Zögern folgte ihm Beatrice. „Sie zitieren Shakespeare?“

„Das trauen Sie wohl einem junggebliebenen Allerweltsmenschen nicht zu“, lachte Quirinus, der hinabtänzelte, während Beatrice um einiges ungelenker die schmalen Stufen nahm.

Ein Albino im Kapuzenshirt, dachte sie, war keinesfalls Allerwelt. Und das, was hier gerade geschah, war ebenfalls nicht mehr alltäglich. Es war nicht mehr annähernd normal.

„Schön, dass ich Sie noch überraschen kann“, beantwortete Quirinus ihre Gedanken. Vielleicht führte er aber auch nur seine Rede fort.

Der Keller erweckte einen überaus rustikalen Eindruck. Der Fußboden war gestampfter Lehm, die Wände waren grobe Holzstämme, von denen die ausgetrocknete Rinde abblätterte. Wären noch einfache Fenster darin eingelassen gewesen, hätte es eine kanadische Jägerhütte sein können. Allerdings hingen keine Bärenfallen an den Wänden. Stattdessen baumelten hier Kräuterbündel, Hühnerklauen und einige undefinierbare Klumpen, die wie getrocknete Tierinnereien aussahen. Eine ausgestopfte Krähe mit aufgerissenem Schnabel starrte mit toten, schwarzen Augen von einem Querbalken hinab in die Mitte des Raumes. Dort hatte man einen riesigen Arbeitstisch platziert. Unlackiert, glatt gescheuert und übersät mit eingetrockneten Flecken aller Größen und Farben, trug dessen Platte gläserne Rundkolben, Destillationsbrücken, Kühler, Bechergläser und allerhand Zeugs, das Beatrice nicht näher zu bestimmen vermochte. Sie hätte im Chemieunterricht nicht so oft schwänzen sollen, gestand sie sich bei diesem Anblick ein. Darüber baumelten einige Gaslichter und etwas, das entfernt an die Dunstabzugshaube ihrer Küche erinnerte. Ein überdimensionaler Blasebalg hing daran. Offensichtlich wurde er durch ein Pedal unter dem Tisch in Gang gesetzt. Seilzüge verbanden beides auf recht abenteuerliche Weise.

„Ein kleines Hobby von mir“, gestand Quirinus. „Willkommen in meinem unbedeutenden Laboratorium.“

„Sie sind Chemiker?“, fragte Beatrice überrascht.

„So was Ähnliches. Ich bezeichne mich lieber als Alchemist.“

Beatrice versuchte, nicht zu ironisch zu klingen. „Sie suchen nach dem Stein der Weisen.“

„Ganz die Buchhändlerin“, kommentierte Quirinus ihren Verdacht.

„… oder Sie versuchen Blei in Gold zu verwandeln“, ergänzte Beatrice. Unauffällig schaute sie sich dabei im Raum nach dem Kinderbuch um, denn sie hatte den Zweck ihrer Mission nicht einen Moment vergessen.

Quirinus verstand ihre Blicke vermutlich falsch. Er freute sich, dass sie so viel Interesse an seinem Reich zeigte. Fröhlich tänzelte und hüpfte er auf die andere Seite des Tisches, griff nach einem kleinen goldenen Gegenstand, den er ihr, an den verschiedenen Arbeitsgeräten vorbei, zuschob. Es war eine Skulptur, die einen nackten Fuß in Originalgröße darstellte.

„Gold?“, fragte Beatrice. Sie hob den Fuß hoch, der schwer in ihrer Hand lag.

„Ich hab’s einige Male versucht. Hat aber nie geklappt. Bleifüße. Ich lackiere sie“, Quirinus lächelte verschmitzt, „und verkaufe sie dann im Kuriosum als Analog-Tempomaten für Audi und BMW.“

Ein Apothekerschrank mit zwei Dutzend Schubladen stand an der Seite. Darauf befanden sich, eingerahmt in rustikaler Eiche, Fotos. Daneben lag einsam und verlassen *Die kleine Hexe*.

Aus dem Schatten trat Chaya. Es war, als hätte sie sich aus der Textur des Holzes herausgeschält, und stand nun neben dem Schrank. Verträumt legte sie ihre Finger auf das Buch, öffnete es ganz behutsam und begann zu lesen. Dabei bewegten sich ihre Lippen. Beatrice hörte ihre murmelnde Stimme. „… war erst einhundertsiebenundzwanzig Jahre alt …“ Sie klang wie die einer Geisterbeschwörerin.

„Hallo Chaya“, hörte Beatrice sich sagen, „ich bin gekommen um das Buch …“

Im Glas eines Bilderrahmens blitzte kurz eine Lichtreflexion auf. Instinktiv schaute Bea dorthin und vergaß alle weiteren Worte, die sie sagen wollte.

„Quirinus!“ Da war wieder diese Übelkeit. „Woher haben Sie dieses Foto?“

Der Kuriositätenhändler trat zu ihr heran, verschränkte die Arme vor der Brust, ging dabei leicht in die Hocke und legte den Kopf schief. Eine Sekunde verstrich, in der er zu überlegen versuchte, wen das Bild zeigt. „Das ist ein … älteres Foto von Chaya.“

Beatrice kniff wütend die Augen zusammen. „Erzählen Sie keinen Quatsch! Das ist meine Tochter!“

„Dieses Baby?“

„Ja, verdammt. Dieses Baby.“

„Verdammt?“ Quirinus wiederholte das Wort. „Dieses Baby? Hm. Tja. Sie müssen sich irren. Schauen Sie: Ich habe ein ganzes Album mit Bildern von Chaya. Ich kann Ihnen zeigen, wie sie groß geworden ist.“

Das gab Bea einen Stich ins Herz. Sie konnte keine Fotos ihr Eigen nennen, die Rachel beim Großwerden zeigten. Es gab nur ein paar Babyfotos in ihrem Wohnzimmer. Und – ja – es gab den Keller, den sie mit Ingo ausmisten wollte. Ein Keller, in dem Kisten mit Stramplern, Nuckis und Lätzchen neben der Wickelkommode und der Wiege standen.

Aus einer der Schubladen zog Quirinus eines jener Minialben heraus. Vierundzwanzig Klarsichthüllen, in denen jeweils ein Foto hineinpasste. Er reichte es Beatrice. „Schauen Sie. Hier liegt Chaya auf ihrem Bärenfell. Hier steht sie zum ersten Mal. Da läuft sie die ersten Schritte. Ach, es kommt mir vor, als wäre es gestern gewesen."

Chaya schnaubte leise. Entweder hatte sie etwas Lustiges gelesen oder sie kommentierte auf diese Weise Quirinus' Ausführungen.

Beatrice sagte: „Aber das erste Foto hat Ingo geschossen. Rachel auf dem Bärenfell. Das Fell liegt zusammengerollt in unserem Bettkasten."

„Vielleicht ist es nur ein verblüffender Zufall", schlug Quirinus vor. „Eine Kuriosität mehr in meinem Hause. Chaya und Ihre Rachel sind sich ähnlich."

Beas Blick flog zwischen den Fotos und dem Mädchen hin und her. Sie suchte Ähnlichkeiten zwischen Baby und Kind. Sie fand andere Auffälligkeiten. Waren Chayas Haare vorhin auch so struppig gewesen? Und hatte sie schon immer so ein spitzes Kinn gehabt? Die kleine Warze war Beatrice bislang auch noch nicht aufgefallen. Dafür war der rötliche Schimmer in den Haaren ganz verschwunden. Das konnte aber auch am schwachen Licht der Gaslampen liegen.

Chaya reckte sich. Chaya streckte sich. Letzteres schien tatsächlich der Fall zu sein. Bea konnte es nicht so richtig sehen. Sie ahnte es mehr. Außerdem spürte sie, dass mit dem Buch etwas geschah. Es verlor auf unbestimmte Weise an Substanz.

„Tut mir leid", sagte Bea entschlossen. Sie musste jetzt handeln. „Ich muss dir das Buch wieder abnehmen. Ein Irrtum. Das darf ich nicht verleihen." Sie zog das Buch aus Chayas Hand.

Das Mädchen schaute zu Quirinus. Protest lag in ihren Gesichtszügen. Doch Quirinus nickte ihr kaum merklich zu. Seine Miene war dabei todernst.

E-Book und Album

Ingo war natürlich schon zu Hause, als Beatrice ankam. Sie hatte das Kinderbuch dabei und auch das Fotoalbum. Aus irgendeinem Grunde hatte sie es sich bei ihrem hastigen Abschied von Quirinus unter den Arm geklemmt. Er hatte diesen kleinen Diebstahl mit einem Grinsen quittiert.

„Sorry, dass ich zu spät komme. Die Arbeit."

Ingo fläzte wieder auf dem Sofa. „Auf der Arbeit warst du nicht mehr. Nachdem du zu spät warst, hab ich mich in den Wagen gesetzt. Ich wollte schauen, wo du bleibst."

Beatrice wollte sich nicht rechtfertigen. Doch irgendwie klang ihr nächster Satz trotzdem danach. „Ich war noch bei Quirinus."

„Ein Buch liefern?"

„Ein Buch holen."

„Er hat Bücher, die es in deinem Buchland nicht gibt?" Das triefte vor bitterem Sarkasmus.

Beatrice verstand. „Entschuldige, dass ich nicht angerufen habe. Ich hätte Bescheid geben sollen."

„Hättest du." Dann nahm Ingo demonstrativ den E-Book-Reader und wischte über den Screen, als blättere er zigmal um. Für ihn war das Gespräch beendet.

Unschlüssig stand Beatrice vor ihm. Sie wollte jetzt reden. Sie wollte über *ihr* Buchland, verschwundene Bücher und wieder aufgetauchte Schriftstellerinnen reden. Sie wollte über Alchemisten und Laboratorien reden. Und sie wollte über Chaya, Rachel und ein Foto reden.

Doch Ingo wollte nicht reden.

Schon lange hatte sich Beatrice nicht mehr so einsam gefühlt wie in diesem Moment.

Zuerst mal ein Espresso, dachte Beatrice. Seitdem Ingo wieder fest angestellt war und Beatrice mit dem Antiquariat gutes Geld verdiente, kamen sie finanziell endlich einigermaßen auf die Beine. Die Schulden, die sich mit den Jahren angehäuft hatten, konnten sie langsam aber stetig abarbeiten. Deshalb hatten sie sich irgendwann im vergangenen Jahr ein kleines Stückchen Luxus gegönnt. In der schäbigen Küchenzeile stand nun ein monströs anmutender Kaffeeautomat, der kaum einen Wunsch offen ließ. Ja, dieses Gerät zeigte, dass es langsam mit ihnen aufwärts ging.

„Möchtest du auch einen?" Beatrice häufte Espressopulver in das Sieb und drückte es dann mit dem dafür vorgesehenen Stempel fest. Auch der Rest des etwas zu aufwendigen Prozedere ging ihr inzwischen flott von der Hand. Beim Italiener um die Ecke hätte man keinen besseren Kaffee kriegen können.

Ingo brummte, rückte seine Nase noch näher an das Display.

Beatrice schob zwei der kleinen Porzellantassen unter den Siebträger und schaltete die Maschine ein. Tosend, lärmend und dampfend wurde das Getränk in die Tassen gepresst. In Beatrice weckte es unwillkürlich Assoziationen an ihre Apparaturen im Antiquariat. Vielleicht mochte sie gerade deshalb dieses Ritual.

Doch heute verknüpfte sie die Geräuschkulisse auch mit Quirinus' beweglicher Treppe. „Weißt du, dass Quirinus einen Keller hat?"

Ingo antwortete noch nicht. Aber er zog die Beine etwas an. Dadurch machte er seiner Frau etwas Platz auf dem Sofa. Sie kam mit den Tassen, stellte sie auf dem Wohnzimmertisch ab. Daneben platzierte sie das Album und das Kinderbuch.

„Ist ein Keller denn so ungewöhnlich?", fragte Ingo.

„Dieser Keller ist ungewöhnlich. Er hat darin ein Labor. Alchemie und so."

Ingo zog an dem kleinen Hebel des Readers. Aus. „Alchemie? Hat er es selbst so genannt?"

„Ja."

Ingo schürzte kurz die Lippen. „Passt irgendwie zu diesem Kauz."

„Er hat versucht, Blei in Gold zu verwandeln", erklärte Bea.

„Das passt allerdings nicht so recht zu ihm“, stellte Ingo fest. „Ich hätte gedacht, dass er Ausgefalleneres versucht.“

„Kurioser als das?“

„Ja.“

Beatrice setzte sich, froh darüber, dass Ingo doch noch mit ihr sprach. „Was könnte kurioser sein?“

Ingo reichte ihr den Reader. „Das Buch, was ich gerade lese, ist sehr interessant.“

Beatrice wollte jetzt keinen Themenwechsel.

Trotzdem fragte sie: „Kenne ich das Buch?“

„Nein“, sagte Ingo, „als Print ist es nicht erschienen. Ich habe im Internet nachgeforscht, weil es mich interessiert hat. Das Verzeichnis lieferbarer Bücher führt diesen Titel gar nicht auf. Er war auf dem Gerät vorinstalliert. Aber es ist gut. Verdammt gut.“

„Es ist ein E-Book.“

„Beatrice!“, mahnte Ingo.

„Du hast recht. Das sagt nichts über den Inhalt aus“, sagte Beatrice. Sie seufzte schwer. „Ich bin irgendwie doch zu sehr Herr Plana.“ Sie nahm den Reader, schaltete ihn ein und schaute sich den Index an. „*Die Jagd nach dem Arcanum*. Scheint Fantasy zu sein.“

„Es geht um Alchemie.“

„Ach.“ Was für ein Zufall, dass Quirinus ihrem Mann gerade ein solches E-Book untergejubelt hatte.

Ingo schien den gleichen Gedanken zu haben. „Das Arcanum ist in dieser Story die geheime Zutat, die ein Alchemist braucht, um seinen drei Zielen näherzukommen.“

„Drei Ziele? Ich kenne nur zwei. Gold herstellen und ein Elixier für ewiges Leben.“

Ingo setzte sich auf, rutschte zu Bea heran und legte einen Arm um ihre Schultern. „Tja, wer die richtigen Bücher liest“, sagte er neckisch, „weiß mehr. Blei zu Gold, der Stein der Weisen und … die Erschaffung eines Homunkulus. Das waren die Forschungsbemühungen der Alchemisten. Vielleicht solltest du doch mal ein E-Book lesen.“

„Ich schlage es gleich im Brockhaus nach. Der steht ganz vorne im Arbeitszimmer. Du könntest mir aber auch einfach erklären, was ein Homunkulus ist.“

Ingo strahlte. Seine schlechte Laune war vollkommen weggeblasen. „Ein Homunkulus ist ein kleines Kerlchen. Sowas wie ein Dienstbote. Ein Helferlein.“

„Ein Helferlein wie bei Daniel Düsentrieb?“ Beatrice dachte an den kleinen Roboter mit Glühbirnenkopf. Putzig und stumm war er einer ihrer Lieblingsfiguren ihrer Kindheit gewesen.

„Künstlich geschaffen, das ist er. Aber ein Homunkulus ist keine Maschine. Er ist ein Lebewesen aus Fleisch und Blut. Nur …“ Ingo hob den Zeigefinger und machte eine bedeutsame Pause. „… er hat keine Seele.“

Beatrice wusste gerade nicht, was sie denken sollte. „Du glaubst, Quirinus hat …“

„Ich glaube gar nichts. *Du* hast mir von seinem Labor erzählt. Ich habe dir von meinem E-Book erzählt. Ob das alles so stimmt, weiß ich nicht. Immerhin ist das ein belletristischer Roman, kein Sachbuch. Autoren beugen ja hin und wieder die Tatsachen, ne?“ Ingo deutete auf das Album auf dem Tisch. „Was ist das?“

„Ein Fotoalbum, das ich bei unserem alchemistischen Kuriositätenhändler gefunden habe.“ Beatrice zog es heran. „Wirf mal einen Blick darauf.“

Ingo rutschte näher an sie heran. Er schickte sich an, die Bilder schnell durchzublättern. Doch schon beim Zweiten hielt er inne. „Rachel? Wie kommt Quirinus an unsere Fotos? Wie kommt er an Rachels Fotos?“ Ingos Stimme verlor alle Fröhlichkeit.

„Tja“, sagte Bea düster, „das ist das Kuriose, würde Quirinus sagen. Aber eigentlich behauptet er, dass das die Fotos von seiner Cousine sind.“

„Von Chaya?“ Ingo beugte sich so weit vor, dass er fast die Folie berührte. „Das soll Chaya sein?“ Ungläubig strich er mit der flachen Hand über das Foto, als könne er ein Trugbild fortwischen. „Das ist Rachel.“

Beatrice ließ sich in die Sofakissen fallen und starrte zur Decke. Während Ingo sich nun doch durch das Album arbeitete, Bild für Bild mit einem verblüfften und entsetzten Ächzen vertonte, sagte sie: „Ich weiß nicht, ob ich mich darüber freuen soll, dass du das genauso siehst wie ich. Manchmal würde ich mich gerne irren.“

Es war mitten in der Nacht. Bea und Ingo hockten auf dem Teppich. Um sie herum lagen Erinnerungen. Manche von ihnen waren leicht wie Federn; umschwebten sie, umarmten sie. Viele lasteten aber wie Blei und zogen ihre Gedanken hinunter, hefteten sie auf den Boden einer kleinen Kiste, aus der sie ein paar Fotos, ein dünnes Haarsträhnchen und eine Papierkarte herausgeholt hatten. Auf der Karte war der Abdruck eines kleinen Füßchens. Die Hebamme hatte kurz nach der Geburt Rachels Fuß auf ein rotes Stempelkissen gedrückt und damit ihre noch junge Existenz auf dem Papier verewigt.

Eigentlich hatten Beatrice und Ingo nur nach dem echten Foto suchen wollen: das Foto, auf dem Rachel auf dem Bärenfell liegt. Jetzt waren sie umgeben von den vergangenen Ereignissen, denen sie so lange – zu lange – aus dem Weg gegangen waren. Die kleine Hölle, die sie zwischen den Babysachen im Keller vermutet hatten, lag nun ausgebreitet um sie herum.

„Rachel“, sagte Ingo heiser. Er legte das Foto seiner Tochter auf das angebliche Foto von Chaya. Sie sahen identisch aus. Das Licht kam von rechts oben, hatte eine leicht gelbliche Verfärbung. Das Fellstück war ausgerollt auf dunklem Laminat. Auf beiden Bildern wellte es sich leicht an den exakt gleichen Stellen. Rachel, beziehungsweise Chaya, lagen auf dem Bauch und ihre kleinen, feisten Gesichter blickten in die Kamera, während die Ärmchen erfolglos versuchten, den Oberkörper hochzustemmen. „Die Fotos sind nicht zu unterscheiden. Das ist nur ein Abzug.“ War es Wut oder war es Enttäuschung, was da in seiner Stimme mitschwang?

„Was ist mit den anderen Fotos von Chaya?“ Beatrice zog eines heraus. Es zeigte das Mädchen, wie es seine vermutlich ersten Schritte tat.

„Das kann nicht Rachel sein.“ Nein, das konnte sie nicht sein. Rachel hatte nie das Laufen erlernt. Rachel war vorher … eingeschlafen.

Ingo schluckte. Dann sagte er das Absurdeste, was er hätte sagen können: „Und wenn es Rachel ist?“

Alles, was Beatrice darauf hätte antworten mögen, hätte Ingo verletzt. Also schwieg sie.

„Nein“, sagte Ingo schließlich selbst, „Chaya ist nicht Rachel.“ Er deutete auf den E-Book-Reader, in dessen elektronischen Eingeweiden die Geschichte eines Homunkulus erzählt wurde. „Aber vielleicht soll Chaya Rachel werden.“

Die Kraft der Worte

Wie beendet man einen Tag, an dem die heile Welt aus den Fugen gerät? Wie beginnt man den nächsten Tag, an dem man alles in Frage stellt? Wieder.

Beatrice hatte keinen blassen Schimmer. Irgendwann hatte der letzte Tag in Ingos Armen geendet. Am Morgen war sie dann mit ihm aufgewacht. Sie sprachen beim Frühstück wenig, grübelten mehr; unschlüssig, was es nun tatsächlich zu tun galt.

Das Naheliegendste wäre wohl gewesen, gemeinsam in das Kuriosum zu stürmen und diesen Quirinus zur Rede zu stellen. Einfach Schluss mit den Spielchen machen.

Einfach?

Beatrice wusste instinktiv, dass es nicht so einfach war. Es *konnte* nicht so einfach sein. Wenn sie Ingo ins Gesicht blickte, sah sie überdeutlich, dass es nicht so einfach war: Ingo war kurz davor, einen Amoklauf zu starten. Vermutlich hatte er die ganze Nacht über wachgelegen, schlimme Szenarien ausgesponnen und Quirinus als Schuldigen ausgemacht. Schuldig, an was? Beatrice hätte gerne in Ingos Kopf hineingeschaut. Es wäre sogar möglich, dass Ingo diesen Quirinus für Rachels Tod verantwortlich machte. Das war natürlich absurd. Quirinus' Getänzel, seine herausfordernden Spielereien, sein nerviges Gehabe – es würde Ingo relativ schnell seine Beherrschung verlieren lassen.

Beatrice musste sich dem Kuriositätenhändler allein stellen.

„Kannst du nach der Arbeit noch einkaufen gehen?“, fragte sie scheinheilig. „Unser Kühlschrank ist ziemlich geplündert.“

Ingo schrak aus seinen Gedanken hoch. „Was?“ Das profane Alltagsleben passte nicht zu dem dunklen Rächer, der in ihm gerade die Waffen anlegte. „Einkaufen?“

„Wurst, Käse, Mineralwasser, Brot und Milch“, zählte Beatrice routiniert auf. „Waschmittel, Spüli und Klopapier sind auch alle.“ Das würde nur eine halbe Stunde dauern. „Und wenn du danach noch zur Apotheke fahren könntest“, improvisierte sie deshalb, „wäre es nett, wenn du nach einem leichten Kreislaufmittel fragen könntest. Mir ist neuerdings manchmal so schlecht und schwindelig.“ Das war wenigstens nicht gelogen. Obschon sie nicht glaubte, dass ein paar pharmazeutische Tropfen einen ausreichenden Schutz vor Quirinus bieten konnten.

„Die Apotheke hat dann doch schon zu“, sagte Ingo.

„Die Bahnhofsapotheke hat Dienst“, stellte Bea fest. „Ich würde mich ja selbst darum kümmern, aber du hast den Wagen.“

„Und wenn ich mir heute freinehme?“

„Spontan?“

„Ich … könnte mich krankmelden.“ Ingo legte die Scheibe Brot zurück auf den Teller. Er hatte nur einmal abgebissen. „Quirinus …“

„Du willst wegen eines Fotos deinen Job aufs Spiel setzen?“, fragte Beatrice mit aller Strenge.

Ingo schaute betreten auf. Er las in ihren Gedanken wie ein gewisser Herr Plana in seinen Büchern. „Du willst allein zu ihm.“

Beatrice versuchte es mit einer Halbwahrheit. „Ich gehe ins Antiquariat.“

„Du willst allein zu ihm“, wiederholte Ingo resigniert. Für den Moment war die Wut auf Quirinus verraucht. Ingos Gefühle fokussierten sich auf seine Frau in einer Melange aus Traurigkeit und Enttäuschung. Aber da war noch mehr, das spürte Bea. Sie hatte Angst, dass sie gerade etwas kaputt gemacht hatte, das sie nicht kitten konnte. Beinahe hätte sie „Vertrau mir“ geflüstert. Sie beherrschte sich. Denn diese Bitte hätte nur alles noch schlimmer gemacht.

Ingo stand abrupt auf. Fast wäre der Stuhl umgekippt. Er sog tief Luft ein, nickte verkrampft. „Wenn du denkst, dass das eine Sache zwischen dir, Quirinus und deinem Buchland ist, geht mich das natürlich nichts an.“ Er hastete zur Garderobe, riss seine Jacke vom Haken und stampfte davon.

Beatrice ging tatsächlich zuerst in das Antiquariat. Sie hatte immer noch *Die kleine Hexe* bei sich und es kam ihr dumm vor, das Buch an einem Tag vor Chaya zu retten, nur um es schon am nächsten Tag wieder dorthin mitzunehmen. Als sie gestern einen Blick ins Innere geworfen hatte, hatte sie wenig überrascht festgestellt, dass die ersten zehn Seiten vergilbt und brüchig waren. Die Buchstaben wirkten verwaschen und blass, wie von einem leichten Nebel umgeben. Doch der Rest des Buches war unversehrt. Sie hatte es also noch gerade rechtzeitig zurückbekommen. Nun galt es, das Kinderbuch zurück an seinen Platz zu bringen, damit es sich zwischen seinen Artgenossen erholen konnte.

Ein Kunde verirrte sich in den Laden. Recht beleibt schob er sich zwischen den Verkaufstischen hindurch und platzierte sich vor dem Tresen. Schwer atmend tupfte er sich mit einem Stofftaschentuch die Stirn, wodurch einige der Haarsträhnen, die er von links nach rechts über die große kahle Stelle auf seinem Kopf gekämmt hatte, verrutschten. „Ich", keuchte er, „brauche ein Buch."

Potzblitz, durchfuhr es Beatrice. Sie schaltete umgehend in den Ironie-Modus. „Da sind Sie bei mir genau an der richtigen Adresse, glaube ich. Was darf es denn sein?"

Der Mann sagte: „Irgendwas. Ich bin nicht wählerisch." Er legte die Hände auf den Tresen und stützte so seinen massigen Körper darauf ab. Dabei drückte er auf das Taschentuch, das er noch in der Hand hielt. Eine kleine Lache bildete sich.

Mit antiquarischen Titeln brauchte sie ihm nicht zu kommen. Deshalb versuchte es Beatrice mit einem aktuelleren Machwerk. „Was halten Sie von einem Krimi?" Sie schob dem Kunden ein Taschenbuch zu.

Dieser las die Überschrift laut „**Der Letzte beißt die Hunde**?" Er schniefte herzhaft.

„Nichts Weltbewegendes", erklärte Beatrice, „aber streckenweise recht lustig."

„Von unbekannten Autoren lese ich für gewöhnlich nichts." Der Kunde drehte sich desinteressiert weg und schwamm wie ein Ozeandampfer hinüber zu dem Stapel mit den Thrillern. Er nahm einen Stieg Larsson und bezahlte ihn mit einigen Scheinen aus seiner Geldklammer, nicht ohne sie zuvor mit mehrfach angelecktem Finger durchzublättern.

„Blutig“, kommentierte Beatrice seine Auswahl. Beim Anblick der feuchten Fünfer, die sie in die Hand bekommen hatte, wollte sie eigentlich „eklig“ sagen.

„Ich werde morgen operiert“, sagte der Mann. Es sollte wohl eine Erklärung sein. „Blutig ist da nicht verkehrt. So müssen Krimis sein.“

„Beim aktuellen Wettbewerb der blutigsten Thriller belegen die Schweden immer die ersten Plätze. Eine gute Wahl also.“

Sie geleitete den Mann zur Tür hinaus. Den Schlüssel in der Hand wollte sie ihm auf die Straße folgen, abschließen und dann sogleich Quirinus aufsuchen.

Daraus wurde nichts. Es kam schon die nächste Kundin. „Frau Liber, seien Sie gegrüßt!“

„Guten Morgen, Frau Stokebrand.“ Beatrice unterdrückte ein Seufzen. „Was darf's denn sein?“

Frau Stokebrand war eine der Stammkundinnen, die gerne länger blieben. Sie stöberte häufig in den wertvolleren Werken älteren Datums. Dabei bewies sie tatsächlich ein fundiertes Wissen. In ihrer Handtasche, die sie für gewöhnlich mit sich trug, lag ein Paar weißer Stoffhandschuhe, die sie sich immer dann überstreifte, wenn sie sich dazu entschieden hatte, eine Erstausgabe oder eine andere Kostbarkeit näher in Augenschein zu nehmen. Dann und wann begutachtete sie ausgiebig einige gilbe Seiten. Manchmal begeistert, manchmal mit gerümpfter Nase. „Ich möchte mich heute nur umschauen“, sagte sie. Die gezupften Augenbrauen schwangen sich in aristokratischer Vornehmheit nach oben, die schmalen Lippen deuteten gönnerhaftes Wohlwollen an. „In Ihrem Hause habe ich es ja bisher immer geschafft, etwas zu finden.“

„Natürlich“, sagte Beatrice. „Schauen Sie sich nach Herzenslust um.“

Das tat Frau Stokebrand. Sie ließ sich auch nicht davon stören, dass Beatrice demonstrativ mit dem Schlüssel rasselte. Im Gegenteil: Mit höchstem Interesse betrachtete sie Inhaltsverzeichnisse, Prologe und Ex-Libri. Sie las in einem Buch sogar ein ganzes Kapitel in aller Seelenruhe.

Da Beatrice dies für gewöhnlich ihren Kunden immer gestattete, konnte sie dies heute schlecht untersagen. Also übte sie sich in Geduld. Sie nahm sich ebenfalls ein Buch – ein Sachbuch über Alchemie – und lehnte sich mit dem Po an einen Stehhocker, der hinter der alten Registrierkasse genau darauf gewartet hatte.

„Kann ich ein Buch haben?"

Beatrice schrak hoch. Neben ihr stand Chaya. Oder zumindest das, was mal Chaya war. Schwarz und grau die Klamotten, die wie nasser Sackleinen an ihr herunterflossen. Die Haare waren verklebt und drehten sich wie Korkenzieher in die Höhe. In den Augen des Kindes zeigten sich dicke rote Äderchen. Lippen und Haut waren nur noch trockenes Pergament, das über einen Schädel gespannt war.

„Kann ich ein Buch haben?" Das Röcheln hatte keine Ähnlichkeit mit der Stimme, an die sich Beatrice erinnerte.

„Was ist mit dem Kind?" Frau Stokebrand kam näher. „Sollten wir nicht besser einen Arzt rufen?"

„Keinen Arzt." Chaya knurrte nun. „Ich will ein Buch." Sie wankte leicht. Mit flatternden Lidern schaute sie wieder zu Bea. „Ich … brauche ein Buch."

Frau Stokebrand kramte ein monströses Smartphone aus ihrer Handtasche heraus. Ihre Besorgnis war gerade dabei, in Angst umzuschlagen. „Vielleicht sollten wir lieber die Polizei verständigen."

Ruckartig schnellte Chayas Arm hervor. Sie packte Frau Stokebrand am Handgelenk und drückte fest zu. Dem Reflex folgend, ließ Frau Stokebrand los und das Mobiltelefon fiel zurück in die Tasche.

„Chaya", rief Beatrice bestürzt.

Das Mädchen gab Frau Stokebrand frei. Die wiederum suchte, so schnell sie konnte, das Weite.

„Ein Buch", flehte Chaya. „*Bitte*."

Dann klappte sie zusammen, wie eine Marionette, der man die Fäden durchtrennt hatte. „Bitte", flüsterte sie, während sie sich vor Pein auf dem Boden krümmte.

„Ich kann dir kein Buch geben“, sagte Beatrice mit Entsetzen. Sie konnte doch unmöglich einen ihrer Schützlinge für Chaya opfern …

Etwas knackte laut und unangenehm. Chaya schrie. Ein Bein bog sich auf sehr ungesunde Weise. Die Ferse näherte sich der Wade.

„Ich … ich hole deinen … Quirinus“, stotterte Beatrice, bewegte sich von der Panik gefesselt aber nicht vom Platz. Sie konnte das Mädchen auf keinen Fall allein lassen.

Wieder knackte es. Nein, es knirschte, als schabten Knochen über Knochen. Kleine Schaumbläschen sammelten sich in Chayas Mundwinkeln. Ihre Pupillen hatten sich so weit verdreht, dass nur noch das Weiße im Auge zu sehen war.

Und dann war der Gedanke da. Wie aus dem Nichts. Die Erinnerung an Herrn Plana und die vielen Stunden, in denen Beatrice ihm vorgelesen hatte, wenn er sich krank und schlecht gefühlt hatte. Das künstliche Sein aus den Büchern hatte ihm Existenz verliehen. Das Herzblut, das die Autoren in ihre Bücher gesteckt hatten, hatte ihn genährt. Er lieh sich deren Seelen. Bei Chaya konnte es nicht anders sein. Zumindest nicht, wenn sie wirklich ein Homunkulus war. Aber sie hatte sich bisher das Leben der Bücher offenbar gewaltsam genommen.

Nein, sie konnte Chaya nicht einfach ein Buch geben. Aber sie konnte … „Soll ich dir was vorlesen?“

„Gnnn.“ Beatrice wertete die Antwort als ein „Ja“. Sie drehte sich zum Bücherregal. Fast gleichzeitig fiel ihr eines der Tagebücher von Greg entgegen. Leichte und lustige Kost. Unkompliziert und schnell zu lesen. Angesichts der gegebenen Umstände konnte das nicht das Verkehrteste sein.

Bis zum Ohrensessel im Arbeitszimmer hatten sie es nicht mehr geschafft. Chayas Schreie ließen keine Sekunde Aufschub zu. Also hatten sie sich einfach auf der Türschwelle niedergelassen.

Nun las Beatrice Seite für Seite. Seite um Seite beruhigte sich Chaya. Sie krampfte nicht mehr und die Schmerzfalten verschwanden zusehends aus ihren Zügen. Die Welt nahm wieder eine angenehmere Gestalt an, sie wurde überschaubar, beschränkte sich auf zwei Menschen und ein Buch.

Alles andere, Panik, Qual, Schmerz, Angst und Sorgen blendeten sich aus, verschwammen hinter einem Schutzwall aus Worten.

Irgendwann, es waren nur noch ein Dutzend Seiten zu lesen, bemerkte Bea, dass ihre kleine Zuhörerin auf ihren Schoß gekrochen war und sich nun an ihre Brust schmiegte. Es fühlte sich so … richtig an. Zaghaft vergrub sie ihre freie Hand in den Haaren, die nicht mehr krank und strohig wirkten. Weich wie Seide waren sie, flossen um Beatrice' Finger. Sanft streichelte sie Chayas Kopf, während sie weiter vorlas.

Schließlich kam die letzte Seite, das letzte Bildchen, der letzte Satz. Der Zauber der Worte endete, um die beiden mit einem kleinen, gemeinsamen Erlebnis zurückzulassen.

Chaya blieb liegen, kuschelte sich wohlig an Beatrice. „Lustig", nuschelte sie noch und verbarg dann ihr Gesicht in den Falten der Strickjacke. Ein leises Seufzen. Kurz darauf atmete sie so langsam und gleichmäßig, wie es nur Kinder taten, die fest eingeschlafen waren.

Bea brachte es nicht übers Herz, die Kleine zu wecken. Vorsichtig drehte sie ihren Rücken mit ihrer lebendigen Fracht zum Türrahmen, lehnte sich an das kühle Holz und genoss die Nähe und Wärme des Menschleins.

Ein Schmatzen erklang. Benommen nahm Beatrice wahr, dass es ihr Eigenes war. Sie musste wohl auch eingenickt sein. Kein Wunder, nach der vergangenen Nacht. Mit dem Ärmel wischte sie sich etwas Spucke vom Kinn.

Chaya wurde ebenfalls wach. Sie streckte alle Viere von sich, gähnte herzhaft und schaute dann Beatrice mit einem zaghaften Lächeln an.

„Wie geht es dir?", fragte Beatrice.

Chaya rappelte sich auf. Innerlich schien sie zu prüfen, ob die Summe ihrer Teile in Ordnung war. Für einen Augenblick erinnerte sie an einen Roboter, der mittels eines Diagnoseprogramms die elektronischen Eingeweide checken ließ. „Gut", stellte sie schließlich fest. Und sie sah auch wirklich besser aus. Selbst ihre Anziehsachen wirkten gepflegt. Regelrecht adrett. Hatte sie beim Reinkommen schon diese leichte weiße Bluse unter dem grauen Jäckchen angehabt? Beatrice musterte sie eingehender. „Sag mal: Bist du gewachsen?“ Vor ihr stand zwar immer noch Chaya, aber es war eine fast jugendliche Version. Beatrice hätte sie auf mindestens zehn oder elf Jahre geschätzt. „Wie alt bist du?“

Das Mädchen legte den Kopf schief, als hätte sie die Frage nicht verstanden. „Ist Alter wichtig?“

Nein. Angesichts der Tatsachen war es das nicht, erkannte Bea.

Überrascht sah Beatrice, dass vor dem Antiquariat bereits die Straßenbeleuchtung brannte. Sie und Chaya hatten offenbar den ganzen Tag verschlafen. Seltsam: Kein Kunde hatte sie in dieser Zeit gestört. Jedoch auch das war gerade nebensächlich.

Chaya nahm sie bei der Hand.

Gemeinsam traten sie auf die Straße. Wortlos. Es bedurfte einfach keiner weiteren Worte. Sie würden nun zu Quirinus gehen.

Tacheles

„Schön, dass Sie wieder da sind, Frau Liber. Ich habe Sie schon sehnsüchtig erwartet.“ Kaum standen Beatrice und Chaya im Kuriosum, hüpfte Quirinus freudig erregt auf die beiden zu. „Ich habe im Bücherraum ein paar ganz außergewöhnliche Exponate, die selbst einer Antiquarin das Staunen ins Herz treiben. Kommen Sie! Kommen Sie!“ Er schien fest entschlossen, sie nicht zu Wort kommen zu lassen. Er griff ihr unter den Arm, zog sie hinter sich her in einen Nachbarraum. Chaya blieb zurück.

„Schauen Sie nur: Wissen Sie, was das ist?“ Quirinus deutete auf eine Säule, die sich vom staubigen Boden bis unter die Decke erhob. Wie Steine in einer Mauer ineinander verbaut, türmten sich dort Bücher auf. Sie alle waren noch in ihren Folien verpackt. Neuware also.

„Bücher“, sagte Beatrice lakonisch.

„Nicht irgendwelche Bücher“, rief Quirinus enthusiastisch. „Nicht irgendwelche! Sie sind noch nicht gelesen.“

„Das sieht man“, merkte Beatrice ungeduldig an. „Die Bücher sind ja noch eingeschweißt.“ Sie hatte anderes mit Quirinus zu bereden.

„Nein. Sie verstehen das falsch. Sie wurden noch nie gelesen. Im wahrsten Sinne des Wortes. Kein Schwein hat sich auch nur eine dieser Ausgaben gekauft. Begreifen Sie? Vor Ihnen steht ein Riesenhaufen literarischer Schei… Desaster. Es ist die Verkörperung des allergrößten Albtraums aller Autoren. So viel Seele, eingebracht in abertausend Stunden, tatsächlich auf Papier gedruckt, gebunden und ausgepreist. Uuund dann … ignoriert und vergessen.“

Nun trat Beatrice doch näher. Interessiert las sie einen der Buchrücken. „Dialoge eines Schlüpfers. Eine lyrische Anthologie.“

Quirinus machte eine Pirouette. „Ja! Lyrik. Hahaha. Wussten Sie, dass es mehr Leute gibt, die so was schreiben, als Leute, die so was lesen?

Gedichte kauft man nur von den alten Meistern. Aber von einem Schmitz, Meier oder Schuster will man nicht wissen, ob er reimen kann."

„Warum zeigen Sie mir das?"

Quirinus berührte plötzlich mit beiden Füßen gleichzeitig den Boden. Enttäuscht ließ er die Schultern hängen. Es wirkte gespielt. Allerdings zeigte sich in seinen Gesichtszügen beinahe aufrichtige Traurigkeit. „Ich dachte, dass Ihnen das gefallen könnte. Immerhin …" Der Hauch eines sardonischen Lächelns umspielte seine Lippen. „… steht hier ein Stückchen Buchland."

„Sie wissen über das Buchland Bescheid." Diesbezüglich gab es nun keine Ungewissheiten mehr. Die ersten Karten wurden offen auf den Tisch gelegt.

„Ja, huch. Da habe ich mich wohl verplappert." Quirinus zwinkerte ihr zu.

Beatrice spürte, wie die Wut in ihr hochkochte. Mit Mühe unterdrückte sie den Impuls, ihr Gegenüber anzublaffen. „Was soll das ganze Theater?"

„Ich entschuldige mich." Quirinus zog die Beine zusammen und drückte die Knie durch. Seine Arme legten sich an seinen Körper, sein Gesicht richtete er starr geradeaus. Da war plötzlich nichts mehr von dem herumzappelnden Typen. Auch das Rapper-Image verlor sich vollkommen. Er stand da wie ein Höfling des Königs oder ein feiner Herr, der seiner Angebeteten eine Aufwartung zu machen gedachte. „Es erschien mir notwendig." Er drückte nun den rechten Arm vor den Oberkörper, den anderen hielt er leicht vom Körper weg. Gleichzeitig neigte er sein Haupt und zog einen Fuß nach hinten. Die Sohle kratzte geräuschvoll über den Boden. „Bevor ich Ihnen mein Angebot offerieren durfte, wollte ich Ihnen meine … Chaya … näherbringen. Es war mir wichtig, dass sich das Kleine in Ihrer Nähe entfaltet. Wie ich sehe, hat Ihre Gegenwart ihr wohlgetan." Quirinus sprach sehr betont und ausformuliert. Einzig bei der Nennung von Chayas Namen hatte er kurz innegehalten. Der Name schien für ihn immer noch ungewohnt. Ansonsten präsentierte er sich gerade wie eine Figur, die einem Roman des vorletzten Jahrhunderts entsprungen war. „Chaya, kommst du?“ Hier endete der Satz. „Mal bitte“, fügte er hinzu. Chaya kam nicht – sie war auf einmal da. Sie stand neben Beatrice, als hätte sie sich aus deren Schatten gepellt.

Quirinus hob den Zeigefinger. Es war eine stille Mahnung an das Kind, die nur die beiden verstanden. Chaya nickte unmerklich.

„Hach, wie schnell unsere Lieben doch in die Höhe schießen“, seufzte Quirinus. Sein Körper verlor zusehends Haltung. Schon schlurfte er ein wenig, während er beim Sprechen ein wenig auf und ab ging. „Ist Ihnen aufgefallen, wie schnell?“

Unsere Lieben. Allein diese Floskel schmerzte bis ins Herz. Sie erinnerte Bea daran, dass sie vom Schicksal darum gebracht worden war, ihr Kind wachsen zu sehen. Sie hatte keine Fotos von Rachel mehr machen können.

„Chaya ist natürlich etwas Besonderes. Auch das dürfte Ihnen aufgefallen sein. Nicht wahr? Was mich freut, ist, dass ihre Züge inzwischen wirklich ein paar Ähnlichkeiten mit Ihrem Herrn Plana aufweisen.“

Was?

Entgeistert fuhr Beatrice herum und starrte Chaya an. Tatsächlich. Jetzt, wo Quirinus es sagte, erkannte sie bei genauerem Hinsehen ihren Herrn Plana wieder. Das Kinn, die Nase … Da gab es vage Übereinstimmungen.

„Das schafft dem Unterbewussten eine wunderbare Brücke. Darüber können dann die Armeen der Liebe und Zuneigung marschieren.“ Ein kaum merklicher tänzelnder Hüpfer mogelte sich zwischen die Schritte des Mannes. „Sie mochten doch diesen Herrn Plana, oder nicht? Immerhin hat er Ihnen den Zugang zum Buchland vererbt. Er war Ihr Vermittler zwischen unser aller Realität und Ihrer eigenen Phantasie.“

Beatrice merkte, wie ihr Magen wieder zu rebellieren begann. Sie hätte was sagen wollen, wütend, aufbrausend oder wenigstens empört. Jedoch musste sie den Mund fest geschlossen halten, weil sie befürchtete, sich sonst auf der Stelle übergeben zu müssen.

Quirinus zog die Stirn kraus. „Ich glaube, dass ich eine kleine Pause für Sie einlegen muss. Soll ich Ihnen was vorlesen?“

„Mir?"

„Das beruhigt die Nerven." Er wartete keine Antwort ab, sondern riss grob ein Buch aus der Säule, die daraufhin gefährlich schwankte. Ein tadelnder Seitenblick von ihm genügte und die Konstruktion stand wieder stabil.

Quirinus steckte eine Hand in seine Hosentasche und vollzog dort wieder dieses eigenwillige Suchmanöver. Rappelnd und scheppernd zog er eine Brille hervor. „Meine Lesebrille. Ich hab sie aus dem Sortiment. Stufenloser Vierfachzoom, Nachtsichtautomatik und Minischeibenwischer." Er zog sie an und richtete seinen Blick sogleich auf die Lektüre. *„Der schlimme Tag der Schülerin Annette K. oder Alles nur geträumt*", las Quirinus vor. „Zwanzig Seiten als Hardcover. Da hat wohl eine junge Frau ihren letzten Schulaufsatz veredeln lassen. *Alles nur geträumt!* Pah! In jeder Schulklasse gibt es mindestens einen Schüler oder eine Schülerin, die so eine Geschichte dem Lehrer auftischt. Beim nächsten Aufsatz gibt es dann die obligatorische Selbstmörderstory. Teenager ticken immer gleich."

„Ich möchte nichts vorgelesen bekommen", unterbrach Beatrice seinen Redeschwall.

„Nicht? Ich dachte, es würde Ihnen gut tun."

„*Ich* bin kein Auktoral", sagte Beatrice. Sie war sich inzwischen sicher, dass sie Quirinus den Begriff nicht erklären musste.

„Nein?"

„Nein."

„Sie sind nicht Herr Plana." Quirinus schob *Der schlimme Tag der Annette K.* dorthin zurück, woher er es genommen hatte. „Sie wollen also takhles redn."

Nach sprachlichen Feinheiten stand Beatrice überhaupt nicht mehr der Sinn. „Ja, verdammt. Ich möchte **Tacheles reden**." Jetzt hatte sie ihn doch angeschrien.

In der darauffolgenden Stille kratzte sich Quirinus die weißblonden Haare. Dann nahm er die Brille ab und schob sie zurück in die Hosentasche, wo sie mit einigen leisen Klick- und Scheppergeräuschen tiefer rutschte.

„Hmmm“, machte er, ließ die Büchersäule links liegen und schritt dann, die Arme untypischerweise auf dem Rücken verschränkt, in die Ecke des Raumes, in der das Nichts stand, das Quirinus so gerne ausgefüllt hätte. „Ich brauche Ihre Hilfe. Mir fehlt hier etwas. Wie Sie vielleicht ahnen, bin ich ein Sammler. Als Geschäftsmann ist es mir wichtig, dass ich alles anbieten kann. Alles. Auch die Sachen, von denen der Kunde nicht weiß, dass er sie braucht. Diese Stelle hier habe ich reserviert, für …“ Er überlegte, ob er einfach weiterreden sollte. So sachlich und ruhig hatte Beatrice ihn noch nie sprechen gehört. Sein Gehabe war in diesen Minuten so wechselhaft wie Beatrice’ Stimmungen. „Kennen Sie sich mit griechischer Mythologie aus?“

„Kalliope, Pegasos und so weiter?“, fragte Beatrice. „Ein bisschen.“

„Haben Sie mal von der Büchse der Pandora gehört?“

„Ich glaube schon.“

„Ich möchte eine kleine Expedition in Ihren Keller machen. Dazu brauche ich Sie, liebe Bea. Ohne Sie würde ich dort unten wieder mal verlieren.“

Beatrice hatte das Gefühl, nicht mehr folgen zu können. „Verlieren?“

„Eines der ungeschriebenen Gesetze dort unten. Die Wahrscheinlichkeit, dass ich im Buchland siegreich bin, ist nicht groß. Nein. Aber alles in allem ist sie bei Weitem geringer als in dem realen Leben vor der Tür Ihres Antiquariats. Überall auf der Welt bin ich ein Gewinner. Nur dort unten im Buchland nicht.“

„Ich verstehe nicht“, gab Beatrice zu.

„Müssen Sie auch nicht. Noch nicht. Unterwegs kann ich Ihnen alles erklären. Stellen Sie sich einfach vor, dass ich ein x-beliebiger Kunde bin, dem Sie eine Sonderführung geben.“

„Ich gebe meinen Kunden keine …“

Quirinus unterbrach sie: „Dort unten gibt es einen Krug, den ich gerne erwerben möchte.“

„Einen Krug? Im Buchland?“

„Ja. Es ist ein Krug voller … Geschichten. Schicksalhafte Schicksale voller tragischer Tragik. Dramen und Dramas. So was in der Art. Der

Krug ist ein Teil des Buchlandes und gehört selbst auch zu einer sehr alten Geschichte."

„Ein Krug?" Beatrice sammelte ihre Gedanken, sortierte sie in eine sinnbringende Reihenfolge. „Sprachen Sie eben nicht von der Büchse der Pandora?"

„Korrekt. Allerdings hat diese Büchse wohl wenig mit der Cola-Dose von neulich gemein. Blech gab es zu Apollos Zeiten nicht." Ein Schmunzeln. „Ich habe auch nicht vor, den Krug mit Blei auszugießen", fügte Quirinus süffisant hinzu.

„Warum?" Beatrice ging zu ihm und nahm die Leere, die als Platz für die Büchse reserviert war, in Augenschein. Dem freigelassenen Platz nach zu schließen, musste dieser Krug ziemlich groß sein. „Warum möchten Sie das Teil haben. Wofür brauchen Sie es?"

„Für meinen Laden. Dieses Exponat fehlt mir noch in meinem Kuriositätenladen." Mehr wollte er offensichtlich nicht verraten.

Das machte Beatrice noch misstrauischer, als sie ohnehin schon war. „Warum sollte ich Ihnen helfen, dorthin zu gehen?"

Quirinus breitete die Arme aus, zeigte seine strahlenden Zähne. Er drehte sich in einer allumfassenden Geste um die eigene Achse. „Nun, weil man gerne mit mir Geschäfte macht. Ich zahle gut …" Er brachte die Arme in die Waagerechte und deutete jetzt mit beiden Zeigefingern auf Beatrice. „Sie müssen wissen: Ich bin in der Lage, Ihnen etwas zu beschaffen, was Sie unbedingt haben möchten. Etwas, das Sie unbedingt zurückhaben möchten."

Das Einzige, was ich zurückhaben möchte, ist Rachel, durchfuhr es Beatrice.

Quirinus lächelte nur.

„Ich schlage vor“, sagte Quirinus, „dass wir unsere kleine Expedition direkt starten. Je eher wir uns auf die Suche machen, umso schneller erreichen wir unsere Ziele.“

Er schickte sich an, den Raum zu verlassen. Doch Beatrice verharrte unbeweglich auf ihrem Platz.

Als Quirinus merkte, dass sie nicht nachkam, drehte er sich um. „Was ist?“

Beatrice verschränkte die Arme vor der Brust. „Sie haben mir immer noch nicht verraten, warum ich Ihnen helfen soll. Ich mache keine Besichtigungstouren ins Buchland.“

„Bei mir werden Sie eine Ausnahme machen.“

„Ich glaube nicht.“

„Ich glaube schon.“ Quirinus schob Chaya ins Blickfeld. „Ich nehme an, dass Sie sich seit gestern ein paar Gedanken um meine Chaya gemacht haben.“

Es gab keinen Grund, weiter hinterm Berg zu halten. Also sprach Beatrice aus, was sie und Ingo dachten. „Sie ist ein Homunkulus.“

„Zehn Punkte“, lobte der Kuriositätenhändler. „Genau genommen ist sie eine Homunkula. Kleiner Unterschied. Sie hatten ja auch eine Tochter und keinen Sohn.“

Beinahe hätte Beatrice, weil sie endlich zum Punkt kommen wollte, mit „gut“ geantwortet. Aber von all dem, was sie gerade hörte, war nichts gut. Es war widernatürlich.

Quirinus redete einfach weiter. „Der markanteste Unterschied zu einem normalen Mädchen ist, dass eine Homunkula keine Eltern hat. Sie hat einen Schöpfer. Herr Plana würde jetzt seinen Freund **Goethe** zitieren: *Wie sonst das Zeugen Mode war, erklären wir für eitel Possen.* … äh … *Der*

Mensch muss mit seinen großen Gaben doch künftig höhern Ursprung haben. Oder so." Das Zitieren gehörte offensichtlich nicht zu seinen Stärken. Quirinus wirkte für den Bruchteil einer Sekunde etwas verlegen. Seine beste Therapie dagegen war, das Mundwerk nicht stillstehen zu lassen. „Chaya ist mir gut gelungen. Sie ist jetzt schon mehr, als sie es am Tag ihrer Erschaffung war. Es fällt mir inzwischen schwer, sie bloß als ein *Es* zu betrachten."

„Ich bin kein *Es*. Ich bin Chaya." Das Kind hatte es nur geflüstert. Doch es klang bedrohlich.

„Natürlich", sagte Quirinus zerstreut. Er schenkte ihrem Einwand fast so wenig Beachtung wie einer toten Fliege auf dem Fensterbrett. „Was ihr fehlt, ist eine eigene Seele. Bislang hat sie aus Ihren Büchern, Frau Liber, nur ein geborgtes Sein. Etwas Pippi, etwas Hexe, etwas von den anderen Büchern aus Ihrem Buchland. Aber da ist nichts Eigenes." Das bescherte Beatrice ein vages Déjà-vu. Sie schob es zur Seite. Doch Quirinus sah das kurze Flackern in ihren Augen. „Chaya ist im Augenblick nicht mehr als eine personifizierte Fiktion. Sie könnte einer Geschichte entsprungen sein." Er machte einen großen Schritt und stand so plötzlich neben der Homunkula, dass diese erschrocken zusammenzuckte. Mit spitzem Finger deutete er auf die Mitte ihres Kopfes. „Aber Geschichten sind lediglich ein Spiel mit der Wirklichkeit. Nirgendwo sonst gibt es mehr Geschichten als in Ihrem Buchland. Kein Kino, kein Fernseher konnte mehr Geschichten erzählen als die Bücher unter dem Antiquariat. Ein kleiner Schubs dort unten und aus Realität wird Fiktion … und umgekehrt.

Was würden Sie sagen, wenn Rachel, die ja in Ihrem Roman geschrieben steht, nur einen Hauch von unserer Realität entfernt ist? Wenn wir Rachels Geschichte Chaya geben, was glauben Sie, wird dann passieren?"

Beatrice spürte Unbehagen bei dem Gedanken, der Homunkula nochmals ein Buch in die Hand zu geben. Sie erinnerte sich daran, was mit den Kinderbüchern geschehen war. Sie sagte nichts, doch Quirinus erriet ihre Gedanken. „Keine Sorge. Bis es so weit ist, habe ich eine Lösung für dieses kleine Problem. Chaya wird Ihren Roman nicht kaputtmachen. Außerdem haben wir ja auch immer noch die Möglichkeit, dass Sie ihr das Buch vorlesen.“

„Rachel“, flüsterte Beatrice atemlos.

„Damit wir uns richtig verstehen: Ich bin Geschäftsmann. Dies ist ein verbindlicher Handel“, merkte Quirinus gewichtig an.

„Ich muss doch nichts mit Blut unterschreiben?“

„Teufel! Nein. Aber zuerst kümmern wir uns um mein fehlendes Exponat. Sie führen mich durch Ihren Keller und erst danach gehen wir zu Ihrem Buch“, erklärte Quirinus. Seine Stimme war ungewöhnlich dunkel und ließ kaum Zweifel aufkommen, dass er nicht mit sich handeln lassen wollte.

Beatrice versuchte es trotzdem. „Wir müssen für meinen Roman nicht extra in den Keller gehen. Ich habe ein Exemplar im Antiquariat.“

Quirinus hob die Augenbrauen. „Frau Liber, ich bitte Sie. Wir werden doch kein Risiko eingehen wollen. Nicht mit Ihrer Rachel. Das Buch, was wir für Ihre Tochter verwenden sollten, steht tief unten im Buchland. Sie wissen, wo wir schauen müssen: im Regal 2012.“

Bevor sie das Kuriosum verließen, entschuldigte sich Quirinus für eine Viertelstunde und verschwand in seinem Keller. Beatrice und Chaya blieben allein in dem fünfeckigen Verkaufsraum für kuriose Bücher zurück. Chaya stand wie ein deaktivierter Roboter neben der Tür und schwieg.

Im Bemühen, Chaya ab sofort als ein seelenloses Ding zu betrachten, scheiterte Beatrice schon im Ansatz. Das Kind als Person zu akzeptieren, bescherte ihr deshalb umgehend ein schlechtes Gewissen. Sie würde Chaya für Rachel opfern müssen. Aber welche Alternative blieb ihr sonst? Es konnte niemand von ihr verlangen, dass sie nicht alles unternehmen würde, um ihre Tochter zurückzubekommen.

Das Schlimmste war, dass nun vieles der bisherigen Ereignisse einen Sinn machte. Nur warum gerade jetzt?

„Chaya?“ Beatrice wusste nicht, was sie sagen wollte. Sie hätte nicht mal gewusst, was sie hätte sagen *können*. Es gab nichts zu erklären. Zu derselben Erkenntnis schien Chaya ebenfalls gekommen zu sein. Sie reagierte nicht.

Bevor das folgende Schweigen zu lange wurde, drehte sich Beatrice von ihr weg, ging um die Büchersäule herum und wendete sich den Tischen zu. Auch hier gab es eine Auslage für Kinderbücher. Doch mit den Büchern im Antiquariat hatten Quirinus Kuriositäten in diesem Fall wenig zu tun. An der Stelle, wo Beatrice *Peter und Wendy* besonders sichtbar dekoriert hatte, lag auf dem Tisch des Kuriositätenhändlers *Der Junge, der seine Mutter hasste* mittig platziert. Auch die anderen Bücher waren ähnlich obskur in ihrer Namensgebung. Beatrice schnaubte abfällig.

„Sie können mir ja heute Abend bessere Bücher zeigen", sagte Quirinus, der sich plötzlich neben Chaya befand. Sein Äußeres hatte sich komplett gewandelt. Eine beigefarbene Treckinghose steckte in Springerstiefeln, ein Tropenhemd, hochgekrempelt bis kurz über die Ellenbogen, kleidete seinen Oberkörper und seinen Kopf bedeckte ein Safari-Hut.

„Wollen Sie einen Elefanten erlegen?"

Quirinus stemmte die Hände in die Hüften. „Ich möchte nur auf alle Eventualitäten vorbereitet sein." Bei ihm stand ein Trolley – eine Tragetasche auf Rädern. So eine, wie sie meist von alten Frauen zum Einkaufen verwendet wurde. Der Trolley hatte seine beste Zeit schon lange hinter sich gebracht. Der Rost blühte auf dem Gestänge, das Schottenmuster der Textilie war ausgeblichen und die beiden Räder führten offenbar eine mechanische Diskussion, in welcher Richtung vorne lag. „Auf geht's."

Laut quietschend setzte sich das kleine Gefährt in Bewegung und rollte Quirinus, der es zog, unwillig hinterher. Auch in Chaya kam das Leben zurück. Im Abstand von zwei Metern folgte sie dem Gespann.

Beatrice warf noch einen kurzen Blick in die Ecke, in der demnächst die Büchse der Pandora stehen sollte. Das mulmige Gefühl, das sie dabei überkam, ließ sich nicht abstellen. Der Versuch sich einzureden, dass es nur eine weitere Kuriosität in diesem Laden werden würde, scheiterte kläglich.

„Okay, Freunde", sagte sie schließlich zu den Büchern, „lassen wir uns darauf ein. Ich hoffe, ihr helft mir. Rat und Tat und so."

Sie hatte kaum zu Ende gesprochen, da begann der Bücherturm zu schwanken. Im nächsten Augenblick stürzte er ein und die Bücher ergossen sich durch den Raum. Sie fielen zwischen Beatrice und ihren Weg nach draußen. Beatrice verstand die Botschaft.

„Ich kann doch nicht einfach hierbleiben.“ Vorsichtig stieg sie über den Haufen hinweg, sorgsam achtgebend, dass die Bücher unter ihren Füßen keinen weiteren Schaden nahmen.

Die Luft hing regungslos in der Straße. Trübe wurde das orangene Licht der Laternen von schmutzigen Pfützen reflektiert. Aus einem geöffneten Fenster im zweiten Stock eines Hauses hörte Beatrice ein Saxophon spielen. Es klang nach den routinierten Fingerübungen eines Jazzers.

„Round Midnight? Wie stimmungsvoll“, raunte Quirinus.

„Es wäre stimmungsvoller“, antwortete Beatrice, „wenn Ihr Einkaufswagen nicht so einen infernalischen Lärm machen würde.“

Quirinus blieb stehen. Überrascht schaute er neben sich herunter, als würde er sein Gepäck zum ersten Mal sehen. „Sie haben recht.“ Dann klappte er die Abdeckung auf und kramte einen wuchtigen Armeerucksack hervor. Er schüttelte ihn gründlich, damit er sich zur vollen Größe entfalten konnte. Mit beiden Händen hob er nun den Trolley hoch und stopfte ihn in den Rucksack. Er passte ganz hinein. Quirinus drückte, quetschte noch ein wenig, zog danach am Kordelzug des Verschlusses, bis der Rucksack verschlossen und überdies auf einen handlichen Umfang geschrumpft war. „Schon besser“, sagte er zufrieden und warf sich den Sack lässig über die Schulter. „Weiter geht's.“

Kurz darauf standen sie vor Beatrice Laden. Sie zückte den Schlüssel, steckte ihn wie gewohnt ins Schloss. Doch als sie ihn drehen wollte, verhakte er sich nach einer Vierteldrehung. Er ließ sich in dieser Position weder vor- noch zurückdrehen.

„Was ist los?“, fragte Quirinus ungeduldig, nachdem er ihr ein Weilchen zugesehen hatte, wie sie sich mit dem Schlüssel abmühte.

„Es klemmt.“

„Das Schloss?“

Beatrice verdrehte die Augen. „Was sonst?“

Quirinus hakte trotzdem nochmals nach. „Das Antiquariat möchte uns nicht reinlassen?“

„Ich rufe morgen den Schlüsseldienst“, sagte Beatrice. „Es ist sowieso schon spät.“

„Nein.“ Quirinus hantierte wieder in seiner Hosentasche herum, bis er schließlich ein monströses rotes Taschenmesser in der Hand hielt. Beatrice schätzte es auf vierzig Zentimeter Länge. Das Schweizer Kreuz war mit einem Benzinstift aufgemalt. Der Kuriositätenhändler musste kräftig zupacken, um die verschiedenen Utensilien herauszuklappen. Was er suchte, fand er nicht auf Anhieb. So kam zuerst eine Astschere zum Vorschein, dann ein motorisierter Dosenöffner. Einen Rührstab mit Schneebesen ließ er ebenso wieder zurückschnappen, wie die Klinge eines Buschmessers. Als er neben Lupe und Teleskop endlich eine Brechstange zu Tage brachte, grunzte er zufrieden.

Beatrice schluckte. „Das ist doch jetzt nicht Ihr Ernst.“

„Das?“ Quirinus schwenkte das Taschenmesser hin und her. „Frau Liber, seien Sie nicht so kompliziert. Etwas Slapstick verträgt auch Ihr Leben. **Comic Relief** gehört in jede Story.“

Beatrice stellte sich zwischen Quirinus und die Tür. „Ich weiß nicht, wessen Story das hier ist. Nicht meine. So einen Scheiß würde ich nicht schreiben. Aber diese Tür werden Sie nicht aufbrechen. Erst recht nicht mit diesem Ding.“

In diesem Moment öffneten sich die Pforten des Kinos. Die Besucher der Abendvorstellung strömten heraus. Arno Davids stand auf dem Bürgersteig und verabschiedete sich von dem einen oder anderen Gast mit einem Diener, schüttelte manchem die Hand oder winkte ganz allgemein in die Runde.

Quirinus hatte sich den Menschen zugewandt und verbarg sein Einbruchswerkzeug hinter dem Rücken. Er pfiff sogar eine bemüht unschuldige Melodie. Vielleicht erregte er gerade deshalb Arnos Aufmerksamkeit. „Alles in Ordnung, Frau Liber?“

Beatrice ging ihm ein paar Schritte entgegen, bis sie auf der Bürgersteigkante stand. „Klar“, sagte sie, „ich wollte nur noch mal schnell ins Antiquariat. Aber mein Schlüssel klemmt. Herr Quirinus …“

„Nur Quirinus, bitte“, warf der Kuriositätenhändler ein. Er fummelte inzwischen doch beiläufig an der Tür.

„… Quirinus wollte mir helfen. Aber ich denke, wir warten besser bis morgen ab.“

Etwas knirschte. Altes Holz gab hartem Eisen nach. Dann bimmelte das Türglöckchen. „Schon passiert“, erklang es hinter ihr munter.

Beatrice fuhr herum. Der Türrahmen wies auf Höhe des Schlosses fiese Kratzspuren auf. Nach innen war das Holz komplett herausgedrückt. „Verdammt, Quirinus. Was soll das?“

„Wie Sie bereits sagten: Es ist spät. Ich will jetzt Butter bei die Fische machen.“

Es war für Beatrice ein seltsames Gefühl, mit anzusehen, wie ein weitestgehend Fremder in aller Selbstverständlichkeit ihren Laden und ihr Arbeitszimmer durchschritt.

Neugierig betrachtete Quirinus den Maschinentelegraphen und streichelte dann sacht über das Kupfer des Gehäuses. „Ja, so habe ich es mir vorgestellt.“ Er packte den hölzernen Hebel, justierte ihn routiniert, wartete den Moment, bis sich der Zugang zum Keller vor ihm auftat.

„Ihh“, machte Chaya. Die Treppe war in einem noch schlechteren Zustand als bei Beatrice’ letztem Besuch. Schleimfäden trieften von oben herab. Schimmel und Schwamm färbten die Wände. Ein entsprechender Gestank schwang ihnen entgegen.

„Puh, Frau Liber“, machte Quirinus, „da hätten Sie aber auch mal sauber machen können. Alles in allem ist es natürlich ein sehr atmosphärischer Anblick. Es wirkt irgendwie …“ Er gab vor, nach dem richtigen Ausdruck zu suchen. Chaya, die ziemlich angewidert dreinblickte, vollendete den Satz: „… abschreckend.“

„Ich wollte ‚stimmungsvoll‘ sagen.“

Ein Hauch des Entsetzens strich Beatrice über den Nacken. Sie bekam eine Gänsehaut. „Ich weiß nicht warum. Das Buchland verändert sich.“

„Das Böse ist eingezogen“, murmelte Chaya.

„Nicht so theatralisch!“ Quirinus zeigte sich prächtig gelaunt. „Gut und Böse, pah, was ist das schon? Ein Konzept. Ein Schema. Wir sortieren das, was wir erleben und was wir tun, in zwei Schubladen ein. Auf diese profane Weise erschaffen wir uns Gewissen. Wäre es nicht schön, wenn wir unser Gewissen auf Knopfdruck abschalten könnten? Gut und Böse wären dann egal. Niemand müsste wählen, auf welcher Seite der Moral er stehen möchte. Jeder könnte sich über sie erheben und wäre jenseits von Gut und Böse."

„Nicht so theatralisch", sagte Beatrice. „Das waren Ihre Worte", ergänzte sie.

„Ironie?" Quirinus machte einen Ausfallschritt zu der Musik, die nur er zu hören schien. „Böse, böse!"

Die Rückkehr ins Buchland

Mit einer geblümten Stoffserviette, die Quirinus aus seinem Rucksack gezogen hatte, wischte er sich grünen Glibber vom Safarihelm. Beatrice hatte sich den schwarzen Schirm genommen und Chaya damit hinunterbegleitet. Das hatte mehr schlecht als recht geklappt, weil der Schirm gerade so zwischen die Wände gepasst hatte und deshalb immer wieder am Mauerwerk entlang geschabt war. Etwas lädiert war das gute Stück nun. An einer Seite hatte sich sogar die Bespannung gelöst.

Jetzt standen sie also unten. Während Beatrice den Schirm in dem Garderobenständer abstellte, ließen Chaya und Quirinus ihre Blicke schweifen.

„Woher kommt das Licht?" Chayas Frage war berechtigt. Alle Birnchen und alle Neonröhren waren geplatzt. Der Boden war übersät mit Glassplittern. Dennoch war es nicht finster. Ein grünliches Glimmen schien in der Luft zu hängen und tauchte die Bücherregale in ein unheimliches Zwielicht. Wenn Schatten dunkel leuchten können, dann taten sie es gerade.

„Es ist der Nebel", stellte Quirinus unbesonnen fest.

Beatrice schaute genauer hin. Es kam ihr vor, als würde das Licht schweben. Hellere Schlieren wechselten sich mit etwas dunkleren Fäden ab. Sie flogen sachte, langsam, umfingen alles, ohne wirklich greifbar da zu sein. Dunst.

Obwohl es nicht kalt war, fröstelte es Bea.

Chaya empfand ähnlich. Sie schloss die Knöpfe ihres Mäntelchens bis zum Kragen und hob die Schultern hoch, bis sie fast die Ohren berührten. „Ich will hier nicht sein."

„Ja und?" Quirinus schniefte. „Was du willst, ist mir sowas von …" Er blickte das Kind dabei nicht mal an. „Machen wir uns bereit für Ihre Reise ins Buchland, Frau Liber."

„Für mich nichts Besonderes, Quirinus. Ich bin fast jeden Tag hier unten“, erinnerte Beatrice.

„Ach, Frau Liber! Ihre kleinen Exkursionen in die vorderen Reihen wollen Sie doch nicht als Reise ins Buchland bezeichnen. Seit Herr Plana nicht mehr ist, haben Sie doch wirklich nichts Neues über diese zauberhafte Welt erfahren. Es ist traurig und grenzt an Ignoranz, dass Sie fast zwei Jahre lang diesen Schatz gehütet, aber nicht gehoben haben. Sie haben in all der Zeit dieses Wunder als aktiven Lagerbestand Ihres Antiquariats missverstanden. Wie erbärmlich.“ Quirinus fingerte an der kleinen Außentasche des Rucksacks herum, bis er einen Garnfaden in der Hand hielt, der sich offenbar von einer Rolle, die in der Tasche lag, abrollte. Er verknotete ihn mit einem Haken, der an ein Regal geschraubt war. „Es wird Zeit, dass Sie mal ein paar neue Regionen erkunden.“

„Ich …“ Beatrice wusste nicht, was sie sagen wollte. Ihr Protest erstickte im Keim. Denn eigentlich hatte Quirinus recht. Das Buchland hatte alle seine Geheimnisse behalten. Schlicht, weil Beatrice nie versucht hatte, sie zu ergründen. „Ich bin halt kein Auktoral“, stellte sie trotzig klar. Quirinus hörte es nicht. Er war schon losgegangen.

Chaya nahm Beatrice' Hand. „Wohin gehen wir eigentlich?“

„Ich habe keine Ahnung. Dein – äh – Quirinus hat die Führung übernommen. Er scheint sich hier bestens auszukennen.“

„Warum müssen wir dann überhaupt mitgehen?“ Chaya wich etwas zurück. Sehnsüchtig zog sie Bea ein Stück zur Treppe hin.

„Weil ich meine Rachel wiederbekommen werde.“ Alles andere war tatsächlich nebensächlich. Beatrice' Füße hatten sich längst in Bewegung gesetzt, als ihr Kopf endlich entschied, dem Kuriositätenhändler zu folgen. Chaya sträubte sich zwar, hatte aber keine andere Wahl. Beatrice behielt sie im Schraubstock ihrer Finger.

Die Zeit verging rasch und sie kamen gut voran. Beatrice stellte fest, dass Quirinus sich nach Möglichkeit geradewegs in eine Richtung hielt. Nur wenn ein Gang zu Ende war und ein querstehendes Regal den Weg versperrte, schlug er einen Haken. Sobald sich eine Abzweigung bot, korrigierte er jedoch sofort wieder. Alles in allem bewegten sie sich in fast gerader Linie weg von der Treppe. Neue Gefilde hatte Beatrice mit ihm aber noch nicht erreicht. Eben waren sie in der Abteilung mit Reisebeschreibungen gewesen, jetzt durchschritten sie die Abenteuererzählungen. Hier hatte Beatrice schon oft verweilt, um Nachschub für das Antiquariat zu holen.

„Ziemlich öde", sagte Quirinus irgendwann. Es war leise ausgesprochen und war bestimmt nicht an Beatrice gerichtet. Sie hörte es trotzdem. Weil sie den Unmut der Bücher in den Knochen spürte, sah sie sich veranlasst, nachzufragen. „Was ist öde?"

Quirinus blieb stehen. Er machte kurz einen Buckel, reckte und streckte sich. Dann ließ er den Kopf ein wenig hin und her kreisen. „Das Setting ist öde. Das ist alles etwas phantasielos arrangiert. Dafür, dass hier unten der kreative Geist der gesamten Menschheit gelagert wird, meine ich. Überall stehen schlichte Holzregale, graue und braune Bretter, alt, schmucklos, ohne Glamour – das wird der Sache nicht gerecht. Eine allumfassende Bibliothek sollte sich im rechten Licht präsentieren."

Da hatte Quirinus irgendwie recht. Doch Beatrice wollte es nicht zugeben. Stattdessen fragte sie: „Wie hätte denn Ihrer Meinung nach das Buchland auszusehen?"

Quirinus überlegte kurz und schnippte dann mit den Fingern. „Tja …" Das sollte sich vielsagend anhören. Eine Idee tat er aber nicht kund. „Ich habe bei der Ausgestaltung dieser Hallen kaum was zu sagen." In der Nähe erhob sich eine der Säulen, die das Deckengewölbe trugen. Er betrachtete sie eingehend. „Ist es normal, dass da so viele Risse drin sind?"

„Was?"

„Die Säule da. Der Putz fällt ab. Das Ornament im Kapitell ist kaum noch zu erkennen", sagte Quirinus.

„Vielleicht ist das nur, weil hier alles so alt ist."

„Ist es das?" Quirinus gab sich überrascht, verzichtete jedoch darauf, zu erläutern, was er meinte. Unzufrieden schüttelte er den Kopf. „Öde." Dann setzte er den Weg fort.

Beatrice trottete Quirinus mit Chaya an der Hand hinterher. Das Mädchen sträubte sich nicht. Es folgte inzwischen mit vollkommenem Gleichmut. Trotzdem hatte Beatrice Angst, sie loszulassen. Würde die Homunkula sich widerstandslos in jemand anderen umwandeln lassen? War ein seelenloses Wesen überhaupt ein Jemand?

Es waren düstere Gedanken, die ein schales Gefühl erzeugten. Beatrice versuchte, ihr Gewissen mit den gegebenen Tatsachen zu betäuben. Chaya war ein künstliches Wesen. Ein Roboter, ein Golem oder so.

Klack! Etwas war hinter ihnen hingefallen. Chaya blieb prompt stehen und zerrte an Beas Arm, damit sie einen Schritt zurückging. Dort lag ein handgebundenes Buch. Ein reichverzierter Ledereinband, zusammengehalten von einer Metallschnalle, darin dickes, handgeschöpftes Papier mit groben Stichen eingenäht. Beatrice wollte es aufheben.

„Das ist meins!“, fauchte Chaya und steckte es sich eilig in die Innentasche ihres Mantels.

„Deins?“ Beatrice erschrak über den Klang ihrer eigenen Stimme. Als ob Chaya kein Buch besitzen dürfe! Ihr erster Impuls war aber tatsächlich, ihr das Buch zu entwinden, weil etwas wie Chaya keines haben durfte.

Das Kind erriet ihre Gedanken. „Ich mache es nicht kaputt.“ Eine verzweifelte Träne rann ihr über die Wange. Mit dem Ärmel wischte Chaya sie hastig fort. Sie schien entschlossen, lieber ihren Zorn behalten zu wollen, damit sie ihr Buch verteidigen konnte.

Beatrice ging in die Hocke, auf Augenhöhe. Vorsichtig legte sie ihre Hände auf Chayas Schultern und schaffte wieder mal einen Stimmungswechsel, den sie auch auf das Kind übertragen wollte. „Was ist das für ein Buch? Es sieht wertvoll aus.“

„Was das ist?“, mischte sich Quirinus ein. Seine Stimme klang herablassend und hart. Da war nichts mehr von dem herumhüpfenden, skurrilen Mann. „Ich würde sagen, dass es eine der Unwägbarkeiten des Lebens ist. Zu kostbar für eine Homunkula.“

Beatrice verstand nicht, was hier vorging. Aber zwischen Chaya und ihrem Schöpfer geschah etwas.

Quirinus fragte: „Wann hast du das Buch geholt?“

„Gleich am ersten Tag. Ich war hier unten. Ich war an der Pforte."

„Gib es mir."

„Nie im Leben."

„Gehorche!"

„Ich werde daran festhalten, solange ich kann."

„Du hast kein Recht darauf. Du hattest nie ein Recht auf ein eigenes."

Obwohl das Gespräch mit jedem Wort immer hitziger wurde, senkten die beiden ihre Stimmen. Dabei beugte Quirinus sich vor, sodass sich fast ihre Nasenspitzen berührten. Zum Schluss flüsterten sie kaum lauter, als es sonst die Bücher hier unten taten.

Unvermittelt riss Quirinus ihren Mantel auf. Doch bevor er auch nur in die Nähe der Innentasche kam, hatte Chaya ihn an der Kehle gepackt. Die vergleichsweise kleinen Finger griffen wie ein Schraubstock in sein Fleisch. Beatrice konnte nicht erkennen, ob in der Attacke so viel Kraft steckte oder ob Quirinus einfach überrumpelt war. Doch er taumelte zurück, stolperte und landete ungeschickt auf seinem Hintern.

„Versuch das nicht nochmal", knurrte Chaya, „du hast hier nicht die Macht dazu."

„Nirgendwo sonst habe ich *mehr* Macht", antwortete der Alchemist, während er versuchte, sich möglichst würdevoll aufzurappeln.

Chaya ging einen Schritt auf ihn zu. „Nicht in den Romanen." Eine Aura schien sie zu umgeben. „Du wirst wieder verlieren." Sie strahlte so viel Autorität aus, dass Quirinus wieder zurückfiel. Er lag auf dem Rücken und drückte sich von dem Mädchen fort wie ein Vampir, dem man ein Kruzifix vor die Nase hielt.

Beatrice hatte das Gefühl, etwas sagen zu müssen. Etwas, das ablenkte. Etwas, das deeskalierte. Sie fragte nochmal das Naheliegendste: „Was ist das für ein Buch?"

Chaya fuhr herum. In ihren Augen blitzte es. „Nicht das Buch *deiner* Tochter." Schon stand die Kleine vor Beatrice, die reflexartig die Arme in eine abwehrende Position brachte. Doch Chaya rempelte sie nur grob an, schob sich an ihr vorbei und rannte zwischen zwei Regalen hindurch in den immer dichter werdenden Nebel in den Gängen. Der Klang ihrer Schritte verhallte und ließ die Antiquarin und den Alchemisten zurück.

„Dann machen wir mal gute Miene zum bösen Bleistift", sagte Quirinus, der sich den Staub von der Hose klopfte. Er fabrizierte ein pikiertes Lächeln. „Chaya! Wenn wir den Dingen Namen geben, bekommen sie für uns meistens gleich Persönlichkeit. In diesem Fall ist das etwas unpraktisch. Ein Bauer, der ein Kalb essen möchte, tauft es nicht Clarabella." War er sauer auf Beatrice?

„Chaya hat sich ihren Namen selbst gegeben", erklärte Beatrice.

„Schon klar." Quirinus grunzte. „Und das Buch hat sie sich auch selbst gemacht."

„Was ist das überhaupt für ein Buch?"

„Frau Liber, denken Sie nach! Man könnte meinen, Sie hätten Ihr eigenes Buch nicht gelesen."

Der Groschen fiel pfennigweise. Schließlich flüsterte Beatrice: „Es ist ein Lebensbuch? Ein Buch, in dem das Leben eines Menschen geschrieben steht?"

„Zehn Punkte für die Kandidatin mit dem verblüfften Gesicht", sagte Quirinus mürrisch. „Das Buchland gibt den Dingen einstweilen ja mal ganz gerne eine greifbare Gestalt. Chaya ist offensichtlich über eine Personifizierung gestolpert."

„Tod?"

„Ob ich tot bin?" Quirinus tastete seinen Brustkorb ab, als suche er seinen Herzschlag. „Ich hoffe nicht."

Beatrice verdrehte die Augen. „Nein, ich meinte …"

Quirinus schüttelte seine schlechte Laune ab. „Schon klar, ich weiß, was Sie meinten, Frau Liber. Ich bin weder tot noch der Tod. Und ja, ich befürchte, dass der Sensenmann meiner Chaya ein Buch mit auf den Weg gegeben hat."

Quirinus' Wortspiel brachte Beatrice auf einen vermeintlich abstrusen Gedanken. Sie wagte es nicht, ihn auszusprechen. Es war, wenn man sachlich darüber nachdachte, zu abwegig. Andererseits: Das Buchland regte sich. Außerdem war Quirinus alles andere als eine Gestalt der normalen Welt. Vielleicht war auch er ein Teil des Buchlandes. Beatrice' Mund sprach es aus: „Was sind *Sie* für eine Personifizierung?“

„Ich? Quirinus. Ich bin Quirinus. Nennen Sie mich einfach nur Quirinus. Die Sache mit den Personifizierungen sollten wir abhaken.“ Das war nicht die Antwort, die Beatrice haben wollte. Doch sie sollte vorerst keine andere bekommen, denn Quirinus hatte sich daran gemacht, den Weg fortzusetzen. „Früher oder später werden wir unserer kleinen Ausreißerin wieder begegnen“, rief er über die Schulter. Weit kam er nicht. Schon ein paar Meter später blieb er bereits wie angewurzelt stehen. Irgendwas auf dem Boden zog sein Interesse auf sich.

Als Beatrice nachgekommen war, sah sie es.

Quirinus hob einen Garnfaden, der sich quer über seinen eingeschlagenen Weg schlängelte, hoch. „Wer war denn hier unterwegs?“

Nachdem Beatrice sich kurz orientiert hatte, sagte sie: „Das war ich. Bei meinem letzten Besuch habe ich den Faden nicht wieder aufgerollt.“

„War das der Besuch mit Chaya?“ Quirinus zwirbelte den Faden nachdenklich zwischen seinen Fingern. „Hmm. Ob wir doch einen kleinen Abstecher zum Knochenmann machen sollen?“

„Dann ist die Sache mit den Personifizierungen doch noch nicht abgehakt?“

„Sie lassen nicht locker. Nicht wahr? Ich will Ihnen was sagen. Mit ein wenig Hirnschmalz werden Sie von ganz allein darauf kommen, wer ich bin.“ Quirinus folgte nun dem Faden, der ihren Weg gekreuzt hatte.

„Also sind Sie eine Personifizierung“, schlussfolgerte Beatrice.

„Sagen Sie mir Bescheid, wenn Sie zu einem endgültigen Urteil gekommen sind. Sie wissen doch, dass eine gute Geschichte sich das ein oder andere Geheimnis für später bewahrt.“

Der Tod hat viele Gestalten. Beatrice mochte keine davon. Die Pforte hatte sich nur einen Spalt breit geöffnet und eine hagere Gestalt im Anzug eines Buchhalters verwehrte den Blick auf die Dinge hinter sich. Doch Beatrice erinnerte sich an die surreale Landschaft, einen Baum, in dessen Ästen sich die Jahreszeiten verfangen hatten und an ein Bücherregal, das mit den Gesetzen der Physik Schindluder betrieb. Sie verspürte keinen Drang, nochmals in diesen speziellen Teil des Buchlandes zu gehen.

Quirinus stand krumm wie ein Fragezeichen zwischen ihr und dem Tod, stützte sich lässig im Türrahmen ab und plauderte geschäftig, aber leise drauf los, nachdem er ein paar übertrieben herzliche Worte der Begrüßung herausgeschmettert hatte.

„Alter Freund“, sagte er, „was ist es schön, dass mich meine Wege wieder zu dir führen. Ich hab’ dich echt vermisst. Ich meine: So in Persona haben wir uns schon lange nicht mehr gesehen.“

„Alter Freund? Ich wusste nicht, dass wir Freunde sind.“ Die Worte klangen wie Fingernägel, die über einen Sargdeckel kratzten.

„Ach, komm schon. Wir kennen uns doch schon so lange.“ Quirinus kippte noch einen Schuss schmierige Freundlichkeit hinzu. Seine Stimmlage ließ sein Gerede wie Öl durch die Ohren fließen. „Wir sind schon oft genug als Team unterwegs gewesen.“

„Nur weil wir uns lange kennen, möchte ich nicht von Freundschaft sprechen. Wir arbeiten hin und wieder zusammen. Das ist aber auch schon alles.“ Tod machte eine kurze Pause. Bedeutungsvoll fügte er hinzu: „Mein Teamgeist hält sich in engen Grenzen.“

Die Aussage war in ihrer Botschaft eindeutig, fand Beatrice. Doch ihr Begleiter wollte sein Verhältnis zu dem Mann in dem Tor trotzdem in ein besseres Licht rücken. „Wir haben oft genug zusammen auf einer Seite gestand …“

„Ich stehe niemals auf einer Seite“, unterbrach ihn Tod. „Sag, was du willst, und dann verschwinde!“

Quirinus richtete sich auf. Er stellte sich sogar ein wenig auf die Zehenspitzen, um größer zu wirken. Er erreichte nicht im Entferntesten die Augenhöhe seines Gegenübers. „Du hast meiner Homunkula ein Lebensbuch gegeben.“

„Chaya … Ich erinnere mich.“

„Warum?“

„Weil sie Leben in sich trägt.“

„Sie hat keine Seele.“

„Sie trägt genug in sich."

„Aber woher …"

Tod hob den Arm, deutete auf das am nächsten stehende Regal. „Bücher." Wortkarger ging es nicht. Mit Quirinus wollte er ganz offensichtlich nicht reden. Stattdessen richtete er sich unvermittelt an Bea: „So früh habe ich dich gar nicht erwartet, Beatrice. Du hattest doch nicht Sehnsucht nach mir?"

Die Doppeldeutigkeiten des Buchhalters ließen Bea frösteln. „N-nein."

„Und Ingo?" Tod gab sich interessiert. „Wie steht es um ihn?"

„Gut", beeilte sich Bea zu sagen, „er ist zuhause." In Sicherheit, fügte sie im Geiste hinzu.

„Ist er das?" Tod grinste. „Es wäre besser, wenn du auch nicht hier wärest. Schlechte Gesellschaft hast du dir mit diesem …"

„Quirinus. Einfach Quirinus."

„… ausgesucht. Es bleibt zu hoffen, dass du nichts Dummes mit ihm anstellen wirst."

Da war es wohl besser, sich eine Antwort zu verkneifen. Rachel wieder auf die eine Seite der Waagschale des Lebens zu holen, dürfte dem Buchhalter nicht gefallen. Das Gleiche schien auch Quirinus zu denken, denn er machte hinter seinem Rücken, sodass Tod es nicht sehen konnte, mit dem Zeigefinger ein paar unauffällige, verneinende Bewegungen.

„Wie dem auch sei …" Tod trat einen Schritt zurück. Wie was auch sei … er verriet es nicht, sondern schloss die Tür vor Quirinus' Nase.

„Er hätte wenigstens *Auf Wiedersehen* sagen können", beschwerte sich Quirinus halbherzig.

„Wiedersehen?" Beatrice schnaubte. „Lieber nicht."

Aktion und Reaktion

Sie waren schon ein ganzes Stück weitergegangen, als Beatrice fragte: „Wie geht es jetzt weiter?“

Quirinus, der beide Hände unter die Gurte des Rucksacks eingehakt hatte, seufzte schwer. „Zunächst einmal sollten wir Chaya wiederfinden. Dann müssen wir zum Anfang.“

„Zum Anfang? Wir stecken doch schon mittendrin.“

„Zum Anfang der Bücher. Zu ihrem Ursprung. Von dort aus finden wir den Weg zur Büchse der Pandora. Auch sie war ein Anfang.“

„Der Anfang von was?“

„Dafür, dass Sie mal auf Pegasos geritten sind, haben Sie von griechischer Mythologie ziemlich wenig Ahnung.“ Quirinus kratzte sich am Tropenhelm, als wäre es ein Stück seiner Haut. Das führte zu keinem zufriedenstellenden Ergebnis, also nahm er ihn ab und probierte das gleiche Manöver in seinen Haaren. „Antike oder Renaissance?“

Da er offensichtlich nicht seinen Kopf damit meinte, fragte Beatrice irritiert: „Was ist damit?“

„Welche Sichtweise der Geschichte um die Büchse der Pandora darf ich Ihnen erzählen?“

Beatrice überlegte kurz, was sich in diesem Fall als beste Antwort eignen sollte. Bei diesen Wissensspielchen fühlte sich Beatrice inzwischen wieder wie damals mit dem Auktoral. Herr Plana zog es auch oft vor, nicht auf Anhieb das zu verraten, was er ihr eigentlich anvertrauen wollte. „Die wahre?“

„Die wahre Geschichte? Hm-m. Die Geschichten in den Büchern hier unten haben vermutlich allesamt ihre eigene Wahrheit. Die übelste Verschwörungstheorie ist in sich wahr, solange man ihren Erzähler machen lässt. Erst wenn der Leser das Buch zuschlägt und sich mit der ihn umgebenden Realität auseinandersetzen muss, sieht manche Theorie wieder blass aus."

„Was hat denn Pandoras Büchse mit einer Verschwörungstheorie zu tun?"

„Na ja. Pandora war eine Frau. Ähnlich wie die biblische Eva war sie einen Tick zu neugierig. Nur während Eva vom verbotenen Baum der Erkenntnis naschte, konnte Pandora nicht die Finger von der Büchse lassen. Sie hat sie geöffnet, obwohl Gottvater Zeus explizit darauf hingewiesen hatte, dass die Büchse geschlossen bleiben solle. Was danach folgte, war die Vertreibung aus dem …"

„… Paradies?"

„So ähnlich. Auf jeden Fall kam alles Schlechte aus dem Gefäß. Seither muss sich der Mensch mit Lastern und Untugenden herumplagen. Pandora trägt in dieser Variante der Story an allem die Schuld und hat somit stellvertretend für die gesamte Frauenschaft die Arschkarte gezogen. Soweit zur Antike. In der Renaissance kamen die Dichter und Denker allerdings auf den Trichter, dass eigentlich Zeus der böse Bube gewesen ist."

„Warum?"

„Nun, wenn er nicht gewollt hat, dass die junge Dame die Büchse öffnet, warum hat er ihr das Teil denn überhaupt erst ausgehändigt? Das ist so, als ob man die Tochter des amerikanischen Präsidenten vor den Roten Knopf setzt und beim Verlassen des Raumes zu dem Kind sagt: *Auf gar keinen Fall draufdrücken*." Quirinus grunzte. Er war zufrieden mit seinem zeitgemäßeren Sinnbild. „Wer sich danach beschwert, dass er den Rest seines Lebens im Bunker übernachten muss, hat die menschliche Natur nicht im Ansatz begriffen.

Aber egal wie man diese Sage betrachten möchte: Sie beschreibt den Anfang des normalen Lebens der Menschheit. Das Leben im quälenden Alltag seiner Zeiten. Und dieses Zeugnis alter Zeiten möchte ich für mein Kuriosum haben."

„Die Sage beschreibt nicht den Anfang des normalen Lebens", widersprach Beatrice, der plötzlich auch ganz ohne verbotenen Apfel eine Erkenntnis dämmerte. „Pandora ist der Anfang des Bösen."

Quirinus blieb abrupt stehen und drehte sich zu Beatrice um. In seinen Zügen lag ein Hauch des Erstaunens. Oder war es … Achtung? Hatte Beatrice etwas ausgesprochen, das … richtig war?

„Die antiken Götter brauchten nie eine Büchse. Sie konnten schon immer böse sein", sagte er. Dabei machte Quirinus ein Gesicht, als hätte er in eine saure Zitrone gebissen.

„Aber die Menschen", stellte Beatrice fest, „die Menschen machten erst durch die Büchse der Pandora ihre Erfahrungen mit dem Bösen, oder?"

Quirinus druckste ein wenig herum. Er kaute ein paar Worte, sprach sie aber nicht deutlich aus. Schließlich brummte er: „Nun ja, es ist nur eine Sage."

„Der Mensch war nicht böse. Er wurde böse gemacht."

„Soweit zur Verschwörungstheorie." Quirinus setzte sich wieder in Bewegung. „Aber auf Philosophie und den Scheiß habe ich gerade keinen Bock. Ich muss darüber nachdenken, wie wir unsere Ausreißerin zurückbekommen."

„Sollten wir dann nicht lieber erst mal eine Pause machen?" Beatrice nahm sich ein halbes Dutzend dicker Bücher aus einem angrenzenden Regal und stapelte sie übereinander. Danach setzte sie sich vorsichtig auf diesen improvisierten Hocker. „Ich meine: Es ist nicht klug, wenn wir noch weiter von dem Platz weggehen, an dem uns Chaya verlassen hat. Wenn sie wieder zu uns stoßen will, findet sie …"

„Sie würde den Faden finden. Sie muss ihn einfach aufnehmen und uns folgen." Quirinus drückte sein Kreuz durch. „Ich will …"

Beatrice war es leid, dass er sie andauernd unterbrach. Es war für sie an der Zeit, dass sie den Spieß mal umdrehte. „Also *ich* will Pause machen. Es ist spät geworden und ich bin nicht auf eine Nachtwanderung vorbereitet. Wenn es nach mir gegangen wäre, hätten wir sowieso bis morgen gewartet."

Demonstrativ ging Quirinus ein paar Meter weiter. Er erreichte die nächste Kreuzung. Hier trafen sich die Wege zu den afrikanischen Sachbüchern mit den geografischen Beschreibungen des Nahen Ostens. Passend dazu war die Luft staubtrocken. Quirinus drehte sich zu Beatrice um. Als er sah, dass ihr Hintern immer noch auf den Büchern ruhte, zog er den Rucksack aus und pfefferte ihn ungehalten auf den Boden. „Pause? Sie wollen wirklich eine Pause?“

Das hatte gerade weniger mit Müdigkeit zu tun. Sie gestand es sich zwar nicht ein, aber für Beatrice war es ein kleines Machtspiel. „Eine Pause. Ja. Ich gehe keinen Schritt weiter.“

Quirinus’ Gesichtszüge spielten eine Symphonie der Gefühle ab. Sie leitete mit Wut und Zorn ein, gab ein Intermezzo von purem Erstaunen ab und zeigte dann eine Kakophonie der Freude und der Belustigung ab. „Sie können ja richtig böse sein“, rief er lachend und tänzelte dann wie von Sinnen und vollkommen unpassend um seinen Rucksack herum. „Böse!“

Anderswo

Die Bücher um sie herum, die sich unter einem staubigen Mantel zu verbergen suchten, schienen leise zu wispern. Sie erzählten Chaya ihre Geschichten, während sie durch die halbdunklen Gänge irrte. Leider hämmerte ihr Herz zu laut und ihr Atem ging zu schnell. Sie hörte nichts, nur den Lärm, den sie selbst verursachte.

Es brannte die Wut in ihr. Wut auf Quirinus, der nur eine Sache, ein wertloses Ding in ihr sah. Sie war keine Sache. Sie lebte. Sie musste leben! Immerhin hatte ihr der Gevatter ein Lebensbuch gegeben. Es bewies, dass …

„Nein“, sagte diese hässliche, kleine Stimme in ihr, „es beweist gar nichts. Schau in dein Lebensbuch hinein. Dann siehst du, dass du nur ein Es bist.“ Chaya blickte nicht in ihr Buch. Sie wollte dieser Stimme den Triumph nicht gönnen, obwohl sie wusste, dass die Stimme ein Teil von ihr war. „Dich selbst zu belügen, musst du noch lernen“, kicherte es in ihr.

Chayas Buch war ohne Zweifel sehr dick. Das lag aber nicht daran, dass es viele Seiten bereithielt. Das Papier war nur besonders stark. Was den Inhalt anging … Sie hatte sich nur einmal getraut hineinzusehen. Einmal. Mit der Befürchtung, über das eigene Grab zu laufen, hatte sie lesen wollen, wie ihre Lebensgeschichte ausgehen würde. Sie hatte wissen wollen, was Quirinus und Beatrice mit ihr vorhatten. Gewissheit suchen, das durfte man ihr doch nicht verwehren.

Mit zitternden Fingern hatte sie damals das kalte Metall des Verschlusses berührt. Sachte, als könne ihr Leben just in dem Moment verrinnen, da sie es nur antastete, hatte sie den Bügel aufgeschoben. Das Leder war zur Seite geklappt, das Papier hatte im Licht der Neonröhre in Quirinus’ Werkstatt geleuchtet.

Sie hätte verstanden, wenn nicht viel in dem Buch gestanden hätte. Ihre eigenen Gedanken zu lesen, wäre vielleicht erschreckend gewesen. Mit irgendwas hatte sie gerechnet. Aber nicht damit …

„Ich bin nicht Pippi Langstrumpf“, hatte sie geflüstert. Das Buch schien der gleichen Meinung gewesen zu sein, denn der gedruckte Text war zusehends verblasst. Bald schon wäre das Papier wieder jungfräulich weiß gewesen. Und dann? Wäre Chaya dann tot? Nein.

Nein … nein!

Aber sie wäre unbeseelt. Sie wäre nicht mehr als eine denkende organische Maschine.

„Was heißt hier *wäre*?“, fragte die innere Stimme herablassend.

„Ich denke“, sagte Chaya leise. Sie spürte, dass diese Aussage nicht ausreichte. Jedoch hatte sie keinen blassen Schimmer warum. Der Satz hörte sich einfach unfertig an. „Also …“, begann sie, „… vielleicht finde ich hier im Buchland die richtigen Antworten.“

„Hoffentlich gefallen dir diese Antworten.“

Ohne ein bestimmtes Ziel führte ihr Weg durch die verschlungenen Pfade des Labyrinths aus Regalen sie immer tiefer in das Buchland. Wahrscheinlich wäre Chaya überrascht gewesen, dass sie das Schicksal – oder irgendetwas Anderes – in Bahnen lenkte, die damals Beatrice eingeschlagen hatte.

Mit müden Füßen und betäubtem Geist erreichte sie schließlich ein Schild, vor dem einst auch Beatrice gestanden hatte. Drei Holztafeln, eingefasst in schwarzem Schmiedeeisen, wiesen nach „Vorne“, nach „Norden“ und „Zurück“. Eine vierte Himmelsrichtung trug allerdings die Beschriftung „Chaya“.

Die Homunkula hatte in ihrem kurzen Leben noch nicht wirklich viele Beschilderungen gesehen. Dieser Keller war außerdem nicht der rechte Ort, um sich allzu sehr mit dem Wundern zu beschäftigen. Sie ging auf den ihr zugewiesenen Weg. Wenig später wichen die Regale zurück und entließen sie auf eine Lichtung im Wald der Bücherregale. In der Mitte des freien Platzes stand eine Blockhütte, die so deplatziert wirkte wie ehedem.

Auf den hölzernen Stufen zur Veranda saß der Blinde Buchbinder. Obwohl Chaya ihm noch nie zuvor begegnet war, obwohl sie nicht wusste, was er war, obwohl sie nicht wusste, wer er war … erkannte sie in seinem warmen Lächeln, dass sie ihm vertrauen konnte. Mehr noch! Sie hatte das Gefühl, ihn zu kennen.

„Wie schön", sagte er sanft, als sie zu ihm herantrat. „Du hast zu mir gefunden. Eigentlich war dein Besuch bei mir gar nicht vorgesehen. Aber bevor ich dich zu lange hier herumirren lasse, ist es natürlich besser, dass du zu mir kommst."

„Woher …?"

„Verschiedene Dinge weiß ich einfach." Der Mann stand auf, klopfte etwas Staub vom Hosenboden. Auch das Sandkorn auf der linken Schulter wischte er fort.

Misstrauisch starrte Chaya in seine Augen. Das milchige Weiß sprach eine eindeutige Sprache. Seine zielsicheren Handgriffe eine andere. „Sind Sie wirklich blind?"

„Bin ich wirklich ein Buchbinder?" Eine bedeutungsvolle Sekunde verstrich. „Ich bin der Blinde Buchbinder auf dieselbe Weise, wie Quirinus ein Alchemist ist."

„Er *ist* Alchemist", stellte Chaya mit Bestimmtheit fest.

„Siehst du. Manchmal sind die Dinge wirklich das, was sie zu sein scheinen. Dennoch bleibt hinter dieser Tatsache genug Platz für weitere Wahrheiten. Wir wissen beide, dass Quirinus mehr ist." Er beugte sich vor und reichte ihr die Hand. „Ich *bin* Markus." Die dargebotene Hand war nicht nur ein Gruß. Sie war eine Einladung, ihm zu folgen. Als Chaya sie ergriff, sagte er: „Ich möchte dir etwas zeigen. Etwas ganz Besonderes. Das habe ich vorher noch niemandem gezeigt."

„Was?"

„Lass dich überraschen. Es wird dir gefallen."

Sie gingen um die Hütte herum, zwängten sich dann durch einen sehr schmalen Durchgang, der sich im Kopfende eines doppelseitigen Bücherschranks befand. Dahinter, jedem perspektivischen Gesetz zum

Trotz, erstreckte sich eine große Halle. Eine kreisrunde Wand trug eine herrliche gläserne Kuppel. Darüber war nichts außer ein grenzenloser, offener, blauer Himmel, der vergessen hatte, dass es eigentlich Nacht sein müsste. Das gleißende Sonnenlicht brach sich im Kristallglas, spielte mit allen Farben wie ein verzaubertes Kaleidoskop.

Die Ausmaße dieser Halle waren gigantisch. Um von einer Seite zur anderen zu gelangen, hätte Chaya eine halbe Stunde gebraucht. Und das auch nur, wenn sie so schnell gelaufen wäre, wie es ihre Füße erlaubt hätten. Außerdem hätte sie einen gehörigen Umweg in Kauf nehmen müssen, denn in der Mitte des Saals wuchs ein Baum, der die Gigantomanie der ihn umgebenden Architektur mit seiner eigenen Gewaltigkeit relativierte. In seinem Stamm hätten mehrere Einfamilienhäuser gepasst. Seine ausladenden Äste streckten sich weit in den Raum. Sie hatten ganz eindeutig die Absicht, die Wände zu streicheln.

Die dichtbewachsene Krone hätte im einfallenden Licht grün leuchten müssen. Doch die Strahlen der Sonne reflektierten sich weiß, hellgrau und hellbraun, denn die Blätter an den Zweigen waren Buchseiten.

„Eine Geschichteneiche. Botanische Bezeichnung: Quercus fabulam narrare. Ich habe sie selbst gepflanzt. Hier erblühen Phantasien und verwelken Phantasmen." Markus verschränkte die Arme vor der Brust. Dann holte er tief Luft, denn er musste seinen Stolz in Worte fassen. „Es gibt Sachbücher, Bildbände, den Duden, Lexika und Atlanten. Sie alle für sich genommen sind kleine Puzzlestücke des wundervollen Ganzen hier im Buchland. Aber die wahre Magie geht von den Geschichten aus. Romane, Novellen, Kurzgeschichten. Nicht zu vergessen die Zauberwerke der Lyrik, die mit kunstvollen Sprachkapriolen Gefühle verkleiden. In ihnen ist alles möglich. Sie machen hier *alles* möglich.

Es ist traurig, dass nicht jeder für diese Magie zugänglich ist. Manche Köpfe sind einfach zu stumpf. Phantasie sollte zum eigenständigen Unterrichtsfach erklärt werden. Weißt du, jedes Feuerwerk in deinem Kopf kann grandioser und farbenfroher sein als eines, das du im 3D-Kino siehst. Du musst dich nur darauf einlassen." Der Buchbinder legte den Kopf schief und lauschte in Richtung des Mädchens. Es verharrte lautlos neben ihm. Kein Geräusch verriet irgendeine Emotion.

„Du sprichst nicht viel", stellte er fest.

Chaya bestätigte es ihm wortlos.

„Hörst du dieses Schaben?" Es wäre nicht zu überhören gewesen. Selbst mit größter Absicht. Es scholl von den Ästen her, vibrierte unter den Füßen und durchdrang jeden Millimeter ihrer Körper. „So hört es sich an, wenn Schreibfedern übers Papier kratzen. Um so ein lautes Geräusch zu erzeugen, müssen es sehr viele Füller, Griffel, Gänsekiele und Kugelschreiber sein, die da geführt werden. Das leise Klackern stammt von Tastaturen. Weniger romantisch, aber produktiv."

Endlich sprach Chaya: „Hier entstehen die Geschichten?"

„In gewisser Weise", erklärte Markus. „Das ist auch wieder so eine Wahrheit, hinter der andere Wahrheiten schlummern."

„Wo sind denn die Schriftsteller?"

„Da, wo auch immer sie ihre Geschichten schreiben. Am Schreibtisch, im Garten. Was weiß ich? Hier spiegelt sich nur wider, was sie zu Papier bringen."

Ein Blatt löste sich von einem Zweig. Din-A4, chlorfrei gebleicht und mit schwarzer Tinte dicht bedruckt. Sanft wog es durch die Luft, glitt hin und her. Plötzlich knitterte es, knautschte und knüllte sich zusammen. Bevor es den Boden erreichte, hatte es sich zu einer unregelmäßigen Kugel geformt und gesellte sich nun zu unzähligen Papierfetzen, die den Boden bedeckten.

„Da war wohl jemand unzufrieden mit seinem Geschreibsel. Gut, dass deine Geschichte nicht dieses Schicksal erfährt …"

„Meine?" Chayas Stimme verriet jetzt doch Gefühl. Da geschah etwas, dass auf irgendeine Weise sie betraf.

„Du bist hier", erklärte Markus, „obwohl du woanders sein solltest. Da passiert es schnell, dass sich so ein Blatt vom Baum löst."

„Das verstehe ich nicht", gab Chaya zu.

Markus nickte. „Du wirst es auch nicht verstehen, wenn ich es dir erkläre, befürchte ich." Er seufzte und suchte trotz der blicklosen Pupillen die Kuppel nach einer Eingebung ab. „Manche Menschen glauben, dass das Leben, das Universum und der ganze Rest *deterministisch* sind. Im ersten Atom war demnach schon unausweichlich verankert, was wir beide heute reden, denken, fühlen, tun. Auf jede Aktion folgt eine ganz bestimmte Reaktion. Mit dem Urknall entfaltete sich die Mutter aller Prophezeiungen zum komplexen Spiel aus Zeit, Raum und Materie. Es gibt keine Zufälle. Ein berühmter Gelehrter, **Laplace**, hat es mal so ungefähr erklärt: *Der gegenwärtige Zustand des Universums ist als Folge eines früheren Zustandes anzusehen und wird Ursache des Zustandes, der danach kommt. Jemand, der alle Kräfte in der Welt kennt und die gegenwärtige Lage der Dinge, könnte mit diesen Kenntnissen die Bewegungen der größten Himmelskörper und die des leichtesten Atoms berechnen. Nichts wäre ungewiss. Zukunft und Vergangenheit lägen klar vor seinen Augen.*

Das wäre wie ein Manuskript, das der Schriftsteller schon komplett im Kopf hat. Wort für Wort. Der Schriftsteller müsste nur noch schreiben. Die Story wäre ein Uhrwerk und der Uhrmacher ließe keine Abweichungen im Ablauf zu.

Aber ich denke, dass das Göttliche in jedem Schöpfungsakt steckt. Der freie Wille lässt sich, meiner Meinung nach, nicht so einfach in ein physikalisches Spiel aus Aktion und Reaktion binden. Auch wenn es mancher Gelehrte gerne so hätte. Das ist für mich der Grund, weshalb dem Schriftsteller seine Protagonisten öfters mal entgleiten. Manchmal tut eine Geschichte, was sie will. Eigentlich müsstest du, zum Beispiel, gerade bei Quirinus und Beatrice sein. Aber du bist bei mir. Vielleicht ist das gut so. Wer weiß?

Der Uhrmacher des Universums stellt sich genauso blind, wie es die Schriftsteller tun. Beide lassen Abweichungen zu, weil sie der Sache auf diese Weise mehr Leben geben.“ Der Buchbinder hob ein paar Blätter auf, die vor ihm auf den Steinfliesen lagen. Seine Hände sortierten sie wie von selbst entsprechend der Seitennummerierung in eine sinnvolle Reihenfolge. Es entstand ein Shorty aus neun Seiten. „Schlussendlich will ein Geschichtenerzähler nur Geschichten erzählen. Auch wenn das im Begriff ‚Geschichtenerzähler' eigentlich drinsteckt, ist das vielen Lesern nicht so richtig bewusst. Es geht weder um das Setting noch um die Figuren. Sollte es zumindest nicht. Das Wichtigste ist die Geschichte. Autoren, die das aus den Augen verlieren, schreiben belangloses Zeug."

Der Buchbinder seufzte. Vielleicht sinnierte er darüber, ob er alles gesagt hatte, was es zu sagen gab. „Es ist schön, nicht den Zwängen einer Geschichte zu unterliegen", schloss er seine Überlegungen.

Chaya hatte bestimmt nicht mal die Hälfte von dem verstanden, was der Mann neben ihr schwadronierte, doch der letzte Satz ließ sie nachfragen. „Nicht?"

„Du schon. Du gehörst zu Beas Geschichte. Aber soll ich dir ein Geheimnis verraten? Ich gehöre nicht dazu."

„Wozu?"

„Zu Beas Geschichte."

„Wie das?"

„Nun. Wie erkläre ich es? Du stehst in Beas Realität. Zwischen uns ist Beas Geschichte. Diese Geschichte ist Fiktion. Und ich stehe auf der anderen Seite."

„Du bist ein Leser?"

Buchbinder lacht lange und herzlich. „Gut überlegt. Aber leider falsch. Die Leser sind vielleicht die Einzigen unter uns, die in der wirklichen Wirklichkeit auf uns heruntersehen. Aber nur vielleicht. Wer weiß, ob nicht jemand schmunzelnd auf sie hinabblickt."

„Gott oder so?"

„Oder auch nur ein weiterer Schriftsteller."

Chaya verdrehte die Augen. „Das ist viel zu kompliziert."

„Du hast recht. Ich wollte dich auch nicht langweilen. Würdest du mich zum Stamm führen? Dort wartet ein Geschenk auf dich."

Der Buchbinder erlangte Chayas Aufmerksamkeit augenblicklich zurück. „Ein Geschenk? Ein Buch?"

„Nein", sagte Markus, „kein Buch. Hier unten gibt es ja nicht nur Bücher. Hier unten gibt es auch … Kätzchen."

„Kätzchen?“ Wie aufgeregt die Stimme des Mädchens plötzlich klang. „Ich habe von Kätzchen gelesen! Aber ich habe noch nie ein Kätzchen gesehen …“ Ihr Erfahrungshorizont hatte noch keinen Blick in die Tierwelt gestattet.

Rund um den Stamm des Baumes wurde der Boden uneben. Das starke Wurzelwerk hatte die Kacheln nicht nur angehoben. Es hatte sie an manchen Stellen regelrecht herausgesprengt. Auf der hellbraunen, fast gelben Rinde des Baumes liefen schmale schwarze Rinnsale wie pulsierende Adern hinunter. Tinte und Tusche, die in den Rissen und offenen Fugen versickerten. Chaya berührte den Stamm vorsichtig mit den Fingerspitzen. Warme und lebendige Ideen durchfuhren sie jäh. Es waren nicht ihre eigenen.

„Inspiration juckt an Stellen, die man mit den Fingern nicht kratzen kann“, sagte der Blinde Buchbinder. Auch er betastete sachte die Rinde. „Ahhh!“

Ein Maunzen drang von einem Ast über ihnen an sie heran.

Ein graugetigertes Tier machte dort einen ansehnlichen Buckel, gähnte herzhaft und ließ dann nochmals ein kräftiges „Miau“ erklingen, während Krallen genussvoll aus- und eingefahren wurden.

Weiter oben, im Schatten der Blätter, konnte man noch viele weitere Katzen erahnen.

„Wie heißt die Katze?“, fragte Chaya.

„Es dürfte ein Kater sein“, schätzte der Buchbinder. Wie er zu diesem Urteil kam, verriet er nicht. „Er hat mir seinen Namen noch nicht verraten. Nenne ihn, wie du willst, … nur bitte nicht Francis.“

Der Kater sprang Chaya auf die eine Schulter und balancierte majestätisch hinüber zur anderen. Im angenehmsten Bariton schnurrte er dabei.

Chaya hob leicht das Kinn, als sich der Kater an ihrem Hals anschmiegte. „Ich würde ihn **Murr** nennen.“

„Dann mach es doch. Es scheint mir ein passender Name zu sein. Vielleicht heißt er ja wirklich so.“

„Ich darf ihn behalten?“ Ein Hauch Rosa färbte Chayas Wangen. Das Erstaunen erfüllte sie mit Leben.

„Er hat dich ausgesucht.“ Der Buchbinder lächelte. „Katzentiere sind da etwas eigen, weißt du. Sie gehören niemandem. Allenfalls kann man ihnen gehören. Mit Herz und Seele.“

„Seele? Ich bin eine Homunkula.“

„Ich weiß.“

Angst und Schrecken

Der Blinde Buchbinder hatte Chaya wieder zurück zur Blockhütte geführt. Nun waren sie im Halbdunkel seiner Werkstatt, in der es nach Leim und Staub roch.

„Auf dem Herd steht etwas Suppe“, sagte Markus, „falls du Hunger hast.“

Der Raum, der das gesamte Innere der Hütte ausmachte, bot nicht viel Platz für die hölzerne Werkbank, die sich Chayas Betrachtungen durch unaufgeräumtes Chaos zu widersetzen versuchte. Die Zangen, Zwingen, Nieten, Utensilien und Töpfe präsentierten sich in einem kreativen Durcheinander. Das Regalbrett an der rückwärtigen Wand bog sich unter dem Gewicht schwankender Papierstapel.

Die Kochnische bildete einen starken Kontrast dazu. Der uralte Holzofen mit weißen Kacheln war auf das Reinlichste gepflegt. Auf der Herdplatte stand ein Emaillekochtopf. Chaya nahm die Schöpfkelle, die an einem Wandhaken baumelte, und rührte damit misstrauisch den Inhalt des Topfes auf.

„Buchstabensuppe“, sagte der Buchbinder. Dann schnalzte er zweimal kurz. „Was sonst.“

Das krumme, sich der Decke entgegenwindende Kaminrohr lehnte sich auf halber Höhe an einen Hängeschrank. Chaya fand darin Teller und Löffel, nachdem sie sich einen Tritthocker geholt hatte. Sie machte sich und ihrem Gastgeber je eine Portion, die sie schlürfend an der Werkbank aßen.

Indes saß Murr mit unstet hin und her zuckendem Schwanz vor einem Käfig, der etwas abseits auf dem Boden stand. Hinter dem Gitter, unerreichbar für ihn, wuselten zwei fette Ratten durch gilbe Papierfetzen.

„Hier brauchst du nicht aufzupassen“, sagte Markus, weil der Kater frustriert mit seiner Pfote einige scheppernde Hiebe gegen den Draht austeilte.

„Er passt auf?“, fragte Chaya. Dabei fächelte sie sich Luft zu, da sie sich die Zunge verbrannt hatte.

„Die Stubentiger geben auf die Eiche acht. In dieser Gegend gibt es Geschöpfe, die sich sonst an dem Baum vergreifen würden.“

„Wie machen sie das? Ich meine … mit Schwert und Rüstung habe ich keine Katze gesehen.“

Der Buchbinder lachte, wobei er nochmals in die ungefähre Richtung des Rattenkäfigs deutete. „Nein. Ihre Waffen sind Krallen und Mägen.“

„Vielleicht“, sagte der Blinde Buchbinder, während er die beiden Teller in einer kleinen Spülwanne versenkte, „ist es jetzt an der Zeit, dass du langsam zu Beatrice zurückkehrst.“

Chaya antwortete mit einem ihrer gewohnt kurzen Sätze. „Ich will nicht zurück.“ In den drei Lücken zwischen den Worten ruhte so viel Ungesagtes. Angst muss man nicht aussprechen. Sie ist einfach da.

„Quirinus“, stellte Markus lakonisch fest.

Chaya nickte, ohne sich bewusst zu sein, dass dies ungesehen blieb.

„Nun, meine Süße, das kann ich verstehen. Du willst nicht Rachel sein.“

„Ich will *ich* sein.“

„Hmmm. War es denn schlimm, ein wenig Pippi Langstrumpf zu sein?“

„Ich war trotzdem immer noch ich.“ Da lag ein Hauch von Zorn in der Stimme des Mädchens.

„Möchtest du mal ausprobieren, ein wenig Rachel zu sein?“ Der Blinde Buchbinder ging zu seinem Arbeitstisch. In der Presse war ein frisch gebundenes Buch eingespannt. Routiniert drehte er die Schraubzwingen auf und löste die Halteklammern.

Das Zifferblatt der Damenarmbanduhr leuchtete nur schwach. Die unheimlichen Nebelschwaden taten ihr Übriges. Beatrice konnte kaum den kleinen Zeiger erkennen, der sich auf seiner unendlichen Reise in die Zukunft langsam der Elf näherte. Während Quirinus in einem Buch blätterte, das er aus seinem Rucksack gekramt hatte, versuchte sie gegen die dumpfe Müdigkeit und den Hunger anzukämpfen.

Ob es Chaya wohl gut ging? Das Labyrinth aus Regalen war kein geeigneter Ort für ein wehrloses Mädchen. Unwillkürlich drängte sich Beatrice ein Bild auf, wie sie vielleicht viele Wochen später den ausgemergelten Körper, verhungert und schmutzig, in einer Ecke finden würde. Mit solchen Vorstellungen wollte sie nicht einschlafen. Doch genau das würde passieren, wenn sie nichts dagegen unternahm.

„Was ist das für ein Titel?“, fragte sie bemüht interessiert. Etwas Konversation zu betreiben, konnte nicht schaden.

Der Kuriositätenhändler hob seine Lektüre vor sein Gesicht. So konnte er weiterlesen und ihr gleichzeitig das Cover zeigen.

„*Atlanta Nights* von **Travis Tea**“, las Beatrice laut. „Nie gehört.“

„Es ist aus meinem Bestand“, erklärte Quirinus. „Obwohl es mit an Sicherheit grenzender Wahrscheinlichkeit auch irgendwo hier zu finden ist.“ Beatrice wartete vergeblich auf weitere Erläuterungen. Seine übermäßige Redseligkeit hatte Quirinus für den Augenblick eingebüßt. Vielleicht war das Buch so packend. Beatrice vermutete aber vielmehr, dass er aufgrund ihrer kleinen Revolte gegen ihn in der Schmollecke hockte. Sie sah keine Veranlassung, ihn dort herauszuholen.

Kurzentschlossen schob sie den Stapel Bücher, der ihr als Sitzgelegenheit diente, nah an ein Regal. Jetzt konnte sie sich mit dem Rücken an etwas anlehnen. Das war zwar immer noch nicht wirklich bequem, doch es reichte aus, um mal kurz die Augen zu schließen. Man musste ja nicht gleich fest einschlafen.

Fest einschlafen.

Fest eingeschlafen.

Sie war fest eingeschlafen! Beatrice’ Herz hämmerte, denn sie war mit einem Schrecken wach geworden. Etwas stimmte nicht. Das spürte sie mit jedem Härchen im Nacken. Der Anblick Quirinus’ bestätigte dies. Er kauerte neben ihr und hatte den Zeigefinger auf die Lippen gelegt.

„Was ist los?“, flüsterte Beatrice.

Quirinus legte den Kopf schief, als würde er lauschen. Da hörte Beatrice es auch. Schritte. Irgendwo im Gang hinter ihnen lief jemand. Das Tapp-Tapp der Schuhe näherte sich rasch.

Der Faden, der sie eigentlich später wieder zurück zum Ausgang führen sollte, geriet in Bewegung. Er zitterte leicht und rollte auf dem Boden ein paar Millimeter hin und her. Offenbar hatte ein Verfolger den Faden aufgenommen und ließ ihn nun durch die Finger gleiten, während er sich daran entlangarbeitete.

Quirinus griff in die Tasche, aus der sich seit ihrem Aufbruch im Endlosmodus das Garn herausgezogen hatte. Er holte eine verblüffend kleine Rolle heraus und warf sie so weit er konnte von sich. „Schnell!" Er sprang auf, schwang den Rucksack über die Schulter und flüchtete. Weg von den Schritten. Weg von dem verräterischen Faden. Ihrem Instinkt nachgebend, tat Beatrice es ihm gleich.

Es kostete Beatrice einige Mühe, dem Kuriositätenhändler zu folgen. An den Kreuzungen wechselte er oft die Richtung, schlüpfte mal links durch schmale Durchgänge, hechtete mal rechts in dunkle Gassen. Schon bald hatte sie jegliche Orientierung verloren. Das feuerte die Panik, die lichterloh in ihr aufflammte, nur noch weiter an. Sie rannte, als ginge es um ihr Leben. Wahrscheinlich war dem auch so.

Die Seitenstiche ignorierend, hetzte und jagte sie Quirinus hinterher. Erst als sie sah, dass er mit einem verzückten Lächeln zu ihr zurückschaute, verfiel sie in einen langsameren Trab. „Stopp!", rief sie. „Stopp. Ich kann nicht mehr." Sie strauchelte, versuchte sich an einem Regalbrett abzustützen. Dabei rutschte sie ab. Etwas klirrte leise. Das war das Glas der Armbanduhr. Für den Moment war ihr das aber egal. „Wovor laufen wir davon?", keuchte sie. Vornübergebeugt, die Hände auf die Knie gestützt, rang sie um Atem. Die Luft schmerzte im Hals.

„Frau Liber, Sie haben es doch gehört", sagte Quirinus ruhig. Tänzelte er schon wieder? „Wir wurden verfolgt."

„Warum sind wir weggelaufen?"

Quirinus grinste. Ja, er grinste wirklich, frech und herausfordernd. „Hatten Sie denn keine Angst?"

Oh ja! Sie hatte Angst gehabt. Wegen Quirinus. Sie hatte sich von ihm anstecken lassen. Die Frage war allerdings, ob auch er tatsächlich Angst gehabt hatte. Ihre Weigerung weiterzugehen, hatte er auf jeden Fall ausgehebelt. So wie sie gerannt waren, hatten sie den Zeitverlust bestimmt doppelt und dreifach kompensiert. Das würde seinen triumphierenden Gesichtsausdruck erklären. „Die Schritte …“

Quirinus griff ihr unter den Arm, stützte sie, richtete sie auf. Das machte die Seitenstiche nicht besser. Sie verzog schmerzerfüllt das Gesicht, was offenbar zur Folge hatte, dass Quirinus noch zwei Zähne mehr zeigte. Seine Mundwinkel berühren fast seine Ohren, dachte Beatrice.

„Schritte“, sagte er, „wir haben sie beide gehört. Unheimlich, wenn man von grünem Nebel umwabert wird. Bedrohlich, wenn das Echo in den Ohren hallt. Wer würde da nicht das Weite suchen? Wer würde nicht alle Spuren verwischen?“ Sein Gesicht wurde ernst. „Ich denke, dass das Buchland nicht immer so nett ist, wie Sie möchten.“ Als ob er dafür eine Bestätigung suchte, griff er in das nächste Bücherregal. „Na, so ein Zufall“, sagte er. Er reichte Beatrice ein grell pinkfarbenes Buch von **Angela Bonella**.

„Was ist damit? Ein Kinderbuch.“

„Horror“, korrigierte Quirinus. „Der blanke Horror. Ich möchte wetten, dass um die Ecke noch mehr Bücher von Hohlbein zu finden sind.“

Beatrice verstand. „Bonella ist ein Pseudonym?“

„Ich gehe davon aus, dass die langen Haare des Herrn Hohlbein nicht auf eine Geschlechtsumwandlung zurückzuführen sind.“ Quirinus schob Bonella wieder in ihre – oder viel mehr seine – angestammte Lücke.

Tatsächlich, ein paar Meter weiter und sie hatten die Abteilung der Grusel- und Horrorliteratur erreicht.

„Ann Radcliffe“, rief Quirinus begeistert, „Matthew Gregory Lewis! Wie herrlich. Hier fühle ich mich zu Hause. Beatrice, schauen Sie nur: Eine Originalausgabe von *The Vampyre*, zweihundert Jahre alt. Das ist Wiedergutmachung für die ganze Tristesse hier unten.“

Jetzt konnte man nicht mehr nur von Tänzeln reden. Quirinus verlor sich vollkommen in seiner Begeisterung. Er machte hohe Sätze, hopste wie von Sinnen durch den Gang, kletterte an den Regalbrettern hoch, ließ sich fallen, nur um am nächsten Brett nochmals den Weg nach oben anzutreten. „Hier ist auch *Beowulf*. Und schauen Sie: *Frankenstein*. Wundervoll! *Das Bildnis des Dorian Gray*. Da fühle ich mich doch gleich um Jahre jünger …“

Einen kurzen Knicks machend, landete er wieder neben Beatrice, drückte ihre Hand entlang der Buchrücken. „So machen Sie das doch immer! Bücher streicheln. Mal sehen, welches Ihnen in die Hand springt. Lesen Sie mir etwas vor! Suchen Sie sich eins aus! Ich will den Grusel hören, spüren, genießen.“

Alle Bücher wollten in Beatrice’ Hand. Sie pulsierten regelrecht. Doch ihr Augenmerk richtete sich auf ihren Begleiter, denn dafür, dass Quirinus kurz zuvor noch darum bemüht war, möglichst leise zu sein, damit der unbekannte Verfolger sie nicht fand, vergaß er nun alle Vorsicht. In seiner Euphorie ob der Bücher steigerte er sich immer wilder in die hochtrabendsten Lobeshymnen. Dabei verausgabte er sich vollkommen. Was er sprach, wurde mehr und mehr zu einem Lückentext, in dem er bald nur noch markante Namen und Titel des Genres jubilierend herausposaunte. Die leeren Stellen zwischen den inzwischen nur noch atemlos hervorgestoßenen Worten markierte Beatrice insgeheim mit dem Hinweis: „Hier irrsinniges Lachen einfügen.“

„Lovecraft. Das. Ist. Lovecraft“, keuchte Quirinus. Und als wäre es der kostbarste Schatz, griff er nach *Berge des Wahnsinns*. Über dieselben wandelte er wohl gerade auch. „Bitte, bitte. Lesen Sie mir etwas vor.“ Aber er wartete gar nicht darauf, dass Beatrice überhaupt auf sein Anliegen reagierte. Er blätterte wie wild in dem Werk, zitierte ein, zwei Zeilen voller Wonne. Dann schlug er die letzte Seite auf. „Genial. Genial. Wissen Sie, was das Genialste an diesen Büchern ist? Ich sage es Ihnen: Sie kommen ohne diese läppischen Happy Endings aus. Die Protagonisten können froh sein, wenn sie mit ihren mickrigen Leben davonkommen.“ Jetzt brach wirklich ein Lachen aus ihm heraus. Es klang wie das Bellen eines hysterischen Hundes. Um ihn herum verdichtete sich der Nebel und zeichnete grell leuchtend, zuckend und explodierend seine Aura. Er platzierte sich in der Mitte des Ganges, hob die Arme wie ein Prediger und drehte sich um die eigene Achse.

Dann fiel er auf die Knie. Völlig verausgabt rang er nach Luft. Es wurde dunkler, das wabernde Licht verteilte sich wieder ungleichmäßig, kroch in die Finsternis der Ritzen unter den Bücherschränken. Quirinus erhob sich. Als er Beatrice anschaute, schaffte sie es gerade noch, nicht erschrocken zusammenzuzucken. Etwas hatte ihn verändert. Sein Gesicht schien in den Schminktopf eines Visagisten gefallen zu sein. Und dieser Visagist musste der Stummfilmzeit entsprungen sein.

Die blasse Haut des Kuriositätenhändlers war nun wirklich absolut weiß. Nur die Ringe unter seinen Augen hatten sich vertieft, bildeten einen tiefen Kontrast zu seiner rötlichen Iris. Sein fahlblondes Haar erweckte den Eindruck, in gleißenden Flammen zu stehen.

Ein Blinzeln später, fragte sich Bea, ob das alles tatsächlich so geschehen war. Hatte sie sich nur getäuscht?

Quirinus stand vor ihr, ganz normal. Nichts an ihm erinnerte an dieses infernalische Intermezzo. Sogar sein Rucksack hing zahm an seinen Trägern und suggerierte ein harmloses Schulbuben-Image.

„Ich habe mich wohl etwas gehen lassen“, flüsterte Quirinus. Verlegen streifte er über eine rebellische Strähne, die sich danach an ihren rechtmäßigen Platz innerhalb der Frisur fügte. „Tolle Bücher hier. He, he, he.“

Beatrice kramte ihre Gedanken zusammen, schaffte es dann, eine Frage zu formulieren: „Was war das denn gerade?“

„Was war was?“ In unschuldiger Ahnungslosigkeit zog Quirinus eine Augenbraue hoch.

„Dieser Griff in die Spezialeffektkiste. Was hatte das zu bedeuten?“

„Ich habe keine Ahnung, was Sie meinen, Frau Liber. Ich habe mich nur darüber gefreut, was es hier für tolle Bücher gibt. Man läuft nicht alle Tage durch das Who-Is-Who der Horrorliteratur.“ Offensichtlich hatte Quirinus die Absicht, möglichst schnell das Thema zu wechseln. Er hatte den Rucksack abgenommen, kramte eifrig darin herum, bis er schließlich eine wuchtige Sofortbildkamera fand. „Ein Erinnerungsfoto wäre schön“, sagte er.

„Ich soll Sie fotografieren?“, fragte Beatrice perplex. Sie kam gerade mit den Ereignissen nicht so richtig mit.

Anders als erwartet, richtete Quirinus das Objektiv auf Beatrice. „Fotos von mir mag ich nicht“, erklärte er. „Da sehe ich immer so käsig aus. Ich möchte mich lieber daran erinnern, mit wem ich hier war.

Wussten Sie eigentlich … Viele Indianer glaubten, dass man ihnen mit einem Fotoapparat ein Stück Seele klauen konnte.“ Knips. „Aber das ist nur heidnischer Aberglaube. Um eine Seele zu stehlen, muss man vermutlich einiges mehr anstellen.“ Aus einem Schlitz unterhalb des Objektivs wurde ein Lichtbild herausgespult. Quirinus faltete es ungesehen zusammen und steckte es in die Hosentasche. „Wir werden es erfahren.“

„Stehlen?“ Die Wortwahl ließ in Beas Magen ein ungemütliches Gefühl entstehen.

„Ihnen ist das Ziel unseres Unterfangens doch bewusst?“ Quirinus steckte die Kamera zurück in den Rucksack. „Es ist wirklich ganz einfach. Homunkula plus Seele gleich Rachel. Und die Seele, die wir brauchen …“

„… ist in einem Buch. Wir müssen doch nichts stehlen“, versuchte Beatrice zu argumentieren. Aber sie spürte, dass sie Unrecht hatte. Irgendwie.

Quirinus verzichtete darauf, das richtigzustellen. „Wir sollten weitergehen.“ Dann griff er, ohne genau hinzusehen, mit beiden Händen in ein Regal, umarmte scheinbar ein Dutzend dicker Wälzer, nur um sie herauszuziehen und nacheinander in seinen bodenlosen Rucksack fallen zu lassen. „Schätze“, erklärte er. „Meine Schätze.“ Es hätte Beatrice nicht gewundert, wenn er auch noch „Gollum, Gollum“ gesagt hätte.

Die leichte Übelkeit, die sich wieder bemerkbar machte, konnte Beatrice durch flaches Atmen unter Kontrolle bringen. Das unbestimmte Gefühl der Furcht ließ sich nun aber nicht mehr ignorieren. Quirinus ängstigte sie.

„Was sind Sie?“

„Sie werden von selbst dahinterkommen“, sagte Quirinus in bester Laune. Beschwingten Schritts flanierte er weiter. Die einzige Wahl, die

Beatrice blieb, war ihm zu folgen oder aufs Geratewohl in einem Irrgarten den Rückweg zu versuchen.

Während sie also neben *Ich bin Legende*, *Alice in Zombieland*, *Return Man* und einigen etwas deplatzierteren Titeln, wie *Wo ist der Zombie?* und *Strick dir einen Zombie* einhergingen, plapperte Quirinus wieder drauf los. Dabei beließ er seine Euphorie nicht im Fach der Literatur. Er öffnete auch die Schublade Kino und Fernsehen, schwärmte von Hollywoodproduktionen und Serien, Konsolenspielen, Flashmobs, Fantreffen, Splatter und Make-up. „Das Genre ist jung geblieben. Ständig neue Werke. Man sollte nicht meinen, dass es über untote Menschenfresser so viel zu erzählen gibt."

Beatrice hatte plötzlich Herrn Plana im Ohr. Sie wusste, was er gesagt hätte: „Da gibt es auch nicht so viel zu erzählen." Um ein Haar hätte Beatrice es laut ausgesprochen, aber ein Geräusch ließ sie innehalten. „Schritte?" Quirinus reagierte dieses Mal vollkommen anders als noch vor wenigen Minuten. „Das kommt von vorne." Er suchte keine Deckung, machte keinerlei Anstalten, die Flucht zu ergreifen. Überrascht und etwas misstrauisch ging er dem Klang der Schritte entgegen.

„Sollten wir uns nicht verstecken?", fragte Beatrice irritiert.

Dafür erntete sie ein herablassendes Schnauben. „Warum sollten wir?" Taps, taps, taps. Jemand kam, nicht langsam, nicht schnell. Kurz schien es, als würde der Nebel an der nächsten Kreuzung dichter. Vielleicht war es aber auch nur Einbildung.

Und dann … dann stand Chaya vor ihnen.

„Ah! Wieder da?" Quirinus sprang auf die Homunkula zu. Der Anblick des schüchternen Mädchens – Beatrice hätte es nicht für möglich gehalten – hievte ihn in noch wolkigere Höhen des Glücks. „Wie schön. Dann ist ja alles beim Alten. Vergeben und vergessen. Ha! Ha! Finde ich." Er ergriff Chayas Hände und versuchte, sie zu einem Tanz zu animieren. Mit gespitzten Lippen pfiff er den Flohwalzer. Während er führte, ließ sie es willenlos über sich ergehen. Sie war seine Puppe, die ungestüm bespielt wurde. „Eins, zwei, drei. Und eins, zwei, drei." Jetzt hob er sie hoch, presste sie an sich. Dabei drehte er sich weiter zur irren Melodie. Ihre Füßchen wurden hochgewirbelt, stießen hart gegen die Holzstreben der Regale. Ihr leises „Au“ hörte er nicht. Er lachte nur.

„Das reicht!“ Ja, es reichte. In Beatrice war endgültig ein Schalter umgekippt. „Sie machen dem Kind Angst.“ Sie bekam Quirinus’ Schulter zu fassen, riss ihn grob herum. Als er sich immer noch nicht anschickte, das Mädchen loszulassen, trat Beatrice ihm mit aller Kraft gegen das Schienbein. Das zeigte Wirkung. Er löste die Umklammerung, woraufhin Chaya zurück auf den Boden gelangte.

„Was soll das? Darf man sich nicht mal freuen, wenn die verlorene Tochter zurückgefunden hat?“ Quirinus rieb sich die schmerzende Stelle.

„Du bist nicht mein Vater“, stellte Chaya ohne auch nur den Hauch einer Gefühlsregung fest.

Beatrice umarmte Chaya kurz, strich ihr über die Wange und begutachtete sie dann besorgt. „Alles okay mit dir? … Wo warst du?“

„Ich war beim Blinden Buchbinder“, sagt Chaya.

„Beim Blinden Buchbinder?“

Etwas schnurrte und ein Schatten schmiegte sich an Chayas Beine. „Das ist Murr. Mein neuer Begleiter. Ich habe ihn an der Eiche getroffen.“

„Was für eine Eiche?“

„Quercus fabulam narrare.“

Beatrice schüttelte den Kopf. „Ich versteh’ nur Bahnhof.“

„Es ist ein Geschichtenbaum. Ich hab ihn gesehen. Ein alter Baum voller Blätter.“

Irgendwie hatten sich die Gedanken der Buchhändlerin verknotet. Sie kam weder den Ereignissen noch den Informationen hinterher. Der Blinde Buchbinder und ein … „Geschichtenbaum?“, wiederholte sie.

Quirinus, der die Wiedersehensfreude offenbar bereits tief in seinem Rucksack verstaut hatte, knurrte unwirsch: „Bücher! Man macht sie aus Bäumen. Ist doch klar. Nix Besonderes. Dieser ominöse Geschichtenbaum liefert offensichtlich die Rohstoffe für diesen Buchbinder. Irgendwo steht hier unten vielleicht sogar ein Wald, der für Ihren nächsten Roman gefällt werden muss, Frau Liber.“

„Da ich nicht die Absicht hege, kurzfristig ein Buch zu schreiben", sagte Beatrice patzig, „reicht es, wenn man für mein Buch erst mal in die Baumschule geht."

„Nein, der Baum ist nicht …" Chayas Mund wollte einige erklärende Worte formulieren. Der Kiefer klappte ein paar Mal auf und zu. „Vergesst es." Das klang ziemlich pubertär, dachte Beatrice und stellte gleichzeitig fest, dass Chaya während ihrer Abwesenheit schon wieder ein Stück gewachsen war.

„Gehen wir weiter?", fragte Quirinus. „Es ist ja alles geklärt und wir haben noch viele Kilometer in diesen öden Gängen vor uns."

„Was haben Sie bloß gegen diesen Keller?"

„Schreiben Sie mal eine brauchbare Reisebeschreibung hierfür. Sie wäre kaum länger als eine Seite. Der rote ***Baedeker*** für das Buchland wäre so dröge wie eine Landkarte der inneren Regionen der Sahara: Regale und Bücher. Bücher und Regale."

„Grüner Nebel", warf Chaya leise ein.

„Es gibt auch die Geschichten-Eiche", sagte Beatrice zu Chaya. „Hier unten gibt es noch einiges mehr zu sehen. Hier gibt es Kammern und Hallen, Altäre und einen ganz tollen Aufzug. Die unterirdische Rutsche beim Blinden Buchbinder hätte dir bestimmt Spaß gemacht …" Beatrice unterbrach sich. Nein, stellte sie fest. Chayas Augen waren wieder so leer. Spaß hätte sie nicht empfunden. Für sie wäre die Fahrt auf der Rutsche reine Fortbewegung gewesen.

„Ich habe nichts von dem gesehen. Regale und Bücher. Das ist alles." Quirinus spuckte aus. „Regale und Bücher. Immer dasselbe. Liebe, Lug und Trug. Krieg und Frieden. Männer, ihre Abenteuer und teure Abende mit Frauen. Der Beweis, dass Literatur zum Selbstzweck verkommt."

„Das hier ist eine Bibliothek."

„Zur Zeit, ja. Phantasie verkleidet sich als Normalität. Wie ärmlich! Wie oft waren Sie denn in letzter Zeit in den besonderen Kammern und Hallen? Wann haben Sie das letzte Mal den von Ihnen erwähnten Aufzug benutzt? Sie versuchen wirklich, nur Bücher zu verkaufen, oder? Das ist für Sie nur ein großer, großer Keller, der Ihnen als Lager dient. Zwar gibt es ein paar ungewöhnliche Ecken. Sie besuchen sie aber tunlichst nicht. Beatrice, Sie veranstalten hier einen Seiltanz und bemühen sich dabei, möglichst nicht nach unten zu sehen, damit Sie die Tiefe vergessen können. Was kann denn schon passieren, wenn Sie hier mal das Gleichgewicht verlieren?"

Der nächste Satz war gar nicht so sehr als Herausforderung gemeint. Trotzdem konnte man ihn so verstehen. „Wie müsste denn das Buchland für Sie aussehen?" Beatrice hatte ihn kaum ausgesprochen, da hielt die Zeit die Luft an, stoppte, wartete auf das, was kommen mochte. Die Luft vollführte ein unhörbares „Plopp". In den Ohren fühlte es sich an, als würde man zu schnell einen hohen Berg hinunterrasen. Alles zoomte sich heran, während es gleichzeitig eine größere Distanz zu bekommen schien.

Dann kehrte der Ton zurück, die Perspektive tat ausreichend ihren Job und die Sekunden machten sich brav auf die Reise von der Zukunft in die Vergangenheit, ohne sich zu sehr am Moment festzuklammern. Quirinus sagte: „Mein Buchland."

Schon eine Abzweigung später änderte sich etwas. Der Grund fiel leicht ab, wurde mit jedem Meter steiler. Hin und wieder war eine Stufe in den Boden eingelassen. Die Regale ragten immer weiter empor, erreichten bald die Decke des Gewölbes. Der Gang, in dem sie sich befanden, verwandelte sich zusehends in einen engen Canyon. Irgendwann schloss sich das Gebilde aus Holz und Papier über ihnen und bildete eine hohe Grotte.

Im Vorbeigehen las Beatrice die Titel auf den Buchrücken: **Necronomicon**, *Daemonolatreia des Remigius*, *Die Ponape Schrift, Liber Ivonis*, *De Vermis Mysteriis*, *Die Cultes des ghoules des Comte d'Erlette*. Eine lose Blattsammlung, zusammengehalten von einem dunkelroten Band, war durch ein angeheftetes Etikett kenntlich gemacht: *Pnakotische Manuskripte*. Beatrice kannte die Bücher nicht, hatte nie von ihnen gehört. Dennoch spürte sie bis in die letzte Pore, dass diese Werke nichts Gutes verhießen. Wenn es Bücher gab, die gefährlich sein konnten, dann zählten diese hier ganz bestimmt dazu.

„Schauen Sie", rief Quirinus. Sie gelangten an eine Tür, die frei im Gang stand. Der Rahmen war hart weiß. Links und rechts waren zu den angrenzenden Regalen höchstens fünf Zentimeter Platz. Gerade so viel, dass man daran vorbeischauen konnte. Wagte man einen Blick, sah man, dass der Weg endlos weiterführte. Quirinus klopfte an.

„Herein", bellte eine Stimme.

Die folgende Szenerie wirkte so irreal, wie es nur eben ging. Quirinus und seine Begleiterinnen warteten vor einem Schreibtisch in einem Büro. Es war ein Amt, ganz gewiss. Der Stempelhalter mit Eingangs- und Ausgangsstempel, die Siegelaufkleber, Ablagen und Dokumente ließen keinen Zweifel aufkommen. Aber die grellen Farben entsprachen überwiegend dem primären Farbkreis und die Tapete zeigte Schraffuren und Punkte. Jede Kante der Möbel war schwarz lackiert und die harten Konturen sahen allesamt leicht krumm und schief aus. Nicht ein rechter Winkel schien dem Tischler geglückt zu sein.

Ansonsten hatte der Raum zwei Türen. Die Tür, zu der sie hereingekommen waren, war mit einem roten, runden Schild versehen. Ein weißer Querbalken durchkreuzte die Mitte. „Gesperrt". Die andere Tür trug ein quadratisches, blaues Schild. Ein Pfeil suggerierte, dass es dahinter vermutlich weiterginge.

„Sie wünschen?" Der Typ auf dem Bürostuhl stützte gelangweilt die Ellenbogen auf seine Schreibtischunterlage. Zwischen den Fingern wanderte ein Bleistiftstummel hin und her, mal drüber, mal drunter.

Chaya zupfte an Beatrice' Ärmel. „Wo sind wir hier?"

Das war eine gute Frage. Denn eigentlich hätten sie nach dem Überqueren der Türschwelle auf der anderen Seite im Büchertunnel stehen müssen. „Ich habe nicht den blassesten Schimmer."

Der Beamte schniefte hingebungsvoll. Das richtete die Aufmerksamkeit auf seine monströse Nase. Die Knolle dominierte das ganze Gesicht und lenkte gottlob von den anderen körperlichen Unproportionalitäten ab. „Ist das Ihre Katze?", fragte er gedehnt. Ein allergisches Niesen schloss sich an. Vorwurfsvoll zückte er ein rotgetupftes Taschentuch hervor. Er schnäuzte sich kraftvoll. Von der ausgestoßenen Luft hob sich das Textil.

„Nein", sagte Quirinus.

„Ja“, verbesserte Chaya.

„Dann hoffe ich, dass wir Ihr Anliegen schnell abgewie…“, der Beamte räusperte sich, „bearbeitet bekommen.“

„Das hoffe ich auch“, sagte Quirinus fröhlich. Er nahm seinen Rucksack von der Schulter und öffnete die Verschnürung. „Wir möchten ja nur weitergehen.“

Der Beamte nickte desinteressiert. „Passierschein?“

„Was für ein Passierschein?“ Beatrice ging zur Ausgangstür. „Ich habe im ganzen Buchland noch nie einen Passierschein gebraucht.“ Das war ihr zu albern. Kurzerhand drückte sie die Klinke runter und … rüttelte vergeblich an der Tür.

„Nur mit Passierschein“, kommentierte der Beamte ungerührt. „Passierschein a38 um genau zu sein.“

„Na, so ein Zufall!“ Quirinus griff in den Rucksack und zog dann, etwas zerfleddert und mit Kaffeeflecken dekoriert, ein ausgefülltes Formular hervor.

„Das war ja leicht“, sagte Quirinus selbstgefällig. Sie standen nun auf einer großen Plaza. Die sie umgebende Architektur mochte man immer noch als literat bezeichnen. Regale und Borde waren quasi allgegenwärtig, jedoch konnte Beatrice auch gemauerte Wände sehen. Da waren Türme, an deren Außenwänden sich korkenzieherartig Wege empordrehten. Fensterlose Häuser mit Flachdächern säumten die sternförmig fortführenden Sträßchen. Säulengänge und Brücken bereicherten das Gesamtbild. „Ich habe mir sagen lassen, dass der Umgang mit den Behörden manchmal sehr anstrengend sein soll.“

Beatrice riss sich vom ungewohnten Anblick los. „Woher hatten Sie den Passierschein?“

„Sie erinnern sich? Ich bin Kuriositätenhändler.“ Das sollte offenbar als Erklärung reichen.

Hier gab es keinen Nebel. Alles war hell und freundlich. Beatrice dachte zuerst, dass die Sonne schien, denn sie spürte Wärme auf der Haut. Das Azurblau dort oben trug allerdings nur eine gelbe Scheibe. Sternförmig gingen ebenso gelbe Linien von ihr weg. „Der Himmel ist aufgemalt“, keuchte sie. Jetzt erkannte sie sogar die Fugen und Risse im Deckengewölbe.

„Den Himmel gibt’s hier gar nicht.“

„Metaphern sind doch was Feines.“ Quirinus setzte seinen Rucksack ab und zog eine Plastiktragetasche heraus. Der Werbeaufdruck, inklusive des markanten Slogans, ließ auf eine amerikanische Firma schließen: „**ACME** – A Company That Makes Everything“. Er schüttelte sie mehrmals, blies rein, klopfte die Innenseiten aus, bis sie sich endlich zu ihrer kompletten Größe entfaltete hatte. Dann stellte er den Rucksack hinein. Dieser verschwand darin zur Gänze und Quirinus konnte nun die Tüte bequem mit der Hand greifen. Lässig schwenkte er damit ein wenig herum. „Besser.“

In unmittelbarer Nähe machte etwas „peng“, gefolgt von einem „Buff“. Die Geräusche kamen aus einer halboffenen Tür. Dahinter konnte Beatrice flackernde, bunte Lichtspiele erahnen. Der Lärm musste ohrenbetäubend sein. „Oink! Smack! Rraah!“

„Was geht da vor?“

„Frau Liber, da sollten wir nicht lang gehen. Ich befürchte, wir landen dann allzu schnell bei den **Tropen**.“

„In den Tropen?“

„Bei den Tropen“, verbesserte Quirinus lehrmeisterlich. „Sie müssen schon genau zuhören. Der **Erikativ** ist mir auf Dauer zu anstrengend. Ich schlage vor, weiter in die andere Richtung zu gehen. Weg von der Modernen. Wir wollen ja zum Ursprung.“

Plötzlich …

Ein Softcover lag vor Beatrice’ Füßen. Sie hob es auf. Es war eine ihr unbekannte Graphic Novel. „Vom Ursprung der Literatur sind wir aber noch meilenweit entfernt. Comics sind ein junges Medium.“

Quirinus kicherte. „Sind sie das? Dann warten Sie mal ab, bis wir in der Ägyptischen Region sind. Das hier ist eine wunderbare Abkürzung.“

Die Wände hatten die Farbe von gebranntem Terrakotta angenommen. Die Bücher wurden durch Schriftrollen und Papyrusbögen ersetzt. Hieroglyphen zierten die Rundsäulen, erzählten von Erbfolgen und Erntezyklen. Quirinus' Laune sank langsam auf normales Niveau. Trotzdem schritt er forsch voran und ließ Beatrice und Chaya hinter sich zurück. Hin und wieder blieb er ungeduldig stehen, damit die beiden endlich zu ihm aufschließen konnten.

Sie sprachen nur wenig, hingen ihren Gedanken nach, ohne die Begleiter daran teilhaben zu lassen. Irgendwann, zu einem Zeitpunkt, an dem der Kuriositätenhändler besonders weit vorausgeeilt war, machte Chaya leise „Pssst."

„Was gibt's?" Beatrice war für Chayas Geschmack zu laut. Sie rollte mit den Augen und zischte noch leiser: „Psssssssst." Nachdrücklicher konnte es kaum sein.

„Was gibt's?", flüsterte Beatrice nun in angemessener Tonart.

„Als ich beim Blinden Buchbinder war …"

„Ja?"

„Er hat mir was mitgegeben." Das Mädchen biss sich auf die Unterlippe. Sie haderte mit sich, war sich nicht sicher, ob sie ihre Begleiterin tatsächlich einweihen wollte. Ihre Blicke flogen unsicher zu Quirinus, der gerade um eine Ecke bog. Es würde nicht mehr lange dauern, dann würde er wieder auf sie warten. Eine diskrete Unterhaltung wäre dann erst mal nicht mehr möglich.

„Der Buchbinder meinte, dass uns das einen Weg sparen würde."

„Was?"

Chaya zog aus ihrer Tasche zuerst ihr Lebensbuch und dann … Ein *Buchland*-Exemplar hervor. „Es ist eine Sonderausgabe mit festem Einband, die er extra für dich gebunden hat. Softcover würden ja nichts aushalten, hat er gesagt." Chaya strich vorsichtig über den Schutzumschlag. „Außerdem hat er …"

„Was hat er?", hakte Bea nach.

„Er hat mir ein kleines Stück daraus erzählt. Wusstest du, dass er fast so schön erzählt wie du? Er erzählt daraus, als wäre es seine eigene Geschichte."

Beatrice spürte einen Kloß im Hals. Der Buchbinder gab ein Stück von ihrem Buchland preis? Es war albern, denn ihr Buch hatte ja schon seine Leser gefunden. Trotzdem kam es ihr gerade vor wie ein Einbruch in ihre Intimsphäre. Es war, als ob ein Fremder sie im Badezimmer besucht hätte, während sie nackt in der Wanne lag. „Was hat er dir vorgelesen?“

„Er hat nicht *vorgelesen*. Er ist doch blind. Er … hat *erzählt*.“ Chaya nestelte an den Knöpfen ihres Mantels herum.

„Was hat er dir erzählt?“ Beatrice hatte Mühe, leise zu bleiben.

„Würdest du … Könntest du …“ Sie sog Luft und Mut ein. „Erzähl mir von Rachel.“ Diese Aufforderung war ebenso gut wie eine direkte Antwort auf Beas Frage. Chaya griff nach ihrem Ärmel. „Denkst du noch oft an sie?“

„Jeden Tag“, gab Beatrice zu.

„Aber es ist schon lange her, oder? Rachel war noch so klein. Ein Baby. Sie war doch noch keine richtige Person.“ Chaya biss sich auf die Lippen. Der letzte Satz war nicht gut. Er war ganz und gar nicht gut. Aber wie hätte sie es anders ausdrücken sollen?

Beatrice wurde nicht wütend. Sie blieb gefangen in diesem melancholischen Gefühl, das sie wie ein seidener Nebel umspann. Dieser Nebel war nicht grün. Nicht sichtbar. Aber allgegenwärtig. Tief in ihr drin. „Es ist … Wie soll ich es sagen? Ich bin nicht traurig. Nicht mehr. Wenn ich an Rachel denke, dann empfinde ich nur das Gegenteil von Glück. Ich fühle mich leer.“

„Seelenlos.“

Beatrice dachte darüber nach. Sie schmeckte das Wort ab. „Ja, vielleicht. Ein Stück meiner Seele habe ich mit dem Tod meiner Tochter verloren.“

„Ich habe niemanden verloren“, stellte Chaya fest, „aber diese Leere fühle ich auch.“

„Bist du denn traurig?“

„Nein“, sagte Chaya ruhig, „ich empfinde nur das Gegenteil von Glück.“

Um ein Haar hätte Beatrice nach dem Warum gefragt. Dann versuchte sie, sich einzureden, dass eine Homunkula so fühlen musste. „Seelenlos“, hallte es in ihr nach. „Hast du in dem Buch gelesen?“ Besorgnis lag gallertartig auf Beatrice’ Worten.

„Ich … Es …“

„Wo bleibt ihr?“ Quirinus lugte um die Ecke.

„Es schien mir nicht richtig zu sein“, sagte Chaya eilig. Das Buch war längst wieder in der Innentasche ihres Mantels verschwunden. „Ich wollte es auch nicht kaputtmachen.“

Der Kater kam heran, maunzte, rieb sich zärtlich an Chayas Beinen. Danach tippelte er zu einer Wand, um interessiert die in Stein gemeißelte Darstellung einer Felidae zu betrachten.

„Wo bleibt ihr?“ Quirinus kam ein Stück zurück.

„Murr wollte sich hier noch etwas genauer umschauen“, log Chaya.

Misstrauisch beäugte Quirinus den Kater. Dann musterte er Chaya. „Für deine Verhältnisse bist du ein ziemliches Plappermäulchen geworden. Ich habe gehört, dass ihr miteinander geredet habt.“

„Ja und?“, fragte Bea herausfordernd. „Dürfen wir das nicht?“

Quirinus kniff die Augen zusammen. „Vorsicht.“ Mehr sagte er nicht.

Das Café am Rande der Normseiten

Einige Male erwischte sich Beatrice dabei, dass sie auf ihre Armbanduhr schaute. Aber die Zeiger unter dem gebrochenen Glas standen still. Das Uhrwerk hatte sich nach dem harten Stoß ins mechanische Nirvana verabschiedet. Beas Zeitgefühl war gleichzeitig verschwunden. Sie fragte sich, wie lange sie schon hier unten waren und ob es draußen Tag oder Nacht war.

Ihr Magen rebellierte zwischendurch heftig. Ihm passte die ungeplante Reise gar nicht. Er wechselte zwischen quälendem Hungergefühl und bitterer Übelkeit. Als sie sich abermals mit einem Schwächeanfall quälte, musste sie an Herrn Plana denken. Dem Auktoral war es manchmal genauso miserabel gegangen. Ihm hatte es geholfen, wenn …

Beatrice' Blick fiel auf Chaya. Auch das Kind wirkte nicht gesund. Wenn Beatrice sie mit einem Wort hätte beschreiben müssen, dann hätte sie „transparent" gesagt.

„Können wir eine Pause machen?"

Quirinus stöhnte entnervt. „Was ist denn nun schon wieder?"

„Wir sind müde."

„Müde?" Quirinus schnaubte.

„Ja, müde. Ist das so abwegig? Wir laufen mindestens seit …", Beatrice schaute nochmals auf die Uhr, fluchte innerlich, weil es immer noch Viertel vor kaputt war. „„… Stunden hier rum."

„Tun wir das?" Weltmännisch griff Quirinus in die Brusttasche seiner Safarijacke. Er zückte eine goldene Taschenuhr, die an einer feinen Kette hing. Zwar verriet er nicht, wie spät es war, doch er nickte zustimmend. „Seit Stunden, ja. Wir sollten tatsächlich eine Pause einlegen. Schaffen Sie es noch um die nächste Ecke? Vielleicht haben wir dort die Gelegenheit, ein paar Erfrischungen zu erstehen."

Sie passierten ein langgezogenes Gebäude ohne Fenster und Türen. An den Außenwänden waren Papierstapel, zusammengehalten von Bändern oder Kordeln, aufgehäuft. Wie ein kleines Gebirge samt Gipfelzügen und Graten, schmiegten sie sich an das Mauerwerk. Mit Ägypten hatte das nichts mehr zu tun. Auf dem Papier waren auch keine Bildzeichen oder Hieroglyphen. Beatrice trat näher heran und schaute sich einige lose heraushängende Blätter an.

„Pica und New Courier. Sie sollten die Schriftarten kennen", sagte Quirinus, der sich unbemerkt dazugesellt hatte. „30 Zeilen mit 60 Anschlägen. Feinsäuberliche Normseiten."

Mit einem schmatzenden Geräusch fiel etwas aus großer Höhe neben ihnen zu Boden. Beatrice sprang erschrocken zur Seite. „Wo kam das denn her?" Es waren drei Dutzend Blätter, die von enormen Büroklammern leidlich zusammengehalten wurden. Beatrice hob den Blick und sah, dass das Gebäude kein Dach hatte. Stattdessen wurde es von noch mehr Papierbündeln gekrönt. Es lief förmlich über.

„Unaufgefordert eingereichte Manuskripte", stellte Quirinus fest. „Die *abgelehnten*, unaufgefordert eingereichten Manuskripte, um genau zu sein."

„Woher wollen Sie das wissen?", fragte Beatrice. Dieser Quirinus kannte sich hier bestens aus. Beatrice führte nicht ihn durch das Buchland, sondern er führte sie. Das war ihr nun endgültig klar geworden. Eigentlich war sie sich dessen schon länger bewusst. Sie wollte es bis gerade nur nicht wahrhaben.

Quirinus schob das Bündel mit dem Fuß zu den anderen. „Nur so eine Vermutung."

„Ein ganzes Haus voll", sagte Chaya. Es klang traurig.

Und ja, dachte Beatrice, das ist traurig. So viel vergeudetes Herzblut. So viel hineingesteckte Liebe. Unzählige Arbeitsstunden. Alles vergebens.

„Schau dich genauer um." Quirinus kicherte gehässig. „Das ist nicht das einzige Lager. Da hinten stehen noch unendlich viele. Auf jedes veröffentlichte Manuskript kommen vielleicht zwanzig abgelehnte. Oder mehr. Aber diese Tendenz ist rückläufig. Ihr beiden müsst also kein Trübsal blasen."

„Werden weniger Manuskripte eingeschickt?"

„Quatsch! Es wird einfach mehr veröffentlicht." Quirinus ließ den Satz kurz wirken, dann deutete er mit dem Finger ungeduldig nach vorne. „Wollen wir wie Ihr geschätzter Herr Plana über zu viel geschriebene Bücher lamentieren? Ich dachte, Sie wollten eine Pause machen. Zwischen dem ganzen Altpapier wollen Sie sich doch bestimmt nicht hinhocken."

„Mir ist es fast egal", stöhnte Beatrice. Ihre Beine waren auf einmal so zittrig. Jeder weitere Meter konnte zu viel sein.

Ihr Begleiter hakte sich bei ihr unter und stützte sie nun kraftvoll. Wie eine alte Schachtel an der Hand des gutmütigen Pfadfinders kämpfte sie sich in Quirinus' Schlepptau voran. Der kannte ihre Befindlichkeit offensichtlich sehr gut. Stück für Stück bewegten sie sich an der Wand entlang. Hinter dem Gebäude erwartete Beatrice erneut ein ungewöhnlicher Anblick. Ein Garten, nein, ein richtiger Park mit Buxbaumhecken und pittoresk gestalteten Beeten umgab ein kleines Straßencafé. Bistrotische, leicht windschief, standen dort, umzingelt von ebenso krummen Stühlen. Im Zentrum war ein weißer Pavillon, der dem Paris des 19ten Jahrhunderts entsprungen zu sein schien. Eine riesige Kaffeemaschine dampfte und stampfte darin. Viele Teekessel hielten sich auf einer Platte bereit. Dazwischen erkannte Beatrice auch Flaschen aller Couleur. Whiskey, Wodka, Absinth und einige weitere fragwürdige Geistesaufheller.

„Hier fühlt sich der Intellektuelle doch wohl", kommentierte Quirinus schmunzelnd. Allerhand Gestalten bevölkerten die Szenerie. In einer Ecke saßen zwei Herren mittleren Alters, der eine mit Schal und Baskenmütze, der andere in Jeans und weißem Hemd mit schwarzer Krawatte. Sie unterhielten sich lautstark, und einzelne Gesprächsfetzen drangen bis zu Beatrice hinüber. „Ich habe übrigens ein Buch geschrieben."

„Darauf, mein Freund, hast du bereits ausreichend hingewiesen."

„Nein, im Ernst. Ich habe ein Buch …"

Einen Tisch weiter steckten mehrere Leute ihre Köpfe über einem E-Book-Lesegerät zusammen. Sie diskutierten leise, aber angeregt. Dahinter konnte Beatrice eine junge Person erkennen, die über einem Stapel Blätter gebeugt war. Mit rotem Stift in der Hand korrigierte sie den abgedruckten Text. Auf dem Boden standen Pappkartons. Auch sie waren gefüllt mit Papier.

Quirinus führte Beatrice an einen freien Tisch und zog ihr wie ein Galan den Stuhl zurück. Auf den anderen Platz setzte er sich. Chaya, für die nun keine freie Sitzgelegenheit übrig war, holte sich nach kurzem Zögern einen Stuhl vom leeren Nachbartisch. Der Kater rollte sich zwischen ihren Füßen zu einem flauschigen Kringel ein.

„Was ist das für ein Ort?“, benommen schaute Beatrice umher. Zum Staunen reichte ihre körperliche Verfassung gerade nicht mehr aus.

„Ein Treffpunkt. Das Schreiben ist manchmal gar nicht so eine einsame Sache, wie man gemeinhin glaubt. Selbst Lewis und Tolkien palaverten des Öfteren miteinander, um sich über ihr Schaffen auszutauschen. Phantasie kann ein wundervolles Gemeinschaftserlebnis sein.“

Beatrice deutete auf die Gäste. „Das sind Schriftsteller?“

„Schriftsteller, Lektoren, Verleger. Lebende wie Tote. Hier sehen sie das, was von ihnen hier im Buchland angekommen ist.“

Chaya sog hörbar die Luft ein. Erschrocken zeigte sie zum Nachbartisch.

„Geister?“ Beatrice kniff die Augen zusammen, damit sie die fast durchsichtigen Personen erkennen konnte. „Hier unten?“

„Ach“, Quirinus winkte ab, „die sind harmlos. Sie schreiben nicht für sich selbst. In ihren Werken ist weniger Seele als in Chaya.“ Er hatte nur ein herablassendes Schulterzucken übrig, dass er den transparenten Autoren genauso widmete wie sonst seiner Homunkula. „Ich organisiere uns mal was zu trinken.“

Daraufhin erhob er sich, schlenderte zur Theke des Pavillons und sprach kurz mit einem Herrn, der dahinter stand. Dann erblickte er ein dezentes Schildchen mit einem Männlein und einem Weiblein drauf. Er folgte dem darunter befindlichen Pfeil und dem Ruf der Natur.

„Sollen wir was lesen?“ Eigentlich wäre diese Aufforderung, gestellt aus dem Nichts und ohne jeglichen Zusammenhang, merkwürdig unangebracht gewesen. Doch Chaya hatte die Frage ausgesprochen. Außerdem befanden sie sich hier an einem alles andere als gewöhnlichen Ort. Und Bea konnte spüren, dass es dem Kind nicht besser ging als ihr. Lesen war also kein abwegiger Vorschlag.

„Ich glaube, dass du den Büchern nicht gut tust“, sagte Beatrice ehrlich. „Sie gehen kaputt.“

„Ich … kann nichts dafür. Es passiert einfach. Es ist, als würden sie, während ich sie lese, ihre Kraft verlieren. Gleichzeitig fühle ich mich wohler. Wort für Wort.“

„Seele“, befand Beatrice. Irgendwie kamen sie immer wieder zu diesem einem Wort zurück. Beseelte Bücher, ein unbeseeltes Geschöpf und die Aussicht darauf, Rachels Seele dem Tod zu entreißen. „Ich kannte mal einen Mann, der konnte sich auch ein Stück Seele aus den Büchern borgen. Er fühlte sich besser, wenn ich ihm vorgelesen hatte.“

„Borgen?“

„Ja.“ Beatrice legte ihre Hand auf Chayas. Sie war kalt wie ein Stück Holz im Schnee. „Er hat nur geborgt. So kann man es am besten beschreiben.“

„Ich würde auch gerne nur borgen. Dann kann ich vielleicht *ich* dabei bleiben“, sagte Chaya bekümmert. Wie sie es meinte, erklärte sie Beatrice nicht. „Sollen wir denn nun etwas lesen? Vielleicht fühlen wir uns dann wirklich gleich besser.“

Beatrice wagte es nicht, laut auszusprechen, was in ihr vorging. Zwei Bücher hatten sie dabei. Sie war sich sicher, das Chaya ihr Buch nicht hergeben würde. Und das andere Buch war Beas Buch …

Chaya ahnte, was in Beatrice vorging. Sie zog ihre Hand zurück. „Tja.“

Bea suchte nach einer sinnvollen Erwiderung. Die Einzige, die ihr einfiel, war ebenfalls „Tja“.

Ein paar Herzschläge später griff Chaya in ihre Tasche. Sie zog Beas Buch hervor. „Hier, nimm du es. Ich glaube, dass dir nicht wohl ist, wenn ich es behalte. Immerhin ist es die Garantie, dass ich mal das sein werde, was du haben möchtest.“ Es hätte Wut oder Hass in Chayas Stimme liegen sollen, dachte Beatrice. Das hätte es einfacher gemacht. Stattdessen umgab die Homunkula eine Aura der Melancholie und Resignation.

Beatrice schaute beschämt auf das Buchcover.

Buchland.

„Hallo“, sagte ich.

Doch meine Bea hörte mich nicht.

Der Mann, der Quirinus’ Bestellung entgegengenommen hatte, kam zu ihnen an den Tisch und servierte drei Gläser und eine Karaffe mit Mineralwasser. Dann verschwand er wieder im Pavillon und machte sich mit einem Lappen an Arbeiten, die man mit einem Lappen verrichtete.

Die kurze Unterbrechung ließ Beatrice ein paar klare Gedanken fassen. Sie war sich nicht sicher, ob es die richtige Entscheidung war, jedoch war es vielleicht an der Zeit, ein wenig Gefühl zu investieren. Vertrauen. „Ich fände es toll, wenn du eventuell etwas länger auf mein Buch aufpassen würdest. Hab’ gerade keine Tasche dabei, weißt du?“

Hastig flog Chayas Blick in die Richtung, in die Quirinus verschwunden war. Von ihm war noch immer nichts zu sehen. Dann steckte sie das Buch wieder in ihren Mantel. „Magst du mir was von Rachel erzählen?“

„Was soll ich dir erzählen?“ Beatrice schluckte trocken. Der harte Stein, der ihr in der Kehle zu stecken schien, bewegte sich keinen Zoll. „Chaya, das ist …“

„… zu lange her?“ Chaya verzog das Gesicht. Ein Lächeln entstand daraus. „Kannst du dich nicht mehr an dein Kind erinnern?“

„Doch, doch … das ist nur so schwer zu erzählen. Von Rachel ist mir nichts geblieben. Ein paar Bilder – und die Traurigkeit.“

„Aber du warst doch nicht immer traurig.“

„Nein. Rachel im Arm zu halten … als sie noch lebte, meine ich … das war das reinste Glück.“

„Dann erzähle mir von deinem Glück“, sagte Chaya. Sie beugte sich aufmerksam vor. „Ich möchte wissen, wie es ist, dein *reines* Glück zu sein.“

„Puh“, machte Beatrice, „das ist schwierig.“

„Warum?“

„Weil man es selbst fühlen muss.“ Beatrice goss sich einen Schluck Wasser ein und nippte dann an ihrem Glas, als würde sie einen besonders Hochprozentigen vor sich haben. „Wie soll ich beschreiben, wie es ist, wenn im Körper unter dem eigenen Herzen ein zweites schlägt?“

Chaya schaute auf Beatrice’ Bauch. Unbewusst legte Bea ihre Hand darauf … und streichelte sich. Als ihr die Absurdität dieser Handlung bewusst wurde, errötete sie. „Am Anfang konnte ich kaum begreifen, was da in mir geschah. Ich meine, die Liebe, sie ist nicht einfach so da. Da ist zuerst nur Angst und Ungewissheit. Aber das ändert sich ganz langsam, mit jedem Moment ein winziges Bisschen. Und wenn dann eines Tages dieses kleine Würmchen nackt und wehrlos in deinen Arm gelegt wird …“

„Das ist dann … Glück? … oder Liebe?“ Chaya wirkte enttäuscht. Hatte sie mehr erwartet?

„Hört sich zu biologisch an, oder?“ Beatrice ahnte, dass Chaya ihren Gefühlshorizont nicht erreichen konnte. Sie war eben doch kein kompletter Mensch. „Glück kann man nicht beschreiben. Weißt du, oft weiß man gar nicht, dass man glücklich ist. Man weiß es erst hinterher. Nur ganz selten gibt es diese perfekten Situationen. Es ist ein Hoch im Herzen. Wenn man zum ersten Mal verliebt ist, zum Beispiel, hat man diese Schmetterlinge im Bauch. Oder, wenn man den warmen säuerlichen Geruch eines Babys einatmet. Wenn man ein winziges Lächeln erntet, nur, weil man da ist, … weil es einen gibt.“

„Ist das nicht nur für den Moment?“

„Man trägt es mit sich. Immer.“

„Die Erinnerungen sind das Glück.“

„Es sind Erinnerungen, die wehtun können, weil das Gute unwiederbringlich verloren ist.“

Stifte kratzten. Die Diskussion zweier Autoren wurde kurz etwas lauter, verebbte dann wieder im allgemeinen Gemurmel. Die Kaffeemaschine ließ einen zischenden Dampfstoß entweichen und Porzellan klapperte.

„Wie hast du Rachel denn dann ihre Seele gegeben?“ Chayas Frage war bestechend einfach. Und ihr nächster Satz versetzte Bea zusätzlich einen kleinen Hieb. „Hast du ihr vorgelesen?“

Es war eines von diesen Gesprächen, in denen man nichts Richtiges antworten konnte. Mit den Worten ringend, versuchte Beatrice es dennoch: „Natürlich habe ich Rachel vorgelesen. Aber … äh … dadurch hat sie ihre Seele nicht bekommen. Sie hat eigentlich nichts von dem verstanden, was ich ihr vorgelesen habe.“

„Warum nicht?“, bohrte Chaya nach.

Etwas hilflos sagte Beatrice: „Sie war noch zu klein.“

Chaya lehnte sich zurück. In ihrem Gesicht arbeitete es, während sie nachdachte. Beatrice rutschte unbehaglich auf ihrem Stuhl hin und her. Sie hatte das Gefühl, dringend weitersprechen zu müssen. Natürlich musste Chaya denken, dass ihre Tochter ebenfalls durch Vorlesen Seele eingehaucht bekommen hatte. „Die Sache mit der Seele funktioniert nicht so einfach …“

„Es ist komplizierter?“

Zuerst wollte Bea mit „ja“ antworten. Danach hätte sie es beinahe mit „nein“ versucht. Weil sie sich aber eingestehen musste, dass sie es selbst nicht wusste, schwieg sie.

Schließlich sagte sie: „Rachel war für mich das Kostbarste, was ich je besessen habe.“ Diese Aussage war natürlich keine Antwort. Aber irgendwie war das, was nun folgte ein umständlicher Versuch, einer Antwort nahezukommen.

Bea erzählte von den wenigen Monaten mit ihrem Baby.

Sie erzählte von den Tagen als Familie.

Sie erzählte von den Stunden der Innigkeit.

Sie erzählte von der Minute, als sie an die stille Wiege trat.

Sie erzählte von den Sekunden, als sie nach dem kalten Körper griff.

Schließlich erzählte sie von der Ewigkeit mit dem leblosen Kind in ihren Armen.

Chaya verschränkte die Arme auf der Tischplatte, legte das Kinn auf die Handrücken und lauschte stumm. Als Beatrice nicht mehr redete, sondern nur noch leise weinte, fragte sie behutsam: „Erzählst du mir was aus deinem Buch?“ Sie wollte nichts vorgelesen bekommen! Nur erzählt.

„Das Buch ist auch ein Stück meiner Vergangenheit.“

„Der Roman ist wahr?“

„Das wüsste ich selbst gerne.“ Beatrice lächelte verlegen. „Im Roman gab es einen Moment, da hätte ich nur nach Rachel greifen müssen.“

„Erzähl mir davon.“

Und Beatrice erzählte, wie sie Rachel ein zweites Mal verloren hatte.

Über Chaya breitete sich ein Schatten aus. „Na, die Damen.“ Quirinus steckte den Kopf zwischen die Beiden. In der Hand hielt er ein feuerrotes Getränk mit Papierschirmchen und Orangenscheibe. Missbilligend deutete er auf die Wasserkaraffe. „Das sollte eigentlich nur für den ersten großen Durst sein. Ihr hättet euch noch was anderes bestellen sollen. Eine Milch für unsere kleine Rachel … äh … Chaya. Einen leckeren Longdrink für unsere Buchländerin Frau Liber.“ Er sprach laut genug. Der Mann im Pavillon verstand es als Bestellung und machte sich an die Arbeit. „Was habt ihr euch denn vorgelesen?“

„Wir haben nicht gelesen. Wir haben nur geredet“, erklärte Beatrice.

„Ach was.“

„Was hätten wir auch lesen sollen?“

„Ihr hättet euch aus meiner Tasche bedienen können.“ Quirinus zog die Tüte unter dem Tisch hervor. Von oben herab konnte Beatrice hineinschauen. Es waren augenscheinlich ausschließlich Bücher darin. Das Oberste trug den Titel **Der Prinz der Dänemark**.

Quirinus knallte das lädierte Werk auf den Tisch. Der Einband war brüchig, das Papier zerfleddert und minderwertig. Trotzdem ging Quirinus nicht gerade vorsichtig mit dem Buch um. Er griff nach einem zerfransten Lesebändchen, das herauslugte, und hob damit alle darauf liegenden Seiten an und blätterte sie in einem Stapel um. Beatrice kam es vor, als höre sie einen leisen, qualvollen Schrei in ihrem Kopf.

„Dann will ich euch mal was vorlesen“, sagte Quirinus, während seine Bestellung serviert wurde. „Ich möchte wetten, dass es euch danach besser geht. Es wird zur allgemeinen Erheiterung beitragen. Hört gut zu:

Sein oder Nichtsein. Ja, da liegt’s.

Sterben, schlafen, ist das alles? Ja, alles:

Nein, schlafen, träumen, ja, fürwahr, so geht's
Denn in dem Traum des Tods, wenn wir erwachen,
Um dann zu treten vor den ew'gen Richter,
Aus dem kein Wandrer jemals kehrt zurück,
Das unentdeckte Land, bei dessen Anblick
Die Seligen lächeln, wenn die Verdammten klagen.
Gäb's nicht die freud'ge Hoffnung auf dies alles.
Wer würde dann den Hohn ertragen, die Schmeichelei der Welt,
Der Reichen Hochmut und den Fluch des Armen?"

Mit einem bitteren Lachen unterbrach Beatrice ihn. „Halt! Der Text ist vollkommen falsch. Er ist …"

„Er ist richtig", behauptete Quirinus, „weil er so veröffentlicht wurde. Gedrucktes ist wahrhaftig."

Irgendwo kicherte jemand, doch als Quirinus sich abrupt umdrehte, konnte man niemanden unter den Gästen ausmachen, der erklären wollte, was daran humoristisch war. „Ihre Geschichte ist doch auch wahr, Frau Liber. Immerhin haben Sie sie geschrieben. Oder möchten Sie Ihre eigene Realität in Frage stellen?" Quirinus strich sich durch die dünnen, leuchtenden Haare. Er schlug das Buch zu und schob es zurück in die Tüte. „Wenn Sie denken, dass es nicht die rechte Lektüre ist, können wir ja etwas Gehaltvolleres lesen." Auffordernd schielte er zu Chaya hinüber. „Ich wollte ja sowieso einen Blick in dein Buch werfen."

„Netter Versuch", kommentierte Beatrice. In ihrer Stimme lag ein Unterton, der klar machte, dass sie jetzt keinen Streit um Chayas Buch dulden würde.

„Jap", bellte Quirinus. Lässig drückte er mit dem Rücken den Stuhl zurück und streckte die Beine aus. Den Strohhalm im Mund sog er in einem Zug den Cocktail in sich hinein, bis er schlürfend und gurgelnd nur noch Luftbläschen einsog. „Meine Versuche sind stets nett. Ich bin von einem netten Typen kaum zu unterscheiden."

Was folgte, war eine Menge Smalltalk. Quirinus versuchte sich in guter Laune und als kundiger Gastgeber. Er wies den Mann im Pavillon, den er übertrieben kameradschaftlich „Wolfgang“ nannte, immer häufiger an, ihm abenteuerlich anmutende Getränke zu bringen. Manche davon schienen alkoholfrei zu sein, andere wurden flambiert oder mit einer dicken Schicht Pfeffer serviert. Beatrice hielt sich mehr an die Schnittchen. Kaviarbrot, gut belegt mit Salatblättern, Tomate und Wurst, vertrieben ihren bösen Hunger und ebenso die Übelkeit.

Chaya aß zwar auch ein wenig, blieb aber ansonsten stumm. Umso ausgiebiger lamentierte Quirinus. Er fachsimpelte über Raritäten, Kuriositäten und natürlich über Literatur. Insbesondere Fantasybücher mussten als Thema herhalten. Leidenschaftlich machte er sich über deren Klischees lustig. Lendenschurz und Langschwert auf dem Rücken, Köcher für Pfeile, die nie leer wurden, und Fanfarenhörner, die die komplette Tonleiter hinausposaunen konnten, hatten es ihm besonders angetan. Er lästerte, was das Zeug hielt. Die dabei verstreichende Zeit war für ihn kein Problem mehr. „,… und dann diese ewigen Prophezeiungen! Ein jedes Ende ist vorherbestimmt. Warum soll man denn eine Geschichte überhaupt noch erzählen, wenn alles schon in Zement gegossen ist?“

„Deterministisch“, flüsterte Chaya.

„Was?“, entfuhr es Beatrice und Quirinus wie aus einem Mund.

Chaya legte ihre Passivität ab. Mit der Linken griff sie Murr unter den Bauch und hob ihn auf ihren Schoß. „Markus … Ich meine, der Blinde Buchbinder … Er hat mir irgendwas in der Art versucht zu erklären. Die Geschichten … oder die Welt … ich weiß nicht mehr so genau. Aber er sprach davon, dass alles deterministisch sein könne. Vorherbestimmt. Und wenn man in einer bestimmten Situation alle Kräfte und alle Dinge kennt, dann könne man alles, was daraus folgt, berechnen. … Oder so. Aber dann hat er noch gesagt, dass er nicht glaube, dass die Welt so sei.“

Quirinus zog die Stirn kraus. „Das hat dir dieser blinde Maulwurf also alles erzählt? Da werden sich genug Leute finden, die anderer Meinung sind. Schau dich hier um, Chaya. Hier sitzen nur Leute, die sich mit Möglichkeiten befassen. ***Viele von ihnen schreiben in das Dunkel wie in einen Tunnel.*** Andere planen jeden noch so kleinen Handlungsstrang. Für alle gibt es nur eine Gemeinsamkeit: Schreiben ist für sie wie die Büchse der Pandora. Sie können nicht mehr aufhören, wenn sie mal damit angefangen haben. Sie sind gefangen in den Möglichkeiten, die sie zu Papier bringen. Sie können nur noch den selbsterdachten Ereignissen folgen, wie in der Physik."

„Physik?", fragte Beatrice. „Was hat das denn jetzt mit Physik zu tun?"

„Stinkesocken-Mechanik", sagte Quirinus mit einem Grinsen, als hätte er nur darauf gewartet, endlich mit diesem Thema anfangen zu können. „Quanten, meine ich."

Chaya brachte Beatrice' Gedanken auf den Punkt: „Hä?"

„Moment." Quirinus stand auf und schlenderte zu dem Tisch, an dem immer noch die junge Lektorin mit dem Rotstift saß. Er wechselte ein paar geflüsterte Worte mit ihr. Sie nickte schließlich und er nahm einen Karton, der neben ihr stand, mit.

Als er den Karton auf ihren Tisch stellte, erkannte Beatrice, dass darin ein Manuskript ruhte. Quirinus hob die lose Blattsammlung heraus. Die oberen zehn Seiten nahm er und reichte sie Beatrice. „Wer schreibt, kennt das. Nicht wahr, Frau Liber? Der Anfang einer Geschichte – er hat etwas Magisches. Es ist, als befände man sich in einem Kosmos der unbegrenzten Möglichkeiten. Aber alle Geschehnisse bewegen sich innerhalb eines Horizonts der möglichen Ereignisse. Es ist ein Phasenraum, wie in der Physik. Ein Phasenraum, in dem man die Möglichkeiten abwägen muss. Spätestens wenn man das erste Wort schreibt, muss man sich für eine dieser Möglichkeiten entscheiden." Jetzt nahm Quirinus den Rest des Manuskripts aus dem Karton und stellte ihn sorgsam auf dem Boden ab. Dann packte er Murr im Nacken und zog ihn von Chaya herunter. Mit einem Fauchen landete der Kater im Karton und Quirinus schob den Deckel darauf, bevor ihn die Krallen des wütenden Tiers erwischen konnten. „Wenn man der Logik folgt, gibt es ja nicht zu viele Möglichkeiten. Nehmen wir diesen Miezekater, zum Beispiel. Er ist im Karton. Was denken Sie? Lebt er noch?"

Chaya entsetzte diese Frage. Aber Beatrice legte ihr die Hand beruhigend auf die Schulter. Das war alles nur hypothetisch. „Natürlich lebt er noch."

„Dazu reicht also noch Ihre Vorstellungskraft", stellte Quirinus gehässig fest. Dann drehte er sich mit böse funkelnden Augen zu Chaya.

„Ooooder … sollen wir lieber nachsehen? Wir können deinen Murr ja nicht mehr sehen. Von außen betrachtet wissen wir nur, dass er in der Kiste ist. Wir haben gesehen, wie ich ihn hineingetan habe. Also: Ist er vielleicht doch tot? Zwei Möglichkeiten. Tot? Lebendig? Jetzt bräuchtest du Phantasie.“

„Was soll der Mist?“ Beatrice widerte das abscheuliche Spiel mit Chaya an. „Wir wissen, dass der Kater lebt. Es ist nicht nötig …“

„Wissen wir das? Ist es logisch? Ich habe eine lebende Katze hineingeworfen. Die Katze lebt. Alles andere wäre nicht glaubhaft, weil der Kosmos sich an die Regeln hält. Je weniger Möglichkeiten in der Geschichte verbleiben, umso enger ist der Raum, glaubhaft zu bleiben.“ Mit flinker Hand riss Quirinus den Deckel auf und griff dem darin befindlichen Tier ins Genick. Es folgte ein hässliches Knacken.

Entsetzt sprangen Bea und Chaya auf, doch Quirinus hatte den Kadaver schon wieder in den Karton gepfeffert und ein weiteres Mal den Deckel geschlossen. „Jetzt – erst jetzt! –, liebe Frau Liber, ist die Situation wirklich eindeutig. Berechenbar. Deterministisch. Ein Schriftsteller, der diese Szene schreibt, hat nur noch eine Möglichkeit im Phasenraum der Geschichten. Andernfalls …“ Die Kiste wackelte und rappelte. Der Deckel erzitterte und wurde kurz darauf von einem höchst lebendigen Katzenkopf angehoben. „„… macht sich der Schriftsteller unglaubwürdig.“

Selbstzufrieden grinsend hob Quirinus den Kater auf Chayas Schoß. Dann legte er das Manuskript fein säuberlich geordnet zurück und brachte den Karton zu der Lektorin. „Verbindlichsten.“ Danach schlenderte er weiter zum Pavillon und zückte seine Geldbörse.

„Was sollte das?“, zischte Chaya. Sie streichelte Murr und tastete gleichzeitig vorsichtig dessen unversehrten Hals ab.

„Keine Ahnung, was er uns sagen wollte“, gab Beatrice zu. „Es sei denn, es war seine Absicht zu zeigen, was für ein Arschloch er ist.“

Es roch angenehm nach Lavendel in diesem Raum. Drei Waschbecken ohne Wasserhähne waren in Kommoden eingelassen. Daneben standen Kannen, mit klarem Wasser gefüllt, bereit. Ein Stück Seife in einem Schälchen ergänzte das Gesamtbild.

Der Spiegel, der in seiner leicht angelaufenen Silberschicht Beatrice' Antlitz zeigte, sagte theatralisch: „Ihr seid die Schönste hier. Aber hinter den sieben …"

„Danke", unterbrach ihn Beatrice, „das reicht mir schon." Sie legte die Haarbürste, die sie in der Kommode gefunden hatte, zurück und schaute sich nach Chaya um. Diese kam gerade aus dem angrenzenden Toilettenhäuschen. Beatrice winkte sie zu sich, strich ihr sanft über die Stirn, umarmte sie dann flüchtig.

Der Spiegel reflektierte nun das Bild einer Frau mit einem Mädchen daneben. In dessen reich verzierten Rahmen wirkten die beiden wie eine Aufnahme aus dem Fotoalbum einer kleinen Familie. Mutter und Tochter.

Darauf würde es also hinauslaufen, dachte Beatrice. Es ist vorherbestimmt, fest verankert in der Geschichte, die gegenwärtig erzählt wird. Nach all dem Leid, das sie in den letzten Jahren durchlitten hatte, musste das Schicksal für sie dieses Happy End bereithalten. Ganz einfach, weil sie es verdient hatte. Deterministisch, wenn sie es mit Quirinus' Worten sagen wollte. Das war doch der Sinn seines Geschwafels gewesen, oder?

Oder?

„Rachel", flüsterte sie leise.

„Chaya", antwortete das Kind neben ihr.

Als sie schließlich das Café hinter sich ließen, veränderte sich das Buchland, wurde zu einer weiten Landschaft. Regale gab es links und rechts vom kopfsteingepflasterten Weg nicht. Weder Wände noch Säulen waren zu sehen. Es war tatsächlich nur Land. Ein Land übersäht mit Heften, broschierten Büchlein und Blattsammlungen, die durch Spiralbindungen zusammengehalten wurden. Der Himmel war offen, vollkommen wolkenlos. Die Sonne, die nun durchaus als echt zu bezeichnen war, verharrte jedoch, egal wie lange sie sich über die sanften Hügel fortbewegten, still im Zenit.

Quirinus summte leise ein Lied. Dabei wollte er sich aber nicht auf eine Melodie festlegen. Es klang wie ein poppiger Remix aus „Das Wandern ist des Müllerslust" und „Hänschenklein". Da er aber zwischendurch auch schnalzte und „umpf, umpf, umpf" von sich gab, mochte der Song hinter seiner Stirn auch Techno oder Housemusik sein. Alles in allem war sein Gehabe nervenaufreibend.

Um sich davon abzulenken, versuchte Beatrice anhand der bunten Bildchen und den manchmal mehr, manchmal weniger verschnörkelten Schriftzügen, die die wild verstreuten Werke zierten, auszumachen, welche Thematik das Buchland hier beherbergte. Zunächst kam sie zu keinem brauchbaren Ergebnis. Es waren einfach alle Genres. Zeitlich ließ sich ebenfalls keine Ordnung erkennen. Es war Literatur aus allen Epochen.

„Anthologien", rief sie, als endlich der Groschen fiel. „Das sind alles Anthologien."

„Ein weites Feld", stellte Quirinus fest. Er ließ den Blick schweifen. „Unheimlich viel Gegend. Könnte man prima drin herumstehen. Man sollte nicht meinen, dass es so viele **Florilegien** gibt."

Chaya bückte sich nach einem der wenigen Bücher in festem Einband. „*Meine Fibel*, ein Lesebuch für das erste Schuljahr. Jahrgang 1979", las sie laut.

Doch Beatrice interessierte sich mehr für ein mittelalterliches **Vademecum**, das in ihrem Antiquariat bestimmt sehr schnell einen zahlungskräftigen Abnehmer gefunden hätte. Nur widerstrebend ließ sie das Werk zurück, als Quirinus pfeifend den Weg fortsetzte. „Hoch auf dem gelben Brunnen vor dem Jäger aus Kurpfalz" taugte als musikalische Untermalung noch weniger als die vorangegangenen Lieder.

Einige Zeit später näherten sie sich einem Schild. Mitten auf einer Kreuzung, angeschlagen an einen windschiefen Pfahl, wiesen Pfeile den Weg in verschiedene Richtungen.

Misstrauisch schaute Beatrice das hölzerne Gebilde an. „Ist das Ganze eine Prüfung?“

„Warum sollte es eine Prüfung sein?“ Quirinus tat ahnungslos.

Wenn sie darüber nachdachte, ergab ihr plötzlicher Verdacht irgendwie Sinn. Alles, was bisher geschehen war, wirkte so … konstruiert.

Es war … „Eine Inszenierung! Soll ich vielleicht Auktoral werden?“

„Möchten Sie denn Auktoral werden?“

„Verdammt nochmal, nein!“

„Genauso wie Sie keine Autorin werden wollten?“

„Das Buchland möchte also, dass ich Auktoral werde?“

„Kann sein.“ Quirinus’ Tonlage machte aber unmissverständlich klar, was er dachte. Ein Pfleger im Irrenhaus konnte kaum eindeutiger zeigen, was er von seinem Gesprächspartner auf der anderen Seite der Stahlgitter hielt. Nichtsdestotrotz ließ er sich darauf ein. „Wir können ja mal ausprobieren, ob Sie das Zeug dazu haben. Machen wir doch einen kleinen Test.“

„Ich möchte gar nicht …“

„Seien Sie kein Spielverderber. Das Schild eignet sich doch perfekt dazu. Beweisen Sie mir, Beatrice, dass Sie hierher gehören. Welches dieser Länder gehört nicht zu den anderen?“ Er deutete auf die Pfeile. Ihre Beschriftungen gaben sehr literarische Zielpunkte an. „Phantásien, Lilliput, Narnia, Taka-Tuka-Land …“

Beatrice dachte kurz nach. Phantastische Werke, fiktive Länder. Eigentlich wollte sie nicht auf Quirinus’ Spiel eingehen. Aber die Lösung des Rätsels flog ihr geradewegs zu.

„Das ist einfach“, stellte sie fest. „Lilliput. Lilliput gehört nicht dazu. *Gullivers Reisen* findet man hier unten im Buchland bei den Reisebeschreibungen. Es steht im Regal neben dem *Anhalter*. Außerdem hat Swift eine Satire geschrieben. Kein Kinderbuch.“

„Na, dann haben wir ja alles geklärt“, sagte Quirinus. Der Zynismus triefte förmlich aus seinen Mundwinkeln. „Sie werden bestimmt mal ein toller Auktoral. Können wir jetzt weitergehen? Ich möchte unseren Deal endlich abschließen." Er deutete vage nach vorn. „Da hinten hört das Flachland auf. Ich bin gespannt, was uns als Nächstes erwartet."

Da hinten hörte tatsächlich das Flachland auf und als Nächstes erwartete sie eine Mauer. Zuerst ließ sie sich kaum erkennen, denn sie hatte das gleiche Blau wie der Himmel. Doch je näher sie ihr kamen, umso deutlicher wurden ihre Dimensionen. Sie war schlicht riesig. Außerdem wölbte sie sich ihnen leicht entgegen.

„Hier trifft also das Himmelsgewölbe auf den Horizont", stellte Quirinus begeistert fest. Dabei tätschelte er die Steine wie ein Großwildjäger sein erlegtes Nashorn. „Hat zwar nix mit Literatur zu tun, ist aber ein imposantes optisches Feature. Schade, dass die Sonne sich nicht ausknipsen lässt. Es wäre schön, Himmelswagen und Sternenmechanik in Aktion zu erleben. Ich könnte mir ein Uhrwerk, das die Sterne lenkt, vorstellen."

Der Weg, der sie hierhin geführt hatte, endete nicht an der Wand. Er teilte sich und eröffnete zwei gleichrangige Möglichkeiten. Beide führten dicht am Mauerwerk entlang, allerdings in entgegengesetzte Richtungen.

„Wo lang?", fragte Beatrice.

„So pragmatisch?" Quirinus zeigte sich enttäuscht. „Wo ist Ihre Begeisterungsfähigkeit geblieben? Sie entdecken völlig neue Regionen des Buchlandes und vergessen dabei vollkommen das Staunen."

Es liegt am Begleiter, dachte Bea, verzichtete aber darauf, es laut auszusprechen.

„Da lang." Chaya deutete nach links.

„Das ist der rechte Weg?" Quirinus freute sich über sein kleines Wortspiel und klopfte der Homunkula wohlgemut auf die Schulter. „Na, dann verrate mir mal, wie du zu dieser Entscheidung gelangt bist. Intuition kann es ja kaum sein."

„Ich möchte mir das Regalbrett ansehen", gab Chaya knapp zurück.

„Welches Regalbrett? Hier sind keine …" Quirinus unterbrach sich. Doch, da hinten befand sich tatsächlich eins. Er hatte es nur übersehen, weil es zu gigantisch war. Aus der Mauer ragte in einiger Entfernung, einem Gebirge gleich, ein Sims. Es leuchtete ebenso blau wie die schrägen Stützstreben, die es hielten. Der Tischler, der es errichtet hatte, musste ein Titan gewesen sein. „Eiderdaus“, entfuhr es dem Kuriositätenhändler. Vielleicht spielte er mit dem unmöglichen Gedanken eines möglichen Verkaufs in seinem Hause. „Ob wir da hochklettern können?“

Am leichtesten hatte es der Kater. Elegant bahnte er sich seinen Weg über die schmalsten Vorsprünge nach oben. Quirinus hatte mehr Mühe. Nachdem er seine Tragetasche in einer Gürteltasche – die er zuvor aus der Tragetasche herausgeholt hatte – verstaut hatte, schlug er mit einem Hammer mehrere Steigeisen in die Mauer. Die Steigeisen zog er mit aller Selbstverständlichkeit aus besagter Gürteltasche. Es waren etwa zehn Höhenmeter, die sie überwinden mussten. Der Aufstieg wurde für die Drei zu einem waghalsigen Unterfangen. Um ihr Gleichgewicht kämpfend, balancierten sie, besoffenen Seiltänzern gleich, mühsam hinauf. Mehr als einmal entgingen Chaya und Beatrice einem Absturz nur um Haaresbreite, weil sie es gerade noch so schafften, einander zu stützen. Als sie endlich den festen Boden des Bretts erreicht hatten, knurrte Quirinus: „Ich hätte das Seil nicht so tief verstauen sollen.“

Beatrice keuchte. „Sie haben ein Seil dabei?“

„Ähm“ Quirinus räusperte sich. Demonstrativ schaute er sich um. Was taugte zum Themenwechsel? „Hier könnte man eine ganze Autobahntrasse drauf bauen. So eine amerikanische mit sechs Fahrspuren in jede Richtung.“

„Sie haben ein Seil dabei?“, wiederholte Beatrice, fest entschlossen, eine Antwort zu bekommen.

„Schaut euch das an“, rief Chaya, ohne zu wissen, dass sie gerade einen Fall von Lynchjustiz verhindert hatte. Ihr Finger deutete zum anderen Ende des Sims. Dort lag einsam ein Buch. Seine gigantischen Ausmaße standen denen des Regals in nichts nach. Sie waren eindeutig füreinander gemacht.

Auf dem haushohen Buchrücken aus grauem Stein konnte Beatrice Flechten und Moos erkennen. In einigen Rissen wuchsen Sträucher und kleine Bäume. Im oberen Drittel hatte eine wahrhaft göttliche Hand den Titel eingemeißelt: *Liber Mundi*.

„Ob das Buch der Welt eine ISBN hat?“, witzelte Quirinus.

„Was ist das für ein Buch?“ Chaya übernahm zum ersten Mal die Führung. Das *Liber Mundi* schien sie magisch anzuziehen.

„Jeder Alchemist hätte früher wohl gerne wenigstens einen kurzen Blick da hineingeworfen“, erklärte Quirinus. Auch er setzte sich wieder in Bewegung. „Sämtliche Gelehrte hätten sich darum geprügelt. Darin steht die Beschaffenheit der Welt.“

„Etwas unhandlich“, sagte Beatrice.

„Wer forscht, liest – im übertragenen Sinne – in diesem Buch“, erklärte Quirinus, „denn in ihm stehen die universellen Gesetze, die Formeln der Schöpfung.“

„Scheint viel drin zu stehen.“ Beatrice ging langsam hintendrein. „Es ist definitiv kein Roman.“

„Wer weiß?“ Quirinus drehte sich zu ihr um. „Die Geschichten ähneln manchmal dem Leben so sehr, dass ich mich frage, ob der Umkehrschluss nicht auch erlaubt sein darf. Dann wäre das Leben doch nur eine Geschichte.“

Natürlich erinnerte sich Beatrice an die kleinen Lebensbücher bei Tod. In ihnen standen die Leben jedes einzelnen Menschen geschrieben. Die Frage, wer für das Schicksal die Feder führte, hatte sie sich bisher nicht gestellt. Jetzt dachte sie zunächst an Rachel, dann an Ingo und sie dachte schließlich an sich selbst. Dann dachte sie an all die anderen Menschen, die Ähnliches hatten durchleben müssen. Oder Schlimmeres. Alle mussten so viel erleiden. „Es wäre eine beschissene Story von einem sadistischen Schriftsteller.“

„Ich weiß nicht, ob die Protagonistin das beurteilen kann.“

„Die Qual kann doch nicht der Sinn des Lebens sein.“

Quirinus hob lehrmeisternd den Zeigefinger. „Erst die Qual trägt jede Story. Protagonisten zerbrechen oder wachsen an ihren Ängsten, Sorgen, Nöten. Wissen Sie, Frau Liber, innerlich bin ich so groß wie der Kölner Dom.“

„Sie? Woran wollen Sie gewachsen sein?“

„Tun Sie nicht so erstaunt. Selbst ich habe meine Nemesis.“

Chaya, längst um das Buch herumgegangen, versuchte mit aller Kraft, ein paar Blätter an einer Ecke anzuheben. Doch die Last des darüberliegenden Papiers machte dies zu einem unmöglichen Vorhaben.

„Darin wird nichts stehen“, erklärte Quirinus, als er sie erreichte, „was du verstehen kannst. Diagramme, alte Symbole und viel wirres Zeugs. ‚E gleich ähm Zeh zum Quadrat‘ und so was. Das sagt dir bestimmt nichts, oder? Was dich mehr interessieren dürfte, wäre das **Opus**. Deine Ursprünge könntest du im *Amplificatio* nachlesen. Und wenn du eifrig darin studierst, wirst du herausbekommen, wie man sich mit dem *Operatio* seinen eigenen kleinen Homunkulus erschaffen kann.

Wenn du erst mal Rachel bist, sollte deine Mama dir erlauben, dass du dich mit Caltination, Sublimation, Solution, Putrefaction, Distillation, Congelation und Tinctura vertraut machst. Dann könntest du selbst eines Tages Kinder haben. Außerdem hättest du dadurch auch noch was von deinem Papa.“

„Ingo ist Rachels Papa!“, fuhr Beatrice scharf dazwischen.

Stille folgte.

Quirinus Mund bewegte sich. Eine Entschuldigung wollte ihm aber nicht über die Lippen kommen. Etwas klapperte und zog die Aufmerksamkeit auf sich.

In der Mauer, dort wo der Buchdeckel sie berührte, war eine Tür eingelassen. Sie war im Vergleich zur Gigantomanie des Ortes geradezu winzig. Im Halbbogen über ihr waren im feinsten Bleiglas ein buntes Ornament und vier Motive, die Erde, Wasser, Feuer und Luft darstellten, zu sehen. Die Tür schwang in einem sanften Windhauch hin und her. Manchmal schlug sie mit einem leisen Klappern gegen den Rahmen. Als Chaya langsam näherkam, öffnete sie sich einladend.

Auf der Schwelle stehend hielt die Homunkula inne, während ihr Schatten schon vorauseilte. Sie nahm erst das Chaos, das sie im folgenden Raum erwartete, in sich auf. Und dann erkannte sie die Ordnung, die dem innewohnte.

Der Gang der Weisen

Dass Quirinus die Nase rümpfte, konnte Beatrice nicht so richtig nachvollziehen. Sie empfand diesen Raum als einen angemessenen Anschluss an das *Liber Mundi*. Eigentlich war es nicht nur ein Raum, sondern ein breiter Gang, der sich links und rechts von der Tür in beide Richtungen gleich weit erstreckte.

Hier zeigten sich auch endlich wieder die vertrauten Bücherregale. Sie verdeckten die Wände zur Gänze. Unter der gewölbten Decke zog sich eine Galerie entlang, die in altmodischen Vitrinen Bücher beherbergte.

Obwohl große Lücken zwischen den aufgereihten Werken zu sehen waren, quollen sie an anderen Stellen buchstäblich heraus. Auf den groben Holzdielen lagen dünne Broschüren ebenso wie dicke Wälzer im Staub.

Beatrice hatte ein paar Bücher aufgehoben. Geknickte Seiten strich sie glatt, Dreck pustete sie vorsichtig fort und die Lesebändchen legte sie hinter dem Titelblatt ein, bevor sie sie vorsichtig schloss. „Das sind keine normalen Bücher. Ich möchte wetten, dass sie in dieser Form niemals zu kaufen waren.“

„Ach.“ Quirinus wirkte abwesend. Er warf einen Blick hinter sich, hinaus auf die zurückliegende Ebene.

„Ist da was?“, fragte Beatrice.

„Nein, nein.“ Quirinus beeilte sich, die Tür zu schließen. „Schauen Sie sich ruhig ein wenig hier um. Es ist ja ein ganz – äh – toller Gang.“ Trotz des Gesagten vermittelte er gerade einen eher gehetzten Eindruck.

„Das ist er wirklich. Haben Sie die Namen gelesen? Epikur, Auerbach, Mark Aurel, Cicero, Euklid …“

„Namen“, sagte Quirinus.

„Philosophen“, antwortete Chaya.

„*Diogenes*.“ Beatrice betrachtete das oberste Buch in ihrer Hand. „Ich wusste gar nicht, dass er ein Buch geschrieben hat.“

„Vermutlich konnte er noch nicht mal schreiben.“ Quirinus gähnte demonstrativ. „Immerhin sah er es als besonders weise an, zu leben wie ein Hund. Tiefsinnig.“

„Aber warum gibt es dann hier ein Buch?“

„Seele“, rief Chaya. Ihre Augen leuchteten förmlich, als sie die Reihen entlang lief. „Seele! Es ist egal, ob sie was geschrieben haben. Sie sind Teil des Buchlands.“

„Macht Sinn“, gab Quirinus zu. Seine Begeisterung hielt sich in engen Grenzen. „Können wir endlich weitergehen? Wir verpassen nichts, wenn wir das hier schnell hinter uns lassen.“ Unruhig wechselte er von einem Bein auf das andere. „Wir können diesen Raum doch ohne großen Schmu zusammenfassen: Der Mensch philosophiert, um das Universum zu verstehen. Das Universum schert sich allerdings nicht darum, denn es möchte nämlich gar nicht verstanden werden. Moral und dieses komplette Zeugs sind Luxusgüter. Immateriell und wertlos. Der Mensch kann sie sich nur leisten, solange er genug zu fressen hat.“

Er schnappte nach Luft, weil er seinen Text zu eilig heruntergerasselt hatte. Ruhiger fügte er hinzu: „Das hält ihn natürlich nicht davon ab, in schlechten Zeiten ganz besonders viele Worte über den Kram zu verschwenden.“

Ein Räuspern drang von irgendwo her. Es war eines dieser Art, das auf diskrete Weise alle mögliche Aufmerksamkeit auf sich zog. „Bevor Sie gehen, würde ich gerne das eine oder andere Wort mit Ihrer jungen Begleiterin wechseln.“

Gekleidet in dunkelblauer Kniehose, dekorativ bestickter Weste und enganliegendem schwarzen Herrenrock trat ein älterer Herr aus einer Nische. Seine gelockten, grauen Haare wurden durch ein Seidenband im Nacken gebunden. Sein überaus gepflegtes Äußeres ließ kaum Zweifel aufkommen, dass er einem früheren Jahrhundert entsprungen war. Der leicht gebeugte Rücken kratzte nicht im Geringsten an der erhabenen Ausstrahlung eines hochintelligenten Mannes. „Ich würde mich glücklich schätzen, wenn Sie, Frau Liber, es mir gestatten, ein paar Worte mit Ihnen zu wechseln."

„Kennen wir uns?"

„Oh, entschuldigen Sie bitte, Frau Liber. Mein plötzliches Erscheinen mag für Sie vermutlich ein Schreck sein. Aber seien Sie gewiss, dass ich Ihnen nichts Übles will. Ein gemeinsamer Freund bat mich, bei Ihnen vorstellig zu werden." Er deutete eine höfliche Verbeugung an. „Erlauben Sie, dass ich mich vorstelle: ***Kant***, mein Name."

Die Ledersessel wirkten alt. Sie waren es sehr wahrscheinlich auch. Aber sie boten ein großes Maß an Gemütlichkeit. Vor allem, weil sie dem Kamin, in dem ein frisch geschürtes Feuer knisterte, in einem Fünfundvierzig-Grad-Winkel zugewandt waren. Beatrice konnte sich wahlweise im Anblick der Flammen verlieren oder ihrem Gesprächspartner in die Augen schauen. Ihre beiden Begleiter hatte sie, zu Quirinus' großem Unwillen, zwischen den Bücherregalen zurückgelassen.

Ihr Gastgeber bemühte sich um unverfängliche Konversation. Er blieb dabei distanziert und förmlich, entschuldigte sich dabei gleich mehrfach dafür, dass er, allem Anstand entgegen, mit ihr allein sprechen wollte. „Die sittlichen Gepflogenheiten mögen sich inzwischen geändert haben. Aber ich bitte Sie schon vorab inständig um Vergebung, wenn ich in irgendeiner Weise eine Unmöglichkeit begehen sollte."

„Darüber brauchen Sie sich keine Gedanken zu machen. Ich bin ein unkomplizierter Mensch", entgegnete Beatrice mit einem Hauch Nervosität. „Mein … Quirinus … hat mich mit seinen Unmöglichkeiten schon sehr abgehärtet."

Kant wirkte für einen Moment verwirrt. Vielleicht suchte er noch nach der Bedeutung des Gesagten. Doch dann traf er die Entscheidung, lieber nicht nachzufragen. Stattdessen sagte er: „Eigentlich bin ich nicht der rechte Gesprächspartner für Sie, Frau Liber. Immerhin muss ich mich mit Ihnen mit einem Thema auseinandersetzen, das ich selbst einst ad Acta gelegt habe: die Unsterblichkeit der Seele. Wer hätte gedacht, dass entgegen meiner Theorien zu diesem Thema, es mir gestatten ist, hier fortzuleben."

Beiläufig hob er ein feines Taschentuch vor die Lippen und verbarg somit sein stilles Amüsement. „Ich bin in meinen Worten lebendig geblieben und es gibt so viele Menschen, die versuchen, meine Gedanken zu denken. Ich befürchte allerdings, dass sehr viele von ihnen sich vergeblich abmühen.

Das ist es aber nicht, worüber ich zu sprechen gedenke. Vielmehr …" Er hielt kurz inne, entschloss sich dann, das Gespräch von einer anderen Seite her anzugehen. „Die Welt der Menschen besteht aus Worten. Jeder Gedanke muss in Buchstaben gefasst werden, damit der Geist ihn zu deuten vermag. Das ermöglicht erst das Denken, so wie wir es kennen. Leider schnüren diese Wörter gleichzeitig ein Korsett für unseren Geist."

„Wörter schränken uns ein?"

„Ja. Und nein. Augenblicklich, zumindest das ist gewiss, bewegen wir uns gänzlich in einer Welt, die aus Worten geformt wurde."

„Sie meinen die Bücher."

„Ja. Ich rede von den Büchern. Und ich rede vom menschlichen Geist, der die Wirklichkeit in diese Bücher geschrieben hat. Für Sie, Frau Liber, ist es eine greifbare Wirklichkeit geworden, obwohl sie nur dem Geist entsprungen ist.

Zu allem, was ist, verhalten wir uns. Hinter allen Vorgängen in der Natur stecken Gesetzmäßigkeiten. Aber gibt es Gesetzmäßigkeiten in jedem anderen Sein? Verlassen wir die Gefilde, die wir gemeinhin als unsere Wirklichkeit betrachten, verlieren wir das Absolute. Die Grenzen der Erkenntnis müssen dann neu abgesteckt werden."

„Ich verstehe nicht, was Sie mir sagen wollen", gab Beatrice zu.

Kant erlaubte sich ein Seufzen. „Das passiert mir andauernd."

Im Kamin rutschte funkenstobend ein Scheid nach und setzte so einen effektvollen kleinen Absatz in die Rede des Gelehrten.

„Ich getraue mich kaum, an dieser Stelle weiterzusprechen. Es geht um Ihre Unternehmung. Und es geht um Phantasie, Seele und Glück. Sie müssen wissen, dass mir Ihre Mission bekannt ist. Mein Anliegen ist, dass Sie sich um gewisse Aspekte Gedanken machen.

Einst wollten die Bücher des Buchlands, dass Sie ein Buch über das Buchland schreiben. Dadurch entstand erst das Buchland. Jetzt erkennen Sie nur das in Ihrem Buchland, was Sie zuvor hineingedacht haben. Ihrem Begleiter erschließen sich jedoch ganz neue Perspektiven."

„Sie meinen Quirinus?"

„So nennt er sich wohl." Kant bog die Mundwinkel kaum merklich nach unten.

„Möchten Sie mich vor ihm warnen?"

„Es liegt mir fern, ihn zu diskreditieren. Er ist wichtig, in gewisser Weise. Jedoch, ja. So unangenehm es mir auch ist, ich möchte Sie zur Vorsicht im Umgang mit ihm gemahnen."

„Warum? Er ist zwar eine sehr unangenehme Person, doch richtig schlimme Erfahrungen habe ich noch nicht mit ihm gemacht", sagte Beatrice.

Kant erhob sich und sagte: „Nicht alle Erkenntnis entspringt der Erfahrung."

Beatrice hatte das Gefühl, dass er von ihr erwartete, ebenfalls aufzustehen. Sie kam dem nach. Schon hob er den Arm, sie legte ihren darauf und beide schritten sie zu der kleinen Tür, die zurück zu den anderen führte. „Denken Sie daran, dass alles, was Sie hier sehen, den Ursprung in Ihrem Geiste hat. Ein Stück *Ihrer* Seele steckt hierin."

„Lieber Herr Kant", sagte Beatrice und wunderte sich dabei über ihre Wortwahl selbst am meisten. Die Vermutung, wenigstens einen Teil von Kants Rede begriffen zu haben, ließ sie sprechen. „Wenn diese Welt nur das ist, was mein Verstand daraus gemacht hat, kann ich dann nicht alles Sein nach meinen Wünschen gestalten?"

Kant öffnete ihr die Tür. „Versuchen Sie es, Frau Liber. Versuchen Sie es."

„Na endlich", stöhnte Quirinus, der in einer denkwürdigen Pose erstarrt war. Er lehnte etwas ungemütlich mit dem Ellenbogen am Eingang zum Gang der Weisen. Von irgendwoher hatte er sich einen schlichten Holzstuhl besorgt, den er schräg unter die Türklinke geklemmt hatte.

Kant war ihr nicht gefolgt und hatte sich bereits in sein Zimmer zurückgezogen. Beatrice musste sich mit Quirinus und den neuen Informationen allein auseinandersetzen. „Erwarten Sie noch jemanden?"

„Ich? Nein. Nicht wirklich." Quirinus lächelte unschuldig. Seine Stimme klang dabei ungewöhnlich unsicher. „Mir kam nur der Gedanke an die Schritte, die wir kürzlich in den Gängen gehört hatten, wieder in den Sinn."

„Sie denken, dass wir verfolgt werden?" Beatrice konnte ihr neu geschürtes Misstrauen kaum verbergen.

„Reines Bauchgefühl", beeilte sich Quirinus zu sagen. „Ich bin einfach froh, weitergehen zu können." Er löste sich von der Tür und hüpfte in seiner irren Art den Gang ans andere Ende und stieß dort die Flügel einer weiteren, viel größeren Tür auf. Chaya folgte ihm wie ein menschlicher Automat, dessen Sensorik einen unsichtbaren, elektrischen Impuls bekommen hatte.

Ihr Zögern war nicht lange: Beatrice zog den Stuhl leise fort, drückte die Klinke. Der Spalt, der sich öffnete, zeigte einen winzigen Ausschnitt der Ebene, die sie durchquert hatten. Einen Verfolger konnte sie nicht ausmachen. Aber ihr Blickwinkel war sehr klein. Es bestand natürlich die Möglichkeit, dass sich ein Monstrum, ein Meuchelmörder oder sonst ein gefährliches Wesen außerhalb ihrer Sicht der Tür näherte. Trotzdem ließ sie die Tür angelehnt. „Reines Bauchgefühl", flüsterte sie zu sich selbst, denn Quirinus hatte mit dem angeblichen Verfolger bisher nur raffiniert seine eigenen Wünsche durchgesetzt. Plötzlich sah sie klar: Er hatte den Faden zum Ausgang weggeworfen und dadurch ihre Orientierung zunichte gemacht. Er hatte sie zur Eile getrieben. Und er hatte ein Gefühl der Bedrohung in ihr entstehen lassen. Das alles wegen eines Verfolgers, den sie bislang nicht ein einziges Mal zu Gesicht bekommen hatte.

„Wo bleiben Sie?", erklang es von weiter vorne. Beatrice verließ den Gang im Glauben, einige wenige Dinge besser deuten zu können, ohne die Gesamtheit auch nur im Ansatz zu verstehen.

Odem

„Was hat es denn jetzt mit dieser Büchse auf sich?" Beatrice bemühte sich darum, die Pracht, die sie umgab, unbeachtet zu lassen. Die langgezogene Halle aus rotem Marmor, passte nicht in das Bild, das sie vom Buchland hatte. Weitläufige Treppenbögen führten in ein Nirgendwo zwischen höher liegenden Arkaden. Der glänzend polierte Boden zeigte komplizierte Ornamente und feinste Mosaikmotive. In ihm spiegelten sich die schweren Kerzenleuchter, die von einer rußgeschwärzten Decke hingen. Von den Wänden fielen Banner in langen Stoffbahnen. Die Symbole, die darauf gestickt waren, ließen ein diffuses Gefühl des Unbehagens in Bea aufsteigen, obwohl die Motive allesamt so abstrakt dargestellt waren, dass sie rein gar nichts darin erkannte. Für unstete Beleuchtung sorgten auch unzählige Fackeln, die in kunstvoll gearbeiteten Haltern an der Wand steckten.

„Die Büchse der Pandora?", fragte Quirinus. „Eigentlich nichts Besonderes. Sie ist für mich wirklich nur ein Sammlerstück. Sie kennen die Sage? Alles Schlechte, alles Böse kam durch das Öffnen der Büchse auf die Welt …"

Beatrice sprach das Naheliegendste endlich aus: „Haben Sie vor, die Büchse wieder zu öffnen?"

Der Kuriositätenhändler kicherte. Es klang ausnahmsweise nicht hämisch. Es lag keinerlei Heimtücke in seiner Stimme, als er sprach. „Haben Sie den Eindruck, dass die Büchse zu irgendeinem Zeitpunkt der Menschheitsgeschichte geschlossen war? Welches Übel, glauben Sie, könnte ich noch auf die Leute loslassen? Sie ist nach wie vor geöffnet."

Sie hatten die Mitte der Halle erreicht und Chaya blieb unvermittelt stehen. Sie drehte sich langsam auf dem Absatz und schaute sich eingehend um. „Wo sind sie?"

Beatrice, die noch gedanklich im Gespräch mit Quirinus festhing, fragte: „Wer?“

Chaya deutete in die Runde. „Die Bücher. Hier gibt es keine Bücher.“

Tatsächlich. Hier gab es keine Möbel, keine Borde, keine Regale auf oder in denen die ansonsten allgegenwärtigen Bücher lagerten.

„Es war einmal eine Zeit“, erklärte Quirinus, „da gab es nicht so viele Bücher. In diesen wenigen Büchern stand zwar oftmals nicht viel Gescheites, aber sie waren ein Ausdruck der Macht. Die Welt war öd und leer. In literarischer Hinsicht. Die Bücher, die es gab, waren weit mehr wert als ein Menschenleben.“

Ein freudiger Hüpfer, dreimal wackelte er keck mit dem Hintern. Und nun erkannte Beatrice, woran das Tanzen des Kuriositätenhändlers sie erinnerte. Er sprang wie eine Ziege! Oder viel mehr wie ein Balletttänzer, der einen Bock verkörpern wollte. Ein Verdacht verdichtete sich in ihr. Noch war er unfertig und nicht richtig greifbar. Aber es würde nicht mehr lange brauchen, bis er konkret genug wurde, um Gestalt anzunehmen.

Quirinus redete weiter. „In diesem Raum gibt es Bücher, das könnt ihr mir glauben. Einige sogar. Ihre Macht soll optisch irgendwie wiedergegeben werden. Könige und Kaiser brauchten auch ihre Thronsäle. Ein Untertan muss wissen, wann er sein Haupt zu beugen hat.“

„Architektonisch ist das gelungen“, stellte Beatrice beeindruckt fest.

Das Ende der Halle wirkte regelrecht sakral. Eine Apsis bot einem goldenen Altar, der von sieben Stufen erhöht wurde, Platz. Das Licht der Fackeln und Kerzen bündelte sich in ihm, sodass er beinahe eigenständig zu leuchten schien.

„Sollen wir uns das näher ansehen?“ Quirinus hatte seine Eile wieder vergessen und eine ähnliche Freude, wie vorhin in Gegenwart der Horrorliteratur, zeichnete sich in seinem Gesicht ab. „Wo wir schon mal da sind, wäre es doch zu schade, daran einfach vorbeizugehen.“

Der Altar war fast zehn Meter breit, fünf Meter tief und so hoch, dass er Quirinus bis zu den Schultern reichte. Wie Kinder mussten sie die Hälse recken, um die Mensa zu überblicken.

„Da sind sie", kommentierte Quirinus, „die Bücher."

Da sie zu klein waren und die Bücher flach auf der Platte lagen, konnte Beatrice nur ein paar Titel lesen. „*Antiquitates Iudaicae*, *Antiquitates Romanae*, **Codex Gigas** …"

„Der Codex ist dabei?", unterbrach Quirinus euphorisch. „Interessant. Ich habe dem Verfasser bei der Fertigstellung damals etwas unter die Arme greifen lassen."

„Sie?" Beatrice war im ersten Moment überrascht. „Das Buch ist uralt." Dann fiel ihr ein, dass Quirinus … „Was für eine Personifizierung sind Sie?"

„Ach, Frau Liber. Sie sind immer noch nicht drauf gekommen?" Quirinus grinste frech. „Sie sollten sich besser konzentrieren."

Er machte Anstalten weiterzugehen und sie einfach stehen zu lassen.

„Verdammt nochmal! Ich werde keinen Schritt weitergehen, wenn Sie mir nicht auf der Stelle reinen Wein einschenken. Ihre Pandorabüchse können Sie sich dann sonst wohin stecken!"

Langsam, ganz langsam, drehte sich Quirinus zu Beatrice um. Seine roten Augen fixierten sie, während sein Gesicht sich neigte. „Verdammt?", grollte er diabolisch. „Verdammt? Sie sagen *verdammt*?" Er zog die Schultern hoch und seine Statur schien sich dabei um einige Zentimeter zu strecken. „Frau Liber, wählen Sie künftig Ihre Tonart mir gegenüber mit etwas mehr Bedacht. Sie werden vielleicht in Kürze feststellen, dass Sie mich nicht zum Freund haben wollen. Aber Sie sollten jetzt schon wissen, dass Sie nicht möchten, dass ich Ihr Feind werde."

Grob riss er Chaya zu sich heran. Das Kind wirkte mehr denn je wie eine willenlose Puppe. „Wir haben einen Deal! Sie brauchen mich mehr als ich Sie. Deshalb können Sie sich jetzt und hier entscheiden, ob Sie am Ende unserer Reise dieses organische Etwas haben möchten – oder Ihre Tochter. Helfen Sie mir, das zu bekommen, was ich will, und ich kann Ihnen versprechen: Wir werden dem Schicksal ein Schnippchen schlagen und glücklich und zufrieden das Buchland verlassen. Wir könnten dann alle Gewinner sein."

Das war der Moment, in dem Chaya endgültig zusammenbrach. Quirinus machte sich nicht die Mühe, sie festzuhalten, und sie fiel rücklings die Stufen hinunter.

„Ist sie …?“ Beatrice wagte es nicht, ihre schlimmste Befürchtung auszusprechen.

Quirinus komplettierte den Satz auf seine Weise. „… kaputt?“

Der Protest, der Bea in der Kehle steckte, kam nicht über ihre Lippen. Chaya war nur ein Ding. Dinge konnten kaputtgehen. Dann musste man sie reparieren. Wenn sie jetzt damit anfing, ermahnte sie sich, Chaya als eigenständige Person anzusehen, dann … Ja, was war dann? Dann müsste sie diese Person für ihr Baby opfern. Chaya war nur ein künstliches Geschöpf! Da war keine Seele.

„Ich vermute“, sagte Quirinus, „dass ihre Energie aufgebraucht ist. Ihre Batterie ist – im übertragenen Sinne – leer.“

„Sie braucht Strom?“

Quirinus verdrehte die Augen. „Sie sollten besser zuhören. Außerdem wäre das Denken, bevor Sie reden, angebracht.“ Dann kniete er sich neben Chaya auf den Marmor und zog ihren Kopf behutsam heran. Er beugte sich langsam über sie, sodass seine Lippen fast die ihren berührten. Der Moment wirkte auf Beatrice ungeheuer zärtlich und gleichzeitig unsagbar obszön. Mit dem Zeigefinger drückte er sachte ihren Unterkiefer herunter. Ein Liebespaar, Mann und Kind, kurz vor dem verbotenen Kuss.

Quirinus öffnete seinen Mund.

Und hauchte in Chaya hinein.

Das Geräusch, das seiner Kehle dabei kaum hörbar entfuhr, klang wie „Ruaaaach“.

Chaya sog gierig seinen Atem ein, keuchte dann, hustete, japste und gierte nach mehr. Doch Quirinus entzog sich ihr bereits.

Gehetzt schaute sich die Homunkula um. Als sie Beatrice sah, sprang sie auf. Mit ausgestreckten Armen hechtete sie ihr entgegen, packte sie am Gürtel, zog und zerrte an ihr. „Lies mir vor! Lies mir was vor“, schrie sie vollkommen von Sinnen. Von dem zarten Mädchen war nichts mehr in ihr. In Chaya brannten Zorn und Verzweiflung.

„Wir sollten wirklich eine kurze Lesepause einlegen“, sagte Quirinus gelassen. Er machte keine Anstalten, Chaya von Beatrice fortzuziehen. „Aber es wäre besser, wenn wir keines der Bücher vom Altar nehmen. Sie wissen schon: mächtige Bücher. Für unsere kleine rabiate Dämonin ist das in Anbetracht ihrer Gemütslage vermutlich das falsche Kopffutter.“

„Was“, Beatrice schob die Homunkula mühsam von sich, „soll ich ihr dann vorlesen?“

Neben Quirinus stand plötzlich wieder der Rucksack. Er musste ihn aus der Tasche gezogen haben, ohne dass Beatrice es gesehen hatte. Daraus zog er ein gelbes Buch hervor: „Wie wäre es mit *Lustige Geschichten und drollige Bilder für Kinder*? **Reimerich Kinderliebs** Werk scheint mir passend zu sein.“

Beatrice schlug wahllos eine Seite auf und las die Reime, die sie darauf fand, laut vor. Mit jeder Strophe wurde Chaya ruhiger. Doch ihr Blick blieb wild und ungezähmt.

Paulinchen war allein zu Haus,
Die Eltern waren beide aus.
Als sie nun durch das Zimmer sprang
Mit leichtem Mut und Sing und Sang,
Da sah sie plötzlich vor sich stehn
Ein Feuerzeug, nett anzusehn.
„Ei“, sprach sie, „ei, wie schön und fein!
Das muß ein trefflich Spielzeug sein.
Ich zünde mir ein Hölzlein an,
wie's oft die Mutter hat getan.“

Entgeistert schaute Beatrice nochmal auf die Buchhülle. „Das ist aus dem *Struwwelpeter*.“

„Lies weiter!“ Chaya zupfte an ihrem Ärmel.

Widerstrebend kam Beatrice der Bitte, die eigentlich keine war, nach. Doch sie musste sich zwingen, den Text so zu betonen, wie sie es bei anderer Lektüre tat. Schließlich las sie „*Verbrannt ist alles ganz und gar, Das arme Kind mit Haut und Haar*“ und Quirinus stellte ein garstiges Grinsen zur Schau.

„Ich glaube nicht, dass das eine pädagogisch wertvolle Geschichte ist“, sagte Beatrice.

„Ach kommen Sie. Das Buch ist in viele Sprachen übersetzt worden, hat zig Neuauflagen bekommen und Generationen von Kindern erzogen.“

„Ich finde es schlimm.“

„Geht es noch weiter?“ Chaya versuchte begierig, Beatrice das Buch aus den Händen zu ziehen.

„Nein“, sagte Beatrice bestimmt, „Paulinchen ist tot. Und bleibt es auch. So ist das.“

Quirinus hob eine Augenbraue: „Ach?“

„Was?“

„Nichts.“

„Was nichts?“

„Ach nichts.“ Quirinus schnappte sich das Buch und warf es achtlos auf den Altar.

Da die mächtigen Bücher anscheinend nichts gegen ihren minderen Artgenossen zu haben schienen, blieb es dort auch liegen. Allerdings hätte es Beatrice auch nicht gewundert, wenn das Buch verdampft wäre. „Irgendwie liegt es da richtig“, kommentierte Quirinus. „Es hatte auch seine Macht. Wir sollten weitergehen.“

Erst im nächsten Raum, den sie durch einen Durchlass hinter dem Altar erreichten, fiel Beatrice auf, dass sie schon wieder – ohne es wirklich mitbekommen zu haben – eingeknickt war. Von ihrer Weigerung, Quirinus zu folgen, war nichts übrig geblieben, als Chaya zusammengebrochen war.

„Regale.“ Quirinus rümpfte die Nase, als er sich umsah.

„Bücher.“ Beatrice stöhnte erleichtert. Der Anblick erinnerte sie an das Buchland, wie sie es kannte. Allerdings war die Decke – im Vergleich zum hohen Saal der mächtigen Bücher – erdrückend niedrig. Dafür fehlte auch hier der grünliche Nebel. Das empfand Beatrice als ein gutes Zeichen.

Quirinus zog eine Gaslampe aus seinem Rucksack. Als er sie mit einem Streichholz anzündete, entging Beatrice nicht, dass Chaya sehnsüchtig das unstete Flämmchen fixierte.

„So, das hätten wir", sagte Quirinus und wedelte mit dem brennenden Hölzchen schnell hin und her, bis es erlosch. „Jetzt können wir uns mal genauer umschauen. Ich bin gespannt, was das Buchland nun für uns bereithält. Los, Frau Liber! Suchen Sie uns ein Buch aus. Es kann nicht schaden, wenn wir unserer kleinen Begleiterin noch einen zusätzlichen Text in den Kopf schreiben."

Chaya grunzte. Ihr Kopf hing leicht nach vorn, während sie dümmlich das gelbe Licht hinter dem Glas anstarrte.

Die Lampe erzeugte nicht genug Helligkeit. Beatrice trat deshalb möglichst nah an ein Regal heran. Sie hatte dennoch etwas Mühe, Titel und Autoren zu entziffern, obwohl sie mit der Nasenspitze fast an die Einbände stieß. Schließlich zog sie ein dünnes, in rotes Leinen gebundenes Büchlein heraus und hielt es vorsichtig in den Lichtstrahl. Quirinus schaute ihr über die Schulter. „**Rilke**? Mag ich! Von dem stammt doch diese pornographische Hochliteratur."

„Was?" entfuhr es Beatrice. „Er war ein seriöser Poet."

„Lesen Sie mal *Das Nachtgebet der Braut*. Hat nicht unbedingt mit einem Gebet an Gott zu tun."

Beatrice schüttelte den Kopf. Das hier war keine erotische Literatur, stellte sie fest, nachdem sie noch in zwei oder drei andere Bücher hineingeschaut hatte. „Das sind signierte Bücher!", rief Beatrice begeistert aus. Sie hielt eine Erstausgabe von *Das Stundenbuch* in den Händen. Sie überflog die handschriftlichen, feurigen Liebesschwüre Rilkes für seine Liebste, die er mit flotter Feder auf den Schmutztitel gekritzelt hatte.

Quirinus schnaubte verächtlich. „Signierte Bücher sind doch kaum was Besonderes. Im Kuriosum habe ich sogar einen signierten E-Book-Reader mit persönlicher Widmung."

„Was?“ Beatrice verschluckte sich fast an der eigenen Spucke. „Von wem?“

„Mister Jeff Bozos“, verkündete Quirinus nicht ohne Stolz.

„Soso.“ Beatrice kräuselte die Lippen. „Ein E-Book-Reader.“

Quirinus zog eine Augenbraue hoch. „Was haben Sie eigentlich gegen E-Books? Ich meine, was haben Sie *wirklich* gegen E-Books?“

„Ich? Ich habe nichts gegen E-Books.“

„Neulich in meinem Laden hatte ich einen anderen Eindruck. Sie und Ihr Mann schienen mir bei der Anschaffung des Lesegeräts ein wenig angespannt.“

„Sie kennen doch mein Buch.“

„Ich habe es gelesen.“

„Dann wissen Sie, warum ich keine elektronischen Bücher mag.“

„Nein, ich weiß, warum Herr Plana keine elektronischen Bücher mochte. Zwischen Ihnen und Herrn Plana war aber doch immer dieser kleine, feine Unterschied“, sagte Quirinus, „und jetzt plappern Sie seine Meinungen einfach nach?“

„Sie haben selbst gesagt, dass einiges gegen E-Book-Reader spricht.“

„Natürlich. Es gibt aber auch ebenso viel, das *für* diese Geräte spricht. Es kommt mir inzwischen so vor, als wenn es den Leuten nicht mehr um die Sache geht. Es ist zu einer Glaubensfrage geworden.“

„Eine Glaubensfrage?“

„Ja. Was ist besser: katholisch oder evangelisch? So in der Art. Oder: Wie rum legt man das Klopapier auf den Abroller?“

Bevor Beatrice Gefahr lief, den Faden zu verlieren, fragte sie lieber nach: „Gibt es verschiedene Möglichkeiten?“

„Man kann die Rolle so einlegen, dass das Papier mit dem Muster zur Toilette zeigt. Man kann sie aber auch so einlegen, dass das Papier sich an der Wand entlang abspult. Letzteres sieht für manche Leute ordentlicher aus. Das aufgedruckte Muster ist dann allerdings nicht mehr zu sehen. In solchen Angelegenheiten hat es schon Ehekrisen gegeben.“

„Hauptsache man verwendet Klopapier. Die Vorzüge von Klopapier liegen auf der Hand.“

„Frau Liber! Sie haben ja tatsächlich Humor!“ Quirinus kicherte. „Aber Sie haben recht. Diese Argumentation könnte man natürlich auf die Literatur übertragen: Wie das Wort in den Kopf reinkommt, ist egal, solange das Hirn gefüttert wird.“

„Es kommt aber darauf an, welches Wort hineinkommt.“

„Eine Frage der Qualität? In den Kopf darf nur das Beste?“ Quirinus nickte beflissen. „Das stimmt. Somit gehört also fast jedes belletristische Werk – nicht nur E-Books – in die Halle der entbehrlichen Bücher. Ihres mit eingeschlossen.“ Quirinus hielt plötzlich das Päckchen mit den Streichhölzern in der Hand. „Herr Plana hat die Inflation im Reich der Bücher gefürchtet. Wenn ich mich in einen alternden Bibliothekar, wie er es war, hineinversetze, ist das für mich nachvollziehbar. Inflation!“ Er hob bei dem letzten Wort die Stimme. Zuvor klang er nur wie ein Dozent. Doch nun steigerte er sich zusehends in die Rede eines fanatischen Priesters: „Ja, es ist eine Inflation. Mehr und mehr Bücher gibt es. Vor allem E-Books. Denn im Minutentakt, nein, im Sekundentakt fluten neue in die Katakomben des Buchlands. Nur damit man sie liest und gleich wieder vergisst. Es kommt doch schon lange nicht mehr darauf an, was man liest. Es kommt darauf an, wie viel man liest. Ihr Herr Plana hatte es erkannt.

Ich sage Ihnen: Werfen wir endlich ein Streichholz hier herein! Vernichten wir alle Bücher. Wir bewahren allenfalls die Wichtigsten. Retten wir die kostbare Hochliteratur. Lassen wir meinethalben auch den Koran und die Bibel dabei sein! Ja! Aber machen wir den kompletten Rest platt, damit der Wert des Ganzen nicht bis in die Unendlichkeit gestreckt wird. Ein kleines bisschen Zensur kann nicht schaden. Zerstören wir das Buchland, um es zu retten.“

„Das meinen Sie ernst?“, fragte Beatrice leise, während sein Echo vom Papier gefressen wurde.

Quirinus lächelte leicht verlegen, holte tief Luft. „Nein, natürlich nicht. Entschuldigen Sie bitte. Ich habe mich wohl ein wenig gehen lassen.“ Die Streichhölzer waren bereits verschwunden. „Die mächtigen Bücher haben eventuell etwas zu viel Eindruck hinterlassen. Sie waren halt mächtig, weil sie selten waren. Inzwischen sind die Bücher machtlos. Ideen können nicht mehr die Welt verändern, nur weil man sie in Pappdeckel presst. Aber das ist ja nicht das Verkehrteste.“

Chaya drängte sich zwischen die beiden. Sie hob ein Buch in Beatrice’ Blickfeld. „Gerlind Reinshagen?“ Beatrice schüttelte den Kopf. „Ich habe keine Ahnung, wovon das Buch handelt, aber ich werde dir nichts vom Feuer vorlesen.“

„Wie wäre es mit Axel Scheffler?“ Quirinus reichte ein Bilderbuch an. Eine Hexe schaute vom Buchdeckel. „Mit Lyrik verfeinert. Eine Katze kommt auch drin vor. Das dürfte sogar unserem Murr gefallen.“ Um Harmlosigkeit bemüht, lächelte der Kuriositätenhändler die Antiquarin an. „Die Bitte des Kindes, was vorzulesen, können Sie nicht abschlagen.“

Nach der neuerlichen Lesepause sah die Welt irgendwie besser aus. Chaya war augenscheinlich wieder ganz die Alte, redete sogar und machte nicht mehr diesen halbirren Eindruck. Allerdings gab sie sich etwas kindischer, kicherte andauernd und gluckste leise. Beatrice hatte ein großes Stück ihrer Anspannung beim Vorlesen abgelegt. Ihr Argwohn Quirinus gegenüber hatte sich leicht gelegt. Vor allem, weil ihr Begleiter gut gelaunt um sie herumwuselte, Süßigkeiten aus seinem Rucksack verteilte und aus einer erstaunlichen Thermoskanne für Beatrice Kaffee, für sich Tee und für Chaya Kakao in Plastiktassen goss. Selbst den Kater bedachte er. Ein Schälchen mit Milch, auch aus derselben Kanne eingeschenkt, wurde vor seinen Pfoten platziert. „Ich bin von einem netten Menschen nicht zu unterscheiden“, kommentierte er sein Tun vergnügt.

Als sie sich wieder auf den Weg machten, plauderten sie miteinander. Ausnahmsweise waren weder die Bücher noch die Homunkula das Thema, was vornehmlich daran lag, dass Quirinus ein anderes Stichwort gegeben hatte.

„… es soll sogar gut gegen Zahnschmerzen gewesen sein.“ Gerade erzählte er vom Urrezept der Coca-Cola. Das handschriftliche Original hatte er neulich an einen interessierten Sammler aus Südamerika verkauft. Die spezielle Zutat hatte es ihm angetan. „… selbst Sigmund Freud hat in vollster Überzeugung behauptet, Kokain sei weniger schädlich als Alkohol. Er hat's allerdings nicht getrunken. Seine Methode der Einnahme war – äh – klassisch."

Warum er ausgerechnet über diese Droge lamentierte, erschloss sich für Beatrice nicht so recht. Misstrauen, so dachte sie, bringt mich aber kaum ans Ziel. Sie fühlte sich beschwingt und leicht, während Quirinus Mundwerk immer weiter drauflos redete.

So wie die Verse die Lyrik trugen, so trug Schusters Rappen Mann, Frau und Kind tiefer und tiefer ins Buchland. Dabei floss die Zeit dahin, ohne Beatrice mitzunehmen. Sie bereute außerordentlich ihr Missgeschick mit der Armbanduhr, denn ob sie nun Stunden oder sogar schon Tage hier durch die Gänge, Hallen und Landschaften liefen, konnte sie nicht mehr sagen.

Geredet wurde reichlich, aber das meiste war ein nicht enden wollender Redefluss von Quirinus. Er plapperte über Kuriosa aus seinem Laden, dozierte über Alchemie und die damit verbundenen mittelalterlichen Anekdoten. Auch Gesellschaftliches und die Politik boten ihm viel Erzählstoff. Üble Verschwörungstheorien vermischten sich mit Halbwahrheiten und Gerüchten. Zwar verkam alles, was er sagte, zu einem Hintergrundrauschen, von dem Beatrice wenig bewusst wahrnahm, aber es hatte etwas Hypnotisches. Dass das beinahe euphorische Hochgefühl, welches sich nach dem Kaffee eingestellt hatte, klammheimlich abklang, verlor sich in der Leere ihrer Gedanken. Ihr Kopf schaltete förmlich ab und sie driftete beklommen zwischen den Gefühlen der Hoffnung und dem Unbehagen hin und her.

Die Hoffnung, vielleicht ihre liebe Rachel wiederzubekommen, wärmte ihr Herz. Allerdings nur so lange sie Chaya nicht anblickte, die mit hängendem Kopf ihrem lamentierenden Schöpfer hinterherschlurfte.

Chaya wirkte auf einmal wieder kleiner, grau und blass. Die Kraft, die eben in ihr gesteckt hatte, war einem tumben Gehorsam gewichen. Ein Schaf, das am Strick zur Schlachtbank geführt wurde. Ein Vergleich, den Beatrice, so gut sie konnte, zu verdrängen versuchte. Da lief eine Homunkula, sagte sie sich. Nur eine Homunkula. Keine Seele. Nur das, was aus den Büchern geraubt oder geliehen war …

Noch immer bewegten sie sich entlang der kilometerlangen Regale, gefüllt mit signierten Werken. Irgendwann hatte Quirinus wohl ein paar Worte über die Arroganz und Selbstverliebtheit vieler Autoren fallen lassen, um die riesige Menge zu erklären. Allerdings räumte er auch ein, dass die Leser ein „original bekritzeltes Buch“ anscheinend als wertvoller betrachteten als ein reinliches.

Ein Schniefen holte Beatrice zurück ins Hier und Jetzt. Der Laut kam von Chaya. Ihre Schultern bebten.

„Was ist los?“ Beatrice flüsterte, ohne richtig zu wissen warum. Quirinus war wieder einige Schritte voraus und tat gerade seine Meinung über korrupte Naturschutzvereine und ihre Machenschaften mit Großkonzernen kund. Es dürfe doch nicht sein, dass die größten Umweltsünder mit Spenden … bla, bla, bla …

„Nichts.“ Chaya flüsterte nicht. Das brauchte sie auch nicht. Quirinus lärmte und tobte in seiner Argumentation. Er benötigte keine Zuhörer. Ihm genügte die eigene Person mit der eigenen Wahrheit.

Mit dem Zeigefinger fuhr Bea vorsichtig über die Wange des Mädchens. Eine Träne sammelte sich auf der Fingerspitze und ließ schüchtern das Licht von Quirinus Gaslaterne glitzern. „Nichts?“

„Ich …“ Die Homunkula zögerte. „… habe Angst.“

„Wovor?“ Beatrice bereute ihre Frage in dem Moment, wo sie ihrer Zunge entfleucht war. Die Antwort war klar.

„Was wird aus mir, wenn Rachel meinen Körper bekommt?“

„Vielleicht werdet ihr eins“, sagte Bea. Das wäre eine schöne Vorstellung, stellte sie überrascht fest. Chaya könnte das bleiben, was sie ist. Und sie könnte das in sich aufnehmen, was Rachel war. Würde das so funktionieren?

„Was ist, wenn nicht?“

Konnte etwas sterben, dass keine Seele besaß? Würde Tod etwas mitnehmen zur anderen Seite? Er nahm nur den unsterblichen Teil mit sich, brachte ihn zu einem Ort jenseits der Zeit und bewahrte sie vor dem Nichts. Beatrice hatte es einst gesehen, als sie mit ihm gerungen hatte. In ihm war das Tor …

Das Wort „Nichts“ echote nach. In ihrem Kopf, in ihrer Kehle. Es wollte auch auf die Zunge springen. Die Lippen fest zusammengepresst schluckte sie es herunter. „Ein wenig Hoffnung würde dir gut zu Gesicht stehen.“

Chaya blieb abrupt stehen. „Was ist Hoffnung?“

„Was ist das für eine Frage? Hoffnung!“ Bea lächelte unsicher. „Das kennst du doch.“

Chaya schüttelte den Kopf. „Es ist nur ein Wort für mich. Ich kenne es. Aber ich kann nichts damit anfangen.“

Das konnte doch nicht sein. Quirinus hatte in dem Wesen doch irgendwie ein allgemeines Verständnis für Sprache installiert. Chaya hörte, sprach und verstand. Mit einer gehörigen Portion Unbehagen versuchte Beatrice sich an einer Erklärung: „Wenn du hoffst, dass … Nein, so kann ich dir das nicht erklären.“ Man konnte ein Wort nicht mit sich selbst erklären. Beatrice machte einen zweiten Anlauf. „Stell dir vor, es regnet. Endlos lange. Tagelang. Wochenlang. Nur Regen. Irgendwann glaubst du, es hört gar nicht mehr auf damit. Und dann, wenn der Himmel fast schwarz vor Wolken ist, siehst du plötzlich einen Sonnenstrahl. Ein Regenbogen leuchtet in den Tropfen, die herunterfallen. Es regnet zwar immer noch, aber du wirst daran erinnert, dass das Wetter vielleicht wieder besser werden könnte …“

Chaya legte die Stirn in Falten. „Und wenn es ganz dunkel um einen herum ist? Nachts?“

„Dann hilft es, wenn man viel Phantasie hat.“ Beatrice griff in Chayas Haare und zerstrubbelte sie. „Es gibt bestimmt auch nachts Regenbögen.“

Chaya schob ihre Hand fort. „Für mich nicht.“

Der Bewahrer der vergessenen Worte

Sie verließen den Raum mit den signierten Büchern über eine hölzerne Stiege, die durch eine Luke in der Decke nach oben führte. Die knarzenden Trittbretter hatten links und rechts kein Geländer und waren ziemlich klein. Der Balanceakt endete in einer für Beatrice vollkommen neuen Landschaft. Zwar erhoben sich hier, wild verstreut, die altbekannten Regale, doch sie bildeten keine Gänge. Vielmehr standen sie in Gruppen. Sie drängten sich an manchen Stellen so dicht, dass sie miteinander zu verwachsen schienen. Sie drehten sich empor, streckten sich dort in unzähligen Verästelungen auseinander. Auf diese Weise entstand über ihren Köpfen ein blickdichtes Dach. Der Anblick war verstörend, denn mit den allgemeinen Regeln der Optik ließ sich das Gesamtbild nicht vereinbaren.

„Weit kann es nicht mehr sein“, sagte Quirinus. „Die Realität krümmt sich schon. Die Wahrheit kleidet sich im Gewand der Märchen.“

„Der Nebel ist wieder da.“ Beatrice lief ein kalter Schauer über den Rücken.

„Ja“, sagte Quirinus, „und er bewegt sich. Er fließt langsam, aber stetig. Ich denke, wir sollten schauen, woher er kommt. Dann finden wir unser Ziel.“

„Die Büchse der Pandora?“

„Die Büchse, ihre Geschichte und den Ursprung allen Übels“, frohlockte Quirinus. Und wieder tänzelte er. Er stellte sich sogar für einige Sekunden auf die Zehenspitzen und machte ein paar elegante Ballettschritte *en pointe*. Schon war er auf diese Weise zwischen den Regalen verschwunden.

„Wie eine Ziege im Tutu“, sagte Beatrice zu sich selbst.

Sie war überrascht, dass ihr Chaya darauf antwortete: „Ich denke, es ist, weil er das Motiv des Pans so sehr mag.“

„Pan?“

„Der mit der Flöte“, erklärte die Homunkula. Sie biss sich auf die Unterlippe. Offensichtlich erzählte sie gerade mehr, als es ihr von ihrem Herrn erlaubt war. „Er besitzt viele alte Holzschnitte, auf denen der Ziegenmann abgebildet ist. Im Kuriosum hat er einen extra Raum dafür.“

„Pan?“, wiederholte Beatrice nachdenklich. „Das macht Sinn. Ich habe mich die ganze Zeit über gefragt, woran mich das Gehopse erinnert. Weißt du, warum er so ein Fan von einer antiken Chimäre ist?“

Eben hatte Chaya noch so reif und erwachsen gewirkt. Jetzt fragte sie wieder wie ein kleines Kind: „Was ist eine Chimäre?“

„Ein Mischwesen“, sagte Beatrice ungeduldig, „halb Tier, halb Mensch zum Beispiel.“

„Ah“, machte Chaya. „Antik?“, fügte sie unsicher hinzu.

„Die Zeit der alten Griechen und so.“

„Ah.“

„Und? Weißt du, warum er Pan so mag?“

Chaya schaute hastig, ob Quirinus sich in Hörweite befand. Sie versuchte, Zeit zu schinden! „Ich glaube nicht, dass er den antiken Pan meint. Er …“

„Wo bleibt ihr? Wir haben nicht ewig Zeit“, brüllte Quirinus ungehalten. „Chaya! Leg einen Gang zu. Vielleicht bequemt sich dann auch unsere gute Frau Liber endlich mal dazu, ein paar Schritte schneller zu gehen.“

Das Mädchen rannte rasch los, gefolgt von dem Kater, und ließ Beatrice einfach stehen.

„Pan“, sagte die Bibliothekarin nachdenklich.

Es war ein seltsamer Wald. Dass er nicht aus Bäumen bestand, machte die Sache auch nicht besser. Immer enger standen die krummen, verdrehten Regale. Sie gaben inzwischen nur noch einen schmalen, gewundenen Pfad für die Reisenden frei. Der fluoreszierende Nebel waberte dicht über dem Boden und klebte mit jedem Schritt wie Sirup an den Beinen. Als schlimmer erwies sich allerdings das Gefühl, dass er ebenfalls im Kopf klebte. Beatrice spürte, wie er ihre Gedanken vergiftete, wie er sie hinunterzog in einen Dunst aus schlechten Emotionen. Trostlosigkeit machte sich in ihr breit, sog und zog sie mit den schleichend vergehenden Minuten immer weiter hinunter in einen Morast aus Schwermut. Die Muskeln ihres Körpers schienen dunkelgraue Melancholie in sich aufzunehmen. Ihre Glieder wurden träge und sie musste für jede Bewegung ungeheure Kräfte aufwenden. Sie quälte sich voran, während die Welt um sie herum verschwamm.

„Lesepause?“ Beatrice schreckte auf. Beinahe wäre sie in Quirinus gelaufen, der vor ihr plötzlich stehen geblieben war. „Brauchen Sie eine Lesepause?“

„Ich will nur noch hier raus“, stöhnte sie. Kein Buch würde sie aus diesem klaustrophobischen Albtraum retten können.

„Auch“, keuchte Chaya. Das Kind war fast nur noch ein Schatten, der sich kraftlos an ein knorrig verwachsenes Holzbrett voller zerfledderter Papierrollen lehnte.

„Stell dich nicht so an“, bellte Quirinus in Chayas Richtung. Umso besorgter griff er dagegen Beatrice unter die Arme. „Wir sollten uns schleunigst davonmachen. Hier ist wohl etwas zu viel aus Pandoras Büchse hängengeblieben. Scheint für Sie ungesund zu sein.“

Quirinus wirkte im krassen Gegenzug alles andere als kränklich. Kraftvoll stützte er Beatrice, die sich kaum mehr auf den Beinen halten konnte. Er zog sie weiter, trug sie fast.

Wurzeln überwucherten nun den Weg und Lianen – oder waren es Tentakel? – überspannten den Pfad. Manchmal hingen sie so tief, dass sie sich bücken mussten, um darunter durchzukommen. Die Landschaft schien organisch zu pulsieren. Ihre Sinne waren plötzlich überlastet. Farben, Geräusche, Gerüche drangen auf Bea ein, drückten von allen Seiten und raubten ihr die Luft zum Atmen. Irgendwo schluchzte ein Kind. „Rachel“, sagte jemand. Oder war sie es selbst? Ja. Sie hatte es gesagt. „Rachel weint.“ Wie absurd. Das konnte nicht sein. „Nein … Chaya.“ Beatrice versuchte, sich nach der Homunkula umzudrehen. Quirinus schob und zerrte sie weiter. „Chaya. Wo ist Chaya?“

„Ich hab’ sie“, knurrte Quirinus. Tatsächlich. Verschwommen konnte Beatrice das Mädchen sehen. Sie klemmte wie ein Reisekoffer unter seinem rechten Arm. In Quirinus Nacken kauerte der Kater mit eingeklemmtem Schwanz. Und Beatrice stützte er auch noch! Wie schaffte er das?

Etwas peitschte ihr hart ins Gesicht. Gab es hier Äste? Hinter ihr polterten Dinge zu Boden, Papier riss irgendwo. Rachel stöhnte. Nein. Chaya stöhnte. Das arme Kind! Sie mussten es schaffen, sie zu retten. Deshalb versuchte Bea, ihre eigene Schwäche zu überwinden. Nicht aufgeben. Der Wald konnte nicht unendlich sein und Quirinus hatte ein Ziel. Beatrice konzentrierte sich ganz auf ihre Beine, spürte, wie sie ihr Gewicht wieder auf sie verlagerte. Ein paar hundert Meter würde sie sich selbst voranschleppen, damit Quirinus Chaya in Sicherheit bringen konnte. Er sollte keine Kraft für Bea verschenken. Stolpernd, strauchelnd, würgend und hustend lief sie weiter.

Quirinus hatte nur den Willen, die andere Seite zu erreichen. Bea hatte ein selbstloseres Motiv.

Mit letzter Kraft erreichten sie eine Lichtung. Hier war die Luft nicht so schwer. Dankbar schöpfte Beatrice Atem und ließ sich auf die Knie fallen. Chaya neben ihr tat es ihr gleich. Ihre Hände suchten einander, fanden und umschlossen sich.

„Danke", sagte das Kind.

„Wofür?", fragte Beatrice.

„Nichts", antwortete Quirinus.

Der Kuriositätenhändler ragte vor ihnen auf wie ein Monolith. Seine sportliche Höchstleistung von vorhin konnte man ihm schon nicht mehr ansehen. Er war kein bisschen aus der Puste. Kein kleinstes Schweißtröpfchen glänzte auf der Stirn. Selbstzufrieden schaute er über ihre Köpfe zurück zu dem Dickicht aus verwilderten Buchregalen. „Lesepause?", schlug er nochmals vor.

„Dagegen ist nichts einzuwenden." Beatrice ließ sich auf den Hintern fallen. „Haben Sie noch Lektüre dabei? Etwas Aufmunterndes wäre jetzt echt toll."

Quirinus zog den Rucksack von der Schulter, stellte ihn vor sich und klappte ihn auf. Als er hineingriff, holte er aber zunächst kein Buch hervor.

Stattdessen zog er einen großen Korb heraus, dessen Inhalt durch ein rotweiß geblümtes Tuch verdeckt war. Darin verstaute er zunächst den Rucksack. Dann nahm er eine karierte Decke, Holzteller, Zinnbecher und Obst heraus. Brot, Butter, Wurst, Käse … Ein komplettes Picknick breitete sich zu Beatrice' Füßen aus. Zum Schluss gesellte sich das **Lalebuch** hinzu.

Mit etwas Mühe entzifferte Beatrice die alte Schrift unter dem Haupttitel: *Wunderseltsame, abenteuerliche, unerhörte und bisher unbeschriebene Geschichten und Taten der Lalen zu Laleburg.*

„Das dürfte aufmunternd sein", stellte Quirinus fest. „Obwohl Rotkäppchen in diesem verwunschenen Wald passender zu sein scheint. Oder Schneewittchen." Schmunzelnd reichte er Chaya einen Apfel.

Es verging einige Zeit, doch dann kam Bea mit den alten Zeichen immer besser zurecht. Auch das mittelalterliche Sprachbild wollte ihr leichter über die Lippen. Chaya hörte aufmerksam zu. Beide erholten sich Wort für Wort.

Mit aufgeheiterter Laune standen sie nach der literarischen Brotzeit auf. Quirinus packte die Zipfel der Decke, auf der die Überreste ihres kleinen Gelages noch verstreut lagen, und zog sie hoch. Scheppernd fiel in dem so entstandenen Bündel alles ineinander. Das kümmerte Quirinus nicht. Er stopfte alles unter das Deckchen im Korb. Milde überrascht nahm Beatrice zur Kenntnis, dass mal wieder alles hineinpasste.

„Da ist jemand", flüsterte Chaya und deutete zur gegenüberliegenden Seite der Lichtung.

Quirinus kniff misstrauisch die Augen zusammen. „Wo?"

Beatrice sah ihn nun auch. „Neben dem Durchgang. Im Schatten von dem Kiefernregal. Er dreht uns den Rücken zu."

Ein kleiner, buckeliger Kerl stand dort und machte sich an den Büchern zu schaffen. Von weitem sah er aus wie die böse gemeinte Karikatur eines Quasimodo. Wenn man genau hinhörte, vernahm man leise sein Geplapper. „Eh. Genug Gezeugs hier. Muss doch noch was zu finden sein. Eh. Ich habe ihm gesagt, hab ich ihm. Nix mehr zu holen in dieser Region. Schon gar nicht mehr, eh, seitdem die Bücher so garstig gewerdet sind. Habe ich ihm. Eh. Was ist das für ein Adlatus, wenn ich dennoch alle Arbeit selbst tuen tuten soll? Meine Tadelsucht ist ungemindert, eh! Was glotzt ihr denn so?“

Die letzten Worte waren an Beatrice, Quirinus und die Homunkula gerichtet. Er hatte sich zu ihnen umgedreht, gestikulierte wild, aber ohne erkennbare Bedeutung in ihre Richtung. „Kommet her, wenn ihr ein Anliegen habet.“

Wie ein Wiesel schnüffelte der Mann an Bea. „Auktoral? Du riechst danach.“

„Ich habe mal mit einem ziemlich viel Zeit verbracht.“ Beatrice musste sich schwer beherrschen, um nicht vor ihm zurückzuweichen. Von Nahem sah er noch extremer aus. Seine Augen lagen in tiefen Höhlen. Buschige Augenbrauen, grau vom Alter, boten eine kleine Sonnenterrasse für Spinnchen. Die hatte er wohl, mitsamt ihren Spinngeweben, beim Stöbern in den Regalen eingesammelt. Ein kleiner Rotzfaden tanzte wie ein Jojo unter einem Nasenloch auf und ab. Die Falten, die tiefe Furchen durch die Haut zogen, wechselten sich mit Kraterlandschaften uralter, schlecht verheilter Akne ab.

„So? Und? Was von ihm gelernt?“, schnauzte der Kerl. „Kannst du Worte schmecken? Oder die Bücher flüstern hören?“

„Äh. Manchmal.“

„Aber kein Auktoral, eh?“ Darauf folgte ein Kopfschütteln. „Ts, ts. War auch mal einer. Auktoral. Aber wenn man zu viel Zeit – he, he, he – mit Büchern verbringt, kann man unter Umständen etwas merkwürdig werden. Ich bin nicht mehr so ausgepicht, wie ich ehedem war.“

Quirinus knurrte ungeduldig: „Wer bist du?“

„Ich bin Bünde. Herr Bünde“, sagte der Mann, wobei er einen imaginären Hut in Richtung Beatrice lüftete. Doch dann inspizierte er wieder Quirinus von Kopf bis Fuß. „Wer frug?“

„Quirinus.“

„Quirinus … und weiter?“

„Nur Quirinus.“

Herr Bünde schürzte die Lippen. „Mag dich nicht, *Herr Nur Quirinus*. Mich dünkt, dass du kein Sympathischer bist.“

„Der redet aber komisch“, wisperte Chaya mit kindlichem Erstaunen.

Beatrice nickte. „Trotzdem mag ich ihn“, flüsterte sie. „Irgendwie“, fügte sie noch an.

Herr Bünde wandte sich hocherfreut Beatrice zu. „Seid ihr gekommen, um euch ein paar Worte zu borgen, eh?“

„Kann man sich Worte ausleihen?“

„He, he, he. Oben im Turm habe ich mein Comtoir. Vielleicht schmökern wir dort in meinen Katalogen? Genehm? Genehm?“

„Kataloge? Was für Kataloge?“

Herr Bünde kicherte. „Alles aufgezeichnet. Zusammengetragen aus den Büchern. Alle Sprachen. Alle Zeiten. Wörter. Damit sie nicht der Vergessenheit anheimfallen.“

Quirinus verschränkte die Arme vor der Brust. „Du sammelst also ungebräuchliche Wörter?“

„Waren wir zusammen Fische fangen?“, blaffte Herr Bünde, „Nein! Nein? Nein! Mitnichten. He, he, he. Sag *Herr Bünde* zu mir, so wie es sich geziemt. Sintemal Du mit Weibsvolk selbdritt fürbaß gehst.“

Chaya zupfte an Beatrice Ärmel. „Was sagt er?“

„Quirinus soll Herrn Bünde nicht duzen. Außerdem erinnert er ihn daran, dass er, wenn er neben uns beiden geht, sich an die Höflichkeitsregeln erinnern sollte“, übersetzte Beatrice schmunzelnd. Der Mensch, der da gerade Quirinus in die Schranken wies, stieg zusehends in Beas Ansehen.

„Vortrefflich! Fürwahr! Vortrefflich, he, he, he.“ In Sachen Eigentümlichkeit hatte Quirinus in diesem Herrn Bünde seinen Meister offensichtlich gefunden. Das war vielleicht auch der Grund, warum dem Kuriositätenhändler jegliches Tänzeln vergangen war. Sein Gesicht wirkte regelrecht zitronig. Das hob Beas Laune beträchtlich an.

„Ja“, antwortete Herr Bünde mit etwas Verspätung, „ich bin Wortesammler. Vergessene Worte. Ich und meine Helfer. Meine Helfer und ich. He, he, he. Du glaubst nicht, *Herr Nur Quirinus*, was es alles in der Sprache gab. Mein Thun ist wirklich dringlich. Krass und geil. Nein! So was sagt nur, wer die Sprache verschindludern will. Ich sag': Töfte. Und meine es auch so. Ich treibe keinen Schabernack."

Chaya sagte: „Was?"

„Was! Was ist kein seltenes Wort. Aber ich meine, du hast recht, ne? Es wird viel zu selten gefragt. Vernünftige Fragen. Ich sehe es euch Dreien doch an. Ihr habt Fragen und stellt sie euch nicht. Ich war mal Auktoral. Aber das habe ich schon erwähnt. Nicht? Nicht? Als Auktoral weiß man, wenn die Dinge nicht ausgesprochen sind. Ist aber nicht meine Aufgabe, euch das Fragen zu lehren. Ich kann euch nur die fehlenden Worte zeigen. Wenn, he, he, he, euch mal die Worte fehlen sollten. Habt ihr Verlangen danach? Lust? Bedarf?"

Eine Pause entstand. Alle Zuhörer mussten das Gehörte zunächst geistig einordnen. Seltsamerweise schien Murr als Erster die Einladung des schrulligen Mannes richtig zu deuten. Er trabte mit stolz erhobenem Schwanz los und reihte sich hinter Herrn Bünde ein, der sich anschickte, sich einen Weg durch das bibliothekare Dickicht zu bahnen.

„Ein Turm? Der Kerl sprach von einem Turm." Quirinus dachte kurz darüber nach. „Wir sollten ihm eventuell wirklich folgen. Als Orientierungshilfe kann so ein Aussichtspunkt bestimmt von Nutzen sein."

„Ja", frohlockte Herr Bünde, „eine Hilfe zur Orientierung will ich euch geben. Leuchtfeuer! Wegweiser! Rat! He, he, he. Nein, nicht rar genug sind diese Worte. Ich könnte mal nachsehen, eh? Vielleicht finde ich etwas im Archivarium. Wenn ich doch nur alle gesammelten Worte auch trefflich, trefflich anwenden könnte. Das gelingt mir selten. *Herr Nur Quirinus* gehört ja auch zu den Leuten, dessen Worte manchmal mehr bedeuten, als sie sagen. Das spüre ich genau! Ich rieche es … eh?"

„Nur Quirinus", versuchte Quirinus zu verbessern. „Nichts weiter."

„Nichts weiter? Ist das ein Ehrentitel? *Herr Nur Quirinus Nichts Weiter*? Sehr irreführend. Oder? Eh?"

Beatrice war sich nicht sicher, ob der Fremde nur ein schalkhaftes Spiel mit Quirinus trieb. Es wäre natürlich möglich, dass er einfach ein wenig verrückt oder dumm war. Insgeheim hoffte sie, dass Ersteres der Fall war.

„Uuund wer bist du?“ Die Frage wurde Chaya wie ein Stöckchen zugeworfen. Herr Bünde war das Herrchen, die Homunkula ein Hündchen.

Sie nahm es auf. „Chaya.“

„Chaya? Ah! Bei dir haben die Worte ja auch Bedeutung. Du sagst nur deinen Namen. Chaya. Im Nu weiß ich dessenthalben Bescheid. Ich mag dich.“

Nun, wo sie wieder zwischen diesen verdrehten und knorrigen Regalen einhergingen, spürte Beatrice, wie die Panik ein weiteres Mal langsam in ihr hochkroch. Der Nebel fraß sich durch die Haut und brachte ihr Blut zum Erfrieren. Sie wollte sich davon ablenken und beeilte sich deshalb, das Gespräch in Gang zu halten. „Was sagt Ihnen der Name Chaya denn?“

„Chaya. He, he. Chaya. *Chajjah*.“ Beiläufig nahm Herr Bünde den Kater mit beiden Händen auf, um ihn sich dekorativ auf dem Kopf zu platzieren. „Hebräisch. Sag ich mal. Gleichlautend mit *lebendig*. … Es gibt aber auch noch eine hinduistische Übersetzung. Dort bedeutet Chaya *Schatten*.“ Jetzt legte er vorsichtig einen Arm über die Schulter des Mädchens. „Du bist ein lebendiger Schatten. Eh? Hier, zwischen all den Phantasien kann ich mir leicht vorstellen, dass alles was wir tun, alles was wir sind, alles wo wir sind, nur ein Fragment einer merkwürdigen Geschichte ist. Alles ist nicht wirklich. Nicht echt. Und schon gar nicht glaubhaft. Nur so dahin geschrieben. Rezensenten hätten ihre Freude daran, den Plot des Lebens in der Luft zu zerreißen. Realität oder Fiktion. Beides zugleich kann ja nicht sein, oder? Chaya. Eh? Dein Name bedeutet zu viel. Wer würde sich so was ausdenken? Ein Idiot. Ein Vollidiot, vermutlich. He, he, he.“

Um ein Haar hätte Bea „ich“ gesagt. Sie hatte doch das Buch verfasst. Ihr war das Buchland aus den Fingern geflossen, nachdem sie es mit Herrn Plana durchschritten hatte. Jetzt durchstreifte sie ihre eigene erfundene Welt, ohne dass sie eine Zeile darüber schrieb. Ihre Phantasie hatte sich verselbstständigt. Abermals stand sie auf dieser geistigen Treppe, die in sich geschlossen war. Da war sie wieder, die Schlange, die sich selbst auffraß. Aber es blieb kein Zweifel: Ihre Phantasie hatte sich tatsächlich verselbstständigt. Hier passierten Dinge, die sie nicht in ihr *Buchland* geschrieben hatte.

„Ich." Das war Chaya. Sie hatte Beatrice das Wort aus dem Mund genommen. „Ich habe mir den Namen selbst gegeben."

„Kannst du Hindi?", fragte Herr Bünde amüsiert.

„Nein."

„Kannst du Hebräisch?"

„Nein", gab Chaya kleinlaut zu.

„Eh?"

„Nein." Das kam nun etwas zu kräftig.

Doch Herr Bünde lachte unerwartet herzlich. „Siehst du. Du kannst dir deinen Namen nicht gegeben haben."

Ein Stück Holz, geformt wie der junge Zweig eines Baumes, streckte sich von einem der Bücherregale in den Pfad, den sie beschritten. An dessen Spitze wuchs ein Trieb. Aber es war kein Blatt und auch keine Blüte, was da dem Möbelstück entspross. Aus der Knospe entfaltete sich ein kleines Buch.

Plötzlich, als Herr Bünde mit dem Mädchen daran vorbei gehen wollte, kam Leben in das Gewächs. Es holte weit aus und versuchte, nach dem Mann zu schlagen. „Eiderdaus", rief Herr Bünde. Seine Überraschung hielt sich jedoch in Grenzen. Fest packte er das heranwirbelnde Buch …

„… am Schlafittchen", kommentierte er triumphierend. „Ich möchte wissen, warum die Bücher uns neuerdings so gram sind." Er blätterte es auf. Ob er nach einer Erklärung oder nach schützenswerten Worten für seine Sammlung suchte, konnte Beatrice ihm nicht ansehen. Mit gerecktem Hals warf sie einen Blick über seine Schulter. Auf der aufgeschlagenen Seite konnte sie einen mittelalterlichen Holzschnitt erkennen. Pan war darauf abgebildet. Nein, es sollte der Teufel sein. Tanzend und mit einer Flöte spielend. Jetzt fiel es Beatrice wieder ein: Die Katholiken hatten irgendwann aus dem Ziegenmann den Verführer gemacht.

„Das Böse ist eingezogen", murmelte Chaya und bereitete Bea dadurch ein Déjà-vu. Hatte sie das nicht auch beim Anblick der schleimtriefenden Treppe in den Keller gesagt? „Die Bücher wehren sich."

Herr Bünde ignorierte scheinbar die Bemerkung des Kindes. Stattdessen fragte er: „Was arbeitet wohl ein *Herr Nur Quirinus Nichts Weiter*?“

Quirinus knirschte mit den Zähnen. Er tat es wirklich. „Ich führe einen Kuriositätenladen.“

„Kuriosum … Ein Panoptikum? Eine Wunderkammer?“, spulte Herr Bünde seine Synonyme ab.

„Ich bin kein Schausteller“, stelle Quirinus richtig. „Ich bin Händler.“

„Pānoptikón, zusammengesetzt aus den griechischen Wörtern pān und optikó. Alles zum Sehen, he, he, he. Eh? Sie zeigen nicht? Sie verkaufen?“

„Ja. Ich bringe Kuriositäten an den Mann. Oder die Frau.“

„Das Böse“, sagte Herr Bünde unvermittelt zu Chaya. Nun ging er doch auf ihre Worte ein, „ist auch ein Kuriosum. Eh? Ich meine: Das unendliche Universum kennt kein Böses. Sonne, Mond und Sterne können nicht böse sein. Obwohl ein Verdurstender in der Wüste das vermutlich, vielleicht, wahrscheinlich mit der Sonne ausdiskutieren wollen würde. Aber der Äther, Materie, Raum und Zeit – sie kennen keine Unterscheidung in Gut und Böse. Sie kennen nur die Kausalität. Eins folgt auf das Andere. Menschen haben die Moral erfunden, ohne sie wirklich zu verstehen. Moral. Du verstehst? Gut und Böse. Kurios! Kuriosum. Eh?“

Ganz langsam begriff Beatrice. Endlich fiel der Groschen. Pfennigweise. Quirinus hatte es selbst gesagt: Er war eine Personifizierung – ebenso wie Tod, als dessen Freund er sich angebiedert hatte. Der Tod ist ein Urelement des Buchlands. Aber essenziell in der Literatur ist auch der ewige Kampf zwischen Gut und Böse.

„Teufel“, sagte Bea zu ihm, „Sie sind der Teufel.“

„Ich? Welcher **Teufel**? **Iblis** vielleicht? Oder speziell der mit Hörnern und Huf?“ Quirinus grinste breit. Plötzlich hatte er unerwartet doch Spaß am Verlauf des Gesprächs. „Das schränkt zu sehr ein. Ich bin …“

„… das Böse“, keuchte Bea. Sie taumelte leicht. Chaya und Herr Bünde wirkten dagegen vollkommen ungerührt.

„Ich wusste, dass Sie darauf kommen würden.“ Quirinus strahlte. Begeistert deutete er eine Verbeugung an. „Was für ein Klischee: Der Albino ist der böse Obermotz. Aber sagen Sie’s nicht diesem alten Schlagerfuzzi.

Wenn es immer so einfach wäre wie hier im Buchland. Aber was ist schon Gut und Böse? Worte, die man in Geschichten verwendet, damit das Lesen einen Sinn macht."

„Aber Sie sind so …"

„Attraktiv? Sympathisch? Natürlich bin ich das. Sonst würden mir doch nicht alle erliegen." Quirinus zwinkerte Beatrice verschwörerisch zu. „Ganz im Vertrauen: Ich wäre lieber reich als sexy."

Herr Bünde räusperte sich. „Ach, wie erbaulich! Wir konnten *Herrn Nur Quirinus Nichts Weiter* eine glücklichere Gesinnung, Laune, Stimmung, he, he, he, anheim bringen. Dafür schaut nun deine Begleiterin etwas merkwürdig drein, Chaya. Ist sie tatsächlich ob dieser Wendung übertölpelt?"

War es Traurigkeit oder Verachtung? War es vielleicht eine Mischung aus beidem? Chaya blickte Beatrice an und sagte: „Frau Liber … möchte nur Ihre tote Tochter zurückhaben."

Herr Bünde ließ einen Moment verstreichen. Seine Mimik machte keinen Hehl daraus: Er dachte ausgiebig über Chayas Aussage nach. Seiner Hand entglitt dabei geistesabwesend der Bücherzweig, aber eine weitere Attacke des Gewächses blieb aus. „Böse", sagte Herr Bünde grübelnd, „Nuuuun. Gut." Er kaute kurz auf der Unterlippe, schniefte herzhaft. „Gut und Böse, eh? Böse und Gut. Es ist eine Sache der Perspektive. Wir hängen kopfüber an der Erde und unter uns gleitet die Sonne dahin. Wer mag das andere beweisen? Chaya, Schattenkind, ich sage dir, dass deine Frau Liber kein schlechter Mensch ist. Ich rieche es. Sie will das Gute. Aus ihrer Sicht, vermute ich, tut sie nichts Unrechtes."

Im Turm des Drachen

Der Weg aus dem Dickicht erwies sich als ebenso unerbittlich wie der Weg hinein. Während Quirinus und Herr Bünde mühelos einhergingen, mussten Bea und Chaya sich jeden einzelnen Schritt schwer erkämpfen. Die Regale taten das Ihre dazu. Zwar bewegten sie sich nicht, wenn man hinsah, doch irgendwie stellten sie sich ihnen heimlich in den Weg, streckten sich quer in den Pfad hinein oder bildeten – wenn man gerade nicht hinsah – mit wurzelartigen Auswüchsen tückische Fallstricke.

Chaya presste die Lippen hart aufeinander und verriet keinen ihrer Gedanken. Auch Beatrice verhielt sich so. Mehr noch: Sie versuchte, ihren eigenen Kopf abzustellen. Sie verschloss sich vor sich selbst. Wie ein Mantra betete sie innerlich wieder und wieder, dass das, was sie zu tun gedachte, nicht böse sein konnte. Niemand durfte ihr vorwerfen, dass sie alles für ihr Baby geben würde.

Keuchend blieb sie stehen. Völlig verausgabt stützte sie sich auf ein knorriges Podest, auf dem sich fünf Bände von Henricus Stephanus präsentierten. Geistesabwesend griff sie danach. Lesen. Vielleicht würde ihr das etwas helfen. Den. Kopf. Beruhigen. Betäuben. Dieses seltsame Gefühl. Im Bauch. Abstellen.

Sie zog und zerrte an den Büchern. Vergeblich. Sie waren mit dem Holz verwachsen. Von diesen Büchern durfte sie keine Hilfe erwarten. Ihre Begleiter hatten nicht bemerkt, dass sie zurückgeblieben war. Sie verschwanden gerade hinter einer Biegung.

„Wartet.“ Es war nur ein klägliches Stöhnen. „Wartet.“

Dann war sie allein.

Allein mit den Büchern.

Bücher.

„Ihr müsst mir helfen“, flüsterte sie den Büchern zu. „Wir sind doch Freunde.“ Etwas rumorte in ihren Eingeweiden. „Lasst mich ein paar Zeilen lesen. Dann geht es bestimmt wieder.“

Ein Rascheln. Sehr entfernt. Hinter ihr. Es würde keine Rettung sein. Bedrohlich. Ängstigend.

„Ihr seid mir was schuldig. Das wisst ihr.“

Die Bücher schienen anderer Meinung zu sein. Alles rückte näher, bedrängte Beatrice. Drehten sich die Regalgebilde oder war ihr nur so schwindelig? Die psychedelische Achterbahn nahm langsam Fahrt auf und riss Beatrice mit sich. Sie verlor das Gleichgewicht und stürzte vornüber. Mit einem qualvollen Stöhnen erbrach sie sich.

„Das ist jetzt kein guter Zeitpunkt, um schlappzumachen.“ Quirinus war plötzlich wieder da. Er stellte sie auf die Beine, schob einen Arm um ihre Hüfte und eilte mit ihr davon. Dabei warf er gehetzt den einen oder anderen Blick über die Schulter. „Wir sollten schleunigst in diesen Turm kommen“, fuhr er mit einem unverhohlenen Hauch Nervosität fort.

„Ist da jemand hinter uns?“, hörte Beatrice sich sagen.

„Schon die ganze Zeit über. Erinnern Sie sich nicht mehr an unseren Verfolger? Er hat uns wohl eingeholt.“

„Verfolger?“

„Ich hoffte, dass wir ihn am Gang der Weisen losgeworden sind. Irgendwie ist er doch durch die Tür gekommen.“

Schuldbewusst dachte Beatrice an den Stuhl, den sie von der Klinke entfernt hatte.

Sie schlossen zu Chaya und Herrn Bünde auf, die nicht weit entfernt, auf einem liegenden Baumstamm sitzend, warteten. Undeutlich erkannte sie in der Rinde die raue Andeutung von Regalbrettern, die mitsamt einiger Folianten herauszuwachsen schienen. „Ah, da kommen Sie ja“, sagte Herr Bünde.

„Frau Liber fühlt sich leicht unpässlich“, erklärte Quirinus.

„Das sieht man“, meinte Herr Bünde. Er holte ein zerknautschtes Stofftaschentuch aus seiner Weste hervor und reichte es Beatrice. „Vielleicht möchten Sie sich mal kurz über die Goschn wischen?“

Quirinus deutete fahrig voraus. „Wir sollten uns etwas beeilen."

„Eilen? Sputen? Von dannen machen?"

„Ja. Ja. Und zwar jetzt", drängte Quirinus. Wieder blickte er ungeduldig den Weg zurück, als ob er urplötzlich ein Monstrum dort erblicken könnte. „Der Wald ist nicht gut für Frau Liber."

„Ähnliches dachte ich gerade über das Schattenkind", sagte Herr Bünde. Er strich Chaya über den Kopf. „Das arme Kind scheint mir förmlich zu schrumpfen." Er nahm die Kleine bei der Hand. „Beeilen. Eilen. Sputen. Ja, ja. Von dannen machen. Komm, komm."

Die nächsten Momente vergingen für Beatrice, als ob ein eiliger Künstler ein Aquarell mit dickem Pinsel, nass in nass, malte. Alles verschwamm, verlief ineinander und vermischte sich zu einem unscharfen Gemenge aus Farben und … Geräuschen.

Jemand rief von fern ihren Namen. Außerdem hörte sie schwere Flügel schlagen. Ein Drache. Vielleicht war es auch ein riesiger Adler. Aber nein, hier in der Enge zwischen den wirren Gehölzen der Literatur passte kein großes Wesen hindurch. Herr Bünde brabbelte unablässig vor sich hin, fand Ausdrücke und Redewendungen, von denen Beatrice noch nie etwas gehört hatte. Doch sie verstand, dass es darum ging, schnell voranzukommen. Einmal machte er „hopp, hopp, hopp" und sie kam sich für einen absurden Augenblick so vor, als wäre sie eine Skiläuferin auf steiler Piste, der die Menge zujubelt.

„Ist es noch weit?" Quirinus bellte förmlich.

„Nein", antwortete Herr Bünde, „nicht mehr weit. Nicht fern. Nur noch, he, he, he, über die Brücke."

„Welche Brücke?"

„Die Zugbrücke dort vorne."

Die Regale wichen zur Seite und gaben die Sicht auf ein imposantes Bauwerk frei. Mit grauen Steinen hatte jemand einen wuchtigen Wehrturm auf einem vorgelagerten Felsen errichtet. Ein Abgrund, der unmittelbar hinter dem Rand des Waldes lauerte, trennte das Bollwerk auf eindrucksvolle Weise von allen möglichen und unmöglichen Gefahren, die den Bewohnern hier drohen mochten. Unten, ganz weit unten, konnte

Beatrice eine weite Ebene erkennen. Der grüne Nebel war dort allgegenwärtig.

Schon rannten sie über Holzbohlen. Links und rechts spannten sich schwere Eisenketten. Unter Beatrice' Füßen zitterte es und der Boden hob sich schließlich. Der Weg fiel in den Schlund des Torbogens ab, dem sie mit Quirinus' Hilfe entgegen taumelte.

Krachend schlossen sich die Flügel des Tores hinter den Flüchtenden. Beatrice war abermals auf Händen und Knien gelandet und japste nach Luft. Ihr Begleiter klopfte sich nur beiläufig ein paar Stäubchen von der Schulter und blickte sich lässig um. Viel konnte er aber noch nicht erahnen. Erst als Herr Bünde eine Fackel entzündete, ließen sich Einzelheiten erkennen.

„Nettes Etablissement. Mittelalterliches Flair." Quirinus lächelte. „Ich hätte gerne eine kleine Führung, Herr Bünde." Er tat harmlos.

„Was hat uns da verfolgt?" Beatrice stemmte sich hoch, die zitternden Beine ignorierend.

„Ach", erwiderte Quirinus, „ich bitte Sie, Frau Liber. Wir sind entkommen. Mehr ist doch gar nicht wichtig. Es war nur ein Tier. Oder ein Irgendwas. Im Buchland lauern Wesen … Ratten, Würmer … Sie wissen schon. Gezeugs. Getiers. Herr Bünde kann uns hier bestimmt angenehmere Dinge zeigen. Nicht wahr? Herr Bünde? Herr Bünde?"

Herr Bünde war, mitsamt seiner Fackel, eine steinerne Treppe hinauf gestiegen. Im Mauerwerk waren Schießscharten eingelassen. Von dort aus konnte man gut geschützt hinunter auf den Brückenkopf schauen. „He, he, he", machte er. Mit hastigen Armbewegungen winkte er Beatrice zu sich heran.

Quirinus stellte sich ihr in den Weg. „Das möchten Sie nicht sehen."

„Warum?"

„Weil …" Quirinus' Stimme klang unsicher. „Weil …"

Da kam offensichtlich nicht mehr über seine Lippen. Beatrice schob ihn zur Seite und eilte, so schnell es ihr möglich war, zu Herrn Bünde hinauf.

„Lassen Sie die Zugbrücke wieder runter!“, rief sie, kaum dass sie nach draußen geschaut hatte. „Macht auf. Macht auf. Oh, mein Gott. Da ist Ingo.“

Alles fiel von Beatrice ab. Der Schmerz, die Angst, die Sorge. Die Zugbrücke senkte sich, während die Ketten rasselnd und dröhnend ihren Rost in die Luft spritzten. Dann stand er vor ihr, Ingo, mit Jeans, zerrissenem Hemd und schmutzigen Haaren. Was mochte er durchgemacht haben?

Auf seiner Schulter saß eine, nein, *die* Eule. Mit einem leisen „Schuhu“ brach sie die Stille, die kurz alles hatte innehalten lassen. Bea warf sich in Ingos Arme, drückte ihn fest an sich, schmiegte ihren Kopf an seine Brust. Erschrocken flatterte die Eule mit den Schwingen und kippte beinahe rückwärts von Ingos Schulter. Just als sie das Gleichgewicht wiederfand, stieß sie sich ab und flog mit einem empörten Krächzen davon.

„Wo kommst du denn her? Was machst du hier? Oh, mein Gott! Ingo. Oh, mein Gott. Oh, mein Gott.“ Dann küsste sie seine Wangen, seinen Mund. Wild und ungestüm versuchte sie, jedes Fleckchen seines Gesichts mit Liebkosungen zu bedecken. Es dauerte eine Weile, bis sie merkte, dass ihr Mann die Zärtlichkeiten nicht erwiderte.

Langsam ließ sie von ihm ab, trat zurück und suchte in seinen Augen nach dem, was war und nach dem, was ist. Ein Kosmos der Traurigkeit und der Enttäuschung bot sich ihr dar.

„Was ist?“

Mit einem Schulterzucken schob Ingo sich an ihr vorbei. „Was soll schon sein? Willst du mich nicht deinen neuen Freunden vorstellen?“ Sein Gesicht war blass und unbewegt, als hätte er sich dazu entschieden, selbst ein Homunkulus zu werden. „Quirinus und Chaya kenne ich ja schon.“

„Gestatten: Ich bin Herr Bünde.“ Der Bucklige humpelte ihm entgegen. Seine Arme schlackerten dabei lose hin und her, ermöglichten es ihm so, auf recht markante Weise das Gleichgewicht zu halten. „Und hinter mir, im Wehrgang, können Sie ein Mitglied meiner Bagage erkennen.“

Erst jetzt sah Beatrice, dass ihre Gesellschaft weiteren Zuwachs bekommen hatte. An der Winde, mit der die Zugbrücke gehoben oder gesenkt wurde, stand ein Muskelprotz. Mit tumbem Blick grinste er in die Runde. Offensichtlich erwartete er sein Lob, dass er es geschafft hatte, gleich mehrmals die hölzerne Kurbel alleine zu bedienen. „Das ist der mehr oder minder verehrungswürdige **Bestlin**.“ Herr Bünde winkte ihm zu. „Hast du fein gemacht, eh!“

„Angenehm“, sagte Ingo hölzern.

„He, he, he. Angenehm sagst du? Eh? Du hast ihn noch nicht gerochen! He, he, he. Meine anderen Helfer sind im Hof und im Turm. Auch mein Adlatus. Mein Famulus. Mein Amanuensis. Der sitzt in der Schreibstube und sortiert die Worte.“

„Alle drei?“ Ingo ließ doch einen Hauch seines Humors aufblitzen. Beatrice war dankbar dafür.

Herr Bünde quittierte das mit einem schallenden Lachen. „Ein Schalk, eh?“

„Nein, ich bin Ingo. Beas Mann.“

„Beas Mann? Der Ehemann, Gemahl, Angetraute von Frau Liber?“ Herr Bünde nickte. „Verstehe. Frau Liber, ich denke, wir lassen das Teiding, das Verzällen, das Geschwätz. *Herrn Nur Quirinus Nichts Weiter* und das Schattenkind werde ich kurz mit meinen diversen Helferlein im Hof bekanntmachen.“ Er zwinkerte ihr zu. „Sie scheinen sich lange nicht gesehen zu haben. Vielleicht gibt es da das ein oder andere, das von Ihnen miteinander beredt sein muss.“

„Was ist los?“ Beatrice Finger suchten die Seinen. Er ließ es geschehen. Doch er mied ihren Blick. Eine unbestimmbare Kälte hatte sich zwischen ihnen ausgebreitet. Auf ihren Gefühlen lag weiß der Raureif. „Bist du sauer auf mich?“

In Ingos Augen blitzte es zornig. Trotzdem brauchte er zwei Anläufe, in denen sich sein Mund sprachlos zu artikulieren versuchte. Schließlich brach es aus ihm heraus: „Ja, was glaubst du denn? Du kommst nicht nach Hause. Quirinus’ Laden ist abgeschlossen und dunkel, die Tür zum Antiquariat aufgebrochen. Was soll ich da denken? Natürlich latsche ich dir dann die Treppe hinterher in dieses verfluchte Buchland. Ich hab’ mir Sorgen gemacht!“

„Sorgen?“

„Ist das so abwegig? Ich kam mir vor wie in einem schlechten Horrorfilm. Schleim, Nebel, Viecher. Was fällt dir ein, einfach so mir nichts dir nichts mit diesem Kerl, mit diesem … Quirinus loszuziehen?“ Ingo war mehr als aufgebracht. Er kämpfte mit den kochenden Tränen der Wut.

„Das verstehst du nicht“, versuchte Beatrice ihn zu besänftigen. „Du warst nicht dabei. Es hat sich eine nie wiederkehrende Gelegenheit für uns aufgetan. Alles kann endlich gut werden.“

„Alles *war* gut“, stellte Ingo lakonisch fest.

„Nein. Nicht so. Wir können ganz von vorne anfangen. Mit Cha… mit Rachel.“ Beatrice wusste nicht, welche Reaktion sie von ihrem Mann erwartet hatte. Dass er nur reglos stehen blieb, auf jeden Fall nicht.

„Okay“, sagte er schließlich, „erzähl es mir.“

Und so spulte sie noch einmal alle Geschehnisse, seitdem Ingo zur Arbeit gegangen war, ab. Sie ließ nichts aus. Vielleicht beschönigte sie das ein oder andere. Ihr war es wichtig, dass er verstand, welche Chance sich ihnen hier bot.

Unsicher versuchte sie zu erkennen, was Ingo davon hielt; ob er ihre Hoffnung mit ihr teilen wollte. Seltsamerweise empfand er ihre Begeisterung nicht. Todernst lauschte er ihr.

„Wir können Rachel wieder zurückbekommen“, schloss sie. „Was hältst du davon?“

„Es ist traurig, dass du mir nicht mehr vertraust“, entgegnete Ingo.

„Was soll das denn jetzt?“, fragte Beatrice entgeistert.

„Du bist alleine hergekommen, hast ohne mich entschieden. Du hast keinen Gedanken an mich verschwendet.“

„Doch, ja klar. Hab’ ich“, log Beatrice. „Aber alles ging so schnell. Quirinus hat mich so gedrängt. Eh ich mich versah, waren wir schon im Antiquariat …“

„Wo du nicht kurz zum Telefon hättest greifen können, bevor du einfach so verschwindest?“

„Ich … Wie hast du mich gefunden?“

„Netter Themenwechsel“, stellte Ingo säuerlich fest. „Ich bin der Eule hinterhergelaufen. Sie hat mich gelotst, als ich am Ende eures Fadens angelangt war. Sonst hätte ich es wohl kaum geschafft, dich einzuholen. Für Ahnungslose wie mich sind Büchereulen offenbar die besten Führer im Blätterwald. Du hast mir nie von den Eulen erzählt.“

„Ich hab’ sie selbst neulich erst kennengelernt. Nur diese eine. Ich glaube, sie gehört dem Blinden Buchbinder.“

Ihr Gespräch wurde jäh unterbrochen, als Herr Bünde zu ihnen trat. „He, he, he. Alles gesagt? Geredet? Palavert? Es wird Zeit, dass ich Ihnen den Innenhof zeige. Und den Turm. Jeder will den Turm sehen, eh?“

„Wir sind noch nicht fertig. Beatrice wollte mir gerade erklären, warum sie mit dem personifizierten Bösen einen Deal abgeschlossen hat. Wir …“, setzte Ingo an.

„Papperlapapp!“ Herr Bünde schüttelte energisch den Kopf. „Jeder weiß, dass das Böse im Buchland nur selten gewinnen kann. Ich, he, he, he, muss es wissen. Mein Zinken hat schon in allerhand Büchern gesteckt. Jetzt ist Herr Liber da. Der Mann von Frau Liber, nicht? Er ist vernünftig und wird sie zum Umkehren überreden. Eh? Ist doch logisch. Ist klar. Die narrative Kausalität bleibt gewahrt. Sonst taugt die Geschichte nichts. Wir haben also alle Zeit der Welt. Kommt. Kommt.“

Nachdem Herr Bünde sie durch den Torbau geführt hatte, betraten sie einen weiten Innenhof, der von einer dicken Wehrmauer umschlossen wurde. Der Turm lag nun hinter ihnen. Er erhob sich breit und mächtig über das Tor. Wehrhaft schob er sich in die Lüfte hinauf. Sein imposanter Anblick ließ keinen Zweifel aufkommen, dass mögliche Angreifer nur schwer an die Schätze kommen mochten, die das Gemäuer barg.

Der Hof, weitaus weniger eindrucksvoll, bot Platz für ein paar Hütten und einen Verschlag. Alte Bretter, Drahtgeflecht und Bambusmatten bildeten ein Gehege für …

„Ein Drache“, staunte Ingo und vergaß für den Moment seinen Groll gegen Beatrice.

„Ja, eh", sagte Herr Bünde stolz, „den hab' ich selbst gefangen. Damals. Jung und schön. Ich. Nicht der Drache. He, he, he. Oder so. Da war ich noch Auktoral. Den müssen wir haben, hab' ich gesagt. Und dann hab' ich alles stehen und liegen lassen. Hab' ich. Und mit dem Wortesammeln angefangen."

Das Tier war etwa sechs Meter lang. Auf den ersten Blick sah es einer Echse ziemlich ähnlich. Jedoch hatte es auf seinem Rücken die ledernen Flügel einer Fledermaus. Ausgebreitet mochten sie die Spannweite eines kleinen Flugzeugs haben. Die schuppenbewehrte Haut wirkte fast schwarz. Doch nachdem Beatrice sie eingehender betrachtet hatte, schienen sich sämtliche möglichen und unmöglichen Farben des Lichts auf der Oberfläche zu reflektieren. Als das Auffälligste an diesem Wesen erwiesen sich allerdings die Augen. Die wachsamen, geschlitzten Pupillen nahmen gelbglühend jede Bewegung wahr.

Für den Moment beobachtete es Murr, der sich mit respektvollem Abstand vor dem Verschlag hingesetzt hatte und seinerseits das Fabelwesen anstarrte.

„Genau genommen ist es kein Drache. Eh. Im eigentlichen Sinne nicht. Nein. Kein Lindwurm", erklärte Herr Bünde. „Es ist ein ***Thesaurus***. ... Wonach schauen Sie, Frau Liber?"

„Hier ist doch bestimmt auch irgendwo ein **Orthogravieh**."

Herr Bünde verzog das Gesicht. „Eh, jetzt werden Sie nicht albern."

Sie waren nicht allein auf dem Hof. Ein Dutzend Arbeiter wuselte eifrig umher. Ein jeder wirkte äußerst beschäftigt, ohne dass Beatrice ausmachen konnte, was sie konkret taten. Quirinus verharrte bewegungslos wie ein Monolith in der Mitte des Platzes, ließ alles um sich herum einfach nur geschehen. Es war ungewohnt, ihn so ruhig dastehen zu sehen.

„Ich glaube", raunte Ingo ihr zu, „dein neuer Verbündeter mag mich nicht mehr." Das beruhte unübersehbar auf Gegenseitigkeit. Ingos Missbilligung gegenüber Quirinus nahm ungeheure Ausmaße an. „Ob er seine Felle davonschwimmen sieht?"

Der Kuriositätenhändler trat wie auf ein unsichtbares Zeichen hin zur Seite. So gab er Ingo die Sicht auf Chaya frei, die wie ein Schatten hinter ihm gestanden hatte.

„Diese Ähnlichkeit", keuchte Ingo, der sie nun zum ersten Mal wieder richtig zu Gesicht bekam.

Beatrice nickte. „Nicht wahr?" Vielleicht verstand ihr Mann jetzt, worum es ging. „Sie sieht ein bisschen wie Herr Plana aus. Ich finde, sie hat auch etwas von Rachel."

„Nein." Ingo flüsterte fast. „Sie sieht aus wie du."

Der Aufstieg in den Turm war bei Weitem nicht so lang wie hinauf in die Kammer der ungeschriebenen Bücher. Die Treppe war aus grob geschlagenem Stein. Die Stufen, verschieden hoch, uneben und meistens schief, waren in das Mauerwerk eingelassen. Sie ragten, ausgestreckten Fingern gleichend, in die Leere der Mitte. Ein Geländer fehlte gänzlich.

Chaya führte die Prozession an, gefolgt von Quirinus und Herrn Bünde. Die beiden Männer redeten miteinander, ernst und angestrengt. Doch so sehr sich Bea auch mühte: Inhaltlich verstand sie nur wenig. Sie konnte nicht mal festmachen, ob sich die beiden Männer einander freundlich gesonnen waren. „… ich bin kein Freund des Determinismus. Es lässt der freien Entscheidung keinen Raum. Dann gäbe es kein Gut und Böse, weil man nicht die Wahl hat, zwischen Richtig oder Falsch. Die ganze Moral wär für die Katz", dozierte Quirinus gerade.

„Determinismus, eh? Prophezeiung. Vorbestimmung", zählte Herr Bünde auf. „He, he, he. Der heldenhafte Protagonist ist nicht wirklich gut. Er hat nicht die Wahl. Er erledigt nur, was ihm die Geschichte ins Buch geschrieben hat. Ja. Ja."

Murr war auch mit dabei. Ihm bereitete die Treppe natürlich keinerlei Probleme. Mit Eleganz und Erhabenheit von den Schnurrhaaren bis zur Schwanzspitze sprang er durch das Gewirr der sich bewegenden Beine, immer seiner Chaya hinterher. Dann kam der schweigende Bestlin, der einen kleinen, ledernen Schulranzen auf dem schrankbreiten Rücken trug. Den Schluss machten Ingo und Bea.

„Wir schauen uns jetzt noch diesen Turm an“, raunte Ingo ihr zu, „und danach sehen wir zu, dass wir verschwinden.“

„Das können wir nicht“, zischte Beatrice, „wir sind so dicht dran. Es ist nicht mehr weit bis zur Büchse der Pandora. Ich kann dann meinen Teil der Abmachung einhalten. Quirinus muss mir Rachel wiedergeben.“

„Dir?“

„Uns“, verbesserte Bea.

„Und was ist mit Chaya? Willst du sie opfern?“

„Ich …“, Beatrice zögerte, „… opfere sie nicht. Sie wird nur zu Rachel.“

„Was bleibt dann von Chaya?“

„Sie … Sie … Verdammt, ich weiß es nicht.“

„Du wärst also bereit, dieses Kind da vor uns“, Ingo deutete nach vorne, „umzubringen?“

„Nein. Ich bringe niemanden um.“

„Du lässt Quirinus den Job tun. Das macht es nicht besser.“

„Sie lebt nicht. Sie ist ein Ding.“

„Glaubst du das wirklich? Schau sie dir an. Schau in ihre Augen. Und dann sag mir das nochmal.“

„Sie hat keine Seele.“ Beatrice erinnerte sich an den Moment, als Quirinus das Kind wachgeküsst hatte. „Sie ist nur das, was ihr eingehaucht wurde.“

„Sie lebt nicht?“ Ingo wollte sie zu dieser Antwort zwingen, wollte wissen, ob sie bereit war, es auszusprechen.

„…“

„Sag es mir“, drängte Ingo.

„Chaya lebt nur durch die Seele der Bücher. Sie hat keine eigene Seele!“ Das war zu laut. Ein unangenehmes Echo fiel kalt von den Steinen zurück. Beatrice schluckte trocken. Sich der Blicke der anderen bewusst, erklärte sie: „Seit Rachel weg ist, fühle ich diese Leere in mir.“

Ingo sprach ungleich leiser. Traurigkeit klebte an jeder Silbe. „Vielleicht solltest du dich fragen, wie es um deine eigene Seele steht. Du bist nicht Herr Plana und du bist nicht Chaya. Dir können die Bücher keine Seele geben, wenn du nicht genug davon hast.

Schau dir Chaya an. Sie ist kein Baby. Sie wird dir nicht die verlorene Zeit zurückholen. Die Lücke ist da. Sie ist nicht wegzudenken. Du musst jetzt loslassen."

„Ich tu das Ganze doch für uns." Beatrice wollte nicht flehen. Sie tat es.

„Für uns? Mensch, Bea! Das tust du nur für dich", sagte Ingo. Dann machte er einen Fehler. „Ich habe Rachel längst losgelassen."

Schlagartig wurden Beas Gesichtszüge hart. „Als du in die Flasche geschaut hast?", fauchte sie. „Entschuldige, da hatte ich keine Zeit, irgendwas zu verarbeiten. Da habe ich mich um *dich* gesorgt."

„Das ist lange her."

„Ist es das? Erinnerst du dich nicht mehr? Ich habe das Letzte gegeben für ein klein wenig Normalität. Doch Rachel war tot. Mir hat da kein Alkohol geholfen. Ich konnte mich nicht auf Befehl abschalten. Ich durfte es ja auch nicht, weil ich deine Kotze aufwischen musste. Für dich ist es lange her? Für mich nicht. Jeden verdammten Tag denke ich daran. Jeden Tag, sobald mein Kopf Zeit dazu hat."

Ingo versuchte, ihre verbalen Tiefschläge zu parieren. „Dein Kopf hat nie Zeit. Er steckt in den Büchern."

„Ja klar", giftete Beatrice zurück, „und jetzt weißt du auch warum!"

„Ich weiß warum. Das Leben war nicht fair zu dir. Scheiße, ja! Wer sollte es besser wissen als ich? Aber du machst es nicht besser, wenn du unfair anderen gegenüber wirst."

Beatrice fragte sich, wie ihr Mann nur so beherrscht bleiben konnte. Er sprach so ruhig. Er klang so resigniert. Er … weinte.

Sie war zu weit gegangen. „Entschuldige."

„Du musst dich nicht entschuldigen", sagte Ingo. Endlich nahm er ihre Hand. Sie spürten beide, dass da gerade etwas in ihnen zerbrochen war. Beide wollten sie es schnell zusammenkitten.

„Wir hätten die Chance, damit abzuschließen", versuchte Beatrice es noch einmal.

„Ja", sagte Ingo, „wir sollten damit abschließen."

Er meinte es anders als seine Frau, denn sie sagte: „Wir können gut machen, was damals schief gelaufen ist. Lass uns die Jahre ungeschehen machen.“

Ingo ließ sie wieder los.

Der Aufstieg endete an einer Luke, durch die sie die Turmkammer erreichten. Diese beherbergte ein eindrucksvolles Archivarium.

„Scheiße“, staunte Beatrice.

„Nein“, hüstelte Herr Bünde, „das Wort gehört noch nicht hierher. Es ist mir nicht selten genug, eh? Wirklich nicht. Mich dünkt, dass es nicht mal bewahrenswert ist. Aber wer mag das entscheiden?“

In unzähligen kleinen Fächern, die die vier Wände verdeckten, lagen gilbe Schriftrollen. Das Zentrum des Raumes füllte ein schlichter, runder Tisch aus. Darauf standen eine Gaslaterne, einige aufgeschlagene Bücher, Gänsekiel, Tinte und ein Kopf. Der dazugehörige Körper ruhte dahinter auf einem Stuhl. Auch wenn es auf den ersten Blick einen anderen Eindruck erweckte, war anatomisch alles korrekt miteinander verbunden.

„Das ist **Ludwig**. Mein geschäftiger Adlatus. Eh.“ Herr Bünde schritt zum Tisch, nahm ein Groß-Folio und ließ es aus einem halben Meter Höhe herunterfallen. *Schepper!*

Ludwig hob den Kopf und blickte schlaftrunken in die Runde. „Herr Bünde, habt Ihr den Weg wieder zu mir gefunden? Sagt: Wen habt Ihr mir da in mein Studierzimmer geführt? Muss ich mich sorgen, dass mir gleich ein Meuchelpuffer unter den Gesichtserker gehalten wird? Wird mir mein bisschen Habsal auch noch genommen?“

„Sei nicht so grantig, alter Mann. He, he, he. Wie ich sehe, hast du vor deiner Ruhe ein paar neue Wörter aufgespürt. Löblich. Lobenswert.“

„Ich tat hier nicht müßig ob Eurer Abwesenheit. Seid dem gewiss“, sagte Ludwig. Er erhob sich, reckte und streckte die Glieder und gab so den Blick auf sein barockes Äußeres preis.

Halskrause, Wams und eine Hose, die nur bis zur Hälfte der Oberschenkel reichte, zierten einen knochigen Kerl. Auf Höhe der Brust baumelte unter einem grünen Seidenband ein kleiner Orden mit der Aufschrift: „Zu seiner Zeit. Der Sieghafte."

Quirinus schaute sich um. Er wirkte enttäuscht. „Keine Fenster", stellte er fest.

„Ist es Euch zu finster in diesem Raume?" Ludwig schob die Bücher zur Tischkante. Beatrice konnte so die in den Einband eingeprägten Worte entziffern. *Nasreddin Hoca* stand auf einem. *Moriae Enconium sive* und *Narrenschiff* stand auf den beiden anderen. „Bestlin könnte uns noch einen Eimer Licht hereintragen."

Bestlin schien begeistert zu sein. Eine Aufgabe! Eine Aufgabe, die ihm offensichtlich keine Mühe bereiten würde.

„Schiltbürger", flüsterte Chaya enthusiastisch, „das ist aus dem *Lalebuch*."

„He, he, he", machte Herr Bünde, „hast du im Buchland etwas Anderes erwartet, Schattenmädchen?"

„Nein. Einen Eimer Licht brauchen wir nicht." Quirinus seufzte schwer. „Es ist mir hell genug. Ich hatte nur gehofft, einen Ausblick von hier oben zu bekommen."

„Ausblick. Aussicht. Eh? Vorausschau." Herr Bünde spulte noch einige weitere Synonyme ab. Die einen passten, die anderen nicht. Die Anwesenden nahmen es hin. Bestlin hingegen ließ sich enttäuscht auf den Hosenboden plumpsen, was ein mittelschweres Erdbeben zur Folge hatte. Aus seinem Ranzen holte er einen Teddybären hervor. In seinen kräftigen Pranken wirkte das Stofftier äußerst deplatziert und klein. „Bubu", säuselte der Hüne. Er knuffte es liebevoll und schmiegte es dann an seine Wange. Dabei wiegte er seinen massigen Körper vor und zurück.

„Mir deucht, dass es im Bereich unserer Möglichkeiten liegt, Euch einen Blick in die Ferne zu gestatten." Ludwig ging zu einer Wand und schritt die einzelnen Fächer ab. „Augenblick." Als er das Fach fand, das er suchte, steckte er einen speziellen Pin in eine winzige unscheinbare Öffnung darüber. Im nächsten Moment geriet alles um sie herum in Bewegung. Zunächst hoben sich die Fächer um etwa zwanzig Zentimeter. Darunter zeigten sich nun große Schubladen, die sich, als sie sich endgültig über den Fußboden erhoben hatten, öffneten. Die Fächer ihrerseits falteten sich klackernd darin zusammen. Die Mechanik, die sich in einer unmöglichen Physik bewegte, ließ alsdann das gesamte Mobiliar im Boden versinken. Zurück blieben meterdicke, graue, kahle Gemäuer, die durch schmale Scharten staubige Sonnenstrahlen einließen.

Ingo entfuhr ein leises „Wow."

„Kommt mir bekannt vor", sagte Beatrice, die dabei an die Apparaturen der Internetmaschine unter ihrem Arbeitszimmer im Antiquariat dachte.

„Nicht kreativ genug? Mangelt es an Ideen? Keine Phantasie? He, he, he." Herr Bünde tätschelte Beas Schulter und schaute sie schräg an. Er zwinkerte ihr zu. Ob ihr diese Geste etwas mitteilen sollte, wusste sie nicht. „Das Inventar eines Märchens ist nur so gut, wie es erdacht wird."

Ludwig blinzelte angestrengt. Die plötzliche Helligkeit machte ihm sichtbar zu schaffen.

„Nicht zu Asche zerfallen", riet Herr Bünde und klopfte seinem Adlatus halbwegs kräftig ins Kreuz, was weiteren Staub aufwirbelte.

Der Kuriositätenhändler warf zwischenzeitlich einen Blick nach draußen. Er streckte den Kopf durch eine der Öffnungen im Gemäuer und rief: „Frau Liber! Das müssen Sie sehen. Dort ist die Erfüllung unserer Träume. Dort ist der Ursprung. Der Anfang des Seins aller Geschichten." Mit der Hand fuchtelte er hinter dem eigenen Rücken herum, was wohl bedeuten mochte, dass sie sich zu ihm gesellen solle.

Ludwig schaute Herrn Bünde fragend an. Dieser zuckte nur mit den Schultern. Er versuchte es wenigstens. Sein Buckel verlagerte sich kurz. „Die Büchse der Pandora?"

„Sie ist da unten?" Beatrice lief zur benachbarten Scharte. Vor ihr, weit unten, lag eine Ebene. Keine Bücher, keine Regale. Es war nur ein Nichts, eingepackt im Nebel.

„Die Büchse der Pandora?", wiederholte Herr Bünde nochmals seine Frage. „Sie ist nicht *der* Anfang. Sie ist *ein* Anfang."

„Aus ihr kam das Schlechte." Chaya stand plötzlich neben Beatrice. Ihr Stimmchen drang herauf. „Das Böse."

Unweigerlich drängte Beatrice sich das Bild auf, dass vor Urzeiten ein Quirinus aus der Büchse herauskletterte. In ihrer Imagination legten sich zunächst die Hände auf den Rand, dann hob sich der Kopf darüber. Zum Schluss kam der ganze Rest hervor und betrat tanzend und diabolisch lächelnd die Welt. – Nein, so konnte es nicht gewesen sein. Das wäre zu aberwitzig. Quirinus war eine Personifizierung und die Büchse der Pandora war ebenfalls nur ein Gleichnis, ein Sinnbild, das im Buchland Gestalt angenommen hatte. Die Weisen der Antike wollten dem Volk ein Sinnbild geben, dass …

Antike?

Antike …

„Wie alt sind Sie, Quirinus?"

„Ich?" Eine Stimme, so unschuldig wie das Schicksal, schlug Beatrice entgegen. „Ich bin so alt wie das Buchland. Nein, eigentlich bin ich älter. Man könnte sagen, dass ich am ersten Lagerfeuer der Menschheit geboren wurde."

„Du hast dich gut gehalten, eh. Hast du dich, *Herr Nur Quirinus Nichts Weiter*", geckerte Herr Bünde.

Beatrice' Synapsen schalteten in den Leerlauf und sie hörte sich sagen: „Und Sie kamen aus der Büchse?" Das hörte sich an wie ein schlechter Witz. Dann konnte man auch Glück in Tüten kaufen.

Quirinus freute sich über ihre abstruse Frage. „Wie kam das Böse auf die Welt? Sind Schlangen und Äpfel der Grund? Die Suche nach Erkenntnis? Oder das Öffnen einer Büchse? Die Neugier des Menschen? War es schon immer da oder liegt das moralisch Falsche nur im Auge des Betrachters? Eigentlich weiß ich es nicht so genau. Aber ich kenne den Zeitpunkt seines Erscheinens. Es hockte zwischen den Ahnen am Lagerfeuer und zeigte sich in den ersten Geschichten, die sie sich erzählten." Mit einem Satz wirbelte Quirinus herum, sprang zu Beatrice und Chaya und drückte beide kurz an sich. Das fühlte sich nicht herzlich aber dennoch sehr emotional an. „Das ist es. Das, worauf wir hingearbeitet haben. Da draußen ist unser Ziel. Wir haben es fast geschafft. Wir sind so kurz davor. Ich hätte nie gedacht, dass es gemeinsam so einfach ist. Allein wäre ich nie so weit gekommen. Doch Sie sind dabei. Sie haben eine ehrenhafte Mission: Die Errettung eines Kindes vor dem Tode. Ja! Deshalb sind wir die Guten! Und die Guten siegen immer."

Die Worte sprudelten begeistert aus ihm heraus. All seine überhebliche Erhabenheit versickerte Zusehends im Holz des Fußbodens. Dann flog sein Blick kurz hinüber zu Ingo. „Frau Liber … Beatrice! Es hat sich nichts geändert. Mein Angebot steht noch. Holen Sie für mich Pandoras Büchse und ich bringe Ihnen Ihre Tochter zurück. Da ist nichts Böses dabei. Wenn eine Mutter ihr Kind wieder in den Armen halten kann, dann kann es nur das gute Ende einer Geschichte sein. Ein weiteres Happy End im Buchland. So wie es die Bücher wollen. Die heldenhafte Protagonistin obsiegt über den Tod. Ich werde meinen Teil des Geschäfts einhalten. Wir gehen direkt zu Ihrer Buchland-Ausgabe und …"

Chaya griff in ihre Manteltasche. Ganz kurz dachte Beatrice, dass das Mädchen Quirinus ihr Geheimnis zeigen würde. Sie tat es nicht. Das Buchland blieb versteckt.

„… dann lesen wir Rachel ins Diesseits zurück."

Die Ruhe und der Sturm

Wenn es nach Quirinus gegangen wäre, hätten sie ihren Weg direkt fortgesetzt. Hinab in die Ebene. Hinab zu ihrer Bestimmung. Aber es war nicht nach Quirinus gegangen. Herr Bünde hatte sich geweigert, die Zugbrücke herabsenken zu lassen. „Das Schattenmädchen und Frau Liber brauchen eine Pause, ein Schläfchen, eine he, he, he, Nachtruhe. Eh? Der Pfad nach unten ist beschwerlich. Mit ihrem jetzigen Befinden kommen sie nicht weit."

Nach ihren Erfahrungen während des zurückliegenden Streckenabschnitts musste Quirinus eingestehen, dass Frau und Homunkula tatsächlich in besserer Verfassung sein sollten, wenn sie nochmals in den Wald gehen wollten. Missmutig willigte er ein, ein Lager im Hof aufzuschlagen.

Vielleicht befürchtete er, Beas Mann würde erfolgreichere Versuche unternehmen, ihr das Vorhaben auszureden. Doch diese Befürchtung blieb unbegründet. Ingo hatte seit dem offenen Streit kein Wort mehr gesprochen. In sich gekehrt glänzte er nur durch nachdenkliche Anwesenheit.

Bestlin und ein paar andere Helfer hatten ein Zelt vor dem Drachengehege aufgebaut. Bessere Quartiere konnte Herr Bünde den unangemeldeten Gästen nach eigener Aussage nicht anbieten. Also flatterte nun graues Tuch im Flügelschlag des Fabelwesens und trennte das Drinnen vom Draußen.

Chaya, Ingo und auch Quirinus lagen auf Pritschen. Sie gaben vor zu schlafen. Vielleicht taten sie es. Doch Beatrice, die auf der Kante ihrer Schlafstätte saß, fühlte sich auf diffuse Weise beobachtet. Sie war im Zentrum ihrer Geschicke. Von ihr hing alles ab.

„Das habe ich so nicht gewollt", flüsterte sie in sich hinein. Nein, so hatte es nicht laufen sollen. Es war zu kompliziert geworden. Diese Geschichte hätte ganz anders verlaufen müssen. Ingo hätte auf ihrer Seite sein sollen. Chaya hätte nur ein leeres Gefäß sein sollen. Und die Abmachung mit Quirinus hätte kein Pakt mit dem Bösen sein sollen. So wäre es richtig gewesen.

Der Gedanke, jetzt und hier alles abzubrechen, schwebte im Raum, pendelte über ihrem Kopf wie eine Klinge, die sie grausam quälen wollte, bevor sie ihren Leib durchtrennte, während sich die Schneide langsam senkte.

Die Bücher zählte sie nicht länger zu ihren Verbündeten. Das ganze Buchland war nicht mehr so, wie sie es gekannt hatte. Es war nicht mehr so, wie sie es verfasst hatte. Das Böse war eingezogen, hatte es nach seinem Gusto verändert. An manchen Orten war es nun weit, pompös und angeberisch. Andere Bereiche waren unheimlich oder einfach schrecklich.

„Ich wünschte, Herr Plana wäre hier.“ Er hätte gewusst, wie die Dinge stehen.

Hinter ihr pochte etwas. Hoffnungsvoll drehte sie sich um und erwartete fast, das Wunder zu sehen. Doch Herr Plana war nicht erschienen. Auf dem Boden lagen nur Chayas Blindbuch und die Sonderausgabe ihres Buches. Sie mussten aus dem Mantel der Homunkula gerutscht sein.

Leise ging Bea zu dem Kind, griff nach dem einen Buch, das nicht das ihre war. Vorsichtig öffnete sie den metallenen Verschluss und ließ die Blätter durch ihre Finger gleiten. Die Seiten waren allesamt leer.

„Was zum …“, entfuhr es ihr. Aber die Bewegung eines winzigen Schattens brachte sie zum Schweigen. Neben ihrem Daumen glitt etwas davon, verließ das Papier und wehte wie eine winzige, dunkle Feder durch die Luft hin und her. Bevor sie tatsächlich begriff, was es war, hatte es bereits einen Platz im Staub vor ihren Füßen gefunden.

Der Vorhang, der den Eingang zum Zelt bildete, wurde zur Seite geschlagen. Herr Bünde, mit einer altmodischen Funzel in der Hand, trat ein und schaute sich um. Als er Beatrice sah, die sich gerade hingekniet hatte, um ihre Entdeckung genauer zu betrachten, gesellte er sich zu ihr.

„Ein A“, stellte er fest. „Der erste Buchstabe des Alphabets. Damit fängt alles an. Alpha. Eh? Es erstaunt mich immer wieder, dass die richtige Kombination aus 26 Buchstaben alles verändern kann. Alles. Alles.“

„Alles“, Beatrice schnaubte freudlos. „Sie zählen gar keine Synonyme dafür auf, Herr Bünde.“

„Sollte ich?“ Der alte Mann schmunzelte. „Winston Churchill hat mal gesagt, dass die alten Wörter die besten und die kurzen die allerbesten sind.

Besser könnte ich es auch nicht ausdrücken. Ja. Nein." Er deutete auf Chayas Buch. „Es ist lange her, dass ich ein Lebensbuch gesehen habe. Es ist doch eins, oder? Es gehört dem Schattenmädchen, eh? Ich habe selten so ein schönes Exemplar zu Gesicht bekommen. Kunstvoll. Wohlgestaltet. Eh."

Beatrice schlug eine beliebige Seite auf und zeigte sie. „Das Papier ist leer."

„Ja, schade. Die Geschichten, die das Leben schreibt, bleiben nicht haften. Kein eigenes Leben. Nur geliehenes Sein."

„Keine Seele", ergänzte Bea.

„Seele? Ein großes Wort. Und eines, das sich nicht genau definieren lässt. Ein sehr ungenauer Begriff. Ist Seele der unsterbliche Teil eines Wesens? Ist es der Lebensfunke? Dann wäre es möglich, dass es ihn gar nicht gibt. Oder ist es Intelligenz und das Sich-Selbst-Bewusstsein? Die Fähigkeit zu fühlen oder die Fähigkeit zu lieben? Wie poetisch! Von allem was? Vielleicht. Vielleicht. Vielleicht ist es auch nur der Wille weiterzumachen. Lebenswille. Hoffnung. Hoffnung. Ja. Ja."

„Regenbögen im Dunkel."

„Was?"

„Ach nichts", sagte Beatrice. „Ich habe nur laut gedacht."

Etwas klackerte. Bestlin war hereingeschlurft, hatte einen Klappstuhl neben dem Eingang aufgestellt und sich darauf niedergelassen. Den Teddybären platzierte er auf seinem Schoß. Dort wurde das Plüschtier nun ausgiebig gestreichelt.

„Unsere Wache", erklärte Herr Bünde. „Wenn man einen Drachen in Haus oder Hof hat, sollte man nicht unvorsichtig werden. He, he."

„Ist der Thesaurus gefährlich?"

„Ich habe es nie darauf ankommen lassen. Nie ausprobiert. Nicht gewagt, ihn unbewacht zu lassen", sagte Herr Bünde und setzte sich zu Beatrice auf die Pritsche. „Wollen Sie mir von Ihrer Enterprise, Operation, Vorhaben berichten? Was hat es mit dem Schattenkind und diesem Quirinus …"

„… nichts weiter …", fügte Bea lächelnd ein.

„… auf sich? Als Sie mit Ihrem Mann sprachen, hatte ich alldieweil das Gefühl, dass es um mehr geht, als um die Büchse der Pandora."

„Es geht um Chaya. Und es geht um Seelen“, sagte Bea betrübt.

Herr Bünde nickte. „Ja.“ Auffordernd schaute er sie an. „Das ist offenkundig. Erzählen Sie es mir. Nehmen Sie sich die Zeit.“

Beatrice nahm sich die Zeit. Herr Bünde erwies sich als geduldiger Zuhörer.

Ein vollkommen untypisches, sehr wenig leutseliges „Hmmmm“ war das Erste, was Herr Bünde von sich hören ließ. Danach verfiel er in ein schweigsames Schweigen. Es sagte nichts. Das empfand Bea als sehr nichtssagend. Die Stille wurde nur vom gelegentlichen Schnarchen Ingos unterbrochen. Manchmal gab ein leises Seufzen der schlafenden Chaya einen passenden Akzent dazu.

„Das“, sagte Herr Bünde schließlich, „ist alles so, wie ich es mir bereits zusammengereimt habe.“ Seine Glieder kamen in Bewegung. Langsam drifteten seine Körperteile in eine andere Position, bis er irgendwie stand. Dann humpelte er zu Bestlin.

Beatrice spürte, dass die Ungeduld in ihr aufschäumte. „Und was raten Sie mir?“

„Nichts, was ich nicht schon vorher gesagt habe, liebe Frau Liber. Sie haben nicht die richtigen Fragen gestellt. Weder an sich selbst noch an Ihren Reisebegleiter. Nur weil man eine Frage nicht stellt, heißt es nicht, dass es sie nicht gibt. Sie haben Angst, die richtigen Fragen zu stellen.“

„Was wären die richtigen Fragen?“

Herr Bünde setzte ein schiefes Lächeln auf. Es neigte sich genau entgegen dem Gefälle zwischen linker und rechter Schulter. „Eh! Das ist die erste wichtige Frage.“

„Wie wäre es mit einer Antwort?“, forderte Beatrice heraus.

„Was möchte Herr Quirinus mit der Büchse der Pandora? Was ist seine Motivation? Sein Ziel? Sein Wille?“

„Er sammelt Kuriosa.“

„Ist das Ihre Antwort? Glauben Sie, dass das stimmt? Das Böse betreibt so einen Aufwand, damit es ein paar Silberlinge mit dem Verkauf einer antiken, antiquarischen Antiquität verdient? Sehen Sie? Ich stelle Fragen.“

Herr Bünde hatte natürlich recht. Beatrice spürte tief in sich, dass sich etwas löste. Sie sprach es aus. „Warum will er die Büchse der Pandora?"

„Die Sage erzählt, dass alles Übel aus der Büchse in die Welt kam. Laster und Untugenden. Habgier zum Beispiel. Etwas haben wollen, ohne Rücksicht auf Verluste." Eine Lücke entstand, die Herr Bünde normalerweise mit seinem kurzen Lachen füllte. Er verzichtete darauf. „Trauer und Verzweiflung, Angst", Herr Bünde nickte in Ingos Richtung, „Sucht."

„Wir haben die volle Ladung abbekommen", flüsterte Beatrice.

„Ein jeder hat seine Leichen im Keller", gab Herr Bünde schonungslos zurück. „Selbstmitleid ist auch eine Untugend, denke ich. Führt zu nichts. Doch. Doch. Führt auf dunklen Pfaden in die Löcher der eigenen Seele." Wieder verzichtete Herr Bünde auf sein „He, he, he".

„Die Pandora-Sage ist an dieser Stelle nicht zu Ende. Die Menschheit versank im Elend und Leid. Es gab nichts mehr, woran sie sich aufrichten konnte. Verständlich, eh? Pandora jedoch öffnete ein zweites Mal die Büchse und entließ den einzig guten Inhalt des Gefäßes in die Welt."

„Was war es?"

„Die Hoffnung."

Bestlin gab ein fröhliches Glucksen von sich, setzte den Teddybären auf den Boden vor sich, sodass sein Spielzeug zu ihm aufsah. Dann nahm er ein Buch aus seinem Ranzen. *Die Abenteuer des Pinocchio*. Leise und mit einiger Mühe las er daraus vor. Immer wieder vergewisserte er sich dabei, dass ihm sein stummer Zuhörer auch alle Aufmerksamkeit schenkte.

„Manchmal frage ich mich", sagte Herr Bünde mit einem Blick in Chayas Richtung, „woher das Buchland immer weiß, welche Geschichte gerade genau die richtige ist."

Beatrice versuchte, nicht allzu verblüfft zu wirken. „Möchte Bestlin seinen Teddy zu einem echten Bären machen?"

„Hat er das nicht schon? He, he, he. Leben. Lebendig. Beseelt."

„Was?" Beatrice verstand nicht. Das Plüschtier saß reglos und tot vor seinem Herrn. Von Leben konnte keine Rede sein.

Herr Bünde war anderer Meinung: „Man muss nicht an Wunder glauben, damit sie geschehen. Aber man sollte sich die Fähigkeit zu Eigen halten, sie erkennen zu können.“ Er deutete mit dem Daumen auf den Hünen. „Bestlin macht Ihnen vor, was Seele bedeuten kann: Mit seinen Augen betrachtet er seinen Teddy als ebenbürtigen Gefährten. Sie interagieren miteinander, eh? Würden Sie ihm das Spielzeug wegnehmen, er würde darum weinen, wie um seinen besten Freund. Phantasie ist hier Ausdruck der Seele und die Seele ist Ausdruck der Phantasie. Die Dinge können so viel Seele haben, wie wir ihnen mitgeben. Alle Dinge. Alle. Das ist auch der Grund, warum wir die Bücher flüstern hören können. In ihnen steckt so viel Seele. Die Seelen ihrer Schöpfer. Die Seelen ihrer Leser.“ Herr Bünde leckte sich hastig über die Lippen, hinkte wieder zu Beatrice und beugte sich zu ihr herunter – was eigentlich kaum einen Unterschied zum aufrechten Stehen machte. „Sie hören doch die Bücher flüstern, eh?“

„Manchmal“, erwiderte Beatrice.

Herr Bünde verzog das Gesicht. „Ein Auktoral hört die Bücher *immer*!“

„Ich bin kein Auktoral.“

„Nein?“

„Nein“, sagte Bea bestimmt, drehte sich kurz darauf um, weil hinter ihr leise jemand etwas gesagt hatte. Dort lag nur ihr Buch.

„Hallo Bea“, sagte ich wieder. Doch sie hörte mich nicht.

Herr Bünde verlagerte das Gewicht mehrmals ungeduldig von einem Bein auf das andere, schmatzte und schnalzte dabei abfällig. „Auktoral. Buchhirte. Wächter. Freund der Bücher. Eh, Herr Plana! Auktoral. War ich auch mal.“ Es folgte unverständliches Gebrabbel, in dem Herr Bünde seinen allgemeinen oder speziellen Unmut kundtat. Schließlich sagte er: „Lassen wir das! Zurück zum Thema. Sie sollten, wenn ich es mal so direkt von mir geben soll, sich gut überlegen, ob Sie weitergehen wollen. Der Sinn Ihres Lebens ist nicht im Jenseits Ihrer Tochter zu finden.“

„Welchen Sinn hat mein Leben noch? Ohne Rachel …“

„Nicht so theatralisch“, ermahnte Herr Bünde. „Aber gut. Sie haben eine Frage gestellt. Ich habe gesagt, dass Sie fragen sollen. Also antworte ich: der Sinn des Lebens. Ja. Ja. Es ist wie mit den Büchern. Welchen Sinn haben Bücher? Vermutlich nur den, den wir ihnen geben. Ja. Wenn der

Tisch wackelt, kann man sie sogar unter ein Tischbein klemmen. He, he, he. Fragen Sie jetzt nicht nach Ihrem Dasein. Diese Geschichte erlaubt keine Antwort darauf. Fragen Sie sich nach dem Hiersein. Fragen Sie, ob Sie hier sein wollen."

„Ich verstehe nicht."

„Das ist das Problem."

Mit der Zeit hatte Herr Bünde immer aufgeregter gesprochen. Dem Sinn seiner Worte konnte Beatrice inzwischen eben noch folgen. Möglicherweise lag es aber auch einfach daran, dass ihr vor Müdigkeit nun doch fast die Augen zufielen. Schließlich merkte sie, dass sie zur Seite, auf ihre Schlafstatt kippte. Als der Alte sie zudeckte, hob sie nochmals kurz die Lider. Ihr gegenüber lag Quirinus.

Er blickte sie an. Wach. Voll da. Er hatte alles mit angehört. Mit einem kaum merklichen Nicken entließ er sie in einen unruhigen Schlaf.

Leeres Papier. Eingebunden in schwerem Leder. Ein Gänsekiel kratzte Tusche darauf, schrieb Worte. „Es war einmal …". Dann wurde die Feder zurück zum Fässchen geführt, eingetaucht. Bevor sie jedoch weiterschreiben konnte, verblasste das Schwarz der Buchstaben, versickerte, verschwand. Also versuchte die Hand ein zweites Mal, das Märchen zu beginnen. „Es war einmal …"

Etwas raschelte neben Bea und sie wäre fast wach geworden, doch der Traum war warm, weich und klebrig wie Sirup. „Das muss Chayas Buch sein", dachte sie, als sie beobachtete, dass die Schrift wieder verschwand. Geliehenes Sein.

Sie legte die Schreibfeder zur Seite und schlug das Buch zu. Die eingeprägten Buchstaben auf dem Leder wanden sich wie Schlangen. Sie wollten „Chaya" sagen. Aber als sie endlich zur Ruhe kamen, gaben sie dem Buch einen anderen Namen: *Beatrice*. Das ängstigte sie. Panisch blätterte sie wieder zu der Seite, auf der sie ihre Schreibversuche gemacht hatte und kritzelte so schnell sie konnte eine Geschichte hin. Sie füllte rasch zwei Seiten, ohne auf das zu achten, was sie schrieb.

Eine knochige Hand legte sich plötzlich auf die ihre, hinderte sie daran weiterzumachen. Der Mann hinter ihr plauderte im geschäftsmäßigen Ton eines Buchhalters. „Natürlich kann man ohne Seele leben, nur macht das Leben dann keinen Sinn mehr, denn wir wären dem Universum egal. Bewegte Materie wären wir, die den vorbestimmten Kausalitäten folgt, wie der Rest im All.“

Und dann war sie wieder allein. Sie war allein mit sich und dem Buch, dessen Seiten sich nun füllten, ganz ohne ihr Zutun. Sein. Seele. Ihr Buch füllte sich. Es kam wie von selbst. Ohne Vorlesen. Ohne Schreiben. Die Sätze quollen aus dem Papier hervor, reihten sich aneinander, drängten sich eng und enger in dichten Zeilen, während ein Sturm an ihrem Haar, an ihren Kleidern und ihren Gedanken sog und zerrte. Dann packte der Wind die Buchstaben. Entsetzt sah Beatrice, dass die Geschichte am linken unteren Ende bereits an Halt verlor. Wie ein Fähnchen wippte ein ganzer Absatz in den Böen hin und her, hob sich schließlich und rollte sich auf. Er zog den kompletten restlichen Text mit sich fort, verwehte im Irgendwo der vergessenen Wörter. Schon riss sich der Wind die nächste Seite auf, um auch hier die Schrift hinfortzureißen. Beatrice warf sich mit ihrem ganzen Körper schützend über das Buch. Wie Sand zerrann es unter ihr.

Schon vreruschtent eniege Bustchaben, mchaetn enien ulnesert
llaem. hierfh dsiudrf Gfuiwe weihfwshdceu

Iweruh *ruzv ueriu i5ötunuefi ewuh euwiur* udfwe kew jzedezw
zew. Gewierifr zfkz kzztzt Cuztgkk Fiecial zutfr
Khhzioöe.

Der Wind zerrte und zog. Das Tuch flatterte und ließ das Gestänge des Zeltes erzittern. Die wirren Gedanken ihres Traumes wurden jedoch nicht fortgeweht und hinterließen keine Klarheit in ihrem Kopf.

Obwohl doch alles so einfach sein könnte:

Sie würde sich ihr Buch nehmen.

Sie würde *Buchland* nehmen.

Sie würde sich neben Chaya setzen. Jetzt und hier.

Sie würde dem Spuk ein Ende bereiten.

Sie würde der Homunkula vorlesen und ihr die Seele ihrer Tochter geben.

Nein. Würde. Sie. Nicht.

Sie würde mit Quirinus gehen.

Sie würde den Teil ihrer Abmachung einhalten.

Sie würde sich dann ihr Buch nehmen.

Sie würde sich dann neben die Homunkula setzen und …

Nein. Auch das war nicht mehr möglich.

Bea musste feststellen, dass ihre Gedanken eigentlich gar nicht mehr so wirr waren. Das war eine entsetzliche Entdeckung, begruben sie doch alle Möglichkeiten, die sie für erstrebenswert gehalten hatte.

Beatrice öffnete die Augen.

Das linke Ende des Buchlands

Beatrice hatte die Augen geöffnet. Die Pritsche, auf der Quirinus gelegen hatte, wies eine unübersehbare Leere auf. Auch Chayas Schlafstätte war verwaist. Nur Ingo schlummerte noch.

Bestlin, der nach wie vor auf seinem Klappstuhl am Zelteingang saß, schenkte Beatrice ein dümmliches Lächeln. „Guten Morgen." Offensichtlich fand er es toll, die richtige Floskel zum richtigen Anlass gefunden zu haben. Deshalb verbreiterte er dieses Lächeln um zwei oder drei zusätzliche krumme Zahnstummel.

„Hallo Bestlin", antwortete Beatrice freundlich. „Hast du den Drachen erfolgreich von uns ferngehalten?"

Darauf war Herr Bündes Helfer nicht vorbereitet. Sein Gesicht bekam einen angestrengten Ausdruck der Ernsthaftigkeit. Ein paar Sekunden verstrichen, Gewitterwolken der Ungewissheit, dann kam ihm die freudige Erleuchtung. „Jaaa."

Und weil das Gespräch seiner Meinung nach prächtig lief, fasste er allen Mut weiterzusprechen. „Gut geschlafen?"

„Mir ist nur noch ein bisschen flau." Tiefe Besorgnis schlug Bea entgegen. Deshalb beeilte sie sich mit dem nächsten Satz. „Nur ein ganz kleines bisschen. Alles in allem fühle ich mich erholt. Wenn ich gleich was gegessen habe, ist bestimmt alles wieder gut."

Das stellte Bestlin vor die nächste geistige Anstrengung. Plötzlich hob er seinen muskulösen Körper ein paar Zentimeter und griff in eine seiner hinteren Hosentaschen. Seine klobigen Finger mussten einige Versuche unternehmen, bis sie endlich einen plattgesessenen Schokoriegel herausfischten. „Da."

„Oh", entfuhr es Bea. Mit einem gewissen Grad der Verzweiflung betrachtete sie das matschige Etwas, nahm es aber dann doch entgegen. Todesmutig packte sie es aus und biss vorsichtig hinein. Mit verklebtem Gaumen presste sie „Gange, legga“ heraus.

Bestlin strahlte! So viel Erfolg in Sachen Konversation hatte er kaum erwartet. Eine Frau unterhielt sich mit ihm. Für ihn wäre es leichter gewesen, mit dem Drachen zu kämpfen. All seinen Mut zusammennehmend, reichte er ihr seinen Teddybären. „Bubu mag dich.“

„Bubu?“ Beatrice’ Blicke wechselten zwischen dem Kinderspielzeug und dem Koloss von einem Mann hin und her. Nach kurzem Zögern streichelte sie über den Stoffkopf. „Ein … schöner Name. Hallo Bubu.“ Da es Bestlin offensichtlich immer schwerer fiel, die aufkommende Panik zu unterdrücken, entschloss sich Bea, das Gespräch mit dem Bären fortzusetzen. „Bubu, kannst du mir verraten, wo die liebe Chaya ist?“

Prompt antwortete Bubu, dessen Stimme verblüffende Ähnlichkeit mit der Bestlins hatte, in beredtem Tonfall: „Natürlich. Sie ist mit dem bösen Mann gegangen.“

„Quirinus?“

„Der böse Mann. Ja.“

„Sind sie zum Frühstück gegangen?“

Bestlin dachte kurz nach. Dann sagte die Teddystimme: „Ich glaube, sie sind ganz weggegangen.“

Entsetzt fuhr Beatrice herum, erfasste die Szenerie aus völlig neuem Blickwinkel. Quirinus war weg. Chaya war weg. Und außerdem lagen die beiden Bücher nicht mehr da. Sie waren aufgebrochen. Ohne sie.

Das Zelt war trotz der wilden Flügelschläge des Drachen rasch zusammengefaltet worden. Herr Bündes Leute bauten nun eine ansehnliche Frühstückstafel im Hof auf. Dazu reihten sie ein halbes Dutzend Tische aneinander, warfen weiße Tischdecken darüber und deckten mit Porzellan und Tafelsilber ein. Stühle und Schemel, in einer bunten Mischung, wurden herangetragen. Kein Möbelstück passte zum anderen und bildete auf diese Weise einen heftigen Kontrast zum festlichen Gedeck. Den chaotischen Gesamteindruck verstärkten die Bewohner des Turms. Alle waren sie auf unbestimmte Manier skurril. Insbesondere die Kleidung wirkte entweder nicht ganz zeitgemäß oder sie war gänzlich unorthodox in ihrem Erscheinungsbild. Da waren mittelalterlich anmutende Knappen, viktorianische Diener und Köche, die einem modernen Kreuzfahrtschiff entflohen zu sein schienen. Dazwischen lief ein Soldat in der Uniform des deutschen Heeres herum. Seine Pickelhaube wetteiferte mit den Hutfedern eines Robin Hood-Verschnitts um Aufmerksamkeit. Letzterer gab, während die anderen arbeiteten, einen durchdringenden Minnegesang von sich.

„Oh Mann“, kommentierte Ingo die Szenerie. Ihm wurde gerade von einem Narren und von einem Harlekin ein Gartenstuhl unter den Hintern geschoben. „Das ist ein Irrenhaus.“

„Man muss nicht irre sein“, erläuterte Ludwig munter, der rechts von ihm auf einem mottenzerfressenen Sessel Platz nahm, „um hier zu arbeiten.“ Für einen Moment machte er den Eindruck, als wolle er den Satz fortsetzen. Doch er summte lieber ein Liedchen.

Ingo drehte sich zu Bea. „Ich bin froh, wenn wir hier weg sind.“

Brotlaibe, so groß und rund wie Karrenräder, wurden auf die Tischplatte gehievt. Dazu servierte man Marmelade, Honig, Käse und Pasteten. Abstrakte Skulpturen aus Butter rundeten das kulinarische Gesamtbild ab.

Ludwig ergriff wieder das Wort. Zwar gab er vor, mit Ingo zu reden, sprach aber so laut, dass er offensichtlich alle Anwesenden zu unterhalten gedachte. Sprachlich hatte er sich dem zeitgemäßen Tonfall der Gäste angepasst. „Wissen Sie, was tatsächlich verrückt ist? Einstmals habe ich versucht, neue Worte zu erfinden. Damit die Muttersprache bereinigt wird. Latein, Französisch. Die Herren meiner Zeit gaben sich gern modern. Fremdländisch. Weltgewandt wollten sie sein. Ich war da anderer Natur. Ich fand Mitstreiter, die meiner Sache zugetan waren. Gemeinsam bemühten wir uns, das Ausländische aus dem Deutschen zu eliminieren. *Das* war verrückt.“

In diesem Moment servierte ein kleinwüchsiger Teenager den Kaffee. In Jeans und T-Shirt machte er einen halbwegs normalen Eindruck. Ludwig deutete auf eine Tätowierung, die den Oberarm zierte. Das Motiv bestand aus zwei kunstvollen chinesischen Schriftsymbolen. „Wissen Sie, was das heißt?“

Ingo schüttelte den Kopf.

„Er auch nicht“, lachte Ludwig. Dann wartete er, bis der Junge weg war. „Es sind die Zeichen *Pi* und *yan*. Hübsch anzusehen. … Arschloch.“ Er klopfte sich wenig vornehm auf die Knie. „Arschloch. Es heißt so viel wie Arschloch.“ Mit einer Serviette tupfte Ludwig sich die Mundwinkel. Offensichtlich wollte er sich von dem Kraftausdruck reinigen. Anschließend fand er zurück zum Thema. „Wie dem auch sei. Ich habe inzwischen erkannt, dass Sprache formbar ist. Das muss so sein. Es ist gut so. Sie bereichert sich ständig, macht sich bunt und lebendig. Herr Bünde hat mich darauf gebracht. Er machte mich vom Saulus zum Paulus. Seither helfe ich ihm, damit keine Worte mehr verloren gehen.“

„Wie können Worte denn verloren gehen?“

„Nett, dass Sie mich danach fragen … Zensur! Zensur, zum Beispiel.“ Ludwig schien nur auf sein Stichwort gewartet zu haben. Jetzt spulte er routiniert ab, was ihm auf dem Herzen lag. „Es wäre schön, wenn mehr Leute *1984* gelesen hätten. Sie kennen das Buch? Da wird deutlich, wie krank eine Wortzensur ist. Worte zu verbieten, das ist nicht richtig. Sprachpolitik. Politik sollte man anders machen. Stellen Sie sich vor: Die große breite Masse würde zum Beispiel das Wort *Neger* alltäglich und wertfrei verwenden. Als Schimpfwort würde es dann nicht taugen. Die Worte haben nur die Macht, die wir ihnen geben. Zurzeit ist *Neger* ein rassistisches Unwort. Vor fünfzig Jahren war es jedoch in vieler Munde vollkommen wertfrei. In fünfzig Jahren könnte man es bereits vergessen haben. Die Diskriminierung, die man mit dem Wort verbindet, wird trotzdem einen Weg finden, sich Ausdruck zu verleihen.“ Auf einem Tablett lagen kalte, panierte Schnitzel. Ludwig spießte sich eines auf die Gabel und legte es auf seinen Teller. „Hat jemand die Zigeu… die Paprikasoße gesehen?“

Während Ingo nach einer geeigneten Maßnahme suchte, um aus dem Gespräch halbwegs höflich auszusteigen, nahm Ludwig den Gesprächsfaden schon wieder auf. „Die Gender-Diskussion ist genauso eine Sprachkastration. Da werden Wortgebilde geschaffen. Pah! Neutrumismus ist …“

„Wie machen wir weiter?“, fuhr Beatrice von links dazwischen. Ihre Geduld reichte nicht für Smalltalk.

Dankbar drehte Ingo sich zu seiner Frau um. „Wir gehen?“

„Wohin?“

„Nach Hause.“

Ludwig ließ seinen Mund ein paar Mal auf- und zuklappen. Dass seine Rede so grob unterbrochen wurde, schmeckte ihm weitaus weniger als sein deftiges Frühstück. Beleidigt fing er schließlich ein Gespräch mit seinem anderen Nachbarn an. Es ging laut tönend um den Begriff *Neutrumismus*. Ludwig fragte, ob er schon in der Wortsammlung war. Außerdem stellte sich die Frage, ob es dieses Wort überhaupt gab.

Beatrice kaute auf ihrer Unterlippe. „Nach Hause?“

„Ja. Was sonst? Du hast doch eben gesagt, dass du Rachel nicht …“ Er unterbrach sich. Vor dem Frühstück hatte Bea mit ihm geredet. Sie hatte ihm von ihrem nächtlichen Gespräch mit Herrn Bünde berichtet. Und sie hatte ihm von ihrer Einsicht erzählt. Jetzt wollte Ingo vorsichtig sein. Chaya würde nicht zu Rachel werden. Nein. Aber es nochmals auszusprechen, das wusste er, würde es Bea nur noch schwerer machen.

„Aber was ist mit Chaya? Quirinus hat sie.“

„Sie ist nicht seine Geisel. Er hat sie erschaffen. Sie ist seine Sache.“

„Das ist es ja“, gestand Bea ein. Sie stocherte auf ihrem Teller mit dem Messer herum. Das darauf befindliche halbe Brötchen schob sie dabei hin und her. „Für mich ist sie keine Sache mehr. Sie ist kein Ding. Nicht mehr.“

Ingos Frühstück, etwas Müsli in einer Schüssel Milch, war auch unangetastet. Als er keine Anstalten machte, den Löffel in die Hand zu nehmen, entschied sich Murr dazu, auf den Tisch zu springen. Sorgsam darauf bedacht, keine Rosinen oder Körner mit aufzulecken, nahm er sich der Milch an. „Chaya ist kein Ding?“ Ihr Sinneswandel überraschte ihn natürlich.

Bea überlegte, wie sie es am besten sagen sollte. Herr Bündes Worte, stellte sie fest, waren die naheliegendsten. „Die Dinge haben so viel Seele, wie wir ihnen geben. Chaya ist … ist nicht Rachel. Aber irgendwie fühle ich mich für sie verantwortlich.“

Lange suchte Bea in Ingos Gesicht nach einem Zeichen der Missbilligung. Sie fand es nicht. Schließlich sagte er einfach: „Dann müssen wir wohl improvisieren. Kein Plan. Wir gehen zur Büchse der Pandora, stellen Quirinus und schauen was passiert.“ Er lächelte schief.

Bea konnte darauf nur eines antworten.

„Ich liebe dich.“

„Hocherfreut“, juchzte Herr Bünde, nachdem sie ihm ihre weiteren Absichten mitgeteilt hatten. „Die Intentionen haben sich geändert, eh? Das ist gut. Nun kann ich Ihre Enterprise mit Wohlwollen betrachten.“

„Die Frage ist nur …“, begann Beatrice.

Herr Bünde unterbrach sie. „Sie fragen? Schnell gelernt haben Sie. Das muss ich mal ganz frugal feststellen.“

„… wie wir Quirinus’ Vorsprung wettmachen können.“

Herr Bünde schniefte. Der Rotzfaden, der ein munteres Eigenleben zu führen schien, verschwand kurz in der krummen Nase des Wortesammlers. „Bei so vielen Abenteuern, die das Buchland für seine Besucher bereithält, he, he, kommt es auf eine weitere Episode wohl nicht an. Steht Ihnen der Sinn nach etwas …“ Was sollte ein Mann sagen, der ein Archiv voller Synonyma hatte? Herr Bünde kaute die beiden Silben, bevor er sie mit einem gerüttelten Maß an Verzweiflung aussprach. Englisch kam ihm in diesem Fall nur unwillig über die Zunge. „Äktschon?“

„Action?“ Ingo wirkte misstrauisch.

„Nun.“ Herr Bünde zeigte sich verlegen. „Mit einem Musenross kann ich nicht dienen. Aber mein Thesaurus ist über den Gefilden der Literatur ein hervorragendes Reittier. – Wenn man sich traut.“

Mit schweren Riemen und viel Mühe hielten die Bewohner des Turmbaus das Ungetüm im Zaum. Beatrice und Ingo kletterten über eine notdürftig errichtete Rampe auf den schuppenbewehrten Rücken. Sie kamen sich dabei vor, wie Cowboys in der Pferdebox einer Rodeoveranstaltung. Es war kein Sattel vorhanden. Der Rückenkamm des Thesaurus war hart wie Stein. Als er sich plötzlich aufbäumte, gab Ingo einen erstickten Schmerzlaut von sich.

„Alles klar?“, fragte Beatrice mitfühlend.

Ingo presste gequält „Ja“ hervor. Seine Stimme klang ungewohnt hoch.

„Zum Lenken, Steuern, Navigieren …“ Herr Bünde wich einem unkontrollierten Flügelschlag aus. Er löste vorsichtig die Halskette, die mit einer Öse im Pflaster verbunden war. „… müssen Sie einfach an den Ohren ziehen. Links und rechts.“

Ob das tatsächlich so einfach war, bezweifelte Beatrice. Sie kam kaum an die Spitzen der Ohren heran und dem hin und her wippenden Kopf auf dem kräftigen Hals konnte sie kaum etwas entgegensetzen.

„Hoffe ich“, fügte Herr Bünde hinzu.

„Was?“ Beatrice hätte fast den Halt verloren, als die Riemen losgelassen wurden. Der Thesaurus stieß sich so kraftvoll vom Boden ab, dass es ihr und Ingo die Luft aus den Lungen presste.

„Sie fragt. Sie fragt wieder. Richtige Frage, Frau Liber!“ Herr Bünde freute sich sichtlich. Zum Abschied winkte er ihr zu, brabbelte dabei einige seltene Worte, die ihm gerade in den Sinn gekommen waren. Was Beatrice und ihr Mann zu ihm herunterschrien, konnte er ohnehin nicht mehr hören. Zu schnell entfernten sie sich in die Höhen.

Ludwig legte in aller Freundschaft einen Arm um Herrn Bündes Schultern. „Deine Gegenwart erquickt mich nochmaligst. Mir deucht, du hättest ihnen noch etwas darlegen müssen.“

„Eine weitergehende Erläuterung? Über was?“

„In den Lüften steuert man nicht nur nach links und rechts, mein Bester.“

Sie hoben ihre Köpfe. Irgendwo weit oben konnten sie einen kleinen, rasch schrumpfenden Punkt erkennen.

Chaya hatte die Augen geöffnet. Sie lag in diesem feindseligen Wald, spürte hart die Wurzeln der verwilderten Regale in ihren Rücken drücken. Quirinus hatte sich über sie gebeugt und auf ihren Lippen schmeckte sie noch seinen sauren Speichel.

Der Alchemist grinste bösartig. „Wieder da?“

Die Homunkula antwortete nicht. Was hätte sie auch sagen sollen? Ja, sie war wieder da, fühlte die Schmerzen in ihren Eingeweiden brennen, fühlte die zitternden Knochen, fühlte, wie das geliehene Sein bereits wieder still aus dem Herzen kroch. Das Leben rieselte, den Körnern in einer Sanduhr gleich, hinab im Strudel der verrinnenden Zeit.

„Gut“, sagte Quirinus, „ich habe nämlich keine Lust, dich den ganzen Weg zu tragen. Streng dich gefälligst etwas mehr an. Ich will da jetzt runter und du kommst mit. Wir haben es eilig.“

Der Pfad zwischen den Büchern und ihren krankhaften Auswüchsen war kaum noch zu erkennen. Trotzdem hatte Quirinus sich zielsicher bewegt.

„Wir haben Zeit“, stöhnte Chaya. Ja, Quirinus hatte alle Zeit der Welt. Niemand würde ihn stören, egal, was er vorhatte. Dessen war Chaya sich sicher. Beatrice würde mit Ingo zurückgehen und sie, Chaya, dem Bösen überlassen. Quirinus hatte ihr, kurz nachdem sie die Zugbrücke hinter sich gelassen hatten, von dem Gespräch zwischen Beatrice und Herrn Bünde brühwarm erzählt. Jetzt fühlte sie sich leer, hoffnungslos.

Um dieser Leere etwas entgegenzusetzen, versuchte sie, sich an Pippi Langstrumpf und die Kleine Hexe zu erinnern. Ein kleines Stückchen Text, eine Erinnerung, irgendwas hätte ihr gereicht. Da war nichts mehr. Versickert. Verloren. Da war nicht mal mehr die eigene Vergangenheit. Vieles von dem, das sie seit ihrer Schöpfung erlebt hatte, war weggepustet. Staub im Wind. Ihr Lebensbuch hatte sich geleert. „Wir haben Zeit.“

Argwöhnisch schaute Quirinus zurück. Fern konnte man noch den Turm sehen. Von hier aus betrachtet, reckte er sich über ihnen aus einem Steilhang empor. Der Anblick erinnerte an ein Schwalbennest. Es waren tatsächlich nirgendwo Verfolger zu sehen. „Scheint so.“

Eine kleine Ewigkeit später traten sie auf die Ebene hinaus. Chaya war bis hierher die ganze Zeit neben Quirinus hergetrottet. Ihre Abhängigkeit zog sie wie eine unsichtbare Leine, die sie an ihn band.

Der Nebel stand nun hüfthoch und ließ keinen Rückschluss auf die weiteren Gegebenheiten des Terrains zu. Auf den nächsten Metern hätten unter dem wogenden grünen Meer aus Nichts verborgene Wiesen, Kopfsteinpflaster oder Speerspitzen und Rasierklingen warten können.

Vielleicht auch bodenlose Abgründe. Chaya schaute unsicher zu Quirinus hoch. Zu ihrer Überraschung stellte sie fest, dass ihm wohl ähnliche Überlegungen durch den Kopf gingen. Er dachte angestrengt nach, wog die sich ihm bietenden Möglichkeiten ab.

„Das hier ist meine Geschichte“, knurrte er schließlich. „Das hier ist mein Stück vom Buchland. Mein Abenteuer.“ Er schickte sich an, einen Schritt zu tun. Der Fuß hob sich. Der Fuß bewegte sich einige Zentimeter vor, stoppte dann und wurde wieder zurück auf den angestammten Platz geführt.

Er ist sich nicht sicher! Chaya bekam ein ganz merkwürdiges Gefühl. Sie spürte, wie ihr Herz einen Hüpfer machte und in der Magengegend etwas kribbelte.

„Hmm. Meine Regeln.“ Quirinus schielte zu Chaya hinunter. „Ja. Trotzdem möchte ich ungern ein unnötiges Risiko eingehen.“ Das war kein Selbstgespräch mehr. Er tänzelte zur Seite, verbeugte sich galant und deutete mit der Hand am ausgestreckten Arm voraus. „Nach dir, meine Süße.“

Das kurze Hochgefühl in Chaya verebbte sofort. Speerspitzen und Rasierklingen, durchfuhr es sie wieder, vielleicht auch viel Schlimmeres.

„Nun los“, sagte Quirinus ungeduldig.

Mit zusammengekniffenen Augen versuchte das Mädchen zu erkennen, was der Nebel verbarg. Vergeblich. Nicht mal ihre Waden konnte sie sehen. In einem Akt der Verzweiflung pustete sie einmal kräftig. Es gab ein paar schöne Verwirbelungen und aufstiebende Wölkchen, doch der erhoffte Effekt blieb aus.

Plötzlich packte Quirinus sie im Nacken und stieß sie mit aller Kraft vor. Sie taumelte ein Dutzend Schritte ins Unbekannte. Beinahe wäre sie über ihre eigenen Füße gestolpert und gefallen, doch sie fand rechtzeitig ihr Gleichgewicht wieder.

„Alles klar?“

Chaya fuhr herum. „Du blöder …“

Quirinus hob mahnend den Finger. „Na, na, na.“ Um jeglichen weiteren Widerstand zu brechen, griff er in seinen Rucksack und zog kurz zwei Bücher empor. Chaya erkannte sie sofort. Er hatte *Buchland* und ihr Lebensbuch an sich genommen, während Ingo, Beatrice und sie geschlafen hatten.

Chaya schluckte den Zorn, der sich gerade noch so lebendig angefühlt hatte, herunter. Stattdessen setzte sie den Weg in die von Quirinus angegebene Richtung fort. Mit Todesverachtung wagte sie sich nun zügig voran und sah mit Genugtuung, dass ihr Quirinus weitaus vorsichtiger folgte. Er stakste förmlich und tastete mit jedem Schritt den Untergrund misstrauisch ab. Irgendwie ist es wohl doch nicht wirklich deine Geschichte, dachte sie voller Hohn.

„Weißt du was? Wir beide sollten uns daran erinnern, dass wir ein Team sind“, schlug Quirinus vor. Seine Stimme zitterte leicht, obwohl er sich darum bemühte, souverän zu klingen. „Immerhin habe ich dich dafür erschaffen … und wir haben ja auch gemeinsame Interessen. Der ganze Aufwand mit den Babyfotos soll doch nicht umsonst gewesen sein. Du warst schon mal ein kleines bisschen Rachel, als ich dir aus der Taschenbuchausgabe vorgelesen hatte. Erinnerst du dich? Im Labor des Kuriosums. Wir hatten Fotos gemacht. … Stell dir vor, wie schnell du ein echtes Mädchen werden kannst, wenn ich dir nun aus dieser besonderen Ausgabe vorlese!“

„Markus hat *mir* das Buch geschenkt.“

„Der Blinde Buchbinder? Nett. Es kommt mir just in diesen Momenten vor, als wäre es ein Geschenk für mich. Dadurch liegt wieder alle Macht bei mir.“

„Es ist mein Buch.“

„Ist es das? Möchtest du also Rachel werden?“ Quirinus lachte. Dabei war nicht zu deuten, ob er diese Option tatsächlich in Betracht zog, für gut befand oder sonst irgendwie für machbar hielt.

„Ich möchte …“ Chaya hielt inne. Sie hatte versucht, eine Antwort zu geben, die sie für sich selbst noch nicht gefunden hatte. Ohne Beatrice hatte sich alles geändert! Irgendwie. „… nicht seelenlos bleiben.“

„Dann“, Quirinus tätschelte seinen Rucksack, durch dessen Stoff sich die Umrisse eines Buches abzeichneten, „sollten wir wirklich wieder ein

Team sein. Mit Frau Liber haben wir fast das ganze Buchland durchschritten. Das Gute siegt immer, hier im Buchland. Und unsere liebe Frau Liber ist die Heldin in ihrem Buch. Wir sind ihre Verbündeten. Und jetzt wirst du ein letztes selbstloses Opfer für sie geben, sobald du mir geholfen hast, an die Büchse der Pandora zu kommen. Du wirst Rachel sein. Dem Happy End steht nichts mehr im Wege. Die Bücher können uns nicht daran hindern. Es sind ihre ureigensten Regeln."

Der Untergrund fühlte sich wie Sand an. Davon schien keine Gefahr auszugehen. Es raschelte und rauschte unter den Füßen wie bei einem Spaziergang an einem Strand. Während Quirinus noch immer übervorsichtig hinter Chaya einherging, gewann in ihr ein merkwürdiges Gefühl die Oberhand: Es war ihr egal, was mit ihr geschehen würde. Die Angst räumte wieder den Platz für die Apathie.

Aber sie bewahrte sich einen Funken Neugier, dem sie nachgeben wollte. Sie hielt unbewusst die Luft an und schloss die Lider. Dann ging sie in die Hocke, tauchte in den Nebel hinab. Ihre Finger berührten den Boden, fassten in das körnige, raue Etwas, ließen es über die Handflächen rinnen und rieseln.

„Chaya, wo bist du?"

Sie blieb still, schlug mutig die Augen auf und atmete tief ein. Der Nebel tat ihr nichts.

„Chaya?"

Quirinus stand nun irgendwo neben ihr. Da! Sie konnte seine Füße sehen. Er drehte sich unsicher in alle Richtungen, suchte seine Schöpfung.

Es wäre so leicht gewesen, einfach hier zu bleiben. Im Verborgenen. Allein. Sie senkte den Blick. Im trüben Licht konnte sie endlich den Boden sehen. „Buchstaben. Es sind Buchstaben." Auf ihrer Hand lagen auch noch ein paar. Sie waren verschieden groß, als ob sie aus verschiedenen Büchern herausgefallen wären. Dennoch bildeten sie gemeinsam die Worte „Es war einmal". Als die Homunkula genau hinsah, erkannte sie sogar drei kleine Punkte dahinter.

„Chaya! Wenn du nicht sofort wieder auftauchst, dann …"

„Der Weg war lang. Der Weg war weit.“ Chaya geisterten noch andere literarische Floskeln durch den Kopf, während sie tapfer einen Schritt vor den anderen setzte. Sie hatte sie förmlich in sich aufgesogen. Nun pflügte sie durch den Nebel, teilte ihn für Quirinus, der sich dicht hinter ihr in ihrem Fahrwasser hielt. Von dem geheimnisvollen Buchstabensand hatte Chaya ihrem Begleiter nichts verraten. Dieses kleine Geheimnis konnte vielleicht noch von Bedeutung sein.

Und so legten sie den weiten und langen Weg zurück, bis sich am fernen Horizont des Nebels schließlich dunkle Konturen formten, denen sie sich langsam näherten.

Die Ohren des Drachen waren lang und an den spitzen Enden wuchsen bandartige Hautfäden, die vom Wind nach hinten gedrückt wurden. Beatrice hatte einige zu fassen bekommen und zog nun mit Leibeskräften daran. Der erwünschte Erfolg blieb aus. Das einzige Kommando, was sie mit ihren Bemühungen an den Thesaurus zu geben schien, war: Brüll so laut du kannst! Aus der Kehle des Tieres drang markerschütterndes Gebrüll. Es ließ sich nicht feststellen, ob es vor Schmerzen schrie oder ob es Bea einfach nur verspottete.

Ingo war keine Hilfe. Stocksteif saß er hinter ihr, hielt sich krampfhaft an ihren Hüften fest, während der Körper des Thesaurus mit jedem Flügelschlag ein unberechenbares Auf und Ab vollzog. Es glich einer wilden Achterbahnfahrt. Als sich Beatrice zu ihrem Mann umdrehte, sah sie, dass er die Augen verkrampft zukniff.

In einem Luftloch sackten sie plötzlich tief ab. „Booooah“, entfuhr es Ingo gequält.

„Mach mir nicht schlapp“, rief Bea besorgt, „und lass nicht los.“

„Toller Tipp“, presste Ingo zwischen den Zähnen hervor.

Bea wagte einen weiteren Versuch und zerrte am linken Ohr. Bald darauf hatte sie das Gefühl, ihr würde das Trommelfell platzen. „Das Vieh lässt sich nicht steuern.“

„Ich glaube, dieser Herr Bünde hat keine Ahnung, wie man einen Drachen lenkt“, kommentierte Ingo. Er musste brüllen, um das Rauschen des Windes zu übertönen. Ein kurzer Blick nach unten bestätigte Beas Befürchtungen: Sie stiegen immer höher in die Luft. Der Turm war nur noch ein Tintenklecks im Land der Bücher. Das Umland hatte sich im Dunst der Höhe verloren. Es konnte aber auch sein, dass der grüne Nebel inzwischen alles bedeckte. „Irgendwie müssen wir runter."

„Bitte?"

„Runter!"

In diesem Augenblick versuchten ihre Mägen, durch die Ohren herauszukriechen. Der Drache hatte die Flügel angelegt und die Schwerkraft hatte sie mit ihren gierigen Klauen zu packen bekommen.

„Was hast du gemacht?", schrie Ingo panisch.

„Nichts!"

„Du musst irgendetwas gemacht haben. Wir fallen."

Beatrice spürte, wie ihr die Haut im Gesicht schlackernd nach hinten gedrückt wurde. „Ich habe nichts gemacht. Ich habe keine Ahnung, was ich gemacht haben könnte."

Der Boden kam ihnen beunruhigend schnell entgegen, während die Luft dazwischen sich eiligst aus dem Staube machte.

„Als du *runter* gesagt hast, was hast du dabei gemacht?"

„Ich habe nur *runter* gesagt."

„Dann sag jetzt, verdammt noch mal, was Anderes."

„Was?" Hatte ihr Mann den Verstand verloren?

„Verstehst du nicht? Hier dreht sich alles um Worte …"

Die nächste Sekunde klebte an ihnen. Beatrice' Gedanken nahmen die Gelegenheit wahr und legten einen Spurt ein, während die aberwitzige Höhe auf ein Nichts schrumpfte. Die Sekunde glitt davon.

Beatrice schrie: „Bitte, oh mein Gott … Hoch! Hoch! Hoch!"

Flapp! Die Schwingen entfalteten sich und machten aus dem Sturz einen anmutigen Segelflug, der durch seine bloße Geschwindigkeit Mensch und Fabelwesen wieder mehrere hundert Meter emportrug.

Beatrice beugte sich vor. Sie berührte fast das linke Ohr, als sie sprach. „Und jetzt bring uns zu meiner Chaya." Keine Reaktion. Der Thesaurus flog unbeirrt geradeaus. Die Macht der Worte … Da fehlte noch etwas. „Die kurzen Worte sind die besten", hatte Herr Bünde gesagt …

„Bitte."

Eine haushohe Wand aus rotem Sandstein stemmte sich gegen den Nebel. Auf ihr hätten gut einige Mammuts und ihre Jäger aufgemalt sein können. Doch der Künstler, der sich hier verewigt hatte, hatte andere Mittel gefunden, sich auf dem Stein zu verewigen. Chaya tastete sachte über die feinen Reliefs. „Bücher."

„Was sonst", seufzte Quirinus genervt. „Wie langweilig."

„Wunderschön", sagte Chaya, die feinen, detailreichen Ausarbeitungen betrachtend. „Sogar die Titel sind eingemeißelt."

„Komm", befahl Quirinus. Er deutete auf einen Durchgang, der sich nicht weit entfernt in der Wand zeigte. Schwere Halbsäulen rahmten einen dunklen Pfad ein. „Vielleicht geht es da weiter."

Er rannte dorthin und vergaß dabei kurz seine Vorsicht beim Durchschreiten des Nebels. Kaum war er angekommen, blieb er abrupt stehen. Erst als Chaya nachgekommen war, sah sie, was ihn hatte stoppen lassen.

„Ihr möchtet dieses Land verlassen und zu neuen Gestaden aufbrechen?" Ein Wächter versperrte ihnen den Weg. Mit Morgenstern und Hellebarde bewaffnet, gekleidet in eine silberne Rüstung, erfüllte er schon sämtliche Klischees eines mittelalterlichen Ritters. Doch irgendwie erinnerte seine Aufmachung an die Arbeit einer fortgeschrittenen Aushilfe eines Kostümbildners in Hollywood. Hinter ihm erklang leise Musik. Quirinus erkannte den Song und gab sich irritiert. „Simon and Garfunkel?"

Der Ritter zog sein Visier hoch und gab den Blick auf sein Gesicht frei. Er lächelte begeistert. „Ja. *Bookends*."

„War klar", kommentierte Quirinus.

„Musik? Film? Kunst? Oder möchtet Ihr eine der anderen Straßen bereisen?"

„Ich verstehe nicht."

Der Ritter nahm Haltung an. „Hier ist das Ende. The End. Fin. So wie es auf jeder letzten Seite steht. Es gehört sich so." Mit der Hellebarde deutete er nach oben. In Stein gehauen stand dort: „Ende“. Der Ritter gluckste: „Das höchste Glück des Schriftstellers.“

„Wir möchten das Buchland nicht verlassen.“

„Was ist dann Euer Begehr?“

„Wir suchen die Büchse der Pandora.“

„Einen Anfang“, sagte der Ritter. Seine Stimme klang unerwartet entrückt, fast schon sehnsüchtig. „Den gibt es bei mir nicht.“

„Wir sind hier falsch?“ Das nackte Entsetzen zeigte sich in Quirinus' Gesicht.

„Enden und Anfänge. Sie liegen nah beieinander. Sie sind nicht dasselbe und doch berühren sie sich auf eine nicht räumliche Weise.“ Der Ritter räusperte sich. „Ihr müsst auf die andere Seite der Wand. Dort ist ein Durchgang wie dieser. Dort findet Ihr die Anfänge des Buchlands.“

„Dann lass uns durch.“

Quirinus bekam zunächst ein vornehmes Hüsteln zur Antwort. Es hörte sich an, als wäre es für Begriffsstutzige reserviert. „Nein. Wenn Ihr hier durchgeht, findet Ihr nur Enden. Ihr müsst auf die andere Seite und von dort aus den Durchgang beschreiten.“

Quirinus holte tief Luft. Bevor er etwas Falsches sagen konnte, entwich ihm aber der Atem wieder. Fast vollkommen ohne Betonung sagte er schließlich: „Logisch. Ich hätte von selbst drauf kommen müssen.“

„Es ist eine Art Magie“, gab der Ritter zu.

Als sich Quirinus zum Gehen wandte und der Ritter entspannt einen Schritt zur Seite trat, erhaschte Chaya einen kurzen Blick in das Innere des Durchgangs. Dort öffnete sich kurz die dritte Tür auf der linken Seite. Ein Kopf mit einem lichten, grauen Haarkranz spähte daraus hervor. Als er Chaya erblickte, zwinkerte er ihr freundlich zu. Doch bevor sie ihre Überraschung ablegen konnte, hatte der Mann sich schon wieder zurückgezogen und die Tür hinter sich geschlossen. Durfte sie ihren Augen trauen? Sie kannte diesen Mann …

Ein weiteres kleines Geheimnis, das sie für sich behielt.

Gut und Böse

Die Wand zu überwinden war zunächst weitaus einfacher als gedacht. Manche der in Stein geschlagenen Bücher standen vor und boten den Händen beim Klettern genügend Halt. Andere lagen so weit zurück, dass man den Fuß hineinschieben konnte. Quirinus, dem die Ungeduld aus jeder Pore triefte, war als Erster oben angekommen. Doch als seine Hände den Rand umfassten, fluchte er schmerzerfüllt. Er hatte sich geschnitten.

„Die verdammte Mauer ist so dünn wie eine Rasierklinge“, stellte er fest. Dabei hielt er sich die Handfläche. Hätte er fester zugepackt, da war sich Chaya sicher, hätte es ihn die Finger gekostet. „Kannst du deinen Mantel ausziehen?“

Vorsichtig klemmte sie die Füße in zwei Nischen ein und legte dann umständlich den Mantel ab, sorgsam darauf bedacht, sich immer mit einer Hand festzuhalten. Endlich hatte sie es geschafft. Sie reichte das Bekleidungsstück hinauf zu Quirinus, der es längs über die Kante warf. „Das dürfte reichen“, sagte dieser. Dabei schob er sich über das Kleidungsstück auf die andere Seite. Chaya tat es ihm kurz danach gleich.

„Sind wir wirklich auf der anderen Seite“, fragte sich Quirinus, „oder ist das so eine optische Scheiße?“ Er stemmte die Hände in die Hüften, während Chaya mit den Fingern über die in Stein gemeißelten Buchrücken tastete. „Da drüben steht sogar der Irre.“

„Es ist ein anderer Ritter“, flüsterte Chaya. Es war ihr unangenehm, dass Quirinus so abfällig über jemanden sprach, der sich in Hörweite aufhielt.

„Ja“, knurrte Quirinus, „muss so sein.“

„Was ist Euer Begehr?“ Der Ritter, stellte Chaya fest, trug eine ähnliche Rüstung wie sein Gegenpart auf der anderen Seite. Selbst die Statur glich sich, ebenso wie die Stimme und das weitere Gehabe. „Welche Gestade sucht Ihr?“

Das rote Leuchten erschien wieder in Quirinus’ Augen. Seine Ungeduld schlug in Zorn um. „Die Büchse der Pandora, zum Teufel.“

Konnte ein Helm die Augenbrauen hochziehen? Chaya meinte, dem Visier des Ritters einen überraschten Ausdruck entnehmen zu können. Vielleicht spiegelte sich aber nur das diffuse Licht ein wenig anders.

„Warum so unwirsch?“ Die blecherne Stimme hörte sich etwas pikiert an. „Gerne weise ich Euch den Weg. Dies ist meine Aufgabe.“

Quirinus knurrte: „Die Büchse der Pandora.“

„Nun, da seid Ihr bei mir richtig, der Herr. Hier findet Ihr die Anfänge des Buchlands. Pandora? Das ist eine mythologische Geschichte. Sie erzählt einen Anfang und ist obendrein Teil eines Anfangs. Immerhin kommt aus ihr das Böse, das sich in fast allen Geschichten des Buchlands findet. Und die Geschichte der Pandora wurde auch in zahlreichen Büchern festgehalten. Deshalb ist die Büchse der Pandora tatsächlich ein Teil des Buchlands.“

„Ich will keinen Vortrag hören.“

„Ach, ich bitte Euch! Zu selten kommen Reisende hier vorbei. Lasst mich Euch von der Sage erzählen. Und von den Geschichten. Von Gut und Böse. Wisst Ihr, was die Sage vermitteln will? Im Bösen …“ Der Ritter verschluckte sich, so beeilte er sich zu sprechen, damit ihm seine neuen Zuhörer nicht davonliefen. „Im Bösen liegt das Gute begründet. Was wäre die Hoffnung ohne die Angst? So wie der Tod das Tor zum Leben ist, kann das Böse der Weg zum Guten sein.“

Quirinus trat auf den Wächter zu. Seine Nasenspitze berührte fast das Metall des Helms, als er zischte: „Ich *bin* böse.“

„Gut“, sputete sich der Ritter zu sagen. Dabei schrumpfte er scheinbar um einige Zentimeter. „Dann kennt Ihr Euch ja aus, Herr.“ Fast hätte er seine Hellebarde fallen lassen, als er hinter sich in den Gang deutete. „Ihr müsst hier durch. Einfach geradeaus.“

Es sah aus, als hätte man die Welt umgestülpt. Die Realität war auf links gedreht und eingelaufen, wie ein Pullover, der zu lange im Trockner war. Die Farben waren ausgeblichen. Trübes, feuchtes Grün überlagerte alles. Der Thesaurus glitt dicht über dem Boden dahin. Der Nebel unter ihm war für neugierige Blicke undurchdringlich, glich einer Wolkendecke am Himmel.

Ingo drückte sich fest an Beas Rücken. Seine Arme umschlangen sie, spendeten auf diese Weise etwas Wärme und Schutz, während der harte Wind sie frösteln machte. „Ist das noch das Buchland?"

„Keine Ahnung", rief sie. „Ich glaube schon."

„Aber wo sind die Bücher?"

„Keine Ahnung", wiederholte Bea. „Aber wenn wir zu den Anfängen reisen … Die ersten Geschichten wurden mündlich weitergegeben. Es gab unzählige Geschichten. Doch sie waren nicht auf Papier gebannt."

„Keine Bücher?"

„Keine Bücher."

„Verstehe."

Ein Flügelschlag katapultierte sie wieder viele Meter empor. Ein dunkelrotes Band teilte vor ihnen die Landschaft in zwei Hälften, mäanderte von Horizont zu Horizont. Mit einem lauten „Wusch" rasten sie darüber hinweg und ließen es bereits im nächsten Augenblick rasch hinter sich.

„Was war das?"

Ingo drehte sich, soweit er konnte, ohne den Halt zu verlieren, herum. „Eine Mauer, glaube ich."

Und dann, so plötzlich wie ein Wimpernschlag, breitete der Thesaurus seine Schwingen aus, bäumte sich auf und stemmte sich elegant in den Wind. Bea und Ingo presste dieses Bremsmanöver fest gegen seinen Rücken. Sie klebten förmlich an seiner senkrecht aufgerichteten Wirbelsäule. Es folgte ein unangenehmes Gefühl wie in einem zu schnell fahrenden Aufzug. Ein harter Aufprall. Aufwirbelnder Staub. Tanzende Dunstfetzen.

Bea und Ingo gerieten ins Rutschen, glitten den Rückenkamm hinunter, bis zum Schwanz des Lindwurms. Dort stiegen sie rasch ab, denn es war mehr als deutlich, dass für ihr Reittier hier die Reise ein Ende gefunden hatte. Kaum berührten ihre Füße den sicheren Boden, hob sich der Thesaurus schon wieder in die Lüfte und ließ sie atemlos zurück.

„Starker Auftritt."

Ingo und Bea fuhren herum. Keinen Steinwurf entfernt standen Chaya und Quirinus. Letzterer nahm just seinen Tropenhelm ab und verstaute ihn in seinem Rucksack. „Ich wusste nicht, dass dieses Vieh auch als Lufttaxi zu gebrauchen ist. Das hätte viel Zeit und Mühe sparen können. Zumindest hätten wir uns die Mauer und diesen komischen Durchgang erspart. Der Weg bis hierher war auch so schon weit genug." Er drückte nun seinen Rucksack platt, strich ihn glatt und faltete ihn dann sorgsam zusammen. Übrig blieb ein Stück Stoff, das gerade einmal die Maße einer Geldbörse hatte. Beiläufig steckte er es in seine Brusttasche. „Ich hätte nicht gedacht, dass Sie Ihren Mann überreden können, mit unserem Projekt weiterzumachen. Ehrlich gesagt, hatte ich kaum Hoffnung, dass Sie noch weitermachen würden. Sie sehen mich überrascht. Sie möchten also doch Ihre kleine Rachel wieder in den Armen halten? Nun gut. Holen wir uns die Büchse der Pandora. Halte ich erst den Lohn für meine Mühen in der Hand, bekommen Sie Ihre Tochter zurück."

„Ich will Chaya."

„Chaya?" Quirinus machte eine Schnute. „Was wollen Sie denn mit der? Sie wäre kein Gewinn für Sie, liebe Beatrice. Glauben Sie, ich würde den Rest meines bescheidenen Daseins bei Ihnen Hausbesuche machen, sobald die Homunkula aufs Neue ihr Leben ausgehaucht hat? Chaya ist nur der Traum von einem Leben. Sie ist ein Platzhalter. Ein Gestalt gewordenes Synonym. Sie ist die Personifizierung Ihres Wunsches."

„Welcher Wunsch?", fragte Ingo. Er hatte sich hinter Bea gestellt. Mit der flachen Hand stützte und stärkte er ihr den Rücken.

„Der Wunsch nach Ihrem Kind, Herr Liber." Quirinus schob Chaya vor sich. Seine Hand lag schwer in ihrem Nacken und machte der Homunkula klar, dass Weglaufen sinnlos war. „Ich kann Ihnen ausschließlich diesen einen Wunsch erfüllen. Und zwar nur auf diese eine Weise. Alles andere liegt nicht in meinen Möglichkeiten."

„Ich möchte …“, begann Chaya leise.

„… für den Moment die Klappe halten. Wenn der Kuchen spricht“, raunte Quirinus, „hat der Krümel zu schweigen.“ Mit einem Nicken deutete er hinter Beatrice. „Wir brauchen nicht lange zu diskutieren. Schauen Sie, Frau Liber: Dort ist die Büchse der Pandora.“

Ingo und Bea drehten sich um. In einiger Entfernung stand auf einem Sockel ein irdener Krug.

„Ein eindrucksvolles Stück griechischer Töpferkunst. Finden Sie nicht auch? Betrachten Sie nur die schönen Ornamente und die kunstvoll gearbeiteten Henkel. Es wäre wirklich zu schade, ein solches Meisterwerk hier unten stehen zu lassen.“ Quirinus Stimme klang wieder wie die des Kuriositätenhändlers; so, wie er sich vorgestellt hatte: souverän und gleichzeitig untertänig. „Frau Liber, Sie wissen doch noch, dass ich für dieses Schmuckstück einen Platz in meinem Laden reserviert habe.“

Über den oberen Rand des Gefäßes quoll stetig der Nebel. Seine Konsistenz schien hier dicker, fast flüssig, zu sein. Kleine dunkle Flecken trieben mit ihm empor und flossen dann außen an den Wänden des Kruges herunter. Es war ein immerwährender Strom.

„Holen Sie ihn für mich.“ Jetzt flehte Quirinus beinahe.

Ingo gab sich pragmatisch: „Holen Sie ihn doch selbst.“

„Ich?“ Quirinus lachte freudlos. „Soll ich es versuchen? Nur um zu zeigen, was passiert? Ich habe eine ungefähre Vorstellung, müssen Sie wissen. Passen Sie auf.“ Er straffte seine Gestalt, zog und zupfte nochmals an seiner Hose und an seiner Jacke herum. Dann spurtete er los, geradewegs zu der antiken Keramik.

Zunachst geschah nichts Ungewöhnliches. Er stob durch den Nebel wie ein Ozeanriese durch die Wellen der See. Schnell, kraftvoll und unaufhaltsam. Aber irgendwas verlangsamte sein Tempo plötzlich. Es sah aus, als müsste er sich gegen eine unsichtbare Macht stemmen. Immer weiter nach vorne beugte er sich. Irgendwann erreichte sein Körper einen schier unmöglichen Winkel zum Grund. Mit der Nase schien er fast den Boden zu pflügen. Jeder Schritt bereitete ihm nun unendliche Mühe. Seine Füße gewannen kaum noch Raum. Schließlich tauchte er ganz in den

Nebel ein, krabbelte und kroch ein letztes, kleines Stück und verschwand aus ihrem Blick.

„Was stellt der Kerl da an?“ Ingo nahm das merkwürdige Schauspiel nicht für voll. Für ihn gab es nur eine Erklärung. „Hat er gesoffen?“

Chaya schüttelte stumm den Kopf.

Unter dem wabernden Dunst geriet etwas in Bewegung. Es rollte mit hoher Geschwindigkeit auf sie zu. Bevor sie reagieren konnten, landete es schon zwischen ihnen. „Autsch.“ Quirinus' Gesicht, zerschrammt und geschunden, hob sich wie ein Periskop hervor. „Wie ich es mir gedacht habe. Arme Kuriositätenhändler werden nicht vorgelassen.“

Bea verstand als Erste, was er meinte. „Ein Kuriositätenhändler wäre vielleicht vorgelassen worden. Aber das Böse darf hier nicht weiter“, stellte sie richtig.

Quirinus zeigte sich über seine erneute Entlarvung erfreut. „Wie recht Sie haben. Die Bücher wollen, dass das Gute siegt. Meinen Bestrebungen wird offensichtlich kein Vertrauen geschenkt.“ Er stand auf und klopfte seine Hose ab.

„Und Sie denken, dass ich es schaffen kann?“ Beatrice schaute unsicher hinüber zu dem Tongefäß.

Quirinus' Lächeln verzog sich zu einem hinterlistigen Grinsen. „Natürlich! Sie sind die Protagonistin in Ihrer Geschichte. Sie sind die Gute. Es wird ein Spaziergang für Sie.“

„Die Gute. Bin ich das?“ Irgendwie war sich Beatrice nicht so sicher. Ihre ursprünglichen Absichten mochten zwar bei oberflächlicher Betrachtung nachvollziehbar und richtig erschienen sein. Aber jetzt …

„Sie können immer noch Ihre Rachel zurückbekommen.“ Quirinus strich sich seine dünnen weißblonden Haare glatt. Er ging in die Hocke und hob sich dann auf die Zehenspitzen. Es folgte eine gekonnte Pirouette. Pan tanzte seinen Tanz als Verführer. „Für mich bleibt alles unverändert. Mein Angebot steht. Sie werden doch wohl Ihre Tochter nicht ihrem Schicksal überlassen, dort drüben im Schattenreich der Toten.“

Seine letzten drei Worte versetzten Beatrice einen heftigen Stich. „Schattenreich? Geht es Rachel nicht gut?“

„Tja. Das ist – gewissermaßen – eine Glaubensfrage. Himmel und Hölle. Gut und Böse. Schwarz und Weiß. Ying und Yang." Quirinus geckerte hässlich und säuselte dann: „Man kann an so vieles glauben. Gott und so."

„Woran glaubt das Böse?" Ingos Stimme klang herausfordernd.

„An das Herzklopfen im Schatten der Angst, an den rasenden Puls im Rausch der Hoffnungslosigkeit, an zitternde Finger. Verzweiflung ist anbetungswürdig!"

„Verzweiflung?" Woher kam denn auf einmal der Kloß in Beas Hals?

„Die Würze im Buchland. Sie müssten das doch wissen, Frau Liber. Schriftsteller, die mit dem Kopf im Himmel sind, stehen mit den Füßen tief in der Scheiße. Die schönsten Phantasien brauchen die tiefsten Depressionen. Erst die Angst lässt den Menschen wachsen. Sie erhebt ihn über die bloße Materie des Kontinuums. Wer mag, darf an Gott glauben und an sein himmlisches Jenseits. Tun Sie es? Dann haben Sie Gewissheit. Ihrer Rachel geht es tatsächlich gut. Gott, Gütiger!

Vielleicht ist Gott aber auch nur ein Lektor, der darüber wacht, dass die Geschichten in unseren Lebensbüchern unterhaltsam bleiben. Das hätte dann zu bedeuten, dass er die für jeden Roman geltende Regel auf jeden von uns anwenden muss: Lass die Protagonisten leiden! Leid. Leid. Leid! Erst das Leiden schafft die nötige Spannung."

Bea hätte gerne widersprochen, doch sie flüsterte nur leise: „Rachel."

„Gott ist nicht gut. Gott ist nicht gütig. Aber wer sagt denn, dass Gott zu den Guten gehört? Das Gegenteil ist doch so einfach zu beweisen: Gott hat dem Menschen die Phantasie geschenkt. Das! … war abgrundtief böse. Sein Sündenfall. Was denken Sie, quält den Märtyrer mehr? Die Folter und der Tod? Oder die Augenblicke vorher, in denen sich das Opfer seine Qualen vorstellt? Auch der Tod selbst ist nicht so schrecklich wie die Vorstellung von ihm. Ich frage Sie: Macht ein Tier sich ein Bild vom Tode? Nein. Der Mensch allein quält sich in seinen Phantasien."

„Ich habe die Phantasie immer als Geschenk angesehen."

„Macht Sie denn Ihre Phantasie glücklich? Ist es Glück, was Sie verspüren, wenn Sie *Die Leiden des jungen Werthers* lesen? *Frankenstein* beschert Ihnen ein wohliges Gefühl? Macht es Sie froh, wenn Sie den *Friedhof der Kuscheltiere* besuchen? Und wie steht es um das Buch, das Sie geschrieben haben? Bedeutet es Frohsinn und Spaß für Sie? Ich will Ihnen was verraten: Lesen und Schreiben sind Leidenschaft. Sie schaffen Leiden. Und dieser Gott, der sich diese Sache mit der Leidenschaft ein paar Minuten vorm Urknall ausgedacht hat, soll ein guter Gott sein, der das Paradies für uns bereithält? Jede Sekunde Leben bewahrt uns vor dem Jenseits und dieses Jenseits ist nur ein fieser Fleck im Ungewissen. Sie können Ihre Tochter davor bewahren. Ich habe Chayas Buch. Wir können es füllen. Wir können es mit dem Leben Ihrer Tochter beschreiben."

„Für sowas haben wir keine Zeit", schnaubte Ingo.

Quirinus legte sein Pathos ab und zwinkerte ihm zu. „Ist Ihnen in letzter Zeit ein Zigarre rauchender Herr in Grau begegnet?"

„Was?"

„Ach, vergessen Sie es", schmunzelte Quirinus. „Das war nur ein kleiner Bücher-Joke."

„Sie reden Mist." Ingo griff nach Beatrice' Hand. „Wir gehen." Mit der anderen Hand fischte er nach dem Mädchen. „Und Chaya kommt mit."

Weder Beatrice noch Chaya bewegten sich einen Zoll. „Wir gehen", wiederholte Ingo nachdrücklich. „Jetzt!"

Seine Frau hätte zu gerne ebenso resolut reagiert. Doch Quirinus' Saat war in ihrem Kopf aufgegangen. Sie sprach darauf an wie eine Maschine, der eine neue Programmierung über die Tastatur eingehämmert worden war. „Aber … Rachel." Es war egal, welchen Preis es kosten mochte. Sie musste ihre Tochter retten. Vielleicht hatte Quirinus recht und der Ort, an dem sich Rachel befand, war wirklich keine Erlösung …

„Das ist vollkommen unlogisch", protestierte Ingo. „Quirinus lügt so offensichtlich, dass es weh tut."

Der Nebel änderte seine Richtung, floss schneller, toste und drehte sich plötzlich. In diesem Strudel aus Dunst und Licht bildeten sie das umwirbelte Zentrum. „Rettet eure Tochter", sagte Chaya jäh. „Ich will gerne für das Gute meinen Platz in der Welt hergeben."

„Das … das kannst du nicht“, stammelte Ingo. „Habt ihr denn nun alle den Verstand verloren?“

Tränen glänzten grün in Chayas Gesicht. Doch sie sprach mit fester Stimme und ihre Worte klangen gar nicht mehr wie die eines Kindes. „Es ist meine Bestimmung. Das ist sie schon immer gewesen. Wir brauchen uns da jetzt nichts mehr vorzumachen. Im Bösen lag das Gute begraben. Bringen wir es zu Ende. Quirinus wäre glücklich. Ihr wäret glücklich und ich könnte endlich meine Zweifel, meinen Hass und meine … meine Hoffnungslosigkeit eintauschen.“ Sie lief zu Ingo, löste Beatrice’ Hand aus der seinen und legte stattdessen ihre hinein. „Papa.“

Ingos Lippen bebten. Er wollte diesem … Ding … sagen, dass es niemals sein Kind ersetzen könne. Es bestand nicht die geringste Möglichkeit, die verlorene Zeit zu ersetzen und die Gefühle, die ihn einst ausgebrannt hatten, zu vergessen. Er wollte es sagen. Er wollte es. Aber im Angesicht des gestaltgewordenen Bösen spürte auch er diesen Funken Hoffnung in sich. So aberwitzig, abstrus und unlogisch es für ihn sein mochte.

Ingo kniete sich hin und umarmte Chaya. „Du willst Rachel sein?“

Die Homunkula strich sich mit dem Finger über die Lippen, als wolle sie sich etwas abwischen. „Ja.“

Ein rechtes Ende für das Buchland

Da waren nur noch der Krug, der kreiselnde Nebel und Beatrice. Irgendwo hinter sich hatte sie das Böse, ihren Mann und die Homunkula zurückgelassen, um nun der Büchse der Pandora entgegen zu gehen. Die Gewissheit jetzt doch das Richtige zu tun, trug ihre Schritte nach vorne. Ihr Herz barg die Freude und … Unbehagen.

Wie würde es sein, Chaya in die Augen zu schauen und Rachel darin zu entdecken? Oder würde sie Rachel sehen mit dem Wissen, dass da einst eine Chaya war? Die Sicherheit, die Beatrice gerade eben noch wie ein Schild vor sich hergetragen hatte, schmolz wie Wachs im Schein der Kerzen, tropfte leise und verdampfte schließlich in der lodernden Flamme des Zweifels.

In ihrer Hand hielt sie das Buch, das sie vor zwei Jahren geschrieben hatte. Das Buch, das sie seither immer wieder gelesen hatte. Das Buch, dessen Handlung sie vor einer gefühlten Ewigkeit, in einem scheinbar anderen Leben, selbst durchlebt hatte. Das Buch, das sie nun nicht mehr verstand.

Buchland.

Es war Ingos Idee gewesen. Kurz bevor Beatrice aufgebrochen war, hatte er es zur Bedingung gemacht: Quirinus sollte die Bücher hergeben. Auch Chaya hielt nun ihr Lebensbuch wieder in den Händen. Krampfhaft. Umschlungen. Als könne ihr genommen werden, was sie ist. War es nicht auch so? Beatrice wünschte sich, ohne dass sie es sich eingestehen wollte, zu scheitern.

Sie würde es trotzdem tun, denn nur so konnte sie Chaya – nein – Rachel retten. Sie wollte ihr Kind wieder in den Armen halten. Sie musste wieder eine Mutter sein. „Ich will das. Jetzt."

Da geschah es! Der Boden bog sich, richtete sich vor ihr auf. Eine leichte Steigung führte nun zu dem Sockel, auf dem der Krug wartete.

Beatrice hielt inne, drehte sich um. Alles war unverändert. Eben, absolut flach, lag der zurückgelegte Weg hinter ihr. Ihre drei Weggefährten standen da und schauten regungslos zu ihr herüber wie Statuen im Tempel einer antiken Gottheit. Also machte sie einen Schritt weiter. Dabei musste sie das Bein ein wenig hochheben, damit ihre Sohle nicht schlurfte. Der nächste Schritt erinnerte schon an das Ersteigen von Treppenstufen.

„Was soll das?“, entfuhr es ihr ungläubig.

Eigentlich hatte sie nicht mit einer Antwort gerechnet. Trotzdem vernahm sie plötzlich wieder das Flüstern der Bücher. Es drang von irgendwoher auf sie ein. Unverständliches Kauderwelsch, weil viele tausend Ausrufe zugleich auf sie eindrangen. Sie alle waren aufgebracht. Regelrecht wütend.

Beatrice ging weiter. Das Fortkommen bereitete ihr nun noch mehr Mühe. Der Weg zum Krug geriet zum Steilpfad. Schlussendlich musste sich Beatrice auf allen Vieren fortbewegen, um nicht den Halt zu verlieren. Sie krabbelte, sie robbte und sie kroch. Doch sie kämpfte sich Stück für Stück voran.

Die Stimmen in ihrem Kopf protestierten.

„Ihr könnt mich nicht aufhalten“, keuchte Beatrice. „Ihr wisst, dass ich das Richtige tue. Ich rette mein Kind. Ich bin die Gute. Die Heldin.“ So hatte Quirinus es ihr erklärt. Es machte Sinn. „Wenn ihr euch gegen mich stellt, seid ihr das Böse.“

Nun lag Beatrice auf dem Bauch. Der Nebel verschlang sie und ihre Finger vergruben sich im schwarzen Sand der Buchstaben. Sie presste sich fest dagegen, um nicht abzurutschen.

„Bea.“ Das Flüstern der Bücher wurde zu einem leisen, wispernden Chor. Die Stimmen verschmolzen zu einer einzigen. Sie kam aus ihrem Buch, das nun schmerzhaft gegen ihre Brust drückte. „Bea. Meine Bea.“ Sie kannte die Stimme.

„Herr Plana?“

Endlich hörte sie mich.

„Wie kann das sein? Sie sind …“

„… tot?“ Ich erlaubte mir ein Schmunzeln. „Liebe Bea, Sie haben nicht mal im Ansatz Ihr Buchland verstanden.“

Bea keuchte. Beinahe wäre sie abgerutscht. „*Mein* Buchland?“

Ich setzte mich neben sie und hielt sie fest. Es fühlte sich gut an, wieder da zu sein. Es fühlte sich gut an, wieder bei ihr zu sein. „Verstehen Sie denn nicht? Sie haben das Buchland geschrieben und Sie haben unsere Geschichte erzählt. Unsere beiden Leben und alles andere hier um uns herum wurden in Ihrer Phantasie geboren.“

Sie drehte sich vorsichtig auf den Rücken. Einige Buchstaben klebten auf ihrer verschwitzten Haut. „Wir sind nicht real? Ist es das, was Sie mir sagen wollen?“

Ist es gesund, sich selbst in Frage zu stellen? Ich zögerte. „Ich sehe Sie. Sie sehen mich. Wir können uns anfassen. Uns riechen. Wenn wir es wollten, könnten wir uns sogar schmecken. Ich bezweifle nur, dass dies im Augenblick sehr hygienisch ist. Aber alles in allem sollte uns das real genug sein.“ Wortgewandt hatte ich mich aus den Untiefen der Wahrheit herausmanövriert. Wir schwammen jetzt in den sanften Gewässern der Halblüge.

„Das Ganze ist grotesk.“ Etwas von Beas altbekannter Wut blitzte in ihren Augen auf. Sie war noch ganz die Alte. Wie hatte ich ihre Stimmungsschwankungen doch vermisst.

„Dem vermag ich kaum zu widersprechen. Jedoch, wenn es Sie tröstet: Wir sind beide noch hier, obwohl Ihre Erzählung über das Buchland längst geendet hat. Wir haben vielleicht die Bahnen des Vorerzählten verlassen und bewegen uns deshalb als eigenständige Individuen. Wir können Entscheidungen treffen. Das Leben ist nicht vorherbestimmt.“

„Wir können entscheiden zwischen Gut und Böse. Ist es das, was Sie mir sagen wollen?“

Ich seufzte schwer. „Es gibt Menschen, die haben aus den Geschichten, die sie gelesen haben, nur eines gelernt: Sie definieren die Welt durch ihre Feindbilder, die sie sich durch andere erschaffen ließen. Es geht ihnen um Himmelsrichtungen, Religionen oder Moral. Die Bösen sind immer die, die am anderen Ende des eigenen Standpunkts zu finden sind. Machen Sie nicht diesen Fehler.“

„Was wollen Sie damit sagen?“

Ich legte den Kopf schief und eine bedauernde Miene auf. „Sie sind nicht die Gute in dieser Geschichte.“

Der Nebel beruhigte sich, versickerte im Letternsand. Ein grünlicher Dunst, zart wie ein Schleier, blieb und sog alle Laute in sich hinein. Das Einzige, was noch an meine Ohren drang, war das leise Schluchzen meiner Bea. „Die Bücher werden mich nicht weitergehen lassen?“

„Noch ein paar Zentimeter und Sie würden versuchen, eine senkrechte Wand zu erklimmen. Einfach deshalb, weil Sie die falschen Absichten verfolgen.“

„Dann war alles umsonst.“

Ich nickte. „Vielleicht.“

„Vielleicht?“

„Vielleicht.“

Die Stille verschwand im Rascheln von eiligen Schritten. Ein Schatten stand plötzlich über Bea. Aufrecht und im rechten Winkel zum Untergrund, der sich für Beatrice so irrsinnig geneigt hatte, war da … „Chaya?“

„Ich mach das“, sagte die Homunkula.

Ehrerbietend lüftete ich meinen Hut. „Welch heroische Absicht.“ Doch das Mädchen beachtete mich nicht. Wahrscheinlich sah sie mich nicht mal. Sie ging einfach weiter. Mühelos, wie selbstverständlich, erreichte sie kurz darauf die Büchse der Pandora. Ein Krug. Daneben ein Kupferdeckel. Beides packte sie mit festem Griff und ging dann wieder zurück.

Als sie an uns vorbeischritt, fragte Beatrice fassungslos: „Warum?“

„Chaya handelt selbstlos. Sie ist zutiefst entschlossen, sich für Sie und Ihren Mann zu opfern. Das ist der Stoff, aus dem die Helden sind. Das ist die reinste Form der Magie im Buchland.“

Ich sah meiner Bea nach. Sie sah nachdenklich und unendlich bekümmert aus, als sie zurück zum triumphierenden Quirinus ging. „Sie müssen noch so viel lernen, meine Bea.“ Meine Stimme verlor sich bereits wieder im Wispern der anderen. „Vielleicht können Sie sich ein andermal von dieser

Welt trennen. Noch sind Sie nicht so weit. Am Ende Ihrer Geschichte steht noch kein Punkt. Nur ein Fragezeichen. Vielleicht ist es gut so. Vielleicht …“

„Chaya, mein kleines Helferlein!“ Quirinus war außer sich vor Freude. Er entriss ihr den Krug und den Deckel, presste beides an sich.

„Und jetzt kommen wir zu Ihrem Teil der Abmachung“, erinnerte Ingo.

„Einen Augenblick.“ Quirinus wollte offensichtlich seinen Sieg noch richtig auskosten. „Einen Augenblick!“ Theatralisch hob er den Krug. Dampf, Nebel, Dunst, schwappte über den Rand. Kleine Buchstaben glitten mit ihm zu Boden. Sie bildeten Sätze, Absätze, Geschichten. Das Böse, aus dem die Geschichten im Buchland sind. Das Böse in der Mär. Das Böse im Roman.

Langsam, feierlich, siegestrunken, stellte Quirinus den Krug vor seine Füße. Dann nahm er den Deckel.

In diesem Moment erinnerte Beatrice sich an das, was Herr Bünde ihr erklärt hatte. Aus der Büchse der Pandora war nicht allein alles Übel der Welt gekommen …

Quirinus schloss die Büchse der Pandora.

Und da wussten sie es.

Sie hatten verloren.

Es war hoffnungslos.

Die Luft wurde klar. Die Luft wurde kalt. Das Grau bemächtigte sich der Farben und übte sich danach in Schwermut. Jede Bewegung bereitete Mühe. Die Gedanken mussten dem Hirn entrissen werden. Die Gefühle vergaßen sich. Zurück blieb nur beklemmende Angst.

Ingo schlug sich sachte mit dem Handballen gegen die Stirn, als wolle er sich einen Tinnitus aus dem Ohr klopfen. Er schwankte leicht. Beatrice stand einfach nur wie paralysiert da.

„Ja, mein Teil der Abmachung.“ Die Stimme des Alchemisten drang aus unendlichen Tiefen an ihre Ohren. „Das Buch haben Sie ja. Lesen Sie der Homunkula vor. Mit richtig Gefühl. Ich werde meinen Teil Alchemie dazu beitragen. Viel von meinen Künsten muss ich nicht beisteuern. Das klappt dann schon. Oder vielleicht möchten Sie sich auch zuerst etwas hinlegen? Ich könnte es verstehen. Sie sehen so müde aus.“ Warum klang er so schmeichlerisch? Warum klang er gleichzeitig so höhnisch? „Sie brauchen nicht mal mehr wach werden. Wozu auch? Man quält sich immer so, wenn man sich aus dem Schlaf müht. Die Toten machen es uns vor. Sie bleiben liegen. Vermeidet den Jetlag.“

Beas Lider flatterten und die Knie wurden weich. Es war alles egal. Sie hatten verloren. Ihr Streben würde zu nichts führen. Quirinus hatte, was er wollte. Sie selbst hatten es ihm möglich gemacht. Chaya würde nicht Rachel sein, weil Rachel als Baby starb. Die Jahre dazwischen – die, die sie zu einer Persönlichkeit geformt hätten – waren verschwunden. Das waren sie schon immer. Worauf hatte Bea eben noch gehofft? Was hatte sie erreichen wollen? Chaya eine Seele geben … Das war so sinnlos, wenn sie sich selbst darüber verlor. Die Erkenntnis umhüllte sie wie ein schwarzer Schleier, zog sich fester und schnürte ihr den Hals zu.

Ingo ging es nicht besser. Was auch immer für ein Krieg in seinem Kopf stattgefunden hatte: Er gab innerhalb kürzester Zeit auf und brach zusammen. Tränen des Kummers strömten über sein Gesicht. Er sah wieder so aus wie damals, als er zum ersten Mal nach dem Alkohol gegriffen hatte. Vielleicht hatte er gedacht, es hinter sich gelassen zu haben. Doch just in diesem Moment suchte er nach dem Halt, den ihm die Flasche geboten hätte. Es wäre ihm destillierter Trost, der das Hirn betäubt, gewesen.

„Schauen Sie nur! Ein jeder verzweifelt für sich allein“, raunte Quirinus in Beas Ohr. Dafür hatte er sich tief über sie gebeugt. „Die Angst besiegt uns in der Einsamkeit. Das ist eine unumstößliche Wahrheit. Ihr Buch, Frau Liber, endet gleich. Auf den letzten sechszehn Seiten kann nicht mehr viel passieren. Geben Sie auf. Lassen Sie sich einfach gehen. Der Hoffnungslose hat fast so wenig Seele wie meine Homunkula.“

Chaya stand noch. Für sie hatte sich nichts geändert. Sie beobachtete reglos, was geschah. Sie wirkte teilnahmslos und das war wohl der Grund, warum Quirinus sie nicht beachtete. Dass sie nicht mehr allein war, bemerkte er nicht. Die mit Tinte bekleckste Hand eines Buchhalters ruhte auf ihrer Schulter. „Chaya. Es ist gut, dass du dir einen Namen gegeben hast. So kann ich dich bei Zeiten rufen."

„Bei Zeiten?"

„Nicht jetzt." Im Dunkel seiner Kapuze blieb das Gesicht des Neuankömmlings unsichtbar, doch Chaya konnte ein sehr, sehr breites Lächeln in der Stimme erkennen. „Aber ich komme gleich noch mal …"

„Gleich?"

„Mit wem redest du?" Quirinus' Lächeln war zu einer Grimasse eingefroren. Misstrauisch ließ er von Beatrice ab und hüpfte zu Chaya. Er fand sie allein vor.

Dafür gesellte sich jemand unbemerkt zu Beatrice. Sie nahm ihn kaum wahr. Der Schmerz schnürte ihr weiterhin die Kehle zu und die wiedergekehrte Trauer drückte sie zu Boden. Ihr wurde ihr *Buchland* aus der Hand genommen. Sachte. Vorsichtig. Eine flüchtige Handbewegung fegte über das Cover. Die Buchstaben lösten sich, fielen ab und fügten sich zu den anderen. Ein Korrekturstift wurde gezückt. Eilig wurde ein neuer Buchtitel notiert. *Beatrice*.

Bevor das Buch eingesteckt wurde, wurde es kräftig geschüttelt. Leise rasselnd verschob sich der Inhalt. Es klang, als ob sich kleine Steinchen dazu entschieden, mit dem Chaos eine kosmische Musik anzustimmen. Etwas Anderes entstand.

Ein Flüstern drang an Beas Ohr. Es waren nicht die Bücher, die mit ihr sprachen. „Jeder verzweifelt für sich allein. Das ist wahr. Doch in Freude und Hoffnung sind alle Seelen vereint."

Bea stöhnte. „Warum hilfst du mir?"

„Tue ich das?"

„Rachel …"

„Hoffe und freue dich auf sie."

„Kommt sie?“

„Nein. Ich gebe sie nicht her. Erinnerst du dich nicht mehr an die Waagschale des Lebens? Zurück kommt niemand.“

„Aber …“

„Du wirst sie wiedersehen.“

„Jetzt?“

„Eines Tages.“

„Geht es ihr gut?“

Die Stimme wurde leiser. „Hoffnung. Was Anderes kann ich dir nicht anbieten. Du darfst Angst haben. Das ist ganz natürlich. Jeder braucht seine Ängste. In der Angst wird die Hoffnung geboren. Aber habe keine Angst vor der Angst.“ Die Stimme verklang.

„Warum führt ihr alle Selbstgespräche?“ Quirinus tänzelte zurück zu Bea. Eigentlich war es mehr ein Humpeln. Seine selbstzufriedene Fassade bröckelte zusehends. „Was geht hier vor?“ Er lief zur Büchse der Pandora und nahm sie schützend in die Arme. „Die Büchse ist geschlossen. Ich habe alles erreicht, was es zu erreichen galt. Fürchtet mich. Denn es gibt keine Hoffnung mehr!“

Bea spürte wieder die Übelkeit. Sie war ihr willkommen, denn sie erinnerte sie daran, dass sie noch am Leben war. „Es gibt immer einen Funken Hoffnung.“

Quirinus betrachtete sie prüfend. Seinem Blick entging nicht, dass sich etwas verändert hatte. In dieser Veränderung sah er nur einen weiteren Vorteil. „Ja? Sicher? Nicht mal Ihr Buch ist noch da. Wie wollen Sie Ihren Lohn einfordern? Woraus wollen Sie Chaya vorlesen?“

Die Antiquarin stemmte sich hoch. Ohne Hoffnung, doch mit unsäglichem Zorn, ging sie auf Quirinus zu. „Ich werde Chaya vor dir retten, du … du … Irrer.“

Quirinus platzierte den Krug eilig hinter sich und stellte sich breitbeinig davor, fest entschlossen, sich von Beas unerwartetem Ausbruch nicht aus der Fassung bringen zu lassen. „*Du*? Wir lassen also alle Förmlichkeiten hinter uns? Nun gut. Dann sage *du* mir: Wie willst du Chaya ohne Rachels Seele retten? Chaya gehört mir. Ich habe sie erschaffen. Ich habe ihr ihre Seele eingehaucht. Es ist Seele, die mit jedem Atemzug entfleucht! Willst du ihr ein Leben lang vorlesen, sie mit geliehenen Worten erfüllen? So wird sie nicht zu sich selbst finden. Sie ist keine Person. Sie ist nur ein Ding. *Sie ist nichts.*“

Beatrice schloss die Augen. Eine Erinnerung trieb auf die Oberfläche ihrer Gedanken. Der Gang der Weisen. Kant. Seine letzten Worte zum Abschied: „Versuchen Sie es.“ Das hier war ihr Buchland. Sie konnte es gestalten. Sie konzentrierte sich …

Der Sand geriet in Bewegung. Lettern hoben sich, regneten dem Himmel entgegen. Schon richtete sich ein Bücherregal, angefüllt mit kostbaren Grimoires, neben Bea auf. Kurz darauf wuchs das nächste Regal hinter Quirinus in die Höhe, stieß dabei den Krug um. Der Deckel sprang ab und kullerte ein paar Zentimeter. Jetzt beschleunigte sich der Prozess. Um sie herum erwuchs ein neues Labyrinth der Bücher. Diese Bücher träumten nicht. Sie sangen, frohlockten, jubelten auf ihre besondere stille Art. Reihe um Reihe entstand. Gänge und Kreuzungen, dicht an dicht, erschufen sich selbst, als wären sie schon immer da gewesen.

„Du irrst dich, Quirinus. Die Dinge haben so viel Seele, wie wir ihnen geben. Schau dir die Bücher an! Höre, wie sie in den Herzen und in den Köpfen ihrer Leser wispern. Seelen färben Geschichten. Geschichten färben Seelen. Alle Nuancen des Lichts erstrahlen in ihnen, erfüllen dich und machen mit jeder gewonnenen Erfahrung einen neuen Menschen aus dir, wenn du nur richtig liest. Wer ein gutes Buch nach der letzten Seite zuschlägt, ist ein anderer Mensch als noch zur ersten Seite.“

Quirinus wich zurück. „Bist du jetzt ein Auktoral, oder was?“

„Vielleicht bin ich das. Vielleicht auch nicht. Ich weiß es nicht. Aber ich weiß, dass ich, sobald ich dazu komme, nach oben in mein Antiquariat gehen werde. Dort werde ich zum Telefon gehen und die Nummer meiner Verlegerin anrufen. Ich werde ihr dann sagen, dass ich ein Buch schreiben kann. Ich *werde* ein Buch schreiben, ja. Über *meine* Chaya. Und sie wird ihre Seele bekommen, denn so funktioniert es hier in meinem Buchland.“

„Dein Buchland? Deine Chaya? Noch gehört sie mir.“ Das Funkeln trat wieder in Quirinus’ Augen, rot und bedrohlich. „Sie hat nur so viel

Seele, wie *ich* ihr gebe.“ Er war meilenweit davon entfernt aufzugeben. Mit einem dämonischen Lächeln drückte er der Homunkula ein Feuerzeug in die Hand. Und dann sprach er rasch: „Wie schön und fein! Das muss ein trefflich Spielzeug sein. Zünde dir ein Hölzlein an, wie's oft die Mutter hat getan.“

Klick. Zisch.

Eine verführerische Flamme tanzte in Chayas Hand. Sie hatte sich für den Moment vollkommen darin verloren.

„Chaya“, beschwor Bea, „das war aus dem *Struwwelpeter*. Das bist nicht du!“

„Tja“, sagte Quirinus gedehnt, „wenn das nicht Chaya ist, was ist es dann? Siehst du, Beatrice, alle Trümpfe sind auf meiner Seite. Ich habe die Büchse der Pandora und ich habe die Macht, zu entscheiden, ob ich meinen Teil unserer Abmachung jetzt einhalten werde. … Was soll ich sagen? Ich bin der Böse.“

Chaya fixierte weiterhin das unstete Licht. Quirinus intonierte: „Das flackert lustig, knistert laut, grad wie ihr's auf dem Bilde schaut. Chaya aber freut sich sehr und springt zwischen den Büchern hin und her.“

Chaya stürmte los.

„Eine sehr freie Interpretation“, räumte Quirinus selbstgefällig ein. „Aber der Zweck heiligt die Mittel. Wenigstens erkennt man halbwegs das Original.“

Bevor Bea überhaupt reagieren konnte, strich Chaya mit dem Feuerzeug an den Büchern entlang. Das brennende Gas sprang das trockene, alte Papier förmlich an. Einem Raubtier gleich, fraß es sich in die Literatur, die sich als leichte Beute preisgab. Schon war die Homunkula hinter einer Regalreihe verschwunden. Beatrice hastete hinterher und versuchte, mit bloßen Händen kleinere Flämmchen auszuschlagen, doch natürlich hatte sie nicht die Spur einer Chance. Grob wurde sie zurückgerissen. Ingo hatte sie gepackt. „Bist du wahnsinnig?“

„Die Bücher! Wir müssen die Bücher retten.“

Eine Stichflamme bohrte sich in die Luft, dort wo Bea noch vor einem Augenblick das Feuer bekämpft hatte.

„Da gibt es nichts mehr zu retten“, sagte Ingo. Inzwischen brannte das ganze Regal lichterloh. Funken stoben wie ein Feuerwerk in die Höhe, rissen die Hitze in kleinen Sternchen mit sich und trugen sie zu den angrenzenden Regalen.

„Wir brauchen Wasser“, schrie Bea verzweifelt.

Ingo schüttelte den Kopf. „Mit Wasser machst du hier nichts mehr. Das Zeug brennt wie Zunder.“

Irgendwo lachte Quirinus. Siegestrunken verspottete er sie. „Hölle, Hölle, Hölle! Hier bricht sie los. Infernalisch. Die Hölle! Ja! Die Büchse ist wieder geschlossen. Ich habe sie …“

Ingo war losgerannt und in dem ihm entgegenquellenden Rauch eingetaucht. Kurz darauf hörte Beatrice ein Klatschen, ein Stöhnen und ein Scheppern.

Der Redefluss des Alchemisten wurde dadurch jäh unterbrochen.

Mit schmerzverzerrtem Gesicht stolperte Ingo zurück zu Bea. In der blutverschmierten rechten Hand hielt er den Krug. Den Deckel trug er in der anderen. „Man kann Personifizierungen die Nase brechen“, presste er mit unüberhörbarer Genugtuung hervor. „Wir sollten machen, dass wir hier fortkommen. Es sei denn, du kannst eine Sprinkleranlage so schnell wie deine Bibliothek hervorzaubern.“

„So funktioniert das hier im Buchland nicht“, stöhnte Bea.

„Hab’ ich mir fast gedacht“, stellte Ingo fest. Er packte seine Frau am Arm und zog sie durch den Tunnel aus tosenden Flammen und Qualm. „Dramaturgie und Logik sind wohl mal wieder zwei Paar Schuhe.“

Anderswo. Das Knistern verbrennender Bücher war noch ein gutes Stück entfernt. Der Geruch von Asche, Rauch und Verderben kroch aber schon unheilschwanger in die Nase. Der Untergang war auch hier bereits unausweichlich.

„Was habe ich getan?“ Zitternd kauerte Chaya hinter einem umgestürzten Bücherwagen. Sie hatte die Arme um die Knie geschlungen, wippte mit dem Körper vor und zurück. Apathisch starrte sie auf ihre kleinen Schuhe. „Ich wollte das nicht.“

Jemand setzte sich neben sie. Da sie nicht aufblickte, sah sie auch nur seine Lackschuhe. Vor ihr waren nun also zwei Paar Schuhe.

„Da bin ich."

„Ich wollte das nicht", wiederholte Chaya. Es war ihr wichtig, dass Tod sie verstand. „Das war nicht ich."

„*Struwwelpeter*. Das war das Buch. Quirinus hat es dir in den Kopf geschrieben."

Ein unterdrücktes Schluchzen ließ den kleinen Körper des Mädchens erzittern. „Ich will nicht mehr, dass Bücher mein Sein bestimmen. Ich will Chaya sein."

„Es ist gut, dass du dir einen Namen gegeben hast." Selbst der Tod wiederholte sich manchmal.

„Damit du mich bei Zeiten rufen kannst", erinnerte sich Chaya matt. „Ist es jetzt soweit? Sterbe ich hier? Muss ich mit dir gehen?"

„Nein." Tod bot ihr die offene Hand. „... aber es wäre eine gute Entscheidung, wenn du mir nun dein Buch mitgäbest. Es ist bis zur Inventur bei mir besser aufgehoben."

„Es ist ..." Sie warf einen flüchtigen Blick hinein. „... immer noch leer. Ich würde gerne noch etwas hineinschreiben."

„Schreiben?" Die Tonlage verriet einen Hauch der Missbilligung.

Chaya überlegte. „Wenn es geschrieben steht, ist es vorherbestimmt?" Eigentlich war der Satz keine Frage. Doch Chaya erahnte bereits die Antwort.

„Ja."

Chaya dachte ein paar weitere Sekunden nach. Dann erinnerte sie sich an die speziellen Eigenschaften des Bodens unter ihren Füßen: Lose Schriftzeichen, die mit dem Nebel aus der Büchse der Pandora geflossen waren und dazu neigten, sich zu Worten zu vereinigen. Die Homunkula bückte sich, öffnete ihr Buch in der Mitte und schob es wie eine Schaufel in den Letternsand. Als die Seiten über und über mit Buchstaben bedeckt waren, schlug sie das Buch zu und gab es Tod.

„Das", sagte Tod, „war weise."

Die letzte Stunde

Von nicht allzu weiter Ferne drang ein Knirschen an sie heran. Holz zerfiel zu Asche und Ruß. Glut trieb mit winzigen Papierfetzen durch die Luft, näherte sich Zentimeter für Zentimeter mit jedem verstreichenden Moment. Chaya spürte die zehrende Wärme auf ihrer Haut. „Das Buchland ist verloren."

„Ist es das?" Tod stand auf. Sein Erscheinungsbild hatte sich klammheimlich gewandelt. Er zeigte sich nun als Jüngling, der dem Mädchen zuzwinkerte. Dem arglosen Beobachter hätten die beiden ein schönes Pärchen geboten. „Nur wenn du alle Hoffnung fahren lässt."

„Da ist keine Hoffnung mehr. Es gibt nichts mehr zu tun."

„Ach, Chaya! Die Büchse ist wieder offen. Ich fühle es." Er legte lauschend den Kopf schief. „Tja … Sie kann wohl auch nicht mehr geschlossen werden, wie mir scheint. Es ist somit immer ein Hoffnungsschimmer da, wenn man nicht aufgibt." Rötliches Leuchten schwappte über die Regale. Und dann war das Feuer da. „Es ist an dir, das Buchland zu retten."

„Aber …" Das Mädchen schluckte ihre Verzweiflung herunter. Sie schmeckte wie nasse Kohle. „Aber wie soll ich das Buchland retten?"

„Beatrice." Der Jüngling vor ihr tippte sich vielsagend an den Nasenflügel. „Beatrice ist das Buchland."

Die Welt bestand nur noch aus Flammen und beißendem, grellem Licht. Es versengte ihnen die Haare und rötete ihnen die Haut. Jeder Atemzug brachte die Lungen zum Kochen.

„Weiter!", schrie Ingo gegen das Lärmen der Feuersbrunst an. Immer noch umklammerte er Beas Handgelenk. Zu groß war seine Angst, seine Frau in diesem Inferno zu verlieren. „Weiter. Vielleicht schaffen wir es zum Turm. Bei Herrn Bünde sind wir in Sicherheit. Stein kann nicht brennen."

Er hustete heftig. Reden war keine gute Idee. Mit der Armbeuge schützte er seine Nase und versuchte, durch den Stoff des Sweatshirts zu atmen.

„Bis dahin schaffen wir es niemals." Bea deutete nach vorne, wo gerade ein weiteres Regal den Flammentod starb. Es brach wie ein erstochener Krieger zusammen und ergoss seinen Inhalt in den Gang hinein. Die Folianten explodierten förmlich. „Da kommen wir nicht durch."

Ingo riss sie herum und hetzte mit ihr zur zurückliegenden Kreuzung. Dort schlugen sie einen Haken. Zweimal links und sie waren wieder in der richtigen Richtung unterwegs. Aber auch hier hatte sich das Feuer bereits schonungslos ausgebreitet. Selbst der Boden dampfte. An manchen Stellen schien er sogar zu schmelzen. Die Sohlen ihrer Schuhe, durchfuhr es Bea, würden festkleben, wenn sie zu lange stehen blieben.

Wieder kippte ein Regal vor ihnen um. Doch es brannte noch nicht überall. Ingo sprang auf den Rücken des Möbels und zog seine Frau zu sich hinauf. Die Bretter unter ihren Füßen ächzten unter der ungewöhnlichen Belastung. „Hoch!" Fahrig deutete Ingo zum nächsten Regal, das sich bereits gefährlich zur Seite neigte. Mit etwas Anlauf konnten sie es wirklich auf das Regaldach schaffen. Von dort aus würden sie den Weg über die Regale fortsetzen. „Da werden wir wenigstens von nichts erschlagen."

Die Kletterpartie erwies sich als waghalsig. Zwar waren die Regale nicht so hoch wie andernorts im Buchland, aber das Feuer war schon in den Eingeweiden des Holzes und wollte sich von innen herausfressen. Als sie endlich oben ankamen, waren ihre Handflächen von Brandblasen übersät.

„Oh, mein Gott", platzte es aus Ingo heraus. Bea vergaß ihre Pein, denn sie folgte Ingos Blick in die Ferne. Egal, wohin sie schaute: Das Buchland stand in Flammen. Feuerwalzen schoben sich in alle Richtungen, Rauchsäulen hoben sich empor und das Papier schrie allgegenwärtig in seiner Agonie.

Plötzlich traf Beatrice ein heftiger Schlag im Genick. Sie taumelte zur Seite und wäre fast in die Tiefe gestürzt. Sie schaffte es gerade noch, sich zu fangen. Aus den Augenwinkeln erkannte sie, dass Quirinus mit Ingo rang. Seine weißblonden Haare standen ihm zu Berge und wogten wie die Feuersbrunst in der brodelnden Luft. In seinem Gesicht eingemeißelt, zeigte sich der Wahnsinn. „Gib mir den Krug! Gib mir den verdammten Krug!“ Er hing Ingo wie ein Derwisch auf dem Rücken und trommelte mit beiden Fäusten auf ihn ein. Obwohl der Angriff seltsam kraftlos verlief, blieb die Wirkung nicht aus. Ingo strauchelte und landete auf den Knien. Die Büchse der Pandora prallte hart auf das Holz. Sie zerbrach nicht.

Aber … ein winziges Stück Ton brach vom Hals des Gefäßes ab, wirbelte davon und verschwand in einer Wand aus Flammen.

Quirinus bekam davon nichts mit. Er versetzte Ingo einen gemeinen Tritt in den Magen. Und noch einen. Und noch einen. „Du stehst so schnell nicht mehr auf!“, triumphierte er. Der letzte Tritt traf Ingos Schläfe. Dann fuhr Quirinus zu Beatrice herum. Mit ungeheurer Befriedigung sah er sie da knien, spielte offenbar mit dem Gedanken, sie mit einem Stoß in das näherkommende Feuer zu befördern. „Ich habe dich gewarnt. Du willst mich nicht zum Feind haben“, giftete er sie an. Er tat einen Schritt auf sie zu. Seine Fäuste waren geballt. Seine Sehnen gespannt. „Niemand will mich zum Feind haben.“ Nun ragte er vor ihr auf, zum Äußersten bereit. Beatrice versuchte krampfhaft, neuen Atem zu schöpfen. Ihre Lungen sogen nur noch den Rauch ein. Sie hustete, spuckte und stand kurz davor, die Besinnung zu verlieren. Quirinus holte aus.

Und dann … rang er mit den Worten. Sie strömten von allen Seiten auf ihn zu. Zeilen umspannten ihn wie Schnüre, losgelöst aus den Büchern. Aufgestiegen aus dem Sand. Fesselnde Lektüre hinderte ihn daran weiterzumachen.

Kühle Luft drückte die Hitze fort. Der alles erstickende Qualm riss wie ein Vorhang auf. Das vertraute Geräusch schlagender Flügel rauschte in Beas Ohren. „Du wirst aber niemals mehr unser Freund sein, Quirinus“, rief Chaya vom Rücken des Thesaurus hinab. Die Klauen des Drachen wischten das Böse fort. Ein langgezogener Schrei folgte ihm.

Vorsichtig griffen die dünnen, langgliedrigen Klauen des Fabelwesens nach Ingo und Bea, hoben sie auf und trugen sie durch die Winde davon.

Die Hölle zeigte sich, soweit das Auge sehen konnte. Dichte Rauchschwaden, in denen sengende Hitze Keile in den Himmel trieb, machten dem Drachen das Fliegen schwer. Immer wieder musste er ausweichen, um nicht vom Schicksal abwechselnd gekocht oder gebraten zu werden.

Beatrice versuchte, sich im Griff der Klauen zu drehen, um irgendwo den Turm mit den vergessenen Worten auszumachen. Doch selbst wenn ihre Augen nicht so gebrannt hätten, hätte sie bei der schlechten Sicht kaum etwas erkennen können. „Bis zu Herrn Bünde schaffen wir es nicht mehr.“

„Ich will gar nicht zu Herrn Bünde“, antwortete Chaya, die immer noch wie einer der vier Apokalyptischen Reiter auf dem Rückenkamm thronte. Sie klang so anders. So reif. So wach. So selbstbewusst. Sich selbst bewusst.

„Wohin fliegen wir dann?“

„Wir fliegen an das Ende des Buchlands.“

„Wohin?“

Der Thesaurus faltete die Flügel zusammen und stieß wie ein Adler hinunter. Beatrice und Ingo presste er dabei an seine Echsenhaut, die sich trocken und rau wie ein Stück Holz anfühlte. Schon spreizte er die Schwingen wieder, machte aus dem schwerelosen Sturz eine harte, abrupte Landung. Beatrice wurde unsanft auf den Boden geschleudert. Ingo und auch das Mädchen schlugen neben ihr auf. Dann war der Drache fort, geflüchtet vor der auch hier allgegenwärtigen Feuersbrunst.

Hinter ihnen war die Wand, war das Tor und da waren die Türen im dahinterliegenden Gang. Der Wächter hatte sich langst davongemacht.

„Wo sind wir?“, fragte Ingo benommen. Er rieb sich den schmerzenden Schädel und verwischte dabei das Blut, das ihm an der Schläfe klebte.

„Keine Ahnung“, sagte Bea.

Chaya hielt sich nicht mit langen Erklärungen auf. Jetzt, wo der Thesaurus fort war, drängte das Feuer mit aller Macht vor. Die kleine Stelle, auf der sie sich befanden, würde in nicht mal einer Minute voll in Flammen stehen. „Schnell!“, sagte das Kind nur und lief ihnen voraus in den kühlen Gang.

Wie auf Bestellung öffnete sich die eine Tür, die Chaya angestrebt hatte. Der kleine Mann mit dem grauen Haarkranz trat heraus und winkte sie zu sich heran. „Kommt!“

„Herr Davids? … Arno?“ Beatrice wäre beinahe über die eigenen Füße gestolpert. „Was machen Sie denn hier?“

Hinter ihr wurde es plötzlich sehr heiß. Reflexartig drehte sie sich um und sah eine alles verschlingende Feuerwalze herannahen. Noch bevor ihr entsetzter Schrei die Kehle verlassen konnte, hatte der Besitzer des Kinos sie am Schlafittchen gepackt und durch die Türöffnung bugsiert.

Träume zu Phantasie

Es tat gut, frische klare Luft zu atmen. Hier auf der Straße, vor dem Kino, gegenüber dem Antiquariat, strömte Normalität von allen Seiten auf sie ein. Realität umhüllte die Abenteuer wie ein weicher Kokon und ließen das Geschehene unwirklich erscheinen. Es fühlt sich an, dachte Bea, wie wenn man ein Buch zuschlägt. Die letzten Worte waren verklungen, versickerten zwischen den Zeilen. Nur die Geschichte lebt fort.

Vorhin noch waren sie Arno Davids durch einen langen Gang mit vielen Drehbüchern gefolgt, eine gedrehte, enge Stiege, die in einen riesigen, endlosen Saal voller Filmdosen und Filmrollen geführt hatte, empor geklettert. Zielstrebig hatte Arno sie einen Pfad entlanggeführt, bis sie sich unvermittelt in einem Kelleraufgang wiedergefunden hatten. Eine schwarze Tür entließ sie schließlich in den abgedunkelten Kinosaal. Das Publikum starrte gerade auf Robin Williams. „O Captain! My Captain!“, zitierte der grandiose Schauspieler das Gedicht von Walt Whitman.

Die Nacht umhüllte die Straße. Ein leichter Regen hatte eingesetzt und wusch ihnen den Ruß von den Gesichtern. Die kleinen Tropfen prickelten angenehm auf der geschundenen Haut. „Wie viele Tage waren wir weg?“, fragte Bea den Kinovorführer.

„Tage?“ Arno tat erstaunt. „Ein paar Stunden. Länger als ein Film, nicht wahr? Aber meine Mitternachtsvorstellung läuft noch.“ Er überlegte und suchte nach einer Zeitangabe, die für die Antiquarin neben ihm besser geeignet war. „Vielleicht so lange, wie man für ein Buch braucht, wenn man es am Stück liest. Nicht wirklich lange, nicht wahr?“

Ein liebevolles Schnurren drang zu ihnen hinauf. „Hallo Murr. Wo kommst du denn her?“ Der Kater rieb sich mit allem ihm zur Verfügung stehenden Nachdruck an Chayas Bein. Sie hob ihn vorsichtig auf, ging mit ihm einige Schritte fort, um sich auf das trockene Schaufensterbrett des angrenzenden Ladens zu setzen. Dort schmuste sie ausgiebig mit Murr.

„Soll ich Ihnen ein Taxi rufen?“ Arnos Frage stellte den Moment bloß. Nackt und ungeschminkt zeigte er, dass niemand so recht wusste, wie es nun weitergehen sollte.

Ingo versuchte es mit einem Anflug pragmatischer Logik. „Oder die Feuerwehr?“ Ausgesprochen klang sein Vorschlag nach sinnfreier Rhetorik. „Wir könnten mit einem Löschkommando gemeinsam …“

„Die Schläuche des Löschzugs dürften nicht lang genug sein“, erklärte Arno freundlich. Er klopfte Ingo kollegial auf die Schulter. „Manchmal muss man sich einfach eingestehen, dass das Abenteuer vorüber ist. Es ist Zeit für den Abspann.“ Er zwinkerte Bea wissend zu. „Oder einen schönen Epilog.“ Dann ging er zurück ins Foyer und griff nach dem Telefon neben der Popcorn-Maschine.

Ingo trat von hinten an Bea heran und umarmte sie, wie er es immer tat. Während seine Hände zärtlich über ihren Bauch strichen, hauchte er ihr einen Kuss auf das Ohrläppchen.

„Tut mir leid“, flüsterte Bea. Ihre Tränen wurden vom Regen verborgen. Das Zittern in ihrer Stimme blieb jedoch.

„Was tut dir leid?“

Wäre Bea nicht urplötzlich so müde gewesen, hätte sie es vielleicht leichter gehabt, das zu sagen, was es noch zu sagen gab. „Du weißt schon … Alles hätte nicht so kommen müssen. Es war von Anfang an alles ein großer Fehler.“

Ingo legte sein Kinn auf ihre Schulter. Nachdenklich schaute er hinüber zum Antiquariat. Im schwach beleuchteten Schaufenster warteten geduldig die Bücher. „Du kannst Fehler machen, so viele du willst. Ich habe meine Fehler längst gemacht, das weißt du. Unsere Fehler können uns nicht mehr trennen. Wir wachsen höchstens an ihnen.“ Auch Ingo suchte nun nach den richtigen Worten. Sie sollten nicht so platt klingen wie das, was er sonst so sagte. Er wollte etwas für seine Bea sagen.

Es musste deshalb gewichtig formuliert werden. Die Bücher dort hinter der Scheibe auf der anderen Straßenseite hätten bestimmt die passenden Sätze für ihn parat gehalten. Er lauschte und vielleicht waren es wirklich diese alten Schmöker, die ihm einflüsterten, was zu sagen blieb. „Ich …“, begann Ingo, „… will täglich in dir lesen, in dir versinken, mit dir neue Welten und Leben erkunden.“

Beatrice spürte, dass sie darauf etwas Ebenbürtiges antworten sollte. Ihre Zunge war anderer Meinung. „Was?“

Unbeirrt erklärte Ingo es nun doch mit seinen eigenen Worten: „Ich liebe dich.“ Das war weniger prosaisch, dafür umso verständlicher.

Auf einem Berg aus glimmender Asche stand unschlüssig ein Mann. Seine Augen waren nicht nur von der beißenden Luft gerötet. Sein Haar war nicht nur weiß vom Staub des verbrannten Papiers. Er tänzelte nicht.

„Das war es also“, stellte er fest.

Ein anderer Mann gesellte sich zu ihm, starrte mit ihm blicklos zum noch brennenden Horizont. „Ich lasse dich nicht gerne gewinnen, Quirinus.“

„Ach, Markus! Habe ich denn gewonnen?“

„Das Böse gewinnt eigentlich immer, befürchte ich. Du hast die Büchse der Pandora. So war es abgemacht.“

Quirinus betrachtete den Krug. „Hm“, machte er dann. „Der Deckel ist kaputt. Ein Stück ist aus dem Ton herausgebrochen.“

„Bedauerlich.“

„Sie schließt nicht mehr richtig.“

„Wirklich“, sagte Markus aufrichtig, „bedauerlich.“ Ein Seufzen folgte. „Aber du hast bekommen, was du wolltest. Ein kostbares Original als Exponat für dein Kuriosum. Also hast du gewonnen.“

Quirinus zuckte mit den Schultern. „Dann haben wir wohl alle gewonnen.“

„Alle?“

„Alle. Chayas Lebensbuch ist prall gefüllt. Unbekannte Worte erzählen ein unbekanntes Schicksal. Ingo und Beatrice ...“ Quirinus zögerte. Was hatten die beiden gewonnen? „Na ja“, gab er schließlich zu, „bei dir bin ich mir nicht ganz sicher. Ich verstehe noch nicht, warum du den ganzen Aufwand betrieben hast.“

„Ich?“ Unschuldig knispelte Markus am Nagel seines kleinen Fingers.

Quirinus wechselte ungeduldig von einem Fuß auf den anderen. Ein wenig Glut wurde aufgewirbelt. „Warum das ganze Theater?“

„Es ging mir immer nur um Beatrice.“ Markus bückte sich und nahm sich eine Faust voll Asche. Beiläufig strich er sie in der Handfläche glatt. Eine druckfrische Buchseite entstand. Bedächtig führte er das Stück Papier an ein glimmendes Stück Holz. Sofort züngelte eine Flamme hoch und verzehrte die Seite wieder. „Phantasie schlägt die Brücken, die die Vernunft nicht zu bauen wagt. Beatrice musste erst mit dieser einen Sache hier abschließen. Rachel. … Bea musste lernen, richtig loszulassen, bevor sie ihr neues Abenteuer beginnt.“

„Ein neues Abenteuer?“

„Ein neues Abenteuer, ja. Das größte Abenteuer, das man erleben kann.“

„Mit Dämonen, Kobolden, Teufeln?“ Es klang vage begeistert. Vielleicht witterte Quirinus eine weitere Chance.

„Nein“, sagte Markus. Sein kurzes Zögern konnte man durchaus als ironisch verstehen. „Nein, nicht wirklich. Aber … Kennst du die Bedeutung ihres Namens?“

„Liber? Das bedeutet Buch.“

„Das auch. Das auch. Allerdings würde Herr Bünde behaupten, dass ihr Name zu viel bedeutet.“

„Wieso?“

„Liber ist auch der Gott der Zeugung und Befruchtung.“

„Was soll mir das sagen?“

„Ich will es so formulieren: Manche Frauen haben einfach Pech. Diese morgendliche Übelkeit, weißt du, kann manchmal den ganzen Tag dauern.“

„Sie ist …?“

„Jap!“

Quirinus nickte bedächtig. Langsam tröpfelte Erkenntnis auf ihn ein. „Also ist die Geschichte noch nicht zu Ende?“

Markus tippte sich vielsagend an die Stirn. „Eine Trilogie besteht für gewöhnlich aus drei Bänden.“

Es war immer noch Dunkel. Daran würde sich in der nächsten Zeit auch nichts ändern. Kein Licht zeigte sich am Horizont. Der Mond, verborgen hinter einer samtweichen Decke aus Wolken, erzählte den Sternen noch seine Märchen von 1.000 und einer Nacht.

Beatrice, Ingo und Chaya standen am Straßenrand, ihre Fußspitzen am Rande des Bordsteins. Das Taxi würde sie gleich abholen. Wie profan, dachte Beatrice melancholisch. Was Welt war, würde Welt bleiben. Ihre Wünsche, ihre Träume hatten sich nicht in die Wirklichkeit transportieren lassen. Morgen würde sie mit Ingo zusammen in den Keller gehen und ihn ausräumen. Es gab nichts mehr aufzuschieben. Auch für Chaya hatte sie nichts erreichen können, gestand sie sich ein. „Es tut mir leid, dass ich dir keine Seele geben konnte.“

Der Himmel öffnete nun endgültig seine Schleusen. Das Wasser rann in Sturzbächen durch den Rinnstein. Trotzdem blieben die drei einfach stehen.

Chaya reckte ihr Gesicht in die fallenden Tropfen, blinzelte in das Nass. „Schau“, sagte sie leise zu Beatrice, „dahinten: ein Regenbogen.“

Am Ende aber stand ein

Fragezeichen?

Die Notizen des Auktorals

Ich denke, dass es ein großer Zufall sein könnte, dass der Drehbuchautor von „Last Action Hero" **David Arnott** *heißt. Mit der Filmfigur David in* **Charlie Chaplins'** *„Hinter der Leinwand" und mit dem Eigentümer des Kinos Arno Davids hat er bestimmt nichts zu tun.*

Träumer ruhen **in Morpheus Armen**. *Der Gott der Träume hat eine interessante Familie. Sein Vater ist der Schlaf und hört auf den bedeutungsvollen Namen Hypnos. Und seine beiden Brüder sind die* **Oneiroi**, *die man auch schon als Traumdämonen vorgestellt hat.*

Mitten in die Dinge, also **in medias res**, *führt Homer seine Zuhörer. Das behauptete zumindest Horaz in seiner Ars poetica, der damit gleichzeitig eine immer wieder gern gebrauchte Redewendung schuf.*

Die Sabiner nannten ihren Kriegsgott **Quirinus**. *Deshalb bekam auch Romulus, der sagenhafte Gründer der Stadt Rom, diesen Beinamen.* **Markus** *leitet sich übrigens vom römischen Kriegsgott Mars ab. Das ist aber vielleicht gar nicht wichtig.*

Der Götterbote Hermes, oder auch **Hermeias** *genannt, hat noch keinen Job beim hiesigen Paketdienst angefangen. Der Arbeitsplatz von Herrn Meier ist somit vorerst sicher.*

Über den Sinn und Unsinn der sogenannten **Enhanced E-Books** *mag man streiten. Entweder man mag sie oder man ... ist Purist. Immerhin lassen sich bei mangelnder Phantasie Musik und Filmchen in ein elektronisches Buch integrieren. Multimedia und so. Die Links zu weiterführenden Artikeln, zu einem Glossar oder zu den Notizen des Auktorals könnten ebenso in einem Enhanced E-Book eingefügt werden. Könnten. Müssen aber nicht.*

Die geistige Mutter von Mary Poppins ist **Mrs. P.L. Travers.** *Der schwarze Regenschirm ist nicht nur ein Requisit der Disney Filmfigur gewesen.*

Der Letzte beißt die Hunde *ist ein Roman von einem ziemlich unbekannten Autoren. Ich weigere mich schlicht, seinen Namen zu nennen, da mir seine penetrante Art, Werbung für seine Bücher zu machen, einfach nicht behagt.*

Ich könnte ja jetzt einen endlos langen Satz schreiben, lamentieren und um den heißen Brei herumreden, sodass jeder werte Leser entnervt die Augen verdreht und sich fragt, warum ich um das, was ich sagen möchte, so ein Geheimnis mache. Sollte ich aber nicht. Also jetzt mal Tacheles! **Tacheles reden** *leitet sich vom jiddischen „takhles redn" ab und bedeutet, dass man endlich zur Sache kommt.*

Goethes zweite Faust - **äh Faust II** *- erschien kurz nach seinem Tode. Darin ist auch die Erschaffung eines Homunculus zu finden.*

Diese Geschichte über einen Jungen, der nicht erwachsen werden wollte, hat im Laufe der Zeit viele Namen bekommen. Auf dem Buchtitel stand unter anderem **Peter und Wendy**. *Ebenso nannte sich die Geschichte „Peter Pan, oder der Junge, der nicht erwachsen werden wollte", „Peter Pan und Wendy" oder einfach nur „Peter Pan". Angeblich soll James Matthew Barrie, der Schöpfer der Geschichte, ursprünglich den Titel „Der Junge, der seine Mutter hasste" verwendet haben. Was Disneys Tinkerbell wohl dazu sagen würde?*

Comic Relief *ist eine Figur. Und zwar eine rhetorische. Bevor eine Geschichte zu ernst wird, streut der Autor etwas Humoriges ein. Deshalb macht C-3PO beispielsweise mitten im Sternenkrieg so eine gute – ja, genau – Figur.*

Der **laplacesche Dämon** *wurde von* **Pierre-Simon Laplace** *erdacht. Dabei handelt es sich nicht um ein höllisches Wesen, sondern um eine Theorie, die den Determinismus umschreibt. Laut dieser These könnte man, wenn man den Bewegungszustand aller Materie, ebenso den Ort und Impuls jedes einzelnen Atoms kennt, die Auswirkungen aller Wechselwirkungen berechnen. Man wäre theoretisch in der Lage,* *die Vergangenheit, die Gegenwart und Zukunft eindeutig zu bestimmen. Es wäre eine absolute Kausalität. Der freie Wille wäre innerhalb dieser Theorie nur eine Illusion.*

Natürlich liegen im Buchland allerhand Namensgebungen für Kater und Katzen nahe. „Die Lebens-Ansichten des Katers **Murr***" von E.T.A. Hoffmann zum Beispiel.*

„Atlanta Nights" *ist im eigentlichen Sinne kein Roman. Es ist ein Schwindel. Der Text des Manuskripts wurde sogar teilweise computergeneriert. Hinter dem Autorennamen* **Travis Tea** *verbirgt sich ein amerikanisches Autorenkollektiv, das beweisen wollte, dass es zweifelhafte Verlage gibt, die einfach alles drucken.*

Angela Bonella *hat insgesamt drei Bücher über eine überaus feminine Plastikpuppe in einer pink-rosafarbenen Welt geschrieben.*

Karl Baedeker *reiste sehr gerne. Obendrein schrieb er auch sehr gerne. Seine roten Büchlein waren deshalb für lange Zeit der Inbegriff für Reiseführer.*

Kaum ein anderes Buch inspirierte so viele Horrorautoren, Regisseure und Künstler wie das **Necronomicon**. *Es ist Teil des Cthulhu-Mythos von H.P. Lovecraft. Es ist übrigens rein fiktiv – also im eigentlichen Sinne nie geschrieben worden.*

Mal angenommen, dass man eine Pistole braucht, mit der man Boxhandschuhe abfeuern kann, dann ist man bei **ACME** *genau richtig. Für Zeichentrick- und Comicfiguren ist es nämlich der Hauptlieferant für Waren aller Art. Immerhin ist es die „American Company that manufactures Everything".*

Die **Tropen** *(Singular: Tropus) gehören zu den rhetorischen Figuren. Sie sind Platzhalter. Lautmalerei gehört mit dazu. Erika Fuchs schuf mit ihrer speziellen Comicsprache ganz besondere Tropen, die heute liebevoll* **Erikativ** *genannt werden. Schmatz! Langweiler sagen auch* **Inflektiv** *dazu. Würg!*

Schlechte Quartos *sind Raubkopien. Zu Shakespeares Zeiten gab es Piraten, die von geistigem Eigentum nicht viel hielten. Qualitativ hatten die Niederschriften mitunter sehr unfreiwillig komischen Charakter, da es sich um wenig wortgewandte Nacherzählungen handelte.*

„Man muss **ins Dunkel hineinschreiben** *wie in einen Tunnel", ist ein Zitat von* **Franz Kafka.** *Es soll Autoren geben, die tatsächlich so arbeiten.*

Eine **Quest** *ist in der Literatur eine Heldenreise. Man kann auch Âventiure dazu sagen, wenn man möchte. Der Protagonist besteht im Laufe der Rahmenhandlung diverse Abenteuer und reift bei der Bewältigung seiner Aufgaben.*

Florilegium*, Spicilegium, Anthologie und Blüten- bzw. Ährenlese sind Sammlungen ausgewählter Texte oder Textauszüge. Auch musikalische und graphische Werke können auf diese Weise zusammengefasst werden.*

Ok, der Begriff **Vademecum** *hört sich schwer nach Kaugummi an. Aber die lateinischen Worte „vade me cum!" sind nur die Aufforderung, mir zu folgen. So ein Vademecum-Büchlein war also ein ständiger Begleiter. Die Texte darin waren praktischer Natur und halfen in vielen Lebenslagen.*

Das alchimistische Werk **Opus** *ist eingeteilt in einen praktischen und einen theoretischen Teil. Darin enthalten sind die sieben Stufen zum Erlernen der „chymischen Hochzeit".*

Ein Sympathieträger war **Diogenes von Sinope** *zu seiner Zeit gewiss nicht. Er soll in einer Tonne gelebt haben, um dort ein „hündisches Leben" in selbstgewählter Armut zu führen. Er wollte sich von überflüssigen Bedürfnissen befreien und glaubte auf diese Weise, das Glück zu finden. Ob er Schriften über seine philosophischen Erkenntnisse verfasst hat, ist umstritten.*

Mit nur 1,57m war **Immanuel Kant** *wohl der größte Philosoph der Aufklärung. In seinen Werken unterstellt Kant dem Menschen, dass er nicht die Fähigkeit hat, die*

Wirklichkeit zu erkennen, wie sie ist. Dem Menschen kann die Welt nur so erscheinen, wie er sie auffasst.

Der **Codex Gigas** *ist besser bekannt als die „Teufelsbibel". Der Legende nach musste einst ein Mönch das umfangreiche Werk mit dem ganzen bekannten Wissen der Menschheit innerhalb einer Nacht von Hand schreiben. Ansonsten hätte man ihn, ob eines Vergehens, lebendig eingemauert. Es gelang ihm. Allerdings nur, weil er Hilfe vom Teufel bekam, der ihm im Austausch für diesen Dienst die Seele nahm.*

Reimerich Kinderlieb *veröffentlichte 1845 „Lustige Geschichten und drollige Bilder für Kinder von 3–6 Jahren". Ob Herr Heinrich Hoffmann tatsächlich so kinderlieb war, wie sein Pseudonym glauben machen wollte, weiß ich nicht. Aber ich fürchte, dass selbst heute noch unerschrockene Eltern ihren lieben Kleinen mit dem* **Struwwelpeter** *mehr oder weniger pädagogisch wertvolle Erziehung einbläuen.*

Rainer Maria Rilke *muss zu Lebzeiten recht großzügig mit signierten Büchern gewesen sein. In den Pariser Buchständen entlang der Seine gab es sogar Werke mit innigsten Liebesbekundungen als Widmung. Seine Freundin hatte die ihr geschenkten Bücher offensichtlich dort an Händler verkauft.*

Den Ausdruck „Schildbürgerstreich" kennt vermutlich jeder. Dass dieser Begriff auf das **Lalebuch** *zurückzuführen ist, wissen die Wenigsten. Die Geschichten von den Schildbürgern sind vor über vierhundert Jahren entstanden. Auf welche reale Stadt sich die Schwänke und Anekdoten tatsächlich beziehen, ist umstritten. Acht deutsche Städte beanspruchen für sich, dass sie einst Licht mit dem Eimer in ihr Rathaus trugen.*

Der Verführer bzw. der Verleumder hat viele, viele Namen und Gesichter. Gemeinhin nennt man den Widersacher der Menschen schlicht **„Teufel".** *Aber wer Zeit und Muße hat, sollte sich im Lexikon die folgenden Begriffe anschauen: Satan,* **Iblis**, *Schaitan, Luzifer, Urian, Sanny, Voland ... Ich könnte diese Liste noch verdoppeln und verdreifachen. Dazu fehlt hier leider der Platz. Sagte ich schon, dass der Verführer viele Namen hat?*

Der Vorname **Bestlin** *bedeutet übrigens auch zu viel: „Der Verehrungswürdige".*

Der **Thesaurus** *ist (unter anderem) die Sammlung eines themenbegrenzten Vokabulars. Wer ihn hegt und pflegt, muss ihn vor allem füttern: mit viel Zeit und buchstäblich guten Worten.*

Ein Orthogravieh gibt es nicht. Das verbietet die **Orthographie**, *also die Rechtschreibung.*

Die „Fruchtbringende Gesellschaft" bemühte sich im 17. Jahrhundert um eine umfangreiche Bereinigung der deutschen Sprache. Dabei entstanden sehr schöne Wortschöpfungen, die tatsächlich einzigartig auf der Welt sind. Der bildliche Begriff „Augenblick" zum Beispiel wird anderswo zum schlichten „Moment". Es gab allerdings auch allerhand ungelenke Versuche, Ersatzworte zu schaffen. Der „Krautbeschreiber" konnte sich als Alternative für „Botaniker" beispielsweise nicht so recht durchsetzen. Gegründet wurde die Gesellschaft von **Ludwig I.**, *Fürst von Anhalt-Köthen. Er hat übrigens auch das Wort „Rechtschreibung" kreiert.*

Mit Dank an

Beate Senft
Christina Möllring (sve skript)
Daniela Sechtig
Petra Rudolf

Der Autor

Markus Walther, geboren 1972 in Köln, lebt seit 2006 mit seiner Frau und zwei Töchtern in seiner Wahlheimat Rösrath im Bergischen Land. Als ausgebildeter Werbetechniker begeisterte er sich schon früh für die Schriftgestaltung und machte sich 1998 als Kalligraph selbstständig.

Bis 2012 lag der Schwerpunkt seiner schriftstellerischen Arbeit in der Gattung der Kurz- und Kürzestgeschichte. Die Gratwanderung zwischen Klischee und Pointe, Independent und Mainstream führte ihn quer durch sämtliche Genres der Bücherwelt. Daraus sind drei Anthologien entstanden.

Der erste Roman „Buchland“ erschien 2013 im acabus Verlag. Im Folgejahr wurde die Kriminalkomödie „Der Letzte beißt die Hunde“ dort veröffentlicht.

Neben weiteren eigenen Buchprojekten schrieb Markus Walther u.a. bis 2013 für das Literatur-Portal GlobalTalk die Kolumne „Reden wir über …“. Außerdem war er Initiator und Mitorganisator der „Langen Lohmarer Lesenacht“. Bis 2012 engagierte er sich als Moderator für das Autorenforum Federfeuer.

Mehr von Markus Walther und Neuigkeiten aus dem *Buchland* finden Sie auf www.acabus-verlag.de, www. din-a4-story.de und zitatus.blogspot.de in *Planas Buchantiquariat*.

Weitere Titel im acabus Verlag

Markus Walther

Buchland

ISBN: 978-3-86282-186-0
BuchVP: 12,90 EUR
244 Seiten
Paperback

Dieses Antiquariat ist nicht wie andere Buchläden!

Das muss auch die gescheiterte Buchhändlerin Beatrice feststellen, als sie notgedrungen die Stelle im staubigen Antiquariat des ebenso verstaubt wirkenden Herrn Plana annimmt. Schnell merkt sie allerdings, dass dort so manches nicht mit rechten Dingen zugeht:
Wer verbirgt sich hinter den so antiquiert wirkenden Stammkunden „Eddie“ und „Wolfgang“? Und welche Rolle spielt Herr Plana selbst, dessen Beziehung zu seinen Büchern scheinbar jede epische Distanz überwindet?
Doch noch ehe Beatrice all diese Geheimnisse lüften kann, gerät ihr Mann Ingo in große Gefahr und Beatrice setzt alles daran, ihn zu retten. Zusammen mit Herrn Plana begibt sie sich auf eine abenteuerliche Reise quer durch das mysteriöse Buchland. Dort treffen sie nicht nur blinde Buchbinder, griechische Göttinnen und die ein oder andere Leseratte, auch der Tod höchstpersönlich kreuzt ihren Weg.
Und bald steht fest: Es geht um viel mehr, als bloß darum, Ingo zu retten. Vielmehr gilt es, die Literatur selbst vor ihrem Untergang zu bewahren!

Markus Walther

Der Letzte beißt die Hunde
Eine schwarze Krimi-Komödie

ISBN: 978-3-86282-258-4
BuchVP: 12,90 EUR
228 Seiten
Paperback

Krimis sind ihre Leidenschaft: Mimi, die scharfsinnige, ältere Dame, lebt in ihrer Villa am Rande der Stadt. Eigentlich ist es kaum vorstellbar, dass ihr jemand mit einem herabfallenden Flügel den Garaus machen will. Daher stellt sie gemeinsam mit ihrer Enkeltochter Helen, eigene Ermittlungen an – ganz wie ihre Vorbilder in den Büchern.
Mimi lädt fünf „Verdächtige" in ihre Villa ein, darunter den Bürgermeister, denn dieser hat ein Motiv: Er will Mimis Grundstück aufkaufen, um darauf ein Einkaufszentrum zu errichten. Doch ist er nicht der einzige, der der alten Dame an den Kragen will. Zusammen mit ihrer Enkelin, ihrem Butler und einem Bügeleisen weiß Mimi sich aber durchaus, zur Wehr zu setzen.
Ein mörderisches Vergnügen nimmt seinen Lauf.

Markus Walther

EspressoProsa
Klein. Stark. (Manchmal) schwarz

ISBN: 978-3-86282-126-6
BuchVP: 10,90 EUR
128 Seiten
Paperback

53 Kurzgeschichten to go

Was haben Espresso und Kurzgeschichten gemeinsam?
Beide werden ihrer Größe wegen - oder sollte man vielleicht eher sagen wegen ihrer geringen Menge - oft unterschätzt. Doch so wie in dem kleinen Tässchen eine geballte Ladung Koffein steckt, können sich selbst in der kürzesten Geschichte Universen auftun und sogar ganze Leben entfalten - manchmal braucht es nur eine Seite. In einer hohen Konzentration können sich hier Sinn und Unsinn frei entfalten und den Geist erhellen oder manchmal einfach nur belustigen.
EspressoProsa ist die Fortsetzung von „Kleine Scheißhausgeschichten" und entfaltet wie sein Vorgänger Humor und Geistreiches über die Wunderlichkeiten des Alltags und der Welt. Kurzweilig, aber dennoch pointiert versüßen sie die eine oder andere Tasse Kaffee. Und auch wer Kaffee und Humor lieber schwarz genießt, wird auf seine Kosten kommen.

Markus Walther

Kleine Scheißhausgeschichten
68 kurzweilige Geschichten zum Schmunzeln

ISBN: 978-3-941404-64-9
BuchVP: 11,90 EUR
156 Seiten
Paperback

Wissen Sie, warum immer wieder Socken in Waschmaschinen verschwinden? Oder haben Sie eine Ahnung, weshalb es die Zahnfee nicht (mehr) gibt? Was hat man mit Godzilla gemacht, nachdem er besiegt wurde? Und ahnen Sie, zu welcher genauen Uhrzeit das Ende der Welt sein wird?
Diese Zwischendurchlektüre beantwortet in 68 Kurz- und Kürzestgeschichten aus verschiedensten Genres die wirklich wichtigen Fragen dieser Welt.
... und ganz nebenbei auch einige der Unwichtigeren.

Dass in einer Kurzgeschichte eine philosophische Weisheit, ein ganzes Lebensgefühl oder völlig neue, hyperreale Welten Platz haben können, beweist dieser Sammelband von Markus Walther.
Wer gerne gewitzt pointierte Anekdoten liest, wird die Scheißhausgeschichten lieben.

Unser gesamtes Verlagsprogramm
finden Sie unter:

www.acabus-verlag.de
http://de-de.facebook.com/acabusverlag

acabus